有爱的青春陪伴者

岑曼 著

道在途中

孔學堂書局

图书在版编目（CIP）数据

道在途中 / 岑曼著. -- 贵阳 : 孔学堂书局，2024.
11. -- ISBN 978-7-80770-575-8
Ⅰ. I247.5
中国国家版本馆CIP数据核字第2024FH0587号

道在途中　　岑曼　著
DAO ZAI TU ZHONG

责任编辑：王志标
责任印制：张　莹

出版发行	：贵州日报当代融媒体集团
	孔学堂书局
地　　址	：贵阳市乌当区大坡路26号
印　　制	：长沙鸿发印务实业有限公司
开　　本	：880mm×1230mm　1/32
字　　数	：403千字
印　　张	：11
版　　次	：2024年11月第1版
印　　次	：2024年11月第1次印刷
书　　号	：ISBN 978-7-80770-575-8
定　　价	：42.80元

版权所有·翻印必究

目录 /contents

第一章　/ 他乡再遇，讲究一个缘分 / 001

第二章　/ 一座魅力小城，叫乌海 / 018

第三章　/ 沙漠是两人心动的初始 / 036

第四章　/ 算是救过命的交情 / 059

第五章　/ 真相的初露 / 076

第六章　/ 呼市的夜，让人在寂寞中取暖 / 085

第七章　/ 乌兰察布的赴约 / 103

第八章　/ 第二个吻 / 116

第九章　/ 想跟他看夏季的火山 / 131

第十章　/ 吃哪门子飞醋 / 150

卖狗肉。

田道森讪讪地笑了两声，说："那目前真是凑不出小团的人来。如果您一定要，那只能再等等，看看有没有人报名，目前愿意走小团的就你一个。"

梁韵不想继续再争论下去了，问了最后一个问题："如果就我一个人，能安排吗？"

"你是说你一个人走？"田道森眼睛一亮，立刻把手上的表单合起来，"那价格就不划算了啊。"

这家店的老板确实黑，又黑又精明。

梁韵本可以直接甩手走人，可她不想再浪费时间。

"田老板，本就是你们违约在先，我已经很心平气和地在跟你商量了，你算个合理的价格给我，合适的话，这事就算过去了。"

田道森干咳了声，掩饰着尴尬，话说到这份上，他脸皮再厚也明白她的意思了："那这趟就相当于是私人定制了。"

梁韵不在乎地笑了笑。

最后，田道森算出一个折中的价格，梁韵看了下觉得还算合理，就点头同意了。

"那梁小姐，我等会儿让前台把合约打出来，食宿按您的价位走，但只能安排一个人服务，跟车司机兼领队，您看可以吧？"

梁韵听了后还算满意，她喜欢人少，可以安静地享受这一路："可以。"

田道森咯咯笑，难得遇到一个不在意价格又爽快的客人，语气又恭维上升了一个度："行嘞，稍后领队会给您线路，等我安排一下啊。"

梁韵的视线落在一处，那个男人正打着电话，紧皱着眉，隔着玻璃窗也能看出他的烦躁。

她不咸不淡地问了句："跟车司机决定了吗？"

田道森笑得毫不掩饰："我这就准备联系，您放心，最迟明天出发。"

梁韵思忖了会儿，说："我要他。"

她指了下门外正在打电话的男人。

田道森顺着她指的方向看过去，脸上的表情变了。

"怎么？"梁韵问。

田道森尴尬地开口："那个小罗啊。"他猜测梁韵还不知道罗成不是他们旅社的人，但也没多做解释，只是说，"他可能不太行，人家有安排了，恐怕不愿意。"

梁韵抬了抬下巴，示意田道森往后看："门口那个大巴车是你们今天出发的？那辆车上有司机。"

田道森再一次觉得这女人让人头大，解释："是是是，这个小罗不负责他们，但他……"

田道森话还没说完，被梁韵出声打断："今天应该是走不成了，你安排好了联系我，今晚的住宿我自己解决，费用明天开始算。"

田道森还愣怔着，在琢磨怎么跟她解释。

梁韵已经站起身："田老板，我先不打扰了，如果明天没安排好的话，那定金劳烦你全退了。"

梁韵拿上包，径直往门口走去。

正巧罗成拉开玻璃门进来，两人碰了个照面。

梁韵没说话，抿唇笑了下，越过他走了出去。

罗成回身看了一眼。

再转过头来，就见田道森拉着脸，嘟嘟囔囔地朝他挥手。

罗成把手机屏幕关掉，拉开板凳敞着腿坐下，等着他开口。

田道森与罗成套近乎："辛苦了哈，送个货还顺带帮我接了个客人，感谢感谢。"

罗成应付性地笑了笑："田老板，客套话不必说了，等会儿让辽吉给你单子，今天能给厂里财务转过去吧？"

田道森现在是两边都得罪不起，梁韵那边的价格他开得不低于市场价，那女人也没有讨价还价，这单算下来能挣不少；其次就是对面这个男人，他没料到梁韵想继续找这人当司机。

他不舍得这笔单泡汤。

田道森挤着脸上的横肉谄媚地笑："给！肯定得给，咱都合作多少年了，肯定跑不掉。"

罗成起身："好，我让辽吉把单子拿过来。"

罗成现在心思不在这上面，他漆黑的眸子盯着手机，沉住气等蒋利川那头的消息。

"哎哎，"田道森着急拉住他，"不急不急，咱一起喝一杯。"

罗成不知道田道森葫芦里卖的什么药，直接问："有事？还是说给不齐？我看你这个月客流量还不错，不至于缺这点吧？"

田道森还是那副笑，罗成比他高了半个头，他站起来后得仰头去看罗成："确实有点事想麻烦你，还就只能麻烦你。"

罗成好奇道："说来听听？"

"我这儿有一客人，要了个一对一服务，但是人家点名要你做司机。"

"什么意思?"罗成笑了,"我又不是你们旅行社的员工,田老板开什么玩笑。"

田道森招呼前台倒了两杯茶:"别着急啊。反正你们那边最近也没什么活,在我这儿跑一单能挣不少。"

罗成不想跟他废话,拿上手机:"先走了。"

田道森怕罗成这一走真就拒绝了,连忙喊道:"就今早那女的,本来我是想给她安排别的师傅,但她点名了就要你,我这也没办法啊!"他叹了口气,"你要不干,这单只能黄了,那女的连定金都要退回去。"

本就是自己的烂摊子,还说得这么理直气壮。

罗成定住脚步,眉心蹙了蹙:"就她一个人?"

"对啊!"田道森多精明一个人,见他这反应,赶紧道,"人家就只要你,你考虑考虑,这一趟给你的费用只多不少。"

罗成没说话,往窗外看了一眼。

没多会儿,辽吉朝这边走来。他不知道两人在说什么,抬手碰了碰罗成的胳膊:"哥,单子给前台了,咱们走不?"

罗成回头看了田道森一眼,道:"先走了。我没时间,你再找找别人吧。"

田道森眼看要拉不住了,妥协似的说:"你再想想,晚上八点前给我回复,我好给那女人回话。"

罗成没回头,带着辽吉上了面包车。

扣上安全带,辽吉才问:"哥,你们说啥呢,田老板找你有事?"

罗成含糊着应了几句,他现在没心情应对这些,只等着手机那头的消息。

虽说只住一晚,但梁韵还是挑了家各方面都还不错的酒店。

她不知道明天是谁做司机陪她这一路的旅程,也不明白上午自己怎么就突然指了那个男人。

或许有很多原因,只是现在还没有答案。

晚上十点钟,梁韵刷了会儿手机,准备睡觉的时候,忽然接到田老板的电话,能听出那边语气的畅快。

"梁小姐,罗司机答应了,我把你的联系方式给他了,明早你们联系。一切放心,他会安排妥当。"

翌日,梁韵是被手机铃声吵醒的,这一夜,她竟睡得出奇得好。

"韵韵?"电话那头响起女声,"怎么没消息了?"

梁韵睡眼蒙眬，听孙晓那边的声音有些嘈杂，问："你那边怎么了？宝宝闹你了？"

另一头的孙晓把手机换到另一边，用另一只手去抱小丸子："哭了，一大早就开始闹我了。"她佯装叹了口气，"我跟你说，生孩子是灾难，养孩子更是灾难。"

梁韵翻了个身，被她逗笑："怎么啦？你家蒋先生没帮你吗？"

孙晓弯腰把小丸子放进婴儿车，只不过换来的是更嘹亮的哭喊声。

"要不你先哄着吧，等宝宝睡着了再说吧。"

梁韵正想要挂断，孙晓有事问她，急忙喊住："别别别，蒋绚出来了。"孙晓朝婴儿车努努嘴，让身旁的男人把孩子抱起来。

男人笑了笑，用口型问她："梁韵？"

孙晓点点头，顾不上与他多说什么，拿上电话转身出去了。

她问："你到底什么情况啊，一声不响就跑去那么远的地方？"

梁韵掀开被子下床，把手机放在洗手台上，调了外放模式，弯腰捧起一把水冲在脸上，好让自己更清醒些。

她抽了张纸，随意回道："没什么事，就是想来，就来了。"

孙晓才不相信："你少哄我。我俩怎么说也认识这么多年了，你肯定有事！"

说完这句话，电话那头沉默几秒。

孙晓又试探性地问："韵韵，你不会是去找他的吧？"

梁韵本想去拿行李箱里的化妆包，听到这句话愣了下，她直起身子，走了两步坐到床沿。

"晓晓，我以前……"梁韵思索了下，想着用什么词合适，"我这个人是不是真的很无趣？"

孙晓瞬间炸毛，她听不得梁韵这样说自己："说什么呢你，你不要因为他去否定自己，根本不值得，就因为一段感情失败，难道你要全盘否定自己吗？"

梁韵听出孙晓会错了意思，抿唇道："想哪儿去了，你以为我说的是谢铭？"

"不然呢！"孙晓气呼呼的。

梁韵耐心地向她解释："过去就过去了，你知道我不是向后看的人，只是……"她叹了口气，"只是最近有些累，想出来散散心。"

孙晓说："散心非要跑那儿啊？这么远，还大冷天的。"

梁韵见她不信，也就不想多解释了，正想聊些别的话题，手机里进来一条消息。

是陌生号码。

梁韵滑进去看。

陌生号码：我是罗成，方便见面聊聊？

梁韵回：好。你是在旅行社？几点钟见？

男人回得简单：不用，我过去找你。

梁韵没再多说，点了个酒店的位置发过去。

罗成：房间号也发过来，我上去帮你拿行李。

孙晓等了会儿，见她没说话，开口道："那你现在人到哪儿了？"

梁韵看了眼房间，又想到了这两天遇到的不靠谱的事。她无奈地扶额："还在旅行社，他们那边没安排好。"

"啊？"

"老板一点都不地道。"

"不靠谱？"孙晓疑惑，"我之前跟蒋绚去的时候就是找的他们家，当时做得挺大来着。"

梁韵对着镜子描了个淡妆，看起来气色好了点："你来都是多少年前的事了？"

孙晓仔细想了想："应该是大学刚毕业那会儿，当时还说咱四个人一起……"

说到一半，戛然而止，孙晓暗骂自己一声。

"没事。"梁韵笑了笑，"真的，都过去了，你怎么比我还敏感？"

孙晓懂事地跳过这一话题。

没过多久，门口就传来几下"咚咚"声。

"是我，罗成。"

梁韵拿起手机对孙晓说："抱歉晓晓，旅行社的人来敲门了。"

"没事儿，你先忙着，等晚点发消息吧。"

"好。"梁韵说。

挂断之前，孙晓又不放心地叮嘱了一句："既然去了就好好玩，不管你是因为谢铭还是为这段时间工作的委屈不开心……"她笑，"但是无论怎么样，你都还有我。"

梁韵忽然有些感动。这世上没有真正的感同身受，但当你深陷低谷时，有人能给你些许的安慰，也算是一件值得欣慰的事。

门打开，罗成抬眸。

对面的人已经收拾好行李，一个箱子、一个挎包。

罗成往前跨了一步，主动去提她手里的箱子，声音低沉："全都在这儿了？"

梁韵对他笑了笑："是的，辛苦你跑一趟。"

罗成回:"不用。"

跟着他过了马路后,梁韵才看清面前的车,不是昨天的那辆银色面包车,换成了一辆黑色越野车。

梁韵趁他放行李的空儿,在前后座之间迟疑了一下。想了想,她拉开了副驾驶的门坐上去。

没多会儿,罗成从后备厢绕到前座。

"砰"的一声,门从里面关上。

车内瞬间涌进一股男性气息,梁韵觉得整个车厢都变得紧促起来。

罗成将座椅向后调了点,找了个舒服的姿势。

"一个人走?"他问。

梁韵转过头看他,声音冷冷清清:"田老板没跟你说?"

本来是他提的问题,结果话锋这么一转,又回到了他自己身上。

罗成觉得有点意思:"没什么,很少见一个人走。"

这句是实话,罗成在这地方待了四五年,主要就是负责给旅行社送货物,他见过太多游客,当然也有独自一人的。

不过,这种一个人包一辆车的傻妞,他还是第一次见。

梁韵见他迟迟没启动车,问他:"怎么了?"

透过车窗,罗成的目光定格在了正在闲逛早市的一家四口身上,小女孩扭动着身子要身旁的女人抱,而比她大一些的男孩和另一旁的男人则是跟在她们后面笑。

罗成用他贫乏的词汇总结出了一句话——

那是一种盛开的、很久没体会过的幸福。

他收回视线,坦言道:"我可以不接你这单。"

梁韵点点头:"听说了,你有别的安排。"她等了几秒,见他没说话,又继续,"但你后来还是答应了,现在是反悔了?"

罗成眼眸幽深:"提个要求?"

梁韵:"说来看看。"

"这趟行程我来定,也不会按常规路线走……"他想了下说,"但你要有特别想去的地方,可以提前跟我说。"

梁韵微眯了眯眼,没着急回应他。

"除了路上的行程,剩下的都由你来决定,先遵循你的意见。"罗成偏过头与她对视。

梁韵原本也不是真正意义上的想要旅游,所以他提的要求不会影响到她。

梁韵问了句:"那……这一路,你能保证我的安全?"

罗成看了她几秒,随即倏地一笑,望向她:"一定。"

梁韵朝他伸出手:"合作愉快。"

罗成抬起胳膊调了下后视镜,嘴角噙着点笑意,也朝着她的方向递出手。

"合作愉快。"

车子正驶在商业街的位置。

罗成没定下路线,因为他不确定自己能不能按照定好的方向走。

如果蒋利川那边再来消息,他不能保证会按原路线执行,只好提前给她打了招呼。

还好这个女人并没有追问太多。

"那请问,我们第一站去哪儿?"梁韵仿佛比他更先一步进入角色。

罗成头偏过去看了她一眼:"梁韵?"

"嗯?"梁韵随后才明白过来他是在确认她的名字,"是,我叫梁韵。"

罗成点了点头,口中呢喃了一遍。

"你呢?看你和我应该差不多大,总不能一直喊你……'罗师傅'?是吧。"

"罗师傅……"罗成轻笑出声。

"罗成。"

梁韵点点头,不再说话。

罗成问道:"你想去哪儿?"

梁韵盯着窗外,摇摇头。

"想先往西边还是东边?"他想先看她的选择。

梁韵依旧摇头:"不是说跟你走,怎么现在问我了?"

罗成被她说笑了,却又没法反驳,只好道:"想先听听你的想法。"

梁韵实话实说:"我没想法,看你安排吧。"

罗成眉心动了动:"没做过攻略?"

"没。"

罗成有点意外,这个时间来旅游,不算旺季,也谈不上是假期。而且她连最基本的景点都不知道,说是来旅游,让人存疑。

更何况,她这个时间应该在……

罗成的视线从她脸上移开,摇了下头,觉得自己可能是想多了。

他说:"先往西走吧。想去看沙漠吗?"
梁韵笑了笑:"不是说一般都会推荐去草原吗?"
罗成语气平淡道:"季节不对,就没你想象中的那么惊艳。"
罗成接着解释:"要是前几个月来,草还是绿得盛的,现在不行,变黄了。"
梁韵倒没什么失落感,什么季节就有什么样的景。
罗成偏头看她:"运气好的话,月底能在呼伦贝尔看到雪。"
梁韵脑海里想象了一下:"……应该会很壮观。那里已经开始下雪了吗?"
"嗯。"罗成笑了笑,"等过段时间下得大了,雪再积厚点,会更有味道。"
梁韵勾唇笑了笑。
罗成把车停在一家超市附近:"去买点必备品。"

第二章 /
一座魅力小城，叫乌海 ▼

两人下了车，朝着岔路口的一家超市走去。

梁韵按照罗成的意见，选了些这一路上必备的物品。

她往对面货架的方向看，罗成只拎了一提矿泉水。

很快，罗成从架子边侧绕回来，见梁韵停在原地不动。

"买齐了？"

梁韵闻声回头，垂眼看了自己手中的东西，觉得拿的零食有些多，又默不作声地放了些回原位："差不多，应该够了。"

罗成看她放下面包、饼干，问："怎么拿掉了？"

"买得有点多，感觉路上吃不完。"

"拿着吧！等累得走不动了，你就不会再想中途下车去逛超市。"罗成抬起下巴，伸手指了指楼上，"买齐全一点，那边这种超市很少了。"

梁韵忽地笑了："你对这里很熟悉？"

罗成："不算。"

梁韵又问："你不是本地人？"

罗成："不是。"

"难怪……"梁韵故作明白地点点头。

"什么意思？"

"你是哪里人？"梁韵不回答他的话。

罗成蓦地定住脚，哪里人……

他很久没想过这个问题了，从哪儿来，又为什么会到这里。

罗成眼底突然闪过一丝灰暗，转瞬即逝，短到以至于梁韵怀疑是错觉。

隔了几秒，她只听到他说："北方人。"标准答案。

梁韵识趣地不再多问，笑了笑："我好了，罗师傅……你呢？"

罗成把她放回架子上的几袋零食顺手拿起来："走吧，先去柜台。"

轮到两人结账的时候，罗成排在梁韵前面，他回头看了梁韵一眼，自然而然地从她手中拿过篮子，连同他的一起放在了台子上。

梁韵挑了挑眉："不用。"

罗成的动作顿了下，但还是拿过去放到了收银台。

梁韵不是个贪小便宜的人，但也不想在这里因为这点小事与他拉扯。

思索了会儿，她想到了个折中的办法。

两人把东西放到后座。

车启动前，梁韵主动喊他："罗师傅？可以加你好友吗？"

"什么？"罗成有点习惯了她的称呼。

"我把钱转给你。"

罗成拽过安全带："不用，没多少钱。"

梁韵目光不受控制地打量男人的侧脸，轮廓清晰，眉眼深邃，鼻梁高挺，下巴上隐约冒出了点青茬……

怎么看，怎么有点熟悉。

她收回眼神，笑眯眯道："谢谢，下次我出。"

临近傍晚，阳光变得不那么刺眼，天色也暗淡下来。

黑色越野车从道路一侧转弯下来，渐渐偏离主干道。

罗成转头去看梁韵。

她已经睡着了……

罗成没急着叫醒她，把车速稍降了点。

很快，开到了一家宾馆前。

门口没了停车位，罗成拐进一旁的小区，寻到入口，往下开进停车场。

刚熄火，余光就瞥见旁边的人动了动。

梁韵还带着点迷糊，眼皮抬起，就见罗成正盯着她看。

她有些不好意思，没想到这一觉睡得这么熟，抬手摸了摸脸。

"到哪儿了？"梁韵别过脸往外看。

四周停满了车。

罗成边下车边说："进沙漠前路过的一个市，有些景点还不错，带你来看看。"

梁韵推门下车："好。"

两人绕到后备厢，罗成指了指她的行李箱问："要不要拿下来？"

"现在是去酒店？"梁韵摸出手机看时间，"还是先吃饭？"

罗成顺着屏幕光看过去，是到饭点了。

他这些年常在路上跑车，吃饭时间没个准，这个点也没感觉到饿。

两人中午临出发前在街上随便吃了点，但见她主动问，应该是饿了。

"要不先带你去吃饭？"罗成准备抬手把后备厢盖上。

"没事。"梁韵拉了下他的袖子，"先去放东西吧，等会儿就不用过来了。"

罗成点了点头，给她搬行李。

两人并肩往出口走，梁韵开口询问："我们大概在这里待多久？"

罗成想了下，脑子里过了遍这座城市的景点。

"今晚你先休息好，明天玩一天，后天中午离开。"

"可以。"

梁韵对这里的一切都不了解，罗成也没有给她具体规划，但她对他的安排都是安静顺从的。

这次住的环境还凑合，梁韵之前与田老板谈话时就要求过住宿，不说要多好，但要干净整洁。

"两间房，上午八点多电话预订过。"

前台只有一个值班人员，女人见到罗成，明显怔愣了一瞬。

罗成没什么反应。

"好的，成哥。"女人换上笑容，接过罗成递过去的身份证，眼神却往梁韵那边瞟，"要相邻两间？"

罗成正低头看手机，随口说："可以。"

女人又看向梁韵，很客气地说："女士你好，还需要你的身份证。"

"成哥……"这称呼还不错。

梁韵从包里掏出身份证递给她。

罗成没说话，一直低头回复手机消息。

梁韵见他嘴唇紧抿，表情冷得像结了层冰。

没多久，前台服务人员把房卡递过来，给罗成的时候，他照旧忙着打字。

梁韵说："先给我吧。"

女人顿了顿，还是递过去了。

罗成发出最后一条：先这样，等我给你电话。

他收起手机，回过身，就见梁韵一直等在他身后。

他脸上没有任何情绪，只是沉默。

罗成愣了愣，他以为她会生气，然后呛他两句。

但她没有。

罗成朝她走去，说了句："抱歉，刚有点事。"

梁韵其实无所谓。她把手中的房卡和身份证一并给他，往楼梯口的方向抬了抬下巴："在二楼。"

罗成颔首，问她："先休息一下，还是放完东西直接去吃饭？"

"放完东西就走吧。"

"不着急，有时间。"

梁韵刷完卡，门推开一半时，回头问："等会儿在哪儿见？"

罗成侧身："我在楼下等你。"

罗成没回房间，见梁韵关上门，他就转身下楼。

门口花坛旁边，他点了根烟，盯着街上来往的行人，随后拨了通电话。

接通后却没人开口，罗成主动喊了声："利川？"

一阵刺啦刺啦的电流声响过，那边才传来声音。

"哥，我在呢。刚刚没拿稳，手机掉座位底下了。"蒋利川说。

罗成吐出烟圈："在开车？"

蒋利川开了免提，把手机扔到副驾位上："刚给你发消息那会儿在服务区，才上路没几分钟。"

"那你先开车吧，回头再说。"说着，他准备挂掉电话。

"不用，没事。"蒋利川先一步说，"不确定消息是不是真的，总之我找的那人是这么汇报的。"

罗成把手机拿回耳边，闭了闭眼，无奈又睁开："确定月底能进省？"

"没意外应该就是了。那人偷偷调查过信息，说他买了去呼市的火车票。"蒋利川想了想，问，"哥，你有什么想法？"

沉默几秒，罗成没回答。他心中有数，道："这次真的能回来？"

蒋利川那边有喇叭声，安静后，声音传来："消息应该不会有误。"

总之这条路的漫长，没有人能懂。

罗成："嗯。"

那头静了几秒。

蒋利川隔着手机沉默，男人间的安慰总是少了点煽情。片刻后，他说："放心哥，还有我。"

罗成吸了口烟，眸光放远，盯着万家灯火的小城，蓦地笑了："还是那句话，你可以查，但其他的都不能经你手。"

蒋利川一笑，一如既往地没应他。

挂了电话，罗成弹掉烟灰，背后传来一道女声："怎么站在外面？"

罗成转过身，盯着面前的女人，裴莉还是那副妆容，那么妩媚。

"怎么不说话？你很久没来了。"裴莉往前站了一步。

罗成把头转回去，没再看她，对着街道说："不跑这条路了。"

裴莉扯出笑："你这人……说不联系就不联系了。"真挺绝情。

罗成漫不经心："不就是逢场作戏，你认真了？"

裴莉苦笑了声："真没戏了？"

"不早就结束了。"

"你这人真是狠。"裴莉似乎抹了下眼皮。

罗成睨了她一眼："我这样的，什么都没有，就不耽误你了。"

"我们有一年多没见了吧，我以为你这次来……"

裴莉想叙旧，但他不想。

罗成似笑非笑："没办法，顾客要求，附近就这家店还算合适。"

裴莉继续说自己的："如果我们之间你能多用点心，我也不至于会做那种事。"

罗成笑了，不甚在意地点点头："照你这么说，还是我的错了。"

"在一起的那几个月，就觉得你有事儿的……唉……"她说不清，侧过头，"你知道我的意思，总觉得看不进你心底。"

裴莉也不是小姑娘了，即便当初是自己的错，但也解释清楚了，只是没想到他不闻、不问。

罗成盯着指尖的烟，仍没说话。

"也好，这次你来，也算了了我一个念想。之前我有错，但你也好不到哪里去，往后我会找个好人嫁了，不是你这样的，还要去猜你每天在想什么……挺累的。"

街面走过一对母子，大人生拉硬拽着孩子往前走，小男孩频频回头，视线不舍路边的糖人小摊。

"那就好。"罗成淡淡地说。

裴莉舒了口气，找了个轻松的话题："换工作了，今天这位是？"小心翼翼地试探。

总不可能是男女朋友，哪有男女朋友出来还开两间房的。

罗成随意回道:"一个顾客,旅行社临时接的,挣点钱,时间也自由。"

裴莉点点头,又站了会儿,见两人真没什么说的了,才索性作罢。

"不进去等?起风了。"

罗成低头望她,迟疑了会儿,说:"好好过日子,找个对你好的。"

裴莉忍住眼眶的异样,偏过视线。

片刻,她才说:"先走了。"

她转过身,往玻璃门边走。

下一秒,迎面撞上梁韵。

裴莉脚步顿了下,随后推开门,越过梁韵进去。

梁韵神情自若,淡淡地看了一眼。

罗成眯了眯眼,没听见声音,不知道她什么时候来的。

天已暗沉,远处也开始刮起阵阵冽风。

罗成把烟掐掉,开口道:"走吧。"

梁韵不认识路,只能跟着罗成走。

她不挑食,更何况已经饿得前胸贴后背,只想随便找家暖和的店坐下来填饱肚子。

但旁边的男人却没有停下来的想法,一直沿着路边走,梁韵不知道要走多久,他到底要带她去哪儿。

她没忍住开口说:"要不我们随便找一家吧。"

罗成忽地停下,问:"吃过蒙菜吗?"

梁韵的目光透过旁边一家店的玻璃,放眼往里面看,大多数餐位是搭在小木屋底下的,墙上挂了不少老物件,整间店很有民族风格。

"没有。"

罗成抬脚往正门口走:"进吧,我订过座儿了。"

梁韵默不作声地打量他。

罗成余光微瞟,替她拉门帘:"怎么?"

梁韵语调平缓:"你算是这家旅社比较靠谱的了。"

她这句话没掺杂别的意思,实事求是,抛去第一天的接机晚点,剩下几日都还凑合,至少该做的准备都做齐了。

罗成垂眸,低笑了声。

服务员很热情,见两人进来后,笑脸招呼:"晚上好,两位吗?"

"两位，预约过了。"罗成向前台报了手机号。

生意还算不错，里面嘈杂声一片。

罗成带着梁韵到预订好的座位。

"菜提前点过了，马上就能上，我在外面等你。"他看梁韵一眼，又加了句，"不急。你慢慢吃。"

"你不坐下一起？"

罗成回身："不用。"

梁韵索性问："你们田老板规定不能和客人坐一张桌子吃饭？"

"没规定。"罗成意指这家店，"吃多了，腻味了。"

梁韵忽略掉他故意找的借口，好整以暇地笑："往后路上就只有我们两个人，难道都要分开各吃各的？还是说你觉得客人不好相处，不愿意？"

她虽不喜欢热闹，但也不想这些日子都一个人吃饭，太冷清了。

罗成倏地笑了，这女人……

梁韵见他没有要走的意思了，头朝他后面示意正走来的服务员："要不再加点菜，你点的应该不够两人份吧。"

"点了很多，我不饿。"

等了会儿，没听见回应，他抬眸，梁韵还是那副表情看他，他摇头一笑："是真的，菜很多，要不加点主食？"

"嗯。"梁韵的目光被正送餐来的服务员吸引住，"这是什么？"

服务员先罗成一步介绍给她听："这个是手扒肉，这个是烤羊排，都是特色菜，放心好吃。"

"哦，谢谢。"梁韵两眼直勾勾地盯着看。

很饿。

服务员笑问："主食呢？您是要现在加还是稍等一会儿？"

梁韵将视线转到对面人的身上。

罗成一眼看穿她的心思，屈指弹了下菜单："现在都上了吧，除了炒米，再加份馅饼。"

服务员笑着应下声。

梁韵努努嘴："确实挺多。"

"也没那么夸张，这边都是这个分量。"罗成递给她一双筷子，"还有个素的，油麦菜。"

她实在是饿得撑不住，但菜没齐，只能眼巴巴地继续等。

罗成看出了什么，说："先吃吧，估计剩下的还得等一阵。"

话落，他先动了筷子。

梁韵见他夹菜，自己也就没什么不好意思的了。

第一口下去，肉肥香而不腻，也没有膻腥味。

美食面前，换谁都顾不上什么端庄姿态。

"喜欢喝奶吗？"罗成忽地开口。

梁韵手上的动作顿了顿："什么？"

罗成意识到自己之前说得不清楚，便解释道："我是说奶茶，喝得惯吗，咸的。"

梁韵愣了下，听过有咸的奶茶，但是没尝过。

"好。"

没再等多久，罗成点的所有菜已上齐。

本以为会剩下很多，但盘子竟也渐渐见了底，罗成没吃多少，大部分进了梁韵的肚子。

这一顿是她从下飞机到现在，这几天来吃得最满足的一餐。

梁韵往周围打量了一圈，嘈杂声一片，好多人，如果不是他提前订了座儿，估计没有口福尝到。

梁韵脑子里忽然想起一个人，想起他总在耳边提起的故乡有多好，美食独特，人也淳朴，今天亲自来感受，确实还不错。

梁韵小口抿着奶茶，恍然明白罗成点的炒米是加在奶茶里的，还有一块块类似奶块的东西浮在表面。

罗成见她好奇，便问："没吃过？"

"没。"梁韵用勺子舀起来。

"这是奶皮，挺多种吃法。"罗成示意她往锅里看，"现在是泡奶茶里，拌上炒米，也有不放进去的吃法。"

"挺多新样。"梁韵弯了弯唇。

罗成笑了："改天带你尝尝别的。"

两人都不属于自来熟，但聊起来也还合拍。

梁韵笑了一声，忽然抬眸："问你一个问题。"

"嗯？问吧。"

"我记得田老板说你很忙，没空接我这单，那怎么突然答应了？"

罗成顿了下，半晌才抛出一句："给的报酬高。"

他没说实话，或者说，不全是实话，梁韵能看出来，所以没选择继续追问。

025

从蒙餐馆出来时，外面天色已暗。

明明还没到深冬，这里的天气远远比她想象中的要冷。

在异乡小城的街道上，与一个算得上相识但不相熟的男人沿路边漫步，这种感觉还不错。

梁韵觉得，罗成应该对她有印象。至少她已经记起曾经见过他。

步子走得不快，可能是这顿饭的缘故，两人的距离拉近了不少。

罗成见她把手缩进大衣口袋里，说："这边温差大，这个季节很多人都套上棉袄了，晚上还是穿厚点。"

梁韵闻声笑了笑，转过头去看他，扫了一眼他的上半身，一副"你不就没穿"的表情。

"我没感觉，讲给你听的。"罗成对上她的目光，"第一次来？"

梁韵回："嗯。"

"那怎么选择这个季节过来？"

"趁着有空，就过来了。"梁韵偏头看他，"怎么了？"

罗成摇头："没什么，随便问问。"

两人离橙红色的宾馆招牌越走越近，就快到门口时，梁韵忽然问："罗师傅，你今年多大了？"

罗成扭过头看她。

她说："问问不行？"

等了几秒，罗成说："应该比你大不少。"

梁韵挑眉："我今年二十七岁。"

罗成嘴角勾了勾，也没什么隐瞒的："三十一岁。"

梁韵点点头，淡然一笑。

进了门，右手边就是前台，服务人员已经换了人。

梁韵问："明天几点出发？"

罗成从兜里摸出房卡："你想几点？九点、十点都行。"

"无所谓，我起得来。"

罗成笑着："十点吧，路上用的东西都带齐，晚上才能回来。"

梁韵"嗯"了声，推门进去。

回到房间里，罗成没着急进卫生间洗澡，随手把外套裤子脱掉扔到一旁，径直躺到床上。

听到一声响,是东西掉落的声音。

他坐起身,目光落到掉在床脚的钱夹上,立刻弯腰捡起来。

他打开黑色皮夹,指腹慢慢摩挲了两下里面的相片。

一根烟渐灭。

他才从床头柜上的背包里,拿出换洗衣服,裸着上身进了卫生间冲澡。

隔壁房间里,梁韵洗漱完后,把电脑拿到床上。即使暂时没工作了,她也依然保持着每天查看邮箱的习惯。

最上面的那封,还是一个星期前通知的人事变更。

没有任何其他消息……

梁韵颓然地倚着床头。

安静很久后,连续的振动声在床上响起。

梁韵看见手机屏幕上的来电,迟疑了会儿,最终还是接了。

"妈?"她声音很轻,"还没睡?"

"还不困。"梁母语气关切,"韵韵,最近很忙啊?"

"还是老样子,和以前差不多。"和大多数人一样,梁韵也是报喜不报忧。

梁母说:"那就行。就你爸总念着你,下班的时候还问我,你最近怎么不常往家里打电话呢。"

梁母接着问:"最近工作怎么样?"

很长一段时间,梁韵都在反思,自己到底算不算得上是一个好领导。

如果是的话,那她手下的人为什么对她没有一丝信任,可如果不是,那这些年来付出的精力和努力都付诸东流了吗?

直到现在,她都没有想出个所以然来。

梁韵思忖了一会儿,决定实话实说:"我被停职了。"

梁母以为自己听错了:"停职?"

梁韵平躺在床上,把被子拉到身上,随后把手机开了免提,放到一旁的枕头上。

"没听错,被停职了。"

小城夜晚寂静得像一潭清水,房间内也静谧无声。

"什么情况韵韵?"梁母试探地问,"工作出问题了?"

"嗯。"梁韵怕她太担心,补了一句,"暂时性的,过段时间再看吧。"

梁母叹了口气,在她眼里,梁韵从小到大,无论是学业工作,还是日常生活上,都是一个自觉且听话的孩子,但被停职,事情肯定有点严重了。

"没事,放心吧。"梁韵又强调了一遍。

梁父望了梁母一眼，慢慢摇头，示意梁母不要继续问了。

梁父开口："韵韵，你刚说的话，爸也听到了。这没什么要紧的，就当休息一段时间吧。"

梁韵眼眶一热，忽然脑子里浮现出一句话——

当你觉得一无所有的时候，就要回头看看还有什么，或许它一直在你身边，也或许它即将到来。

梁韵不知道会不会有所谓的"它"到来，但她庆幸一点，父母永远会理解和包容她。

"要不要回家待段时间？"梁母温声说，"之前你总说工作忙，要不趁这次从青岛回来，在家休息一段？"

梁韵思索后说："妈，我现在不在青岛。"

梁母讶然："那你在哪儿了？"

梁韵索性放弃隐瞒："在内蒙，刚来没几天。"

"你这孩子，怎么跑这么远，也没跟我们知会一声。"

梁韵笑了笑："都多大人了，还能跑丢了我不成。"

"那怎么能一样啊！"

"旅游，就当放松放松心情。"

梁母刚开口要说话，梁父拍了拍她的胳膊。

两人似乎想到了什么。

"韵韵，你是不是去找小谢了？"梁母猜测地问。

梁韵觉得有些好笑，为什么都觉得她是来找谢铭的，孙晓是，现在连父母也这么认为。

"怎么可能，想哪儿去了啊。"

梁父道："无论你做什么，做父母的我们都支持。"

梁韵强调道："真不是，爸。工作这么多年了，我一直都挺忙挺累的，趁这次有机会，就想适当地给自己放松放松。"

说完这些，电话那头沉默了许久，久到梁韵以为电话被挂断了。

她正准备张口，就听到梁父说："我们不希望你太辛苦，也一直尊重你的想法，如果觉得太累了，可以适当地停一下，人生嘛，走走停停很正常。"

梁韵缓缓点头，沉声应下："好。"

电话又换到梁母这里："还有……你年纪不小了，自从上次和小谢结束后，就没见你再往心里放什么人。虽然妈是很喜欢小谢的，也不知道你们之间发生了什么，不过，还是看你们自己的想法吧。"

梁韵闷声一笑，她也逃不过，跑得再远，一样也逃不过父母辈的催婚。

梁母还在说："有合适的可以带回来看看，只要人是好孩子，背景正，我们都能接受。"

梁韵笑出了声，视线忽地飘到了正前方的挂钟上。

十点钟……

她想到点什么，嘴角扯出一个弧度。

"我知道。"她没反驳梁母的话，随后笑道，"快休息吧，明早还得教书育人，不早了。"

梁父又说了几句，才彻底结束这通电话。

梁韵仍然半躺在床上，她环视了圈房间，最终又落到墙壁时钟上，黑色短针指着"10"。

她突兀地笑了，随后摇了摇头。

阳光透过一层层淡薄的云层，折射在灰黑的玻璃车窗上，耀得人眼花白。

公路上的车很少，放眼远处，隐约能看到隐藏在沙漠中间的小道。

梁韵收回目光，抬手把遮阳板放下来。

"前面是你说的沙漠吗？"她问。

"嗯？"罗成回过神，"是，不过我们要去的不是这个。"

车子继续前行了一段后才缓缓停下来。

"到了。"罗成拉下手刹，"下去看看。"

眼前是一大片湖泊。

天气还不错，蔚蓝色的天空映在沙漠中央的淡湖中，两人沿着广阔的湖边滩涂走了走。

梁韵说："这里很漂亮。"

罗成问："想划船吗？这里有些娱乐设施，可以打发时间。"

"打发时间？"梁韵侧眸看他。

罗成与她对视："怎么？"

梁韵玩味地笑："身为一个导游，向游客推荐打发时间的景点？"话里似乎掺着点谴责的意思。

罗成笑道："不想去？"

"倒也不是。"梁韵大方一笑，"怎么，和我一程很无趣？"

远处跑来几个小孩,手里握着沙子,一笑一回头,再朝玩伴掷出去的时候,沙子已随风飘扬飞去。

罗成回道:"没有。"

其实他也看出梁韵旅行的目的性不强,她应该只是想找个地方养养伤、散散心。

蓦地,他脑子里浮出一个猜想。

梁韵察觉到他的视线,对上他狐疑的目光,问:"你看什么?"

罗成没吭声,片刻过后,他隐约想起当年站在她旁边的那个男人。

所以……是分手了?

他当然没问,也没什么立场问。

梁韵被他盯得越发不自然,抬起手,摸了下脸颊,以为是妆花了。

"没花,很精致。"罗成看出她的想法。

梁韵微眯了下眼,呵笑一声。

罗成正转身往售票处走,梁韵突然问:"那是什么?"

罗成看向她指的方向,远处露出一角的雕像在阳光照射下发着光。

"成吉思汗铜像。"

梁韵远远望了会儿:"我们去看看那个吧。"

罗成:"那在另一个景点,等会儿开车过去。"

原本就在计划内的地方,她不说,罗成也会带她过去。

"好。"梁韵笑了笑,"先在湖边走走吧。"

景色不错,比起坐船,她更喜欢顺着沙水漫步。

"罗师傅,你好像兴致不高?"梁韵见他一路不吭声。

罗成漫不经心:"你觉得满足就行。"

梁韵被他逗笑,领队不应该都是兴致满满、激情澎湃、顾客至上的吗?

"你这服务态度挺敷衍的,没有人投诉过吗?"

"投诉暂时还没有。"罗成从容一笑,"不过倒是听过,有人特意点名要选我。"

梁韵的脸颊顿时发热,她脱口而出:"谁知道你这么无聊。"

罗成笑出了声,头一回见她脸上的表情这么生动。

这茬是梁韵挑起来的,她索性先闭了嘴,没承想看起来闷不吭声的男人,说出的话却乘虚蹈隙。

他们渐渐绕回码头的方向,罗成也不再逗她:"想去对面转转吗?"

梁韵淡淡地看了他一眼:"不去。"

"真不去?"罗成语气无奈,"跟自己较个什么劲?"

梁韵侧过头,问了句:"两边景色有什么区别吗?"

罗成想了会儿:"差不多。"

"那看一个就够了。"

原来还是个记仇的。罗成笑了笑,试探地问:"生气了?"

梁韵其实不是在较劲,而是走不动了。

"累了。"

"你说什么?"

风大,罗成真没听清。

梁韵觉得他是故意的,大声说:"太累了,不想走了,要不找个地方歇会儿?"

一来一回,气氛就有点不对劲了。

周围路过的人转过头看他们。

罗成也没在意,笑了笑决定先回车里。

回到车上休息了一下后,罗成把车驶上大桥。

车里很安静,罗成经过一番思索,准备跟她坦白"司机"这事:"其实我……"

"罗师傅,我们是要去看那个铜像吗?"梁韵降下车窗,从桥上眺望远处的"成吉思汗"。

被她一打岔,罗成到嘴边的话又吞了回去。

他说:"嗯,很快就到。"

梁韵又问:"要爬山吗?"

雕像屹立在山顶,要想近距离观看,应该需要登顶。

罗成哂然一笑,摇头:"放心,不需要亲自爬,有缆车送你上去。"

梁韵若有所思地点头。

"你刚想说什么来着?"梁韵的目光定格在罗成的脸上。

"嗯?"

"其实你什么?"

"没什么,就是想说……"罗成打了个转向灯,车子拐弯,先前想说的话变成了,"其实我觉得你还挺好相处的。"

梁韵一愣,觉得这话有些熟悉,细细一想,他好像是在回答昨天晚上的问题。

等她再回过神时,罗成已将车停在了景区门口。

这里的游客要比刚刚那儿多一些,三五成群地簇拥在一起准备上山。

梁韵等了一会儿,罗成手里拿着门票回来了。

"走吧，缆车入口在那边。"罗成抬了抬下巴。

陡然处在如此壮丽的风景中，梁韵的心境也变得不同。

她好奇这里的每一处，这么庞大的铜像，是怎么在山顶建造而成的。

梁韵环顾一圈，又开始俯视缆车下面。

"下面是黄河。"罗成倏地出声。

透过缆车的玻璃，观望滔滔奔流的黄河，好壮观的场景。

渐渐到了缆车尽头，梁韵与罗成下了缆车。

成吉思汗雕像坐落于主峰，山高风大。

梁韵把被风吹乱的发丝捋了捋，往前站近了些。

阳光的照射下，顶峰上时不时映出金色的光。

离近看的感受又不一样，整个铜像鲜活了起来，生动清晰，好像那个在课本里的传奇人物，真的出现在了眼前。

她手放到额前，仰头向上看，低声呢喃："……好高。"

罗成告诉她："接近九十米。"

梁韵侧眸瞧他。

罗成挑眉："怎么？"

"你真的是领队？两句解说就没了？"

罗成低笑一声，继续补充："官方给出的数据是88.95米，用时八年才建完，能不壮观吗？"

"八年？"

"嗯。刚开始准备建铜像时，是有争议的，不过最后还是建成了。"

往远处看，山势蜿蜒起伏，这么大的工程，确实不是件容易完成的事。

梁韵不予置评，和其他游客一样，亲眼看见后，她更多的感受是尊崇和敬意。

"要帮你拍照吗？"罗成问她。周围的游客几乎都在拍照，大人、小孩轮流着来，欢笑声接连不断。

"不了。"梁韵面朝铜像，"我只拍它就可以了。"

罗成点了点头，退后一步，自觉地移到一边。

暮地，前方出现两个追赶打闹的小男孩，梁韵刚举起手机，就被一团小黑影撞了下，梁韵被那股冲力撞退了几步。感觉身体快要站不稳时，她的后腰被一股力撑住。

罗成一只大手托住了她，等她站稳，他又收回去了。

"哎呀，乐乐！"从远处跑过来一个女人，"你干吗呢，别乱跑，碰着阿姨了。"

为首的小男孩转过头，呆滞地愣在原地。

女人用手推了推孩子，小孩才用细微的声音道歉："阿姨，对不起……"

"不好意思啊。"男孩的妈妈抱歉地开口，"孩子有点调皮。"

梁韵摇头笑了笑，没说什么。

女人又指责了几句，才领着两个孩子往回走。

"没事吧？"罗成往梁韵的脚上看。

梁韵的腰间似乎还能感受到刚刚的那股力道，她对上他的深眸，笑道："没事，谢谢。"

回到宾馆。

卫生间里哗啦啦地响起水声，男人站在淋浴头下，密密麻麻的水珠从极短的黑发中穿过，顺着眉骨、鼻梁、下颌往下滑落。

古铜色的胸膛在灯下好似镀上了一层暗弱的烁光，脊背宽厚，看上去坚实有力，罗成仰头，抹了抹脸上的水，关掉了水。

他从卫生间出来，浴巾低低地围在胯上，赤裸的上半身还在滴水。

考虑到后面几天的住宿条件没这么好了，罗成这次也比平时洗得细致了些。

他一手拿着毛巾在短发上胡乱地摩擦，另一只手在回消息：我没时间，不在乌尔旗。

那头的人回复：不碍事啊，又不是没去过，就连搁钥匙的地方我都知道，顺着铁栏底下往左摸，花盆下面压着就是。

罗成一只手打字：你闲的，不干活了？

那头的人嘿嘿笑：我是老板，干啥活。

罗成不想跟他废话：再说一遍，没时间，别做无用功，我就在这儿，哪儿都不会去。

那头的人急了，立刻拨来电话。

罗成没理会，将手机扔到床上，扯掉浴巾不急不慢地套上裤子。他宽肩窄腰，胸膛健硕，线条流畅又充满力量。

另一头的彭致垒不死心，嘴里嘀咕着，一直拨打电话。

过一会儿，罗成终于拿起手机接通电话："你真是闲。"

彭致垒往床上一躺："你要是嫌我烦，就赶紧回来，别让我一遍一遍地催。"

床靠背是皮质的，罗成倚上去，从搁在床头的烟盒里拿出一根烟。

屋内没开主灯，只剩卫生间的那盏暖黄的灯浅浅照着。

罗成说:"忙,没时间。"

"你忙什么,你说你忙什么?"彭致垒恨他这死气沉沉的样儿,咬牙切齿,"大好年华白白浪费在那儿,你难道要开一辈子车、送一辈子货?"

罗成看着指尖燃烧的烟,沉默了半晌。

彭致垒意识到情绪有点过了,声音低了下来:"回来吧,真的,别太执着了,那样的日子什么时候才能到头……"

"说话。"彭致垒喊,"死了?"

罗成合上眼,哑着嗓子:"六年了,大彭,这六年里我没有一天不想他们,都留在这儿了……我有什么资格回去。"

彭致垒有一会儿没吭声,他了解罗成。罗成恨自己,他原谅不了自己,所以他只能暂时麻痹自己。

罗成吐了口烟,白雾徐徐往上爬。

"有时候想……要不是我,他们怎么会白白丧了命。"罗成说,"如果当初我也……"

"罗成!"彭致垒喊住他。

罗成从不会把脆弱的一面展现出来,他也不习惯把伤口露出来,但找了五六年凶手,现在终于有了点头绪,这种心境是不一样的。

彭致垒斟酌措辞:"可结果不都定了?叔和婶子,还有小娜,他们要是还活着,看到你这样,能安心吗?"

彭致垒:"你不能总是活在过去,这话说过八百遍了,每次去找你,你就搪塞我走。但罗成,事情已经发生了,谁也没想到会遭受这种意外……"

"那不是意外。"罗成沉声说。

"什么?"彭致垒没听清。

罗成沉沉地吸了口烟:"大彭,那不是意外。"

彭致垒迟疑两秒:"什么意思?"

罗成语气平淡:"我有我的安排,你别问了。"

彭致垒听他的声音冷静得不寻常,努力去分辨他话里的意思。

"你想干什么?你别胡来,都结案了。"

罗成嗤笑一声,声音阴冷:"这算什么。"

"罗成,你别胡来!"彭致垒急道,"等我去找你。"

手中的烟半刻没入口,火苗已燃到了头,罗成伸出胳膊,朝着烟灰缸弹了弹烟灰。

"我没在家,在外面干活。"罗成直说。

"又不能十天半个月不沾家,我去那儿等你。"彭致垒不死心。

罗成烦了:"我明天去巴丹吉林,这半个月都没时间。"

"啊?沙漠吗?"彭致垒被话勾走了,"你们业务这么广泛?还要进沙漠送货呢?"

"废话太多,挂了。"罗成不想聊下去了。

"总之我把手头的事忙完就过去找你。"彭致垒也不放弃。

罗成还没来得及张嘴,彭致垒赶紧又说:"挂了,就这么定了。"

手机挂断,罗成瞥了眼时间,把手机放下准备睡觉。明天路程长,他要有足够的精神才行。

第三章 /
沙漠是两人心动的初始 ▼

第二天正午,阳光明媚,梁韵坐在床尾捣弄箱子,等将所有行李收拾好后,依然没有见到罗成。

将窗帘拉到最大,阳光肆意地照射进来。

梁韵想了想,还是拿出手机,打开微信。

昨晚吃饭时,梁韵开玩笑说,加微信不是还他钱,是为了路上方便联系……

罗成倒也没说啥,他放下筷子,从裤兜里掏出手机,爽快地递给梁韵让她加上。

…………

梁韵打字:几点出发?

消息发出去没一会儿,就听到敲门声。

梁韵去开门:"罗师傅,你迟到了。"

罗成不自然地咳了两声:"东西收拾好了?"

梁韵侧过身子,让他看鞋架旁边的箱子。

罗成笑:"走吧。"

下了楼,梁韵走在前头,罗成要退房,让她先去车里等着。

经过前台时,她不经意地停下脚步。

"怎么了?"罗成见她没动。

前台不是第一天见到的人……

梁韵努了下嘴:"没什么。一起吧,要不了多长时间。"

罗成点点头,随她。

"你好,要退房吗?"一个中年女人从前台站起来。

罗成"嗯"了一声,把两张房卡递过去。

外面的太阳越升越高,都忘了快要进入深冬的节奏。

这里的早晚温差很大。

正午阳光洒在身上,虽没有太暖和,但还是比早晚裹着大风沙舒服很多。

推开门，黑色越野车停在门口。

罗成去车后备厢放行李，梁韵绕到车前侧。

拉开车门，一股食物的香气扑鼻而来。

梁韵的目光寻到挡风玻璃前的台子上有一个白色袋子，束口不紧，感觉还冒着热气。

梁韵想要伸手去拿，还没碰到，罗成拉开车门坐进来。

她倏地把手收回。

罗成插进钥匙，启动车，看着她："怎么不吃？"

"哦。"梁韵侧头，"你刚去买这个了？"

"嗯，快吃，等会儿凉了就有膻味。"

车子渐渐变道，驶上主路。

梁韵从袋子里拿起一个烧卖："你看见我给你发的消息了？"

"看到了。"

"那怎么不回我？"

罗成说："当时就快到楼梯口了。"

梁韵咬了一口烧卖，羊肉馅的，味浓多汁。

平时她不怎么吃羊肉，总觉得有一股腥膻味。不过这里的羊肉味道确实不一样，她并不排斥。

"罗师傅。"梁韵转头，嘴角挂着笑，"你知不知道……不回人消息是件不礼貌的事？"

罗成不在意的语气："一条消息而已。"

梁韵慢条斯理地边吃边说："你这样会让我觉得自己很失败。"

罗成看她一眼："这么严重吗？"

"是啊。"梁韵已经吃到了第三个，"我会觉得你是不是不想跟我说话，是不是我有哪些行为让你觉得不满，或者……"

罗成头有点大，女人的脑回路都这样吗？

他摇头笑了笑："你们女人都这样？"

"都哪样？"梁韵反问。

他想了想："胡思乱想、借题发挥？"

"罗师傅……"梁韵上下打量他，"你这么问，看样子得有不少经验吧。"

罗成轰然一笑："你还挺会抠字眼。"

"不要扯开话题。"

罗成望着前方的沙漠之路，稍微正色道："哪个傻女人愿意跟一个没日没夜开车的人在一起，常年沾不着家，又挣不到多少，图什么，这不是傻嘛。"

梁韵似乎从这句话里听出点什么，她笑了笑："女人和男人在一起，也不都是非要图点什么。"

罗成没吭声。

"人和人还是不一样的。"梁韵继续道，"感情里想太多，会很累的。"

罗成突然想问她，你为什么来，独自一人，却并不是为了旅游。

你……遇到了什么事？

他晃了晃神，把思绪收回来。

"你不吃烧卖吗？"梁韵问他。

罗成往袋子里看了一眼，一共八个，还剩两个。

胃口还挺大。

"我吃过了，这都是你的。"他摇头，"鱼肉馅好吃吗？"

梁韵把袋子拿回来，往里探了一眼："不都是羊肉的吗？还有别的馅？"

罗成蓦地笑出声："那你这运气算好还是不好？我要了六个羊肉馅、两个鱼肉馅。"

那家店的烧卖很出名，各种口味都有，罗成想到这几天都是吃牛羊肉，想给她换点不一样的，又怕她吃鱼肉馅吃不惯，就只让老板掺了两个，结果还没吃着。

梁韵摸了摸肚子："吃不下了。"

罗成指了指台子："吃不下就别硬撑了，搁那儿吧。"

梁韵思忖几秒，还是拿起来一个："没吃过鱼肉馅的，尝尝吧。"

罗成突然意识到什么："怎么没喝奶茶，不噎得慌？"

"什么奶茶？"梁韵压根没看见。

车子慢慢减了速度，罗成先往台子上看，没有。他这才想起什么。

"在这儿，自己拿。"他低下头，朝扶手那边看，"估计不怎么热了。"

梁韵嘴角弯了弯，伸手去够："罗师傅，你对每个客人的服务态度都这么到位吗？"

罗成哼笑，没搭腔。

车子又匀速行驶在公路上，道路两旁的景色逐渐变化，从低矮的楼栋变成光秃秃的枯草。

天还是一如既往的蓝，眺望远处，空旷无垠，整幅画面像是对心灵的释放，豁达、宽广。

路上，车很少，偶尔才会从对面驶过一辆。

梁韵打破沉默："司机晚上也要赶路？"

罗成还没来得及回答，又听到她出声："我们不用晚上赶路。出来放松，没有必要把行程定得太赶。"

一路上就他一人开车，而她本身也没什么事，只希望路上能够平安就好。

罗成想和她聊点什么，但看她脸上恹恹的。

"困了？"

梁韵"嗯"了一声。

"那睡会儿吧。"

以前替厂里给旅社送货的时候，一般都是两个人搭伙，路上困了累了能相互替换着。

但这一趟，罗成算是意识到了，开一个人的车，才是最孤独的。

一路向西，阳光慢慢变淡，半落的红日紧贴在沙土的边缘，寒意也渐渐袭来。

面前的手机亮了下。

罗成看了一眼，是蒋利川。

他没着急去拿手机。

车开过一个小镇，罗成余光瞥到身旁的梁韵，想了想，将车子停在一间土楼旁，他才伸手去拿手机。

蒋利川：你拉了个旅行社的顾客？

罗成简短地回：嗯。

蒋利川：怎么还想起干这活了？

罗成：顺路。

蒋利川看出他不愿多说，换了别的话题：那畜生快回来了，有什么准备吗？

半昏暗的车厢内，罗成扯了扯嘴角：等他进了省，往后的事你就不用插手了，我和他的恩怨，任何人都不能扯进来。

蒋利川一句话删删减减，最终发出来的是：我回乌兰察布了。大娘最近身体不好，我回去看看她，你那边什么时候结束？

罗成：不是说在巴彦？

蒋利川：送完货就回了，最后一趟。

罗成琢磨了片刻，回复：还得一段时间。明天进沙漠，待个两三天再启程，要是经过那儿，就顺路去看看大娘。

蒋利川：行，那我等你来。

第三章 / 沙漠是两人心动的初始

039

罗成退出页面，收起手机。

他偏头一看，见梁韵已经醒了。

"天都快黑了。"她朝外望，"你怎么不喊醒我？"

罗成笑了笑："你真能睡。"

梁韵也不恼，她从小就这样，容易犯困，且睡得熟。

"这是哪儿？"她问。

罗成降下半边车窗，指给她看，一个红土砖墙砌出来的房子。

"那边有公共厕所，要去吗？"

梁韵看向他指的方向，没有动。

"现在不去就得等到住宿的地方了。"罗成提醒，"还得有几个小时。"

梁韵问："你不去？"

她不是嫌弃条件，就是一个人挺害怕的。

车子到厕所还有一段距离，要过一条小土沟，周围没什么人，天色也已经彻底黑沉下来。

罗成的车开不进去，就只能停在土路旁。

他了然："害怕？"

他边说话边解开了安全带下车。

梁韵也推开车门，跟在他后面走。

直到站在红土房子前头，她才发现，这厕所竟然没有门，进去之后仅有个挡板，后面就是方便的位置。

她咬牙，这男人找的什么地方？！

但冷静一想，也怪不了他，在这旷野中途能找到这么个地方已经不容易了。

她试着往里走，结果无语地笑了。

罗成站在土沙堆里，点了根烟，还没沾到嘴上，就听见后面窸窸窣窣的脚步声。

他回头一看，就见梁韵杵在他后面。

"好了？"罗成想说这么快。

梁韵鼓起勇气："……罗成，里面没有灯。"

罗成晃了下神，这好像是她第一次直呼他的名字。

空旷星空下，沙堆里响着风刮过来的呼啸声，脚边卷起细细尘堆。

"那怎么办，你把手电筒打开，"罗成唇角勾笑，"我又不能进去。"

庆幸是在黑夜里，罗成应该看不到她涨红的脸颊。

"我忘记拿手机了,在座位上。"她又补充一句,"那个……你的,先借我一下。"

罗成把烟咬在嘴上,两手分别去摸裤兜里的手机,还顺带着拍了两下口袋。

梁韵直勾勾地看着他,差点以为他也没带,结果这个男人胳膊上移,拉开夹克的拉链,从里侧口袋掏出来了。

罗成带着点戏谑,递给她:"哦,在这儿。"

梁韵一时无语,没想到这个看起来寡言少语的男人也有这么幼稚的一面。

她手中用了力,把手机从罗成指尖抽出来,面笑声冷:"谢谢!"

罗成笑了笑,语调恢复正常:"去吧,我在外面等你。"

厕所不大,仅有两个蹲坑,里面还算干净。

夜很静谧,一轮弯月挂在漆黑的夜空。

等梁韵再出来时,眼前的男人还是那个姿势,背对着红土砖瓦房,一手插在兜里,另一只手夹着烟,没吸,垂在大腿外侧,只剩烟雾徐徐上爬。

梁韵走近,把手机递给他:"好冷,走吧。"

回到车里,罗成先启动车子,随后把暖气打开,手伸到出风口,感受到温度正好,才重新上路。

一路上静谧无垠,仅剩车轮碾过道路上的沙砾声。

夜很黑,看不清沿途的风景。

车越驶越远,车厢内飘出歌声……

你是不是也在品尝

一个人的咖啡和天光

是不是也忽然察觉到

多出时间看天色的变幻

如果有一天我们再见面

时间会不会倒退一点

也许我们都忽略

互相伤害之外的感觉

如果哪一天我们都发现

好聚好散不过是种遮掩

如果我们没发现

就给彼此多一点时间

梁韵听着歌声，微不可闻地笑了笑，一首男版情歌。

"我喜欢梁静茹那个版本。"梁韵忽然开口。

"是吗？"罗成回应，"还真没听过。"

梁韵换了个舒服的姿势："有机会可以听听看。"

罗成"嗯"了一声。

梁韵做了一个梦。

虚幻的办公室里，一张狰狞的面孔。没有人听她解释，也没有人愿意相信她。

她像是整个大楼内唯一被抛弃的人，等她掉下来后，人人都开始唾弃她、踩低她。

"你装什么装。"梦里，男人去解领带，"一副清高的死样，摆给谁看呢。"

那人语气轻浮，丝毫不顾梁韵的抗拒和挣扎。

"你有今天，不都是我给的。"他去扯梁韵的衬衫。

梁韵使劲推他，但抵不过男女力量的悬殊。

"你疯了？你知道你在做什么吗？"

男人红着双眼，完全听不进去她说什么，将她的衬衫从半裙里抽出来，又去解她胸口的扣子。

"都分手那么久了，还想着那个懦夫一样的前男友？"

梁韵又打又骂没力气了，感觉有一滴泪落下。

就快要放弃的时候，忽然，她感觉手在背后摸到了一个硬块似的东西，来不及思考，她拿起狠狠地拍在那个男人的颈部。

那人号叫一声，捂住脖子，随后晃晃荡荡地站起来。

再然后，场景开始变得模糊。

梁韵扣上衬衫纽扣，等她出去的时候，办公室外已经围满了人。

有熟悉的面孔，也有从没见过的陌生人。

但他们脸上似乎有一个共同的表情，鄙夷。

她想张口去解释点什么，就见那群人纷纷散开，只留下她一人站在原地。

她试着说话，她死命地捂着脖子，却怎么都发不出声。

"梁韵？"

直到听见一句低沉的、浑厚的声音，在呼喊她。

罗成拍拍她的肩膀："梁韵？"

梁韵缓缓睁开眼，就看见撑在她上方的男人，背着光，依稀看到他深邃的眼眸。

车不知何时已经停下，车内开了暖黄的灯。

见她醒了，罗成问道："做梦了？"声音是他自己察觉不到的温柔。

梁韵有一瞬间的恍惚，目光呆呆地在看着他。

她低低地"嗯"了声。

"你流汗了。"罗成抬起手，隔空点了点她的额头。

她还是"嗯"了一声。

月光倾斜下来，洒到她的肩上。

罗成看着她："做噩梦了？"

彼此的眼神在黑夜中相视。

梁韵的眼神没有躲闪，只说道："算是吧。"

罗成没有继续追问，只是轻微地点了点头，身体后仰坐回去。

梁韵蓦地伸手按住他的胳膊，止住了他的动作。

罗成停下来，没再动。两人都没说话，车厢内的温度好像都攀升了。

梁韵的视线从他的眼睛移开，慢慢下移到他的嘴唇，好一会儿，她才别过脸，视线看向别处。

她问："到地方了吗？"

"到阿拉善右旗了。今晚先在这里凑合一夜，明天进沙漠。"

"嗯。"

罗成坐回去，抽了一张纸给她："擦擦汗，外面风大。"

梁韵接过纸，抿了抿唇。

罗成指了指旁边的小院："找了个落脚的地方。这边住宿条件不及之前，先将就将就。"

梁韵拿上包，恢复了先前的语气："我有那么挑剔吗？"

罗成笑了，没有应声。

他没拿行李，只住一晚，明天还要早早出发。

罗成领她进开的房间，手抵住门："我就住隔壁，有事喊我。"

梁韵眉梢漾开，抬眸看他。

开了这么久的车，他也没什么精神了，眼眶下围有乌青。

"你也好好休息。"梁韵说。

门关上，罗成愣了几秒，随后笑了笑，才转身回到隔壁的房间。

卫生间的热水不是很稳定，梁韵简单冲洗了下。

躺在床上，拉过被子，睡意蔓延之前，梁韵无声地笑了。

第三章／沙漠是两人心动的初始

043

灰蒙蒙的上空慢慢染了色，红日悄然露出头，为大地披上一层霞光。

这栋小房应该是村民自建的，多出来的房间用来临时外租给过路人。

四四方方的小院，二层楼高。

"姑娘，怎么起这么早啊？"

梁韵回身，只见左侧小屋里走出来一位大婶，手里端着菜盆。

她礼貌地打招呼："你好，婶婶。"

房东大婶拢着嘴笑："睡得可还习惯？"

梁韵实话实说："挺好的，暖气也很足。"

大婶指着对门那间屋笑着问："你男人还没醒？"

梁韵一顿，随后摆了摆手："他不是。"

"哦哦！"大婶一拍腿，察觉到误会了，尴尬地笑，"对不住姑娘，人老糊涂了。"

"没事……"梁韵看了眼那扇门。

大婶又招呼她："进屋来坐会儿，外面冷啊姑娘。"

梁韵看了看那间冒着热气的小屋，应该是厨房。

"这是做什么？"她问。

大婶手里拿着铁勺在锅中搅动，她乐呵呵道："在家里闲着没事，做点奶酪。"

梁韵直勾勾地盯着看："做这个难吗？"

"不难不难，很简单的。"

梁韵指了指旁边的板子："这些是做好的吗？"

"那些已经成型了，还没来得及切。"

梁韵乖乖站在一旁，看大婶的手法，细细地聆听着一些步骤。

罗成出来时，余光瞥到梁韵的门是敞开的，里面铺被整齐，然后就听到对门屋子里隐有交谈的声音。

他走到门口，看到一道熟悉的身影站在灶台旁，两手插在毛呢大衣口袋里，很有兴致地看着大婶的操作。

他等了会儿，觉得时间差不多了，才出声："梁韵，准备走了。"

梁韵回头看到罗成，他抱着肩，半倚靠在门框上，勾着嘴角。

梁韵："婶子，我们先走了。"

大婶忙停下手中的活："这么着急啊，留下吃个早饭再走也不迟啊。"

罗成向梁韵招招手，示意她过来。

梁韵朝大婶和煦地笑了笑，委婉地推辞："婶婶，我们要进沙漠，需要早点出发。"

告别了房东大婶，两人又开始了行程。

车子停在一家早点店时，罗成没让梁韵下去，没多会儿，他拎着一袋早餐回来。

罗成动作利索，三五口将他的早饭咽下去。

梁韵则在一旁细嚼慢咽。

等车停在沙漠入口时，时间还算早，沙漠里的温度还没有很高。

罗成先去了售票厅买票，梁韵也不急不慢地下车，当脚沾到地时，她差点没被风吹走，她一只手摁住脖子上的围巾，另一只手从背包里掏出墨镜。

手机响动了下。

梁韵拿起来，是罗成打来的。

那头的人直接问："要进沙漠腹地吗？"

她不了解他是什么意思，问："怎么了？"

罗成站在售票厅，传达了售票员的大致意思："我们的车开不进去里面，要想进深处得包车找专门的向导，所以有可能会和别人一起拼车。"

梁韵想了想，觉得没什么，便说："既然都来了，就进去看看吧。"

电话还没挂断，梁韵又听到他说："先不急下来，在车上等我，我联系好人了过去接你。"

呼啸的风声从耳边刮过，梁韵低声笑了："怎么办，已经下车了，要不你快点？"

罗成往远处看，要不是凭借着对车位置的记忆，八成认不出来她。

视线中的女人倚靠在车门上，围巾绕过发顶包了一圈，裹住脸，连同口鼻一起，脸上架了一副墨镜，整张脸包裹得很严密。

梁韵观望了一圈，有成群结伴的游客，还有一些徒步的探险者，正纷纷涌进沙漠入口。

没等多久，罗成攥着票过来了。

"五分钟后，司机会过来接。"

罗成打开车后备厢，弯腰进去倒腾了一番。

他没听见梁韵的声音，又说："今晚要住在里面，待一晚上，明天出来。"

梁韵离近了点："那要怎么睡，露营吗？"

罗成装了几瓶水在包里，转头看她："怎么？"

"沙漠里什么都没有，怎么睡？"

罗成把包背到肩上，把她的箱子挪到中央，大掌拍了拍灰，笑道："谁告诉你里头什么都没有。"

梁韵瞥他一眼。

罗成解释:"有牧民区。师傅会安排好,不会让你睡沙堆上。"

梁韵声如蚊蚋:"嗯。"

"你想露营?"

"我没说。"梁韵脚底拱了拱沙子。

"想也不管用,什么装备都没有。"罗成挑了挑眉,拍拍箱子,"你拿点生活用品,箱子就不带进去了。"

于是梁韵上前将行李箱打开,她背包小,装不下多少东西,只挑了几个必备的拿进去。

拉开行李箱另一侧的拉链,她的手停在瓶瓶罐罐上,虽说早上出发前该涂的已经涂过了,但她顿了几秒后,还是装了一瓶防晒霜。

不一会儿,一辆"黑色猛禽"停在了他们跟前。

"小伙子,是你们叫的车?"驾驶座探出一个头,向罗成摆手。

司机是一位蒙古族大哥,肤色黝黑,身材魁梧,一笑一口白牙锃亮。

前面副驾驶上还有一位,梁韵和罗成坐在后头,一行四个人进入沙漠。

"我先自我介绍一下啊。"司机师傅嗓音高亢,"我是咱们这次沙漠的向导,你们可以叫我提布,或者老布都行。"

话音还没落,坐在副驾驶上的男生咯咯地笑。

"那我们喊你布师傅也行咯?"

"没问题。"司机哈哈一笑,"想怎么称呼就怎么称呼,出来玩嘛,图的就是个自在。"

"那这一程就辛苦你啦布师傅。"

相比于前座男生的热情,后座的两人就比较沉默了。

"哈喽,你们好,我叫尚翼辰。"副驾驶上的大男孩转头,两眼亮晶晶地与罗成、梁韵打招呼。

梁韵偏头看了罗成一眼,那人只是颔首点头:"罗成。"

她也扬唇回:"你好啊。"

尚翼辰这一路上一直是他一人,现在碰上两个人,还有一位是美女,脸上的笑容不禁放大了几倍:"姐姐,你好美啊。"

罗成原本没什么反应,听到这句话时忍不住抬头看了尚翼辰一眼,现在的小屁孩都这么直白露骨吗?

没人不爱听赞美,梁韵也不例外。

她脸上的笑意越发灿烂:"谢谢。"

尚翼辰半扭过身子，手扒在靠背上，和她说："我是一个业余摄影师，这次来主要是拍摄，你们呢？"

梁韵有些意外，下意识地朝他的位置看去。

尚翼辰顺着她的视线，以为她不相信："我的设备在包里呢，等会儿可以拿给你看。"

梁韵没有拒绝，眼底浮起一抹笑意："我就是简单旅游的。"

不过一小会儿，车厢内的气氛就转变了。

尚翼辰铆足了劲和梁韵聊天，梁韵则有一搭没一搭地回着。

罗成低低地呵了声。

行驶了一阵，车子减了速。

老布侧过头，对三人说："你们先下车看看海子（方言，指湖泊），该拍照拍照。"

几人都下了车，梁韵又重新用围巾把脸遮住，整理好一番后才下去。

这是梁韵第一次见识到沙漠的魅力，不是她想象中的贫瘠、单调。

绵绵的沙丘，连带着另一侧巍峨的沙脊，整个大漠望不到边际。

没风时，湖面渐渐趋于平静；微风骤起时，湖边的芦苇叶悠然飘荡。

梁韵蹲在海子旁，蜷缩着的倒影映在里头，抬眸时，就见人高马大的男人立在海子另一头，正对着她。

阳光射下来，刺得她看不清那人的五官。

梁韵回身的那一刻，尚翼辰找好角度抓拍了几张。

"快来看！"尚翼辰跑过去，举着相机给她看。

梁韵把目光放到相机的 LOGO 上。

力视 V5……

尚翼辰挥了挥手中的相机："梁姐姐，怎么了？"

"没什么。"梁韵推了推墨镜框，"挺好看的。技术还不错啊。"

她说的是实话，整张照片构图很有技巧，她虽不是这一行的，但做的是这一类产品，多多少少有些了解。

"没有。"尚翼辰的脸上逐渐浮现出赧色，"这会儿沙丘比较光滑，纹理不错，正好衬你。"

他又补了一句："主要还是人好看，所以为整张照片加分了。"

梁韵没忍住，围巾下的唇弯了起来。她问："你多大了？"

尚翼辰单眯一只眼，将单反对准海子中央，回："今年整好二十一岁。"

梁韵眺望着阳光折射下的金黄沙面，随意道："年轻真好。"

渐渐刮起一阵风，梁韵不再陪他聊，围着海子绕了半圈，走到罗成那一侧。

"看什么呢？"她出声问道。

罗成目视前方："随便看看。"

"你也是第一次来？"

"嗯。"

另一头有几辆越野车正在穿行，翻过沙丘，又加速冲下来。

梁韵问他："要拍照吗？"

罗成垂头瞧她，说："不感兴趣。"

梁韵笑出了声，直说："我是想看他的相机。"

罗成没吭声，目光却看向尚翼辰手上的东西。

他说："喜欢那个？"

梁韵："那个是我负责的产品。"

罗成："嗯？"

梁韵："那个相机，是我们公司上个季度新出的产品。"

罗成偏头看她，围巾裹得还是一样严实，只剩额头裸露在外，光洁亮白。

原来她是做这个工作的。

梁韵垂下眸，声音轻细："不过上个月被发现品控有问题，没想到有人在用。"

罗成察觉到她语气变了，没说话，静静听她继续说。

良久，梁韵还是没开口。

他忽然问："你刚刚在车上想跟我说什么？"

梁韵抬头与他对视："原来你听见了啊？"

罗成摸了摸鼻子："没听清。"

梁韵哼笑："我说我想喝水。"

"嗯。"罗成笑了，"在车上，等会儿拿给你。"

两人又站着看了会儿，直到老布对他们挥手，三人才踩着沙子往车的方向走。

再次上了车，气氛相比之前好了许多。

罗成从背包里拿出一瓶水，拧开盖子，递给梁韵。

梁韵没接，她先是把墨镜拿掉，然后从脖颈位置解开围巾，一圈又一圈。

罗成看得发笑："包这么严实？"

头发散下来，毛衣与发丝轻微接触，发出"呲呲"的静电声。梁韵把胸前一撮头发捋到后肩，反问他："你不怕晒？"

罗成嘴角挂着笑,一副"你看我在不在意"的样儿。

拳头打在棉花上,她不说话了,默默地接过水喝起来。

先前余光一瞟,见他包里装了不少瓶水,梁韵暗暗庆幸他是个靠谱的搭档。不然像她只记得带防晒,却没想起装瓶水的人,估计会渴死在沙漠里头。

前座的老布出声:"再往里点就是腹地。快到正午了,气温马上攀到最高,中间我开慢点就不停了,你们在车上看景,等到必鲁图峰再下车。"

沙漠昼夜温差大,这会儿阳光太毒,几人都没什么意见,应下声来。

尚翼辰转头问老布:"就是那个被称为世界最高峰的?"

老布笑道:"哈哈哈,没错没错,沙漠最高峰。这里最大的沙山就数它了,又高又陡,海拔有一千六百多米,相对高度也得有五百多米。"

尚翼辰眼睛放光:"这么高,那视野应该不错吧?"

老布笑了笑:"那要看你有没有力气爬上去了。"

"试试呗,来都来了!"尚翼辰向后仰,倚靠在座位后背上。

"还有一个海子很出名。"老布踩紧油门,"是粉红色的,很少见,我们叫它'红海子'。"

尚翼辰又问了一些其他的,说想多了解点,回去以后能在每张展品的背后介绍更多细节。

两人在前头聊得热火朝天。

梁韵抓紧车扶手,尽力控制身体平衡。她看着罗成,笑道:"罗师傅,他抢了你的活儿。"

罗成疑惑:"什么?"

"你也可以跟他介绍,不展示一下你的实力?"

罗成听出她的揶揄,哼笑:"我技术不到家。"

梁韵眉梢一挑:"你是不是合格的导游,考证了吗?"

罗成假装摸兜:"有证没证,现在问都晚了。"

梁韵扭过头,不再说话。

周围越野车分别驰骋在每一座沙丘上,充满了速度与激情。

不知道行驶了多久,感觉车越来越颠簸,车速也越来越快,身体随车一同摇晃。

终于停下来的那一刻,梁韵立刻推开门冲下车。

"想吐?"罗成下车,跟在她后面。

梁韵摆摆手,使劲呼吸。

罗成把围巾递给她。

胸口现在有点闷,梁韵思忖了会儿,还是将围巾系上了。

罗成解释:"不开快的话有的坡上不去。"

梁韵:"还是你开车比较稳。"

罗成眉峰上挑:"我就当是夸奖。"

梁韵笑了笑。

远远看去,尚翼辰已经甩开他们一段距离。

尚翼辰站在半坡上,挥手朝两人喊:"你们快点上来看看,景色很不错!"

梁韵摆摆手,她没力气大声说话,示意他先走。

一个个沙峰接连着,没爬多久,梁韵又开始喘了。

沙子细软,踩在脚底暖呼呼的,但她却觉得越走越硌脚。

梁韵低下头看了眼鞋底。

罗成带她走的脊线,男人步子迈得大,两人相隔了十几米。

后面的动静越来越小,罗成停下脚步,回身一看,女人正半弯着身子,盯着鞋面傻看。

梁韵鞋里灌进了不少沙粒,一路走走停停,她有些想放弃冲顶峰的念头。

罗成大步迈回她身边,问:"走不动了?"

顷刻间,一道影子竖在梁韵身前,挡住了阳光。

梁韵没回他,依然看向鞋面。

罗成猜到点:"鞋里进沙了?"

"嗯。"

罗成一笑,差点以为她腿抽筋了。

梁韵微微弯下腰,想把鞋里面的沙子倒出来,但沙面很软,她单脚站不稳,她努力去控制平衡,在以为要摔倒的那一刻,罗成拽住了她的胳膊。

"……小姐。"他笑,摇头叹了口气,"你真是来旅游的?"

梁韵站稳后,只见罗成弯腰半蹲下,大手捏住她的小腿,轻轻一抬,鞋从脚上脱落。

梁韵微微往后退了点。

"扶好了。"罗成压低声。

梁韵穿的是棕色平跟鞋,很好脱掉。

罗成把鞋翻个面,甩了甩,将里面的沙子全倒出来。

"来沙漠你穿个低面单鞋?"罗成笑道。

梁韵喃喃:"忘了。"

"这也能忘？"

"我喜欢这双，好穿。"

罗成让她扶好他的肩膀，换了另一只脚："还有其他的鞋吗？"

梁韵默默地望向巍峨的沙山："高跟鞋。"

罗成无语："没有运动鞋？"

梁韵垂头："没有。"

罗成没有再说什么。

他站起身，拍掉手里的沙粒："那先凑合凑合。"

梁韵试走了两步，没有先前那种硌脚的感觉了，不过她知道这是暂时的，只要在沙漠里，她的鞋就会一直进沙。

不过，此时此刻她的心情好像没有那么糟糕。

罗成这次放缓了脚步，与梁韵一起往上走。

梁韵："我可能上不到顶。"

"这不都走了一大半？"

梁韵摇了摇头："要实在不行，你自己先上去吧。"

她知道罗成是在等她。

"是你来旅游，还是我？"罗成看着她。

梁韵越来越没有力气，不想开口说话，摆了摆手。

"歇会儿，喝两口水。"罗成从包里拿了一瓶新的水给她。

现在她口鼻上的围巾已经松松散散地搭下来了，她也没力气重新系，就随它去了。

她一口喝下去大半瓶水。

罗成问她："还走吗？"

她把水塞进包里，状态恢复了些："走吧。"

来都来了，梁韵还是很想登上那个所谓的沙漠最高峰。

站在高处欣赏沙漠最壮观的景色。

罗成笑了笑，他往后退了一步，站到梁韵身后，只要看到她步伐慢下来，就伸手撑她一把。

庆幸还有他，不然梁韵早就放弃了。

沙山顶峰上的人不多，俯瞰四周，在夕阳的照射下，光影间的相映成辉、大漠的辽阔壮观，让梁韵不由得感到震撼。

"罗哥！梁姐姐！"尚翼辰朝两人奔来。

梁韵弯唇："拍得怎么样？"

"还不错。"尚翼辰双眼闪了闪，相机对着两人，"你们要拍吗？"

罗成往旁边站了站："不用给我拍。"

梁韵余光瞟了瞟，随即收回视线，对尚翼辰笑了笑："我们随便看看，就不辛苦你了。"

"噢……"尚翼辰有点失落，很快又恢复轻快的语气，"那我去那边再拍几张，你们下去的话叫我一声啊。"

梁韵点了点头。

蔚蓝的天空渐渐开始变色，一抹红晕涂抹在沙漠边际。

太阳接近地平线，沙漠染上一层玫瑰金的颜色。

"黑色猛禽"又重新上路，起起伏伏地在沙漠中央颠簸。

老布联系了一个牧民家住宿，一路疾驶到目的地时，天色将暗。

住宿的地方就几个蒙古包，外加一小排土砖房。

老布从蒙古包急急忙忙地出来，一路小跑到车跟前，对三人尴尬地笑了笑。

尚翼辰没什么心眼，直接问道："布师傅，你这表情该不会是没有位置睡觉了吧？"

"不不不。"老布连连摆手，"位置是有的，可能得你们商量着住。"

"啥意思？"尚翼辰问。

"是这么个情况……"老布挠挠头，"蒙古包没得了，全满了，只剩下标准间和铺位房这两种。"

"啊？"尚翼辰低低说，"有啥区别啊？"

老布接着说："标准房和铺位房都还只剩一间。铺位房一屋有四张床，标准间环境好些，有空调能洗澡。"

梁韵懂了，铺位房就是拼着住，一间屋里住几个人，有点类似于火车卧铺的格子间。

尚翼辰眨了眨眼，看看梁韵："梁姐姐，你先选吧，你是女生。"

梁韵无所谓，这种条件下她只想找个暖和的地方待着。但她没法忽略对面男生渴望的眼神，笑了笑："我住铺位房吧。"

尚翼辰有一丝诧异，随后赧然一笑。老布呵呵笑："行李都在车后备厢，我们先拿过去，然后去后头吃饭，我提前打过招呼了。"

罗成靠在车门上抽烟，自始至终没说话。他不挑，什么环境对他来说都不重要。

但他喊住老布，问了句："这里头有网吗？"

老布摇头："没有。"

这似乎在罗成的意料之中，他把手机重新塞进口袋里。

餐厅人很多，都是赶了一天就等着晚上这一餐的人。晚餐还算丰盛，梁韵仿佛又回到没进沙漠前，那个男人带她大口吃肉的时候了。

老布喝了口酒，爽朗笑道："再晚一点会有篝火，你们等会儿出来一起看。"

尚翼辰问："人多吗？"

"当然！"老布笑，"本来这个季节游客不多的，一般的旺季是六到十月份，但最近有一些徒步的啊，摄影的啊，游客啊都碰巧到一起了。"

尚翼辰咬了口烤串："人多热闹啊！"

老布又说："是啊，还有一些本地的歌舞表演，你们年轻人应该会喜欢的。"

罗成偶尔会搭两句话。

梁韵只顾着埋头吃，饭饱后，大家就回去了。

梁韵去看了一下房间，目前里面就只有她一个人，虽然条件比较简陋，但胜在干净。

她随手把包放到床上，脱了鞋，去看粘在脚底的沙粒，白色袜子也变了色。

刚把鞋脱掉，木门传来了敲击声。

梁韵问："谁？"

外头的人静了几秒，出声："我。"

单单一个字，梁韵笑了："你进来吧。"

罗成进来时，就见那女人蜷着腿坐在床上，地上还有一些沙粒。

梁韵抬起头，视线落到他的背包上。

罗成把行李扔到另一张床上："你们一人一间屋子，我睡哪儿？"

梁韵蹙眉："他不让你过去？"

罗成摸摸鼻子，道："没，不熟。"

罗成知道那小孩住标准间后，就没想要凑过去，不熟是真的，他也不想跟一陌生男的睡同一间屋。

还有，梁韵一个人睡铺位房他不放心，她怎么说也算是他的顾客，安全问题还是得保障到位。

梁韵嘴角一弯，没说话。

罗成："这儿不能洗澡。"

梁韵点点头："我知道，昨晚简单冲过。"

他看向她的袜底："带袜子了吗？"

梁韵懊恼："……没有。"

罗成冷笑一声："你那包里都装什么了？"

梁韵回顶："不是你没让我带箱子嘛，有些东西临时想不起来。"

罗成叹了一口气，将包捞起来。

梁韵看他翻找了一会儿，等反应过来，一双新袜子递到她跟前。

"换一双。"

梁韵仰头去看他："给我的？"

"嗯，新的。"他补了一句，"有点大，勉强穿吧。"

梁韵不在意，有得换就不错了。

"你背包里都装了什么？"梁韵好奇。

罗成扯了扯嘴角："该有的都有，反正比你的齐全。"

梁韵扯不开袜子中间的那根线，试了几下，仍没扯断。

罗成看不下去，捞过来，轻松一扯，线就断了。

男士袜子要比女士的宽大许多，梁韵照着脚简单比画了一下。

"凑合穿吧。"罗成说。

梁韵发现他很喜欢说"凑合"这个词，好像他对什么都无所谓，对生活也没有什么期待。

她不知道自己的感觉对不对。

"罗哥、梁姐姐，篝火开始了，你们快出来！"

尚翼辰的出声打破了短暂的宁静。

罗成咳了一声："换好就过去吧。"

话落，那道身影已经消失在眼前。

梁韵走出去，发现小小的营地竟容纳了这么多人。

沙漠的夜晚是静谧的，但金黄的篝火晚会为此处的安逸增添了一份喧嚣。

夜色渐渐模糊了沙漠的轮廓。

"梁姐姐，一起来啊！"尚翼辰站在篝火的对侧，脖子上挂着相机，向梁韵招手。

梁韵还未回应，站她身旁的一个女人就拉着她进入了篝火人群中。

一群来自五湖四海的陌生人手拉着手围绕着火堆激情歌舞。

拉梁韵的女人褒衣博带，上身开襟坎肩，两条长发辫分别垂在两侧，打扮得华丽又讲究。

梁韵不是很习惯这种场合。没多会儿，趁着中途换场时，她往后退几步，悄然离开了。

夜晚沙漠里温度降得快，离开篝火，感觉到冷意的梁韵不自觉地搓了搓手。

此起彼伏的歌声中，她眼角余光捕捉到篝火另一头的小沙丘上，有个人坐在那里抽烟，神情在夜色下显得麻木冷然。

感觉到有人靠近，罗成抬头轻瞟。

梁韵拢了拢衣摆，在一旁坐下。

罗成吐了口烟："好玩吗？"

梁韵悠悠抛出四个字："盛情难却。"

罗成勾唇一笑："嗯。"

梁韵捋顺被寒风吹乱的发丝："你呢，怎么自己坐着，不去热闹热闹？"

男人指尖的星火微亮。

良久，罗成说："不感兴趣。"

梁韵笑了笑，又是这句。她说："好像一路走来，就没见你对什么感兴趣。"

罗成没接她这句话。

人群里，尚翼辰正忙着给游客拍照，充满热情和活力。

梁韵笑了笑："年轻真好。"

罗成也看过去："你也没比他大多少。"

梁韵说："二十七岁了，也算是小三十了。"

没看出来，她还有年龄焦虑。

罗成换个话题："你怎么不去住标准间？"

梁韵回想当时的场景，虽说尚翼辰是主动礼貌地先问她意见，但他那渴望又带着点请求的眼神让梁韵没办法忽视。

"让让小孩也没什么。"她这样说。

罗成嗤笑一声："你倒是挺大度。"

虽说铺位房也没那么差，但毕竟没独卫没空调，他怕梁韵住不习惯。

前面是哄闹的人群，后方是沉寂的大漠。

他们在中间安逸、静谧。

璀璨的星空笼罩在头顶，梁韵轻声呢喃："还没见过这么美的星空。"

罗成随口说："去过新疆吗？那边也不错。"

梁韵手臂撑在两侧，身体后仰，夜晚的沙子有丝凉感。

她说："我第一次跑这么远旅游。"

罗成的目光落到她脸上:"平时很忙?"

"嗯。"

"说是忙吧,"梁韵嘴角露出一丝自嘲,"……也没忙出什么头绪。"

罗成缓缓地吐出一口烟雾。

好一会儿,两人都没有开口说话。

原来没有纷争、没有假仁假义的职场生活是这么舒坦。

梁韵微微合上眼,感受着沙漠中独特的夜。

罗成手中的烟渐渐烧到了头。缄默了许久,他终于开口:"梁韵,跟你坦白个事儿。"

梁韵睁开眼看他:"什么事,这么严肃?"

罗成笑了一声:"先说好,生气也不能转脸就走,至少等明天出了沙漠再说。"

梁韵坐直了身子点头:"说吧,我听听。"

"你看我像导游吗?"罗成换了个说法。

梁韵上下认真地扫视他一番:"不像。"

罗成没吭声,一双眸子幽暗深邃地看着她。

梁韵突然明白了点什么:"所以你真不是?"

"嗯。"

"那你?"

罗成摇了摇头,笑了笑说:"你不想想那天早上在旅社里,我在做什么?"

梁韵定了定神,回想起他送她进旅行社后,似乎都在搬什么东西。

罗成点点头:"嗯,就一送货的。"

"……你还真不是导游。"

怪不得第一次他来接她的时候,后备厢里装满了四四方方的纸箱子,还有在路上,他朋友口中的"货",原来早有迹象,只是她没有细细去思考。

梁韵其实不甚在意,视线瞟到篝火处的男男女女。

罗成挑挑眉:"你知道?"

"不知道。"

梁韵实话实说:"田老板没跟我提过。"

罗成凝视她说:"不生气?"

"为什么生气?"

罗成一噎,不知道怎么回了。

梁韵逐渐感觉到冷了,她缩了缩手,塞进口袋里。

罗成扯唇说："顾客受到了店家欺骗，估计一般的都做不到你这么冷静。"

"我可以理解为，你说我不是一般人。"梁韵配合他，略带玩笑。

罗成有点摸不清这女人，不过不重要："没生气就好……"

梁韵微微眯眼："在你眼里，我是这么情绪不稳定的人？"

罗成哂然："没有。"

梁韵视线一动，落到了脚上的袜子上。她瞟了眼罗成，他脚踩一双军绿色的沙漠靴，黑色裤脚束在靴口。

"就目前来看……"她笑了，"你虽然不算个合格的向导，但至少是个合格的旅程搭档，这样一想也还不错。"

不远处，人群渐渐散去，只剩零星几个。

"冷吗？"罗成见她抱着双腿，"都结束了，回去吧。"

晚会结束，大家各自回到歇脚的地方养精蓄锐，夜晚的沙漠又恢复了荒寂。

可能是黑夜太过孤独，可能……还有一些说不清的头绪。

"罗成。"梁韵沉默了片刻，忽然说，"我……路上我要是有什么做得不好的地方，你可以直接跟我说。"

罗成没起身，他有些意外。

话一出口，梁韵就有些后悔。她觉得一定是自己糊涂了，就算有再多的人不喜欢她，她也不该把希望寄托在一个只是短暂让她感受到温暖的人身上。

"太冷，我先回了。"梁韵站起身，只留下这句话，没回头，朝着沙漠中那排土砖房走去。

第二天，老布一一敲开房间的门，通知三人收拾好行李，十五分钟后出发。

车子疾驶在沙丘上，车速比来的时候更加凶猛。

梁韵这次见识到一个真实的沙漠，它不单单是枯燥的，它还有奇峰，有鸣沙，有湖泊、寺庙，有看上去荒芜却又壮观的风景。

车子停在了来时的位置，老布和他们寒暄了几句，无非就是有缘再见一类的。

罗成没说什么话，只递上两根烟，算是给这一段短暂的相识画上一个句号。

一根递给老布，一根给尚翼辰。

前者哄然大笑，后者则是略微迟疑。

尚翼辰还是接下，说："罗哥……我不抽烟。"

罗成点点头："不抽挺好，健康。"

罗成看了梁韵一眼。

"在这儿等我，我去前面开车。"

梁韵点点头:"好。"

老布挥了挥手,先向几人告别。

此刻就剩尚翼辰和梁韵两人站在原地,梁韵低头看了眼鞋面,不敢乱走,停在原地等罗成。

尚翼辰笑嘻嘻地看梁韵:"梁姐姐,加个微信呗。"

梁韵举起手机:"你看你的有网吗?"

尚翼辰鼓捣手机半天,嘟囔:"好吧,没有。"

梁韵笑了笑:"那就没办法了。"

尚翼辰不死心:"那要不然你告诉一下我号码,等路上有网了我再加。"

梁韵还未开口,他又说:"我拍了好多照片呢,有你的、罗哥的,还有你们的合照噢。"

梁韵想了想,最终告诉了他。

尚翼辰记下后又读了一遍,让梁韵核对,一脸认真的模样。

梁韵忽然问:"相机好用吗?"

"啊?"尚翼辰没想到她会问这个,"我觉得挺好的。虽然有报道说品控不大行,但我用着还正常,目前没发现什么毛病。"

梁韵说:"那就好。"

"你也想买吗?"尚翼辰以为她喜欢,"最近在打折,正好入手不亏。"

梁韵笑了,应声:"好。"

尚翼辰转头看了看,小声道:"梁姐姐,你和罗哥是什么关系啊?"

梁韵闻言,笑了笑:"你觉得是什么关系?"

尚翼辰一愣,被她这么反问,一时竟不知该怎么回。

不远处,汽车的喇叭声响了两下,罗成探出头:"走了。"

梁韵嘴角勾着明晃晃的笑,回身跟尚翼辰道了别。

空气夹杂着一句低低的男音,自言自语:"我感觉你们关系不一般啊……"

第四章 /
算是救过命的交情 ▼

车出了景区,依然行驶在沙漠中。

中间有一条公路,道路两侧依然空旷。

看向窗外,梁韵发现地面沙尘的变化开始增大,能见度也比来程时要低很多。

风越来越强劲,梁韵甚至能听到车外的呼啸声。

地面沙尘被风带起来,飘扬在半空中。

梁韵转头望他:"罗成?"

罗成看出她心中的顾虑,平静地说:"没事,能正常走。"

梁韵没因为他的话而放宽心,她感觉前方的路快要看不清。

"要不……"

罗成盯着前方的路况:"没事,这一片沙尘天气常见,我心里有数,别担心。"

梁韵紧张地问:"沙尘暴?"

罗成被她紧张的语气弄笑了:"还没到那种程度,这顶多是扬沙,不碍事。"

见他态度肯定,梁韵没再多说什么。

罗成坐直身子,严谨地掌控着方向盘,黄沙卷起来,看不清远处的情况,他不能分心。

"开慢一点吧。"梁韵轻声提醒。

罗成点了点头。

她想了想,又加了句:"我们不赶路,安全最重要。"

罗成笑了笑,注意力仍在前方。

他说:"好。"

黑色越野车平缓地驶过幽深的沙海,车轮碾压的沙粒扬起一股灰尘。

车厢内,两人没什么交流,主要还是梁韵怕影响到罗成。

恢复了网络,她例行检查邮箱里的消息,毫无意外地没有收到任何想要的内容。

罗成咽了咽喉咙,视线随之移到右前方的矿泉水瓶上,他往前倾身。

梁韵捕捉到他的动作:"要喝水?"

罗成"嗯"了声。

瓶子距离梁韵更近,她拿起水,拧开盖子递给他。

动作自然熟络。

罗成接过水道了句谢。

梁韵语气平淡:"你还真是客气。"

罗成一笑,仰头喝了一大口水。

"我们这是准备去哪儿?"梁韵问。

"先从巴彦走,然后去呼市逛逛。"罗成思索了下,对她说,"它隔壁市有个小火山,你感兴趣的话可以去看看。"

梁韵喃喃:"又回到呼市了……"

罗成一笑:"上次下了飞机就去旅行社了,不是没怎么玩嘛。"

梁韵说:"都行,就听你的吧。"

罗成无奈地摇了摇头。前方道路上隐隐浮现出两个人影,在漫天黄沙中向车辆挥手。

梁韵也看到了,问:"他们要拦我们的车?"

罗成将车减速,看了下后视镜,视线所及的范围内就只有他们一辆车。

"应该是。"

等距离近了些,罗成说:"两个人,看不清男女。"

估计是想搭车的。

罗成问梁韵:"要停吗?"

梁韵沉思了会儿,说:"看看吧,万一是遇到了什么事。"

不远处,两人见车子减了速,立刻往车的方向小跑,拉着手,一前一后。

他们俩包裹得严严实实,依稀能从身形中看出是一男一女。罗成踩了刹车,没着急开窗,回过头指了指后座的围巾:"把自己包好,别张嘴说话。"

梁韵看了眼窗外,照着他说的话去做。

车窗降下来的那一瞬间,强风带过来的沙粒顺着空隙从四面八方涌进车厢,梁韵皱了皱眉头。

为首的男人着急忙慌地开口:"你好你好!打扰你们了。是这样的,我们是徒步出来的,没想到沙尘越来越大,再走下去不知道会怎样。如果你们方便,劳烦你们捎我们一程!"

罗成没吭声,风沙太大,他快速地扫视了两人一番。

那男人见他眼神冷淡，抬手将遮挡住的脸露出来，说："我们不走远，再往前开七八十公里会有个小镇，到时候辛苦你，把我们放镇上就行！"

罗成转头看向梁韵。

梁韵的目光放在后面那女人身上。那人感受到视线，立刻向前站了两步，弯了下腰："麻烦你们了！"

梁韵朝罗成点了点头。

外面两人顿时松了口气。

男人拉着女人的手，拉开门，让她先上。

车门关上，半空中的沙子击打在车窗上，将飞扬的黄土隔绝在外头。

都坐稳后，车子又重新上路。

"你们好，我叫赵小勇，这是我媳妇儿小络，太谢谢你们了！"男人把一身装备拿掉，露出头，开口笑道。

他身边的女人也一样，感激地说："是的是的，一整天这条路都没过什么车，还好遇到了你们，要不然这天气还挺麻烦的嘞！"

梁韵回头看了看两人，女的年纪看着挺小，男的也很年轻。

梁韵笑了笑："没事，顺路而已。"

赵小勇咧开嘴："你们也是从沙漠里出来的吗？"

梁韵"嗯"了一声。

小络嘴甜："姐，你们是哪里人啊，听口音不像本地的呢！"

罗成顾着开车，目光直视，没参与他们的对话。

梁韵莞尔，回答她："江苏人。"

小络："那你是南方人啊，离这儿好远呢。"

梁韵蓦地想起点什么，突兀地笑了笑。

"不过……"梁韵忽然转向罗成，嘴角扯出一个弧度，"我在山东上的学，后来就一直留在那儿了。"

"原来是这样啊……山东我还没去过呢。"小络说着拍了拍身边男人的腿，眨了两下眼，像是撒娇。

梁韵将小络的动作尽收眼底，许是一路走来没有遇到过同性，都是一群男人，她也不免多聊了几句："天气这么恶劣，怎么还选择今天徒步？"

小络回头，看向赵小勇。

赵小勇先是呵呵笑了两声，才开口："刚出来那会儿还好，以为没多久就能结束，这片儿待够了，想着能早点回去。"

梁韵点点头。

"你们经常徒步？"梁韵随口问。

"啊，对啊！"赵小勇咯咯笑，手搭在小络的肩上，将她往怀里拢了拢，"我们就是在路上认识的，骑行、徒步都好多年了。"

听到这话，罗成抬头看了眼后视镜，后排的男女正笑意盈盈。

几秒后，他又收回视线。

梁韵低垂双眼，温和地弯了弯唇角，没再说话。

"应该要不了多久，就能到镇上了。"小络看向外面。

罗成倏地开口："你们对这里很熟？"

小络抬眼，忽地对上后视镜里一双幽深的眸，眉浓，眼利，棱角分明。

小络目光盈盈，柔声笑道："还好，也没有很了解。"

罗成低应一声。

外头的风沙不似先前这么强劲，风速也慢慢降了下来。

能看见远处几家红顶白房，应该是快进到镇子里了。

赵小勇说："你们还要赶路吗？这个天气夜里不安全，你们还是歇歇再走吧。"

梁韵偏头看罗成："要不待一晚吧，没什么事，明早再走？"

要是不停，估计到下一个休息的地方又会很晚了。

罗成想了想，回道："好。"

又大约过了十来分钟，车子才进入居民区。

绕了一圈，罗成找到一家客栈，周围还有几家小商铺，买东西也方便。

梁韵说："我们就到这儿了，你们怎么打算？"

赵小勇和小络往外瞅了瞅。

小络说："那我们也在这里落脚吧，明天再打算。"

赵小勇率先把装备拿下去，其他人也都下了车。

罗成只负责他和梁韵的事，开了两间房，都在最里头的位置。

这里没多大，整个客栈也就四五间房，应该是老板自己改造的。

罗成问老板："能洗澡吗？"

老板从椅子里站起来，看着面前人高马大的男人，笑道："放心，小伙子，当然可以。"

"有热水吗？"

中年男人挠挠头："……也有的，但是得抓紧洗，晚上十点后就没有了。"

"嗯。"

到房间门口时，罗成把箱子递给梁韵，不忘提醒她："记得先洗澡。"

梁韵拧开房门："好。"

罗成转过身，没去自己的房间，然后听见后面的人叫住他："你去做什么？"

罗成顿住脚步，迟疑着回答："不吃饭？"

梁韵："你不等我一起？"

罗成说："我去买，等会儿给你带过来。你先用热水洗澡，到点就真洗不上了。"

梁韵讷讷点头："好。"

罗成笑："那还有事吗？"

梁韵："没有了。"

随即是一道关门声。

老房子不禁"造"，门框都颤了两下。

罗成低笑一声，迈开步子，往客栈门口的方向走。

相比其他镇子，这里不算小。

可能是天气原因，街边一些卖饭的推车架子几乎都空了。罗成沿着小道走了很久，看到几家还没打烊的店，有烧烤，有炒菜，有面馆。

小炒店老板操着一口标准的京普，招呼罗成："兄弟吃点什么，进来看看。"

人家都主动招呼了，罗成于是上了台阶，拨开门帘，店里头没几个人。他笑了笑，去找菜单。

"往上看兄弟，都在上面。"老板往墙上指了下。

罗成看了看，目光定格在一栏。

他问："有烤鸭吗？"

老板笑说："有啊。"

罗成："味儿正？"

"那是当然，放心，咱来这边就是专门做这个的。"老板很自信。

"嗯，先来份这个。"

老板问："要一整只还是一半？"

罗成想到那女人的饭量："来一整只。"

老板找了个本子在一边记："还来点别的吗？"

罗成又点了几个："剁椒鱼头、清炒笋丝，再来个煎豆腐，两份米饭。"

"好嘞！"

"就这些,打包带走。"

老板笑了笑:"行。你先坐着等会儿,好了喊你。"

罗成没有坐,问了一句:"老板,附近有超市吗?"

老板想了下:"超市离这儿有点远,不过附近有个小卖部。"

"能买点水、买点吃的就行。"

老板走到门口,指路给罗成看:"你出去后向右拐,巷口走个百十米就到了。不远,上面写了招牌。"

罗成道了句谢就出发了,他加快脚步,双唇紧抿,因为不想吃一嘴沙子。

一分钟后,他就站在了小卖部门口。

罗成先是拎了一提水,然后在架子上拿了点面包、饼干之类的。

货架正对着门口,昏暗的路灯下,有几个行色匆匆的男人一闪而过。

有那么一瞬,罗成似乎看到了一张熟悉的面孔。

他甩甩头,继续手上的动作。

"结账。"

罗成把东西放到柜台上,正在这时,小卖部隔壁传来一阵交谈声,两间屋子挨着,门口距离也近。

罗成本没注意,但那人的声音传入了耳朵。

他往旁边站出一步,抬眼去看站在隔壁门口说话的那群人。

罗成神色一顿。

风又渐渐刮起来,他的眼神仿佛也随着寒风凛冽了许多。

"嗨,小伙子,没事的,就几个警察来调查情况的。"中年老板娘见他被外面的动静所吸引,开口告诉他。

罗成把视线收回来,面上看不出其他情绪。

老板娘边算账,边与他闲聊:"唉,最近有个盗窃犯,总在这片晃荡,这不,估计又是哪一家报案了呗。"

罗成没怎么听她说话,隔壁门口的人仍在交谈,那人的声音浮在他脑子里挥之不去。

"给我拿个袋子,把东西装一起吧。"罗成说。

忽地,小卖部门口传来一阵脚步声和说话声,其中一个声音略显稚嫩,说:"嘿,我就不信,抓不着他了。"

年长一点的声音说:"别掉以轻心,现在小偷都猴精着。"话落,他像是感觉到什么似的,往小卖部里看了一眼。

罗成还是那个姿势,他没回头,依然正对着柜台。

"石警官,怎么了,你看什么呢?"

罗成听到一句——

"没事,好像看到一个熟人。"

"欸?是认识的吗?"

后面的话罗成听不清了,他抬头对老板娘说:"再来盒烟。"

老板娘把袋子递过来:"好嘞,都给你装上了。"

回客栈的路上,风沙也没那么大了。

罗成拐到小炒店,拿上打包好的菜才往回走。

他在客栈小院门口站了会儿,没着急进去。

打火机"啪"的一声,响在寂静的夜晚。门口昏暗的灯光,映出个浅浅的男人身影。

一根烟抽完,罗成转身进入院内。

他站到梁韵的房间门口,刚抬手,又停在了半空。

他转头先回了自己的屋,拿出手机,发了条消息:洗好了吗?

梁韵看到消息的时候正趴在床上,她饿了:到了吗?我在屋里。

罗成问:去你房间?

梁韵回复:快一点。

她又补充一句:我真的很饿……

罗成瞬间笑了。

门被轻轻叩响,然后瞬间打开。

梁韵顾不了什么形象,直接伸手拿袋子。

袋子包了三层,可能是怕进沙子,袋口系得很紧。梁韵半天没解开,只好抬头求助罗成。

罗成笑:"有这么饿?"

梁韵眼巴巴:"九点多了。"

罗成:"你洗澡还挺快。"

梁韵的注意力都放在晚饭上,她拿出一次性餐盒,放在袋子下面接着:"是你有点慢。"

罗成无奈地笑了笑。

房间里有两张床,罗成把床头柜移到中央,一人坐一边,就这么吃着。

烤鸭片得很大，一口一片。

梁韵说："味道还不错。"

她又夹了笋丝："这个也不错，要是辣一点就更好了。"

罗成点了点那盘鱼头："这个菜辣，尝尝。"

梁韵静默了片刻，说："我不吃鱼。"

罗成一愣。

梁韵向他解释："我小时候吃鱼，刺卡进喉咙里了。当时怎么弄都弄不出来，我爸还带我去医院了，费了挺大劲才取出来。"

这是有阴影了。罗成了然："有那种没刺的鱼，也很香。"

梁韵夹了一块豆腐："你很喜欢？"

"我？"罗成摇摇头，"都差不多，我不怎么挑食。"

梁韵揭穿他回怼："你不吃血肠，不吃猪脑，不吃……"

"不是不吃，只是不常吃这些，硬要尝试也可以。"

"那我也可以尝试。"梁韵吃了口米饭。

罗成笑了笑，今晚的梁韵似乎有些不一样了，话变多了，人也生动了。

床头柜两边，两人聊着一些闲话，给清冷的屋子增添了不少温度。

罗成吃饭快，他放下筷子，本想等梁韵吃完一起收拾了，但她动作跟只猫似的，不知道要吃到什么时候。

梁韵半弯着腰，手中还剩小半碗米饭，不过菜已经消灭得差不多了。

"你慢慢吃，我先回了。"罗成站起身。

梁韵闻言也站起来："你吃饱了吗？"

罗成的眼神落到她的肩上——应该是洗完澡，头发没干透，有水珠顺着发梢末尾向下滴落，洇出水渍，隐约能看到白色雪纺衫下的隐匿黑色肩带。

罗成将视线转向别处："嗯，麻烦你吃完收拾下。"

梁韵说："好的，我知道。"

罗成点点头，拿上手机，越过她，径直走向木门。

回到房间，罗成脱下棉夹克和里面的毛衫，踩上拖鞋进了卫生间。

晚上十点钟整，淋浴头放不出热水。

罗成呵了一声，时间卡得还挺准。

他无所谓，凉热都能凑合，就着凉水冲了把头。

除了风声，夜晚的小镇还是很宁静的。

梁韵收拾着一次性餐盒里的剩饭剩菜，还没来得及收完，身后的被子里就发出闷闷的响动声，是手机。

她伸手去捞床上的手机，是一通视频电话。

孙晓打来的。

梁韵刚接通，就听见那边的人像炸了毛似的，声音愤恨："梁韵，你是不是被停职了？"

梁韵静默了一会儿："你都听说了？"

孙晓连珠炮似的："前两天市场部的赵敏给我打电话了，说是要来看看小丸子，我想着人家都主动提出来了，就邀请她今晚来家里吃饭，结果不聊不知道……"

孙晓停顿了几秒："我以为你是请假去旅游的，没想到是被那个不要脸的给陷害了。"

听着她一口气说了这么多，梁韵轻笑出声。

"怎么还笑？"孙晓急了。

梁韵看着视频里的女人，她一生气，脸就会怒红，还和上学时一样。

梁韵说："你都做妈妈的人了，怎么还这么急躁啊？"

"我跟你说正经的呢，你扯什么呢！"孙晓见她一点不在意的样儿，替她着急。

梁韵平淡地问："怎么，他们都怎么说我的？"

赵敏这个人，梁韵没什么印象。

毕竟部门不同，没什么交集，所以她挺想知道在这些员工的口中，她是个什么样的人。

孙晓说："他们都知道咱俩的关系，能在我面前说什么。"

孙晓语气严肃起来："我知道，是高以泽故意搞你，你不从他，他就故意把V5的事情放大，正好你又是这个项目的负责人，他只能拿你开刀。"

梁韵垂下眼帘，静静地听她说。

"韵韵，那天晚上到底是怎么回事？"

梁韵："你不信我？"

"我能不信你吗？"孙晓叹了口气，"但目前，从赵敏口中说的情况来看，现在公司上下都以为是你想勾引高总保住位子，高总不依你，你就气急败坏地打了他。"

梁韵简直气笑："我还不至于因为一个经理的头衔，去做那么低贱的事。"

"我当然知道！"孙晓气愤道，"等我休完产假，回公司不撕烂那群人的嘴。"

梁韵安抚她："没事，晓晓，我真的不在意，都是高以泽的手段，与他们有什么关系。"

孙晓看到屏幕里她的神情:"唉……那后面怎么说?高总找过你吗?"

梁韵忽然想到来内蒙前,刚被停职的那天。

高以泽打过电话给她,无非就是让她服软认输,只要照做,他就不追究那件事。

"嗯。"

"这个高总真是不死心,你不是拒绝过他很多次吗?怎么还对你死缠烂打?"

梁韵抬手捏了捏眉心:"算了,晓晓,不说这件事了。"

孙晓见她有些疲惫,就不再提:"你呢,准备什么时候回来?"

梁韵:"还剩一个星期左右吧。"

屏幕中,孙晓伸了个懒腰:"我听赵敏说,只停了你半个月,那么说……你下个月初就能回来继续工作了?"

梁韵其实并不知道,她还能不能回去。

半个月只是个说辞,她走了,上面也一定会派新人来接任,多她一个不多,缺她一个不少。

"差不多吧,没什么意外就能回去。"梁韵说。

孙晓突然换上一副笑眯眯的姿态看她。

"你呢,见到谢铭了吗?"

梁韵晃了下神,她已经很久没想起过这个人了,但最近这段时间,老是从别人口中听到。

她笑了笑:"没有,我真不是来找他的。"

孙晓:"我知道啊,就是问问见没见到嘛。你俩分开后,他就回去了吧?"

梁韵回忆起和那个人的最后一面,可以说是不欢而散。

她回孙晓:"应该吧,之前就一直说要回老家。"

"他老家在哪儿?"

半晌,梁韵才说:"乌兰察布吧。"

孙晓看出她不是很想聊这个,就扯开话题:"怎么样,旅游好玩吗?"

梁韵:"还不错。虽然旅社不靠谱,但是司机还行,景色也不错。"

对她来说,不是说去了景点才算旅行,风景一直都在路上,沿途的美景才是实实在在的。

孙晓哈哈笑了两下:"嗳,你这是住哪儿呢,屋里这么暗,没开灯?"

不是梁韵没开灯,是这间屋子就一盏灯,也不怎么亮。

梁韵把摄像头翻转,对着屋子绕了一圈,给孙晓看房间的简陋。

不知照到了什么，孙晓突然出声喊住她："等一下，你跟前那是什么！"

梁韵吓了一跳："哪里？"

孙晓一惊一乍："你屋里还有人？怎么桌子上有两双筷子？"

梁韵愣了会儿，随后笑了："是司机。"

"哇哦！"孙晓一副"吃瓜"的表情，"他多大年纪？长得帅吗？"

梁韵认真思忖了片刻："嗯，还不错。"随即还补充一句，"挺有型的。"

孙晓笑出声："什么有型？身材？"

梁韵想到那个人的种种，冷漠，话少，看着有点不近人情。

梁韵："性格也是，总之挺特别的。"

孙晓挑了挑眉，很少见梁韵这么评价一个男人。她直直问道："有戏没？你也分手这么久了，成年人嘛！"

梁韵若有所思："我以前好像见过他……"

"还搞久别重逢呢？"孙晓狡黠地笑。

梁韵摇摇头："如果没记错的话，他以前还挺潇洒的，现在却有点沉闷。"

"人都会变的。"孙晓听她语气似乎较了点真，"你们才认识多久，多了解了解。"

梁韵笑了："他以前好像是个机车手。"

孙晓勾唇："挺酷，那怎么变成拉客司机了？"

梁韵："不知道。"

话落，孙晓那边传来的婴儿哭声终止了她俩的视频通话。

半夜，梁韵失眠了。

她什么都没想，却还是翻来覆去地睡不着。

或许是温度的原因，梁韵觉得越来越冷。

她只好下床，去检查暖气。她的手覆上暖气片，毫无热感，甚至比手心的温度还要凉一些。

梁韵叹了口气，没有办法，只好把隔壁床的被子抱过来，她准备盖两层。

刚铺好，她还没来得及钻进被窝，突然听到有类似玻璃打碎的声音。

梁韵脚下一顿，站着没动。

随后传来对话声，虽然已经压着声音，但梁韵还是听到了。

——"注意点，吵醒了人咱俩都走不了。"

——"知道。"

梁韵没当一回事。

就在她躺下的那一刻，声音又传来了。

梁韵这次听得更清楚了,也听出声音是从窗外传来的。

——"车里能有什么,估计都拿进去了。"

梁韵觉得这个声音好像在哪儿听过。

车,客栈院子里只停了一辆。

是罗成的。

梁韵轻手轻脚地掀开被子,从椅子上拿起大衣套上,来不及扣上扣子就拧开了门。

梁韵脚步放得很轻,路过前台时,也没有人值班,不过里侧的抽屉全部被拉开了。

梁韵意识到什么,加快脚步往院子的方向去。

一阵风刮过,梁韵打了个冷战。

车子仍停在原先的地方,只是前头有一些细小的动静。

梁韵能清楚地听到自己的心跳声,她屏气凝神地往外走。

绕过车后备厢,她看到站在驾驶座外边的两个人影。

梁韵出声呵斥:"你们在做什么?"

话刚落,一道手电筒的光照射过来。

梁韵一下不适应这么刺眼的光线,抬手挡了下眼。

男人说:"快走!"

梁韵察觉不妙,把手放下,立刻向前拽住一个,离近了才看到,被拽住的人是赵小勇。

"你们做什么?!"

梁韵手下用了力,抓住男人的衣领,使劲往下拽:"你们是小偷?"

赵小勇见这女人来真的,慌忙腾出一只手掏出口袋里的钱,塞到旁边的女人胸前,说:"赶紧走,你先拿钱走。"

女人接住钱,迅速装进斜挎包,还不忘问一句:"你怎么办?"

"你先走。"赵小勇说,"这女人好搞定。别废话,快走!"

梁韵眼瞅着女人要走,立马松手去拉她:"你们是小偷!"

女人骂了句:"滚开,多管闲事!"

梁韵讥笑一声,捏住那女人的胳膊,赵小勇在后面掰梁韵的手。梁韵见他们动作麻利,估摸是惯犯,凭一己之力没有办法解决。她扭头喊:"来人……"

话音还没落,前面的女人伸手捂住了梁韵的嘴。赵小勇没想到这个女人这么难搞,也不再顾及什么男女。

他用手臂箍住梁韵的脖子,用力向后拽:"真烦,多管闲事。"

梁韵拼命地挣脱,她不敢松手,只好抬起脚胡乱去踢,那女人一直骂:"给我松开!给我松开!"

梁韵脖颈被赵小勇勒得疼,终究一个人敌不过他们两个。

就在她想放弃的时候,忽然间,脖子上的手松了力。

罗成一把扯开赵小勇的手,握紧拳头,猛地挥向赵小勇的下巴,赵小勇脚底没站住,被甩到了砖瓦墙边。

"真倒霉。"赵小勇舌头扫过腮帮,吐出一口带血的唾沫星子,随即又站起来,看向女人的方向。

梁韵这边也没停,抬手去拉女人的包链,两人一直推搡、撕扯。

罗成正往梁韵的方向走,赵小勇立马捡起墙角的铁棍,举起就向他后背挥去。

"罗成!"梁韵喊了一声。

罗成转身,迅速往右方一侧,躲掉了闷棍。

"呵,还搞偷袭。"罗成不屑道,"再给你一次机会,让你的女人把钱放下,不然你们两个都不要好过。"

赵小勇脸色不好看。罗成比他高大,看样子还是个练过的,明眼人都能看出他打不过。

他骂:"去你的!"

随后他五指关节用了力,双手攥紧铁棍,向罗成猛扑而来。

蓦地,罗成双眼像是嗜了血一样红,当铁棍即将砸到他的时候,他一偏头,然后转身借力握住棍子另一头,手臂一带,棍子落入了他手里。

他猛地举起棍子,赵小勇吓得缩了头。

罗成忽然笑了,猛地抬脚踹上赵小勇的腹部,赵小勇瞬间倒了地。罗成骂了句:"尿货。"

女人眼看情况不妙,不想与他们周旋,手暗暗摸到腰后。

余光中,一道白光一闪而过。

罗成此时已经冲向梁韵,迅速地抓住她的胳膊,一把将她拉到身后。

梁韵只听到前方男人发出一道短促的闷哼声。

罗成还转身问她:"有事没?"

梁韵没来得及回答,一个人从罗成身后的院门口走进来。

老板见到院里的情形,语气惊恐:"发生什么了?"

梁韵没时间跟他解释,只说:"把院门锁好,先报警,这两人是小偷。"

老板立刻会意，一面去锁院门，一面去拨电话。

罗成慢慢回身，看了眼拿匕首的女人，捏住她的手腕。女人吃痛地松开手，匕首掉落在冰冷的水泥地面上。

罗成抬脚，将匕首踢到一旁："看住了，这女的是主谋。"

"好好。"老板连忙说。

罗成没再回头，迈着步子径直往主楼走去。

但梁韵看出来了，他越走越慢，步子也越走越蹒跚。

墙角的男人从地上爬起来，女人的双手被牢牢禁锢在腰后，他们好像有了心理准备，不再挣扎，像两条案板上任人宰割的鱼。

"太感谢你们了！"老板连连拱手，"我刚去隔壁邻居那儿一趟，就发生了这样的事，真抱歉！"

外面太冷了，冻得梁韵的手快要没了知觉，她搓了搓手，插入口袋，脸上没什么表情："我们回房间了，等会儿交给警察吧。"

"好好，你们先休息。"老板又重复了一遍，"谢谢！谢谢你们！"

小镇不大，警察来得很快。

梁韵推开房门，几乎同时听到了院子里的开门声。

她走到桌子旁，立刻打开行李箱，才想起自己什么东西都没有，来不及思考，又立刻起身转去罗成房间里看情况。

出门看见老板正领着一名警察朝这边走，嘴里说道："是的是的，是这两位好心人帮的忙，还有一个……"

梁韵没心情听他们核对细节，先开口："我们想先休息了，你们先审小偷吧。"

一旁的小警官愣怔了下，声音青涩，笑道："好的，不过到时候可能还要找你们了解下具体情况。"

梁韵点点头。

狭小的卫生间里传来水声，洗手池的墙壁被溅上几滴血红，罗成赤裸着上身，从架子上拽下毛巾，在水龙头下打湿，拧干后，擦了擦伤口周围。

伤口不是很深，他倒是能忍，半倚在台子上，先拿纱布按压了会儿，见出血量小了，才勾手去拿消毒水。

房门口传来敲门声。

"开门。"

一片寂静。

"罗成,开门,我是梁韵。"

罗成走了几步拉开木门。

梁韵焦急出声:"你怎么样,怎么这么慢才开门?"

罗成没穿上衣,梁韵一眼就看到了他腰侧的伤口。

"不要紧,你怎么还不睡?"

梁韵丝毫没有避讳的意思,她往前站了一步,将覆盖在伤口上的纱布揭开一个角,血又止不住地往下流。

梁韵心脏直跳:"罗成,去医院吧。"

院子里还有纷杂声。

罗成说:"你看这里有医院?"

这种小镇没有正规医院。

"有诊所吧,一直在流血可不行。"梁韵握住他的胳膊,轻抬起来,细看他腰侧的伤口,不算太深,但有六七厘米长。

罗成盯着面前的女人,问她:"警察走了吗?"

梁韵抽出他手中的纱布,去擦顺着伤口流出来的血:"没有,在了解情况,我说我们休息了。"

罗成点点头,忽然问:"你会包扎吗?"

梁韵顿了顿才说:"我不专业,只会一点点。"

罗成退后一步,敞开门,让她进来:"足够了。"

伤口在腰右侧,手臂一动就牵扯着疼,罗成把枕头竖起来,仰靠在床板上:"纱布、消毒水、绷带还有其他东西都在卫生间,一起拿过来。"

梁韵关上木门,快步走进卫生间。

罗成往伤口上看一眼,单手不好操作,还要消毒止血,有人帮忙总比他自己强。

梁韵把板凳往前拉了点,急急忙忙地擦干净手,才敢上手。

罗成看她有些慌乱,平静地说:"小伤,该怎么来怎么来。"

梁韵先用镊子夹住棉球,去止住伤口的出血:"真的不去诊所吗?"

罗成咬牙忍痛:"这个点诊所还能开门?"

梁韵不吭声了,专心地给他处理。

"先止血,不行明天再说。"罗成很淡定,"没事,这点伤不算什么。"

梁韵的手有些抖:"我没看到她手里拿着匕首,今天谢谢你。"

这是真心话,她没想到那女人会耍阴招。

罗成的额头上有细密的汗珠,不知是暖气热的,还是疼的。

"不怪你。"他说。

梁韵找出棉签,蘸取消毒水后先在伤口处涂抹一圈,罗成带的都是些简单的医用品,不过种类很全。

梁韵想跟他说说话缓解他的疼痛:"你包里怎么什么都有?"

罗成端详她,她后脑的头发没束好,左侧的头发松散下来,有点凌乱。

"出门在外,带齐点不好?"他勉强笑了下,"难道跟你一样,一大箱子没点有用的?"

梁韵的眉头终于舒展开来,她也笑:"是的,还是你有用。"

腰上的两只手很凉,罗成瞧她里面还是那件薄薄的雪纺内搭,外面一件大衣,是第一天见到她时穿的那件。

他问:"你这么晚跑出去做什么?"

梁韵顿了顿,直言道:"屋子里太冷了,冻得睡不着,然后听到窗户外面有动静,就瞅了一眼,看见他们在院子里围着你的车。"

"怎么回事,你房间的暖气有问题?"罗成问。

梁韵说:"嗯,好像坏了,下床摸了暖气片没什么温度。"

罗成点点头,想问她怎么不给他发消息,可以和他换房间,但转念一想,他又不是她什么人,只是个司机而已。

"无论以后在哪儿,晚上都得当心点,别一个人傻乎乎地往外冲,什么都没命重要。"

梁韵站着微弯了弯腰,拿着绑带从他腰后方缠绕了一圈。

她低声道:"我知道了。"

罗成眼皮向下,看见在他胸口处的女人正弯着腰,双手绕在他腰两侧,动作又轻又仔细。

他能闻到她身上的香味,清香,淡雅。

梁韵知道今天这件事是她过于草率,她没有预判好一切就盲目前去,自己危险,也让罗成危险。

梁韵:"疼得厉害吗?"

他说没事,梁韵根本不信,腰上被划了一条大口子怎么会没事。

罗成低头看了看,腰间那处包扎的手法别提多丑。

"你笑什么?"梁韵狐疑。

很快,罗成面上又恢复正常,不是因为梁韵瞪他,而是笑着喘气的动作有点大,牵扯到伤口了。

他扯唇:"手法挺别致。"

梁韵意外地没回呛他,重新坐下来,视线顺着他腰侧往上看,许是伤口疼的原因,他胸膛上冒着一层细汗。

看着看着,梁韵的目光开始变样了。

罗成肤色深,腹部肌肉上的线条硬朗,整整八块,再往下……

半晌,罗成出声:"好看吗?"

梁韵忽地一笑:"身材不错。"

梁韵目光直白,罗成轻瞟一眼,他伸手去扯旁边的被子,还没碰到,就嘶了一口气。

梁韵吓得一激灵,没再继续开玩笑,急忙上前去扶他,语气带着歉意:"对不起,你先躺下吧。"

梁韵把床单上的东西一样一样地装进包里。

罗成想喊住她,话没出口,她又拐进了卫生间。

卫生间里传来水声。

罗成单手撑在后脑勺处,静静地聆听着不一样的声音。

记不清有多久,没有享受过这种被照顾的感觉了。

这些年来,一个人漂泊,一个人生活,每天不分白天黑夜地开着辆小货车往返在道路上,行尸走肉般地过着每一天。

有时候,他几乎快要忘记曾经的生活是什么样,那些惬意的日子真的存在过吗,他甚至以为是错觉。

累,很累。

但即便这样,也从来不愿意放弃,因为还有个念头一直支撑着他。

他还有任务没完成,也必须完成。

第五章 /
真相的初露

"罗成,你睡着了吗?"
梁韵重新回到床边,挪开一旁的凳子,直接坐到床沿上。
罗成掀开眼,梁韵手里拿着毛巾,说:"给你擦擦汗吧,这样睡不舒服。"
罗成眸子幽深,盯着梁韵手中的毛巾,朝她伸手:"我自己来吧。"
梁韵没给,将毛巾叠了四折:"毕竟你是因为我受伤的。"
罗成迟疑了几秒,没再拉扯。
梁韵往前坐了点,将毛巾覆上他的伤口周围,手下动作很轻。
罗成嘴角勾着笑,手又重新垫在脑后,盯着面前女人的动作。
他忽然问:"还有热水?"
毛巾擦在胸膛上是热的,按理说,这个时间点热水早就停止供应了。
"我烧的。"她回身虚指了下桌子上的水壶。
罗成笑说:"是吗,我怎么没听见声音。"
梁韵将毛巾翻了个面,哼笑一声:"说了你刚睡着了吧,还不承认。"
罗成晃了下神,接着她的话说:"嗯。"
房间只挂着一盏灯,墙顶的灯光昏黄暗淡,照射在男人刚毅的轮廓上。
梁韵侧身,毛巾沿着绷带外侧,一点一点地摩挲在他紧实的腹部上。
动作缓了,呼吸轻了。
一股电流迅速从下腹向上窜入大脑,罗成喉结滚了滚。
"差不多了,睡觉吧。"他说。
梁韵轻声一笑,把手抬起:"嗯。"
罗成忽略她别有深意的笑容,不恼、不怒。
梁韵嘴角弯了弯,随后站起身,去卫生间把毛巾洗了。
等她再出来时,罗成还是那副姿态,只是眼神不似先前那么犀利了。
梁韵正色道:"你好好休息,有什么事给我发消息。"

罗成沉默片刻，说："你别走了，睡那张床吧。"

梁韵眼神茫然，还没说话，罗成又开口："你那屋不是暖气坏了？先在这儿睡一夜，现在估计也没人能给修。"

梁韵盯了他一会儿，淡淡地笑了："好。"

凌晨的夜色越发浓烈，萧瑟的西北风刮进镇子里的每一条小道。

梁韵顺着窗帘细缝眺望高高挂起的月亮，点缀在幽深的黑夜中。

一切是这么宁静、朴素。

她想，今晚应该会睡个好觉。

清晨，罗成在一贯的时间点睁眼。

他没睡懒觉的习惯，但今早，还是短暂地贪恋了会儿床。

伤口还有点疼。

有那么一瞬间，他险些忘了隔壁床还睡着一个女人。

梁韵睡着的样子看着很温顺，倒不是说醒着时有多凶，就是平日不说话时，多了一股冷冰冰的味道。

躺累了，罗成就撑起来靠坐着，目光落到床头柜上的烟盒和钱夹上，他斜了身，伸手去够烟盒。

蓦地，他想起了什么。

罗成往旁边看了一眼，随后将烟盒扔下，只把钱夹拿过来了。

照片上的三人依然是那副笑容，五六年了，一直没变过。

罗成的大手透过外封擦了下照片，最后停在中间女孩的脸上，摸了摸。

梁韵睁开眼，视线有些模糊，她揉了两下眼，偏头看见了坐在床头的男人。

"醒了？"罗成看她动了。

梁韵睡眼惺忪，挠了挠脸，有些不好意思："嗯。"

罗成掀开被子，手掌借了力，随后起身下床。

"你做什么？"梁韵想起他有伤。

罗成轻笑一声："上厕所，憋了一晚上了。"

随后卫生间里传来一阵响动。

梁韵本想赖会儿床，按现在这个情况，今天应该是走不成了，罗成这样没办法开长时间的车。

脑子渐渐清醒，她才反应过来这不是自己的房间。

梁韵倏忽起身，整理了下衣服。

她走到桌子前，把他行李包里的医用品提前拿出来，准备再帮他换一次纱布。

罗成从卫生间出来，见梁韵傻站在床边，手里还拿着昨天没用完的纱布、绷带。他笑道："用不着了，现在不怎么痛了。"

梁韵还是有些不放心。

罗成刚洗了脸，额前头发还滴着水，他往前走了点，俯身拿起毛衣，抬起胳膊从上往下套。

动作一大，就牵扯着伤口。

"慢点。"梁韵说。

罗成笑了声，动作也放慢了，随口问："早上想吃什么？"

梁韵给了他一个眼神："你这样还能去买早饭？"

"给老板钱，让他弄点。"

梁韵觉得这个方法还不错。

与此同时，院子里传来一阵脚步声、交谈声。

随后那声音越来越近。

门外，中年男人说："对对，警官，就是这间屋的客人。稍等，我敲敲门，看看人家醒了没。"

"好的，不忙。"一位警察说，"我们就是稍微了解下情况。"

"嗳嗳，好的好的。"

"咚咚咚！"

梁韵问："谁？"

门外有人回道："你好你好，我是客栈老板，门外有警察，说是来看看你们。"

梁韵回身，看了眼罗成，他蹙着眉，脸色有点阴沉。

梁韵以为是他嫌麻烦，说："要不我说你在休息？"

罗成坐着没动，对梁韵说："不用，开门吧。"

门从里面拉开，外面站了两个便衣警察，为首的是一个年纪轻的，昨晚梁韵和他对过话。

"早上好，打扰你们了，请问现在有空吗？"

梁韵心说，都知道是打扰了还来。

她开口："请问有什么事吗？可以就在这儿说。"

年轻的警察愣了愣，被她的语气震到。

这时，旁边的警察石永波站近了点，拍拍同事的肩膀，说："小程，没事，在这儿说也一样。"

石永波笑了笑，语气老成："抱歉，请问您贵姓？"

梁韵："我姓梁。昨晚的两位你们都带走了吗？"

石永波道："人已经带走了。是这样，梁小姐，我们想了解一些之前的情况。"

"其实我和他们也不算认识，只是中途搭了一段我们的车。"

石永波见梁韵语气很防备，笑了笑，与她解释："放心，梁小姐，我们就简单了解下，想知道两人从哪里上的车、中途有过什么异样的言辞或举动。"

罗成垂眸，他确定，这个声音是他昨晚听到的那个声音。

石永波温和地笑："好的，梁小姐，谢谢您的配合，我们回去会根据您说的情况进行核对。这两个人是惯犯，外地来的，在这一带很久了，一直没抓着。"

梁韵点点头："没关系，还有事吗？"

"还有你同伴，听说是受伤了？"石永波问，"我们捡到的匕首上有血，目前状况怎么样？"

梁韵回："没什么大碍，他在里面休息。"

石永波还未说话，小程警官已经跨进屋，梁韵只好邀请石警官一起进来。

罗成站起身，视线蓦地对上石永波。

石永波先是一震，半晌，笑着向前："罗成？真是你？我们多久没见了！"

反观罗成，脸上没有任何表情，像是不认识一般，也不回应。

石永波的笑容僵在脸上。

缄默片刻，他随后转向梁韵和小程解释："我们认识，是老乡。"

气氛不太对，石永波小心地试探问道："罗成，你……你什么时候来的？"

罗成抬眼："和你有什么关系？"

"还有事吗？没事的话走吧。"罗成起身，"该说的都说了，剩下的不都是你们警察该做的吗？"

石永波了然，知道他在介意什么，说："你是不是，还在因为那件事怪我？"

罗成压抑的怒火瞬间被点燃。

"什么事？"罗成嗤笑一声，"不记得了，没事赶紧走。"

周围人太多，石永波只好说："罗成，咱们找个地方聊聊……"

"滚！"

梁韵看着罗成的脸色越来越难看，哪怕他之前再冷淡，也没有像现在这样浑身充满戾气。

小程呆愣在一旁，显然也不知道是怎么回事。

罗成对上梁韵："你先回去，把东西收拾好，等会儿就出发。"

梁韵疑惑地看他："你还有伤……"

罗成已经走到桌子边，扯过背包带子："不要紧，有什么事路上再说。"

梁韵不动，她不知道罗成在搞什么。

罗成忽然笑了："听话，去收拾东西。"

那种语气是她从没有听过的温柔，梁韵虽不理解，但还是决定照做。

走出房间，梁韵拐进自己的屋子，心神不宁地开始收拾。

门没锁，她能听见隔壁房间的纷争。

罗成没有什么行李，他将包拿上，大步流星地朝门外走。

走廊里响起他的脚步声。

梁韵余光一瞟，见罗成经过时捂了下右腰一侧，只一两秒，随后又放下。

梁韵叹了口气，原来男人固执起来，没有一点办法。

石永波望着罗成利落离去的背影，内心复杂。原来这些年，他一直留在这儿，也一直没忘记那些事。

梁韵把车后备厢打开，手还没碰上箱子，罗成就先帮她提进去了。

门刚关上，后面两人跟着出来。

石永波开口喊罗成："我的手机号没变过，等你安顿好后给我打电话，我们好好聊聊。"

罗成对梁韵说："你先上去。"

梁韵望了眼罗成，点点头，绕到前侧车门。

罗成笑了笑："没什么好聊的。你好好做你的警察，好好为你的人民服务，多伟大。"

石永波皱眉："罗成，你非得这样说话吗？"

阳光还没有爬到头顶，空气中夹杂着寒风。

梁韵坐在车里听到男人吼了一句。

"我要是知道能在这儿碰到你，根本不会来。"罗成呵笑一声，"我实话跟你说，当年的一切我都没忘，也还没结束。凡事有始就有终，我不会指望任何人，包括你。"

驾驶座那侧的门把手似乎被动过了，但罗成顾不上，直接拉开坐了上去。

石永波愣住，等他再反应过来时，罗成的车已经开出了院子。

沙尘扬起来，漫天飞舞席卷在小镇上。

他忽然觉得自己想错了。

罗成这个人，只要认定了的事，就一定会坚持下去。

不知开了多久，前方不再是灰蒙蒙一片，道路两侧也逐渐开始有枯黄的杂草显现。

周遭的空气被沉寂包裹得严严实实。

罗成一直没说话，梁韵也就没开口。她不知道今天罗成是因为什么发这么大脾气，也不知道罗成的曾经到底有着怎么样的故事。只觉得，如果此时此刻就剩他一人，他估计会好好宣泄一把。

梁韵偏过头去看，他仍是一个姿势，黑眸深不可测。

罗成余光中，见梁韵欲言又止，不免问道："怎么，想说什么？"

梁韵："你的伤怎么样？"

先前动静大，伤口隐约撕裂了，但他不在意这茬，只笑了笑："今天开快点，下午就能到呼市。"

梁韵端详他。

罗成正视前方的路："到呼市就舒服多了，能玩的也……"

"别动！"

梁韵已经解了安全带，去掀他的衣服。男士绒夹克敞开，只撩起黑色的毛衣下摆能看见伤口，纱布被染红了。

罗成："没事，你把安全带系好。"

梁韵伸手去后座够他的包，迅速将纱布掏出来，又拿了几样，顺手抽出台子上的纸，忙去擦他渗出来的血。

上衣被掀到胸口处，皮肤裸露在外，罗成好笑："你这女人。"

"罗成，现在到哪儿了？"梁韵没理他，问了一句。

罗成感到一只细软的手流连在腰间，不由得吸了口气。

"乌拉特后旗。"他说。

"附近有没有诊所？"

"嗯？"

梁韵道："你找个近一点的，开快一点，我怕伤口会感染。"

罗成准备张口，被梁韵打断："你不是说除了行程你定，其他的，路上都听我的吗？"

罗成低眸看了一眼，梁韵也在抬头看他。

他倏地笑出声："下了这条路有个卫生所，我等会儿停。"

梁韵伏在他腰间,"嗯"了一声。

"梁韵,"罗成喊她,轻声笑,"你知道你在做什么吗?"

"什么?"

罗成扬起嘴角:"你是女人,你知道如果有些举动放在对你有企图的男人身上,是多大的致命诱惑吗?"

梁韵说:"我不是随便的人。"

"我知道,我不是这个意思。"罗成觉得她误会了。

一段旅程,两个人,孤男寡女,男人很容易会想有深一步的发展,更何况还是面对一个美丽的女人。

罗成只是想提醒她,无论什么时候、什么场合,都要多留个心眼。

就像昨晚那么危险的情况,她也敢只身前行。

梁韵说:"我只是有点担心你。"窗外不再是萧瑟枯黄的杂草,慢慢有了乡镇的热闹气息。

车厢里静了片刻。

罗成眸光闪了下,出声问:"为什么执意要她把钱留下?"

说白了,这件事与她没什么关系。

"有些人可能觉得多一事不如少一事,睁一只眼闭一只眼就过了。"梁韵语气平平,"我们住他家一晚上多少钱?"

罗成:"八十块。"

"对啊,我们两个人,才八十块。"梁韵轻声,"已经很便宜了。在那种环境下,还能住上价格合适且还算干净的房间,真不算贵。"

罗成听她继续说。

"老板一个人经营客栈辛苦,但有些人就是想不劳而获,天底下哪能有这么好的事。"梁韵低声道,"我要是没看见还好……关键是我看见了,如果扭头走掉,从某种程度上来说,跟帮他们打掩护有什么区别。"

罗成沉默了会儿,恍然间,好像对她有了层新的看法。

梁韵抬眸:"我没觉得我是多管闲事。"

罗成笑容渐盛:"嗯,我知道。"

梁韵视线看过去,语气又和之前一样:"你把伤养好了,我可不喜欢欠人情。"

罗成笑,还挺面冷心善。

几分钟后,车子停在一家卫生所门前。

坐着的时候没感觉,下车的那瞬间罗成还是疼得吸了口气。

梁韵忙问:"还好吗?"

罗成把车钥匙给她,摇头:"没事,我自己进去,你开车去买点吃的。"

梁韵把围巾系好,上前搀扶他:"我还是和你一起。"

罗成扯开唇角:"你不饿吗,一点多了。"

梁韵摇了摇头:"没感觉。"

"我饿了。"罗成把车钥匙塞进她手里,笑道,"就当照顾我,买完再回来,我在里面等你。"

梁韵看了他半晌,只好说:"你吃什么?"

"随便,你看着买,什么都行。"

"嗯。"梁韵捏了捏车钥匙。

罗成让她先上车,盯着她的背影才后知后觉地问一句:"你会开吧?"

梁韵转头,瞪了他一眼,随后将车门一甩,算是给他的回答。

罗成失笑,又见识她的一面。

等那辆熟悉的车驶出他的视线,罗成顿时敛了笑。

走向那家卫生所,罗成掀开衣服看了眼腰间,伤口已经黏在纱布上,空气里散漫出一股锈腥味。

他来不及多管,也没着急进门,立在卷帘门一旁,拿出手机拨出一个电话。

"喂,是我。"

蒋利川:"哥,怎么才回电话?"

搁以前,只要是有关陈远德的消息,罗成定会第一时间回复,今天却有点反常。

罗成点了根烟,目光深沉:"上午在路上,不方便接。"

"我发的消息你看到了?"

罗成:"嗯。消息是真是假?"

蒋利川冷笑了声:"听说他老婆娘家丧事办完了,提前回来了。"

罗成:"有查到是什么时候吗?"

"我找的那人给出的消息,说是最近,但没确定是哪天的票。"蒋利川说,"不过之前的票退了,不到呼市了,直接回乌尔旗。"

罗成眼神凛冽,嗤笑一声:"舍得回老家了。"

蒋利川说:"本来听说是带小孩去呼市玩一圈,但现在一家三口改到陕西旅游了,结束后直接回去。那毕竟是他老家,无论发生什么,他都得回去。"

"行。"罗成吐了口烟,"那就再给他点时间,多享受享受好日子。等了这么久,也不着急这一时。"

"哥,你怎么打算?"

罗成说:"我还要一周才回去,今晚先到呼市,然后带她再去乌兰察布玩两天,到时候我抽空去看看大娘。"

"她?"蒋利川疑惑。

罗成顿了顿:"哦,之前跟你提过的,临时带了个客人旅游。"

蒋利川问:"女的?"

"嗯。"罗成说。

蒋利川笑了:"可以。如果来看大娘,可以把她一起带来。"

罗成双目微眯:"人家是来旅游的,去那儿做什么。"

"山好水好的地方不都是景点,带着转转呗!"

罗成弹了下烟灰:"到时候再说吧。"

蒋利川笑了两声,正色道:"给旅行社送货这活儿,还做吗?你的假请到什么时候?"

罗成凝望着车水马龙的街道,眼底漾起一股情绪。

思索了片刻,他才说:"暂时先这样,往后估计没时间做了。这件事在我回去后就得有一个了结,不能拖着了。"

越拖越久,他得给他们三人一个交代。

蒋利川:"什么意思?为什么没时间了?以后都不做了吗?"

罗成没回答,他不知道自己的结局是什么样的,或许隐隐知道,但不敢去想。

既然下定决心去做这件事,那就没有回头路了,甚至生死,都已经不在他的掌控范围内,也不重要了。

蒋利川有点心慌,他后知后觉到什么:"哥,你不会把自己搭进去吧?"

罗成看了眼时间,梁韵动作要是快,没多久就能回来。

"先不说了,我这边还有点事。"

"那你过两天过来,等你来再说吧。"

罗成笑了笑:"好了,别因为我,耽误你自己的事,好好成家过日子。"

蒋利川不吭声了。

挂断前,罗成听到一句熟悉的喊声:"利川,傻坐在外面做什么呢。"

蒋利川瓮声瓮气道:"好了哥,你先忙吧,大娘喊我了。"

"嗯。"罗成说,"先这样。"

蒋利川又重复了一遍:"你一定要来,我们好久没见了!"

罗成笑道:"好。"

第六章 /
呼市的夜，让人在寂寞中取暖

街道上挺热闹的，梁韵见有几家开着的快餐店还不错。

念及罗成一个人在卫生所，她没有多挑选，找了一家店进去打包了两份餐。

梁韵回到卫生所时，大夫正在给罗成做收尾工作了。

里面没什么人，除去罗成和大夫，还有一个抱着小孩吊水的女人。

罗成问："买的什么？"

梁韵以为他要现在吃，解开袋子给他看。

罗成："先不用。买的盒饭？"

梁韵又把袋口系上："嗯，不想吃这个吗？"

"不是。"罗成其实是想让梁韵吃点好的，这两天，总是在路上随随便便填的肚子。

梁韵看他的腰："伤口怎么样了？"

罗成笑了，大大方方地给她看，专业和非专业的手法就是不一样，一眼就能看出来。

梁韵冷哼一声，猜出他是什么意思。

女大夫见状笑了笑："小伙子有福气啊，还有人来接，有人给买饭伺候。"

罗成闻言，仰靠在椅子上，没说话。

梁韵站在一旁学着包扎手法："我不行，技术不好，惹人笑话。"

女大夫年纪不大，三四十岁的模样，爱开玩笑："男人嘛，都一样，你给再多他都不觉得好。"

罗成突然有点蒙，他又没说话，莫名受到牵连。

梁韵见他假装合上眼，憋住笑，没再接女大夫的话。

结束后，女大夫从里面的小隔间拿了几盒药出来："下次这种伤还是要及时看医生。"

罗成站起身，顺手拿过搭在椅子上的外套："辛苦了。"

女大夫把药指给他看："这个是外擦的，这个是口服的，都是一天两次。"

梁韵把药装进袋子，看了一眼罗成，不知道他有没有听进去，竟然还在看手机。

梁韵喊他："罗成。"

罗成反应过来解释说："我在订酒店，订个条件好点的，睡好点。"

梁韵："又不着急这会儿。"

女大夫笑了两声："一样，去看说明书也行，按照上面说的去做。"

梁韵感觉到女大夫投来的灼灼目光，没说话，也没再看罗成。

罗成收了手机："谢谢大夫。"

两人回到车上，罗成见梁韵不出声，以为她生气了。

"我没有不想吃盒饭，我是怕你吃不好。"

他又说："那大夫说的话我听见了，吃的抹的，剂量都记下了。"

梁韵觉得好笑，他忽然解释这么多，还一脸认真。

罗成："生气了？我自己的身体我了解，这点小伤能算什么事。"

"罗成，你这个人真有意思。"

梁韵觉得他对待外人总是保持着疏远感，漠视一切，但对她，多了一份耐心和温柔。

不过又很适当地把握着一个度，没有逾越，每一个举动都恰到好处。

罗成收敛了目光，应声说："是吗？"

梁韵看着他，忽然弯唇笑了，她觉得有什么东西好像不太一样了。

"我没生气。你受伤了，我只是想你先照顾好自己，你不用总是以我为主，反正你也不是真的司机。

"你就当我们是一起结伴旅行的，大家平等一点，把自己照顾好。"

罗成点头，回望她："先吃饭吧，天冷，凉得快。"

两人就这么坐在车里，捧着餐盒默默干饭。

梁韵忽然觉得，这种简单又普通的日子挺惬意的，她享受这种没有人打扰、没有纷争的二人世界。

梁韵吃完最后一口，偏头去看罗成，他吃完已经有一会儿了。

他感受到梁韵的视线："晚上我们吃顿好的。"

车子重新启动，平缓地驶在道路上。

梁韵说："哪一种算好的？"

罗成笑："坐在店里海吃海喝的那种。"

"还需要再找几个人服务吗？"

"那还不至于。"

梁韵想了想，说："要不我来开车吧，你再休息会儿。"

罗成："没必要，没几个小时了。"

梁韵眼神坚定地看他。

罗成感受到无形的压力，随后摇摇头妥协了："等前面我找个地方停车，换你来，走高速，我给你开导航。"

"好。"

暮色渐浓，罗成合上的双眼缓缓睁开。

夜晚的呼市景色还算惊艳，虽不算特别繁华，但也是很现代化的城市。

"醒了？"梁韵说。

闻声，罗成侧头看她。

街道的灯一闪而逝，暖黄色的光线抚过女人的脸颊，夹杂了一丝柔和的味道。

前半程两人还聊了会儿，越往后，罗成眼皮越沉，最后撑不住地睡着了。

后半程就是靠梁韵一个人开回来的。

梁韵笑："原来一直开车这么无聊。"

"你也知道。"

梁韵说："以后你开车，我尽量不睡觉。"

罗成笑了笑。

梁韵打了转向灯，技术还算稳。

"去哪儿？"罗成说。

梁韵看了眼手机："你不是定位酒店了？"

"先带你去吃饭。"罗成看了眼时间，"正好到饭点了。"

梁韵降了车速，勾唇："你想吃什么？"

"你来挑，顾客是上帝。"

梁韵白他一眼："你见过客人开车的？"

罗成笑了笑。

梁韵的眼睛扫到街边一家店："就那家吧，看着人不多，也不用排队等了。"

罗成看见那家店招牌上写着大盘鸡。

"想吃那个？"

"嗯，就它吧。"

话说着，车已经变了道，掉头向那边驶去。

罗成点了大份大盘鸡，除了凉菜，店里就只有这一个菜品。

他问梁韵："想吃凉菜吗？"

梁韵搓了搓手："很冷，你想吃就点吧。"

罗成勾勾唇："有这么冷？青岛的冬天也没比这儿暖和到哪儿去。"

"你怎么知道我在青岛？"

梁韵嘴角的笑一闪而逝，看向罗成。

罗成的手一顿。

静了片刻，他才说："听你讲过。"

"是吗？"

罗成停下手中的筷子，含糊道："嗯，路上提过，可能你忘了。"

梁韵若有所思，笑了笑："嗯，可能是吧。"

鸡腿肉软糯爽口，很有当地特色的味道。

"穿暖和点，过两天可能会降雪。"罗成忽然说。

"这么早就下雪啊？"

"每年都差不多是这个时候。"

梁韵与他随口聊："青岛也是。"

"你老家在江苏？"

"嗯。"

"那边不下雪？"

"下啊。"梁韵笑，"看地区，一般下得也不大，积不了多厚。"

罗成"嗯"了声："明天带你去市区逛逛，想几点起？"

"听你的吧，我都行。"

罗成哂然："你知道旅行社最喜欢什么样的顾客吗？"

梁韵淡笑："说来听听。"

"没主见，没要求，还听话。"

梁韵没想到罗成给她是这样的评价，她不是没要求，只是因为有他……他会提前做好所有的准备，所以她觉得很安心。

梁韵忽然想到什么："罗成，你都没带我住过蒙古包。"

是啊，来这边怎么能不体验蒙古包呢。梁韵心想，终于有一项安排是我不满意的了。

罗成愣怔了下，随后笑道："怪我，没想到这层。"

梁韵轻哼一声，放下筷子。她今晚不饿，整盘菜的一大半进了罗成的肚子。

"回头我找个含有蒙古包的景点,带你体验一下。"

梁韵其实也不是真的想住,只是刚刚觉得自己要提个想法。

"好。"饭菜见了底,准备离开时,罗成突然想起什么,"和你商量件事儿。"

梁韵:"你一路上做什么事不是在和我商量?"

去哪儿、住哪儿、在哪里吃,罗成都一一询问她的意见。

不过,估计抠门的田老板给的经费已经不够罗成带她走完剩下的旅程了。

罗成笑道:"我一个兄弟,他家人生病了,就在我们后天准备去的地儿。我想到时候抽个时间过去看看他家人。"

梁韵记得罗成之前说的,问:"是你上次说的火山景点?"

罗成站起身,去前台付款:"嗯,在一个市。"

梁韵跟上他。

"你看你想玩什么,到时候我先送你过去。"罗成说,"你玩累了给我打电话,我再过去接你。"

左侧有服务员上菜,梁韵没注意,罗成伸手握住她的胳膊,带她往自己这边靠。

梁韵低声:"……我自己有什么好玩的。"

门被拉开,她自顾自地往前走。

罗成琢磨了会儿,说:"那先不去了,我回头改个别的时间。"

"不用,按你说的做吧,回头来接我就好。"

梁韵不想让他觉得自己小肚鸡肠,但一路走来,要是没有罗成,一个人溜达,可能还真没什么意思。

天冷,夜晚的街道上人不多。

梁韵先一步进了驾驶座。

罗成随后坐上副驾驶,轻声说:"就这么定了,不去了。"

梁韵没着急启动车子,忽然问了句:"那附近有好玩的吗?"

"你要去?"罗成听出她的意思。

"嗯。"梁韵说,"你的伤还没好,来回开车赶时间很累,要不一起去吧。"

罗成心底倏地划过一丝悸动。

半晌,他说:"没什么景点,但环境还不错,周边有山有水的。"

梁韵系上安全带,回眸笑了笑:"嗯,就这么定了。"

东方隐隐泛白,远处的轮廓被曙色勾勒,朦胧显现在窗户缝隙里。

床头的闹钟嗡嗡响动,梁韵伸出胳膊,拿起看了一眼。

昨晚罗成问要不要起早点去吃早饭,她想也没想,一口应下来。

但这会儿贪恋被子里的温度,她有点舍不得起床。

梁韵将胳膊缩回被子里,抬手揉了揉太阳穴,头有些昏沉。

又赖了会儿,她才坐起身,反手扣上内衣,下床。

酒店很新,装修风格也挺时尚。

梁韵洗漱完擦干脸,静立在洗手台前,看着一旁的梳妆包,默默笑了下。

七点半,罗成准时来敲门。

门打开,罗成眼神滞了下。

梁韵今天化了一副精致的妆容,比起前些日子的素面朝天,看上去气色很好。

不过她的脸白净,化不化妆差别不大。

梁韵见他直勾勾地盯着自己,手不自觉地抬起摸了摸脸:"怎么了吗?"

罗成摇头笑了笑:"没事。"

梁韵敞开门,对他道:"我拿一下包,稍等一下。"

罗成半倚着门框:"不着急,你进去拿。"

再次进电梯,已经是十来分钟后的事。

罗成暗暗笑了,永远不要相信女人的"等一下",他以为转身拿个包,顶多十来秒的事儿。

但梁韵,整整拿了十分钟。

他先是见她去找包,随后进了卫生间,在里面描了个眉,接着就看她去开行李箱,翻了半晌,拿了一把伞。

罗成疑惑,这种天气还需要遮阳吗?

事实证明,是不需要的,这把伞,梁韵一整天都没有打开过。

车子开到一条长街入口,两人下来走了一段路。

梁韵:"你要带我去哪里?"

这条街挺长。

罗成准备带她去一家当地人常去的早餐店:"怎么,就累了?"

梁韵没吭声,其实她是有点冷。

她今早已经把最厚的衣服翻出来了。这次出行,她没带多少衣服,但这里要远比她想象的冷。

她突然打了个喷嚏。

罗成望着她:"感冒了?"

"应该没吧。"她没当一回事,又问,"还有多远?"

罗成盯着她通红的鼻尖，看她穿了一件灰色的暗格大衣，也没多厚。

"五十米左右吧，不远了。"

"好吧。"梁韵把手缩进口袋。

没走出几步，罗成回头，梁韵正站在那里，盯着手机屏幕蹙眉。

"怎么了？"

"没事。"

梁韵走快几步跟上罗成。

进了店，两人挑了个靠拐角的座位坐下。

罗成要了两碗羊杂碎，点了四个焙子、两个牛舌饼。

"点这么多？"梁韵说。

"就这些。"罗成对服务员点头，又对梁韵道，"放心，能吃完。"

服务员端上来的时候，梁韵下意识地问："你不是不吃内脏？"

"是不喜欢，不是不吃。"罗成用筷子搅拌几下汤，先尝了口，"这家味道不错，快尝尝。"

梁韵咕哝他一句："真奇怪。"

罗成用筷子虚点了点焙子："把这个放进去，一起吃。"

"嗯。"

味道确实不错，小半会儿，梁韵碗里见了底。

罗成速度更快，放下碗问她："今天想去哪儿？早点走，路上不堵车。"

话落，他又补了句："别说都行，别说都听我安排。"

梁韵失笑一声，罗成现在都能猜到她下一句是什么了。

她准备开口，桌子上的手机闷声振动。

罗成的视线也跟着看过去。

短暂的静默。梁韵似乎没有要接听手机的意思，眉眼间隐现出不耐烦的神情。

铃声停了几秒后，又重新响起。

"不想接？"罗成问。

梁韵勉强笑了下，还是拿上手机起身："不好意思，你等我会儿。"

或许是天气太冷，小街路上没多少行人。

梁韵声音冷淡："喂？"

"是我，梁韵……"那边几乎是瞬间回话。

"我知道，高总，有什么事？"

高以泽顿了顿，轻声说："你还在生气？"

梁韵冷笑了一声，反问他："你在说什么，高总，我听不太懂。"

高以泽："吃饭了吗？"

"跟你有什么关系。"梁韵说，"有事说事。"

"那一下还没让你消气？"高以泽摸了摸后颈，冷笑一声，"可真够行的，下手这么狠，我又没怎么着你。"

梁韵见他还是这副模样，也懒得兜圈子："要是真怎么样了，你觉得你还能好好站着跟我说话吗？"

高以泽："你别给我太过分了，你不就仗着……"

"别废话了，我不想听。"梁韵打断，"我就当我休假，你也没给我打这通电话，那件事我不想提了。"

高以泽："好好好，那件事算我不对，我不该没有征求你的意愿，算我错了行吗？"

梁韵"呵"一声："我们就是上下级关系，除此，再也没有别的了，我希望你以后理智一点。"

"你还知道我们是上下级关系？我是'上'，你是'下'，那你每次见我都是什么态度，嗯？"

梁韵觉得这人简直不可理喻："高以泽，你算是带我入行的师父，我不想跟你撕破脸皮，你也不要再想那些有的没的。"

电话那头，男人的声音有些低沉："你都和那个男人分手了，为什么不能考虑考虑我？"

"高以泽，我对你，最多就只有感恩。"梁韵叹了口气，"你领我入行，教我做产品，我确实是感谢你，但如果你一直这样纠缠，最后一丝情分也快被消耗完了。"

高以泽沉默了会儿，换了个话题，问她："你现在在哪儿？"

"托你的福，停职后在休息。"

高以泽着急解释："不是我，是我爸这么做的，我当时住院，根本没去管过公司的事。"

"不重要。"店铺里有人推门，梁韵向后挪了一步，"总得有个人为那件事负责。"

高以泽说："你别担心了，我会跟我爸说的，本来电池爆炸也不是你的错。"

梁韵呵笑一声："我是负责人，除了技术人员，剩下的不都得我来承担吗？"

"梁韵。"高以泽想起打这通电话的目的，"下周公司开会，听我爸的意思可能要人事调动。你服个软，我就把这事摆平。"

梁韵终于明白这通电话的目的了。

她犯了两个错，作为负责人，项目出了问题，高层要拿她背锅；作为员工，动手打了上司，她要为此负责。

这两个，无论是哪一条，对公司来说都是丑闻。

"高董本就看我不顺眼，想用这事来警示我，你出面有什么用？"她抚了下额，头有些晕。

高以泽满不在乎："你不用问，我会解决。"

梁韵没说话，一阵冽风刮过，手快冻没了知觉。

等不到答案，高以泽的语气带着点自嘲："我也没那么差吧，就这么让你看不上？"

"没什么事我挂了。"

"你是不是有人了？"高以泽问。

沉默了几秒。

顷刻间，梁韵眼前浮现出一张面孔。

不爱笑，不爱说话，眼神冷漠，怎么看都不是合适的人选，太危险了……

梁韵只是说："就这样。我希望回去后，你和我能保持从前的关系，不要越界。"

高以泽还在那儿叽歪："你这女人，真不识好歹，别到时候说我不帮你，给你机会了，你自己不要。"

梁韵不再与他废话，直接挂断电话。

从实习到转正，后面又升职，她一直在这一家公司，做着同一份工作，这也是梁韵之前不管有多苦楚，都没有选择离开的原因。

她必须想一想今后的打算了。

夜晚。

窗帘拉上一半，城市的灯光扑朔迷离。

罗成把手垫在脑后，仰靠在床板上，视线掠过指尖上头的缥缈烟雾，落在沙发里的女士挎包上。

罗成抽了一口烟，心里有点说不清道不明的情绪。

早上梁韵打完那通电话后，她就一直处于心不在焉的状态，下午带她逛了几个地方，她也都没什么兴致。

后来梁韵说有点累，想回去休息。

罗成盯了她半晌，没说什么，点头同意。

后半程路上，梁韵一直合眼靠在座椅上，等他停好车再折回去，电梯口已经没了人影。

罗成将烟头按灭在烟灰缸里，拿出手机，顿了顿，最后还是拨了出去。

响了很久，就在罗成以为梁韵不会接时，突然通了。

"睡了？"罗成声音低沉。

听到声音，梁韵疑惑地拿远手机看了下备注名。

"嗯。"

房间里漆黑一片，窗帘全部拉上了。

罗成又喊了她一声："梁韵？"

"嗯？怎么了？"梁韵把手机拿回耳边。

他这下确定："你生病了？"

梁韵把手放到额头上："可能是，有点头晕。"

"只是头疼？还有哪里不舒服？"

罗成起了身，捞过外套，急步往外面走。

梁韵喃喃："没事，睡一觉就好了。"

"你先起来，给我开门。"

"嗯？"梁韵倏忽清醒了些，"没事的……"

罗成说："开门，我在你房间门口。"

梁韵愣怔了会儿，再看手机屏幕，那边已经挂了。

她没来得及搭外套，穿上鞋就往门边去。

门打开。

罗成只看一眼，就知道她发烧了。

梁韵换了一身睡衣，没有了早上的妆容，面上有点憔悴，脸颊两侧通红。

"嗯，你怎么来了？"梁韵晕乎乎的。

罗成见她转身往里走，背影纤细，之前没发现她这么瘦。

罗成："有药吗？退烧药。"

梁韵摇摇头，又上了床，侧过身蒙上被子。

罗成轻轻关上门，走到她的床边："先别睡，你这样得吃药。"

梁韵声音轻细："好困，你安静会儿。"

罗成伸手去拽她的胳膊，刚碰到，就被手上的温度惊住了。

她扭动了下，罗成顾不上了，腾出另一只手去摸她的额头。

"这么烫。"他有点急了,"梁韵,赶紧换衣服,我带你去医院。"

梁韵挣脱他的手:"没事,我睡醒就好了。"她现在只想躺在床上睡觉。

罗成见状也没再坚持,指望她起床是不可能的了。

夜晚又降温了,一来一回再着凉更不划算。

他离开时说了句:"我去买药,你等会儿得给我开门。"

毫不意外,没有回应。

罗成先回了趟自己那屋,拿上车钥匙出门。

房间里又只剩梁韵一个人。

她做了个梦,梦里很凌乱,有当面指责她的人,也有背后低语她的人。

前者只有一个男人,后者是一群人。

那男人说:"和你在一起,真累。"

梁韵苦笑,在一起四五年,就得到了这么个结果。梦里的人渐渐有了五官,她看清楚了,那男人是谢铭。

在机场,那个男人拎着行李箱说:"我再问你一次,跟不跟我回去,你想好了再回答。"

梁韵的答案始终是那一个:"我不能放弃这儿的一切,陪你去另一个地方重新开始。"

谢铭很崩溃,他摇了摇头,很不理解梁韵的做法。

因为他觉得两个人在一起,总有一个人要为对方牺牲点什么,但梁韵不认同,她不想放弃她努力这么久才拥有的,没了这些,重新打拼,又会需要多久。

她忘不了谢铭临走前的眼神,悲伤、失望。他说:"我本来毕业就准备回去,但为了你,我留下来了。现在我妈生病了,她想早点见到我们结婚,给我们带孩子,她就这么一个愿望,我都满足不了她……"

梁韵神情麻木,她也想说点挽留的话,可事已至此,无论说什么都改变不了两人破碎的局面。

"我也不想这样,但和你在一起,太累了。"谢铭说,"梁韵,你扪心自问,你真的爱我吗?如果爱,为什么不能多为我付出一点?"

最后,梁韵目送他过安检,他频频回头,却没有停下脚步。

后来她反省过,她的第一段感情,失败的主要原因,就是她不舍得放弃她的事业。

可偏偏事业也不顺,她遭遇了瓶颈期,不被下属信任,都觉得她是靠不正当手段得来的职位,因为他们目睹了她衣衫不整地从高以泽的办公室出来。

却没有一个人愿意去了解她的经历,也没有人相信。

人或许只相信眼睛里看到的,不愿意多花一点时间去了解其中的真相,还有更多的人,只是看个热闹罢了。

房间内响声不断。

梁韵迷迷糊糊地听到开门声,脚步声,滴水声……

直到,一双温热的大掌贴近她的额头,然后轻轻地摇晃她。

梁韵睁眼,模糊中看见一人,场景也似曾相识。

"梁韵?"他轻声哄她,"先醒醒,把药吃了。"

罗成趁她睡着的时候给她测了体温,38.6℃。

梁韵半晌才反应过来,原来在她屋里制造声音的,一直是罗成。

"醒了?"他见她醒了,"把水喝了,新买的杯子。"

梁韵看到床边的白色袋子里鼓鼓囊囊的,问:"你买了什么,这么多?"

罗成侧身坐在床沿边。

"体温计、杯子、退烧药,还有乱七八糟的一些。"

乱七八糟……

梁韵扯唇笑了笑,她翻了个身,把手腕垫在耳下,仍是躺着,侧面看向他。

房间里只开了一盏壁灯。

罗成调暗了点,不至于刺眼。

面前的人像一堵墙,身形高大,因为角度背光,只能依稀看到他的脸庞。

他又往杯子里倒了一袋药,手上动作几乎没停过,梁韵只顾着看他的脸,没听清他说什么。

罗成又重复一遍:"把这个也喝了。"

"怎么还有?"

罗成低声笑了:"一个是药片,一个是冲剂,把这个喝完就没了。"

"哦。"梁韵往上坐直了点,接过他手里的杯子。

罗成见她一次只喝一小口,问:"苦吗?"

梁韵皱了皱眉:"你说呢。"

罗成说了句很老套的话:"良药苦口。"

梁韵靠着枕头,眉眼微弯。

昏黄的壁灯照射在梁韵的脸上,仿佛铺上了一层薄薄的柔纱。

罗成看着她的眼眸:"怎么突然发烧了,冻着了?"

"可能吧。"梁韵声音很轻,"我身体一直挺好的,很少发烧。"

"身体还行,但是体力不行啊。"罗成笑。

梁韵睨他一眼:"我现在没力气跟你吵架,少故意气我。"

罗成说好。

梁韵又自言自语:"我们怎么回事,前天是你,今天是我,还轮番照顾呢。"

罗成的目光落在她的脸上:"嗯,下次难受早点说。身体不舒服还去玩不是更难受?"

梁韵点头:"好。"

窗外,弯月如钩,繁星闪烁。

就在罗成以为梁韵快要睡着的时候,寂静中,响起一个不合时宜的声音——

"咕噜咕噜……"

梁韵一惊,抬手把被子往上拽,就差蒙上脸了。

"饿了?"罗成不禁失笑。

梁韵不吭声。

罗成望着她露在外面的半张脸:"晚上没吃饭,饿了正常。"

梁韵把头缩进去,就听见罗成又笑,再探出来时,那人依然盯着她。

"罗成。"梁韵对上那双深邃的眸,声音温柔,"我想吃奶皮。"

罗成愣了愣,想到她可能是想吃什么东西,但压根没想到是这个,毕竟这东西过过嘴瘾行,但抵不了饿。

"只有这个?还要别的吗?"

罗成站起身,从药盒边拿过车钥匙。

梁韵一愣,下意识地摇头:"不用,我就这么一说。"

"我也没吃,正好一起买点。"罗成的手摸到门把,他停了脚步回头说,"你困了就先睡会儿。"

接着是关门声。

房间安静下来,梁韵没再躺下。

她抬手摸了摸后背,出了汗黏糊糊的,她掀开被子下床,去卫生间冲了个澡。

梁韵没着急上床,她坐在桌子旁打开电脑,视线落到一封邮件上,她点开看了很久,直到察觉到手指僵硬,才动了动键盘。

最后她缓缓打出几个字,用鼠标点上按键,发送出去。

邮件上只有简单一句话:

给我点时间,我会考虑的,谢谢。

等罗成再回到房间,梁韵正躺在床上玩手机。

听见动静,梁韵才起身下床,等得就快要睡着了。

罗成把袋子放到桌面上:"你还烧着,吃点清淡的吧。"

"你买了这么多啊?"

梁韵的视线被一旁的盒子吸引住。

"你不是喜欢吃嘛。"

还没来得及接话,罗成的手机响了。

罗成拿起来看一眼,说:"我出去接个电话,你把面吃完再睡?"

梁韵笑了笑:"好。"

走廊很长,罗成走到尽头,挨着窗户半身靠在阶沿上。

"利川,你说。"

蒋利川那边风声很大:"不是哥,你刚刚给我发的什么意思啊,她也来?"

先前等红灯的时候,罗成给蒋利川发了条消息,说梁韵也会过去。

"怎么,前两天不是你说让人去吗?"罗成笑了两声。

"不是不是,我就是有点好奇。你不是说她不来吗,怎么又突然改主意了?"

罗成不在意:"一来一回的事儿,耽误不了多久。"

蒋利川觉得不大对劲,就中途有事离开一趟,这样都舍不得分开?

但是他不敢说……

"那哥……"蒋利川嘿嘿笑了两声,试探性地问,"我家就三间房,你来了是跟我睡,还是跟她睡啊?"

罗成暗骂:"你脑子里想什么呢。"

蒋利川是典型的"皮痒痒":"本来就是,我又不知道你们什么关系,想提前了解一下啊。"

"不在那儿住,当天去当天回。"

"啊?"蒋利川哀号了声,"我都跟大娘说了。听说你来,还带了个女人,她可高兴了,还有,床我都给你铺好了!"

"我说在那儿住了?"罗成无语,"你怎么传达我意思的?"

蒋利川嘀咕:"我说了啊,她自己不信,反正催的是你,又不是我。"

罗成对蒋利川,基本上是无条件包容。

一是他们认识的时间特殊,二是他身上背负的所有秘密,蒋利川全都知晓,且值得信任。

"哥,你明天到底能来看我不?"

罗成"嗯"了一声:"应该吧,最迟后天。"

他不能把话说死,梁韵还发着烧,乡下更冷,说不准明天能不能去。

"好吧……"

罗成笑了笑,像哄小孩似的:"又不是见不着了,等回乌尔旗。"

"别啊,我们家的母羊要生小羊羔了,等明天你来了,我带你去看。"

"利川啊。"罗成有点纳闷,"你这两天是不是太闲了?"

蒋利川哼了一声:"是的,不上班很无聊,大娘就会唠叨我,还不如回去呢!"

罗成扯唇笑了笑:"有人关心、有人管着还不好?"

蒋利川一顿,意识到差点说错话,急忙收口不再提。

罗成问:"还有事?"

蒋利川摇头:"……没有了。"

"我看你真是闲的,打电话来就为了说这个?"

"对啊,最近那边没什么消息,就上次我找人传来的行踪都给你说过了,要有消息我再跟你讲。"

"嗯。"

房间里暖气攀升,玻璃窗上慢慢起了一层薄雾。

罗成喊了门口的保洁阿姨帮他刷卡开门,又重新进屋。

他没去开灯,顺着窗帘缝隙透过来的一盏街灯,走到桌子前。

袋子里的食物被她吃得七七八八,罗成无声一笑,吃这么多,还能倒头就睡。

宽大的被子下隆起一团,一动不动。

罗成俯身,抬手探了探她的额头,好像还是之前的那个温度。

他去翻旁边药店的袋子,拿了张退烧贴,撕开包装,轻手轻脚地往梁韵的额头上贴。

倏忽间,一双温热的手覆在罗成的手背上。

"罗成,你还没走……"梁韵按住他的手,声音低柔。

男人顿了顿,动作停了:"嗯,我以为你睡了。"

"是啊……睡了。"

罗成笑她说话颠三倒四,声音是他自己都没察觉到的温柔:"烧糊涂了?"

梁韵原本躺在床上等了会儿,但等着等着困了,抬手关掉壁灯就睡了。

她松开他的手:"罗成,你怎么进来的?"

罗成笑,把退烧贴按到她的额头上:"现在问,是不是太晚了?我人都在这儿了。"

"嗯,是有点……"梁韵闭上了眼。

"我让走廊上的保洁阿姨给我开的。"罗成没有隐瞒。

梁韵轻轻笑了:"那阿姨也太不谨慎了,怎么能随便给人家刷卡开门呢?"

罗成将她嘴角的笑看进眼底,这是他见过的梁韵的众多表情中,最温柔的一次。她说的话,她露出的笑,让罗成有一瞬的错觉。

罗成:"我跟她说,里面的人是我朋友,生病了,我得照顾。"

梁韵笑:"那她就信了?"

"不信啊。"罗成语气随意,"之后她又问我是什么朋友。"

梁韵:"那你是怎么说的?"

罗成垂眸看她:"你希望我怎么说?"

梁韵唇角的弧度变大,没上他的套:"是我先问的,你要先回答我,懂了吗?"

"好。"罗成无奈地摇摇头,"我说:'我可以报她身份证号给你听,你要吗?'"

"那肯定没要。"

"挺聪明。"罗成轻笑一声,"她又不知道你的身份证号多少,要了也没用。"

梁韵歪头看他:"对啊,那她还给你开?"

罗成挤了两下眼,头埋低点,说给她听:"我偷摸地给她塞了小费。"

梁韵也笑。她不知道罗成说的是真是假,但明白一点,此时此刻,这个男人给她的所有感觉,都是真的。

"罗成,你今天买的奶皮挺好吃的。你要真是司机向导,业绩应该是最好的吧。"梁韵知道,毕竟他没有义务为她做这些事。

罗成喉咙里溢出一声低笑:"我记得有人说我很敷衍。"

"嗯?"梁韵蒙蒙的。

罗成笑:"还记得吗,刚上路那几天,你说我服务态度敷衍,怎么没人投诉我。"

好像是有这么回事。梁韵小脸红红的:"有吗……"然后咕哝着,"你都说了是之前,那时候还不熟悉呢。"

"嗯。"

"现在还行。"

原来,外表看起来再坚韧的女人,生病了,也会跟兔子一般温顺。

罗成说:"你满意就好。"

梁韵悄声问:"远吗,在哪儿买的?"

烤奶皮、烤豆腐，以前没吃过的，来这儿全尝试了一遍。

"塞上老街。"罗成半弓着腰，胳膊搭在大腿上，"本来还说晚上带你过去逛逛，那边有些小吃还行。"

梁韵"啧"了一声："那是有点可惜。"

"想去？"罗成看向她的双眸，"想去的话明天去呗，街就在那儿，又跑不了。"

梁韵被他说笑了，摇摇头："还是按之前的计划走吧。"

罗成没吭声。

异乡的城市，两个人，有一搭没一搭地闲聊着，打发了时间，似乎也拉近了距离。

罗成先停住："你该睡了，现在又不困了？"

梁韵摸了摸头："一直都很困。"

"睡吧。"罗成准备起身。

梁韵忽地抬手拉住他的胳膊："罗成。"

罗成站定。

梁韵收敛笑容："你今天为什么会给我打电话？"

罗成顿了顿，想起她说的晚上给她打电话的事，大脑思绪飞转："你的包放在后座了，忘了？"

梁韵下午脑袋蒙蒙的，回来后直接倒头就睡，根本记不起来还有这一回事。

她笑了笑，笑自己连这种错误也会犯，可能真的烧糊涂了。

屋内，屋外，仿佛两种温度。

立在道路两旁的枯树，点缀出寒冷萧瑟的北。

罗成见梁韵好一会儿没说话，以为她又睡着了。他没着急走，她额头上的退烧贴被他拿下后，他又给她测了次体温。

没过多久，梁韵开始出汗了。

他找了条毛巾，打湿后拧干。看着那条毛巾，他突兀地笑了，恍惚地想起被她照顾的那次，原来也没过多长时间。

还真如她说的，轮番来照顾……

罗成先给她擦了额头，顺着她的鼻翼往下，擦到她的下巴，他手重，擦下去后再抬起来，她的皮肤慢慢染上了红。

见状，罗成放轻了动作，手捏在她的下巴上，将她的头向左偏了偏，想给她擦擦侧颈。

再抬眸时，梁韵已经睁开了眼。

两人的距离，近在咫尺。

101

适应了黑暗，梁韵一只手攀上他的后腰，沿着他弓起的后背，慢慢向上移。

罗成张口："还没……"

随后，梁韵微微仰起头，对准他的唇，吻了上去。

呼吸乱了一瞬，罗成还未说完的话，被堵在了喉咙里。

一股电流，顺着他的手背、胳膊肘，迅速蔓延到了心口。

也就仅仅几秒，那种柔软的触感又消失在黑夜里。

梁韵退后了一点，看了他半晌，一双眼眸明如秋水，没有任何语言，最后，手从他的侧颈松开，又倾身躺了回去。

罗成顿了顿，盯着她的背影，见她呼吸平缓，仿佛刚刚一切都是他的错觉。

他觉得，梁韵应该是真烧糊涂了，大概明早起来，她都不会记得自己做了什么事。

罗成坐直了身子，忽然很想抽根烟。

无论怎么样，一个没有结局的故事，他不想让它开始。

第七章 /
乌兰察布的赴约

一辆黑色的越野车渐渐驶离主城区，开往另一个目的地。

前几天的人文街景，此时又变成了自然风光。

梁韵望着窗外，已经没有了漫山遍野的绿色草垛，两旁更多的是一些低矮的枯黄杂草，看上去了无生机。

或许每一个生命，都会在属于它的时间内绽放。

"我要买些什么东西吗？"梁韵收回视线，转向罗成。

罗成目视前方："你不用。等会儿找一家超市，我去买点就行。"

罗成昨晚没睡好，等梁韵退了烧后才回自己屋休息了会儿。那时候，天已露出了灰白。

上午他补了个觉，梁韵也好了很多，两人下午才出发。

梁韵继续说："那会不会不大好？我总不能空手去，毕竟是去看望长辈。"

罗成笑了笑，懂梁韵的意思，说："本来就与你没什么关系，你要是觉得面子上不好看，你就拿着我买的，递上去就行。"

梁韵被他逗得发笑："那就这样吧。"

梁韵原本没打算跟罗成一起去，毕竟那是他朋友的亲戚，而她只是一个游客，她去算什么呢。

但是如果没有罗成做伴，她的旅程该会多么无趣。

罗成偏过头，目光落到她的脸上。她没化妆，面容素净，气色比昨晚好些。

两个人谁都没提昨天夜里的事，就好像距离彼此最近的那一刻早已消失，包括那个意外的吻。

在罗成看来，无非是一场意料之外的温暖让梁韵失昏了头，她没意识到自己在做什么。

或者说，她烧糊涂了，确实不记得做过这件事，不然怎么会一点反应都没有。

罗成让她放下心："人都很好，不难相处，你见到就知道了。"

梁韵点了点头。

忽然间，她讶然道："罗成，是不是下雪了？"

零零落落的白点轻飘下来，天很阴，不细看，还真分辨不出来。

罗成扫了一眼："嗯，天气预报也说就这几天会下雪。"

"今天会下大吗？"梁韵眼神期待。

罗成："不好说。"

"嗯，我们还要多久能到？"

"快了，进了城，再开一个多小时就到了。"

"那你当心点。"

"这种天气算什么，再恶劣的天气都遇到过。"罗成笑了笑。

梁韵呵笑一声。

车里恢复安静，梁韵开始翻看手机。她打开邮箱，在里面找了几家还不错的公司收藏，她必须为后面做打算。

而另一边，罗成边开车边同样在心里盘算什么。

半小时后，车子停在城区的路旁。

"我自己进去就行了，你别下车了，外边风大。""啪嗒"一声，罗成解开安全带，又问，"你有什么想买的吗？"

梁韵的手在卡扣上停住，她茫然地看他："我也想不起来。"

罗成点头："想起来了就给我发消息。"

罗成动作麻利地推门下车，三两步过了人行道，奔向一家小型超市。

梁韵回过头，嘴角的笑容消失了。

昨晚的那间屋子，好像是一条分界线，进去后，会发现两个寂寞的灵魂在深夜寻找救赎，他们相互依靠、相互试探，出来后，每个人又恢复了自己的保护色，他们伪装，只把悲伤以外的情绪表现给彼此。

她用那个吻试探了罗成，但他没有任何反应，她不信他不明白其中的意思。

"罗成……"梁韵低声呢喃他的名字，随后笑了。

你为什么会来到这里？为什么会从机车手变成送货的？你到底有着怎样的故事？

没等多久，罗成就回来了。

梁韵见他手里拎了两个小箱子，打开车后备厢放进去，然后上车。

车子启动。

梁韵忽然偏过头问他："你之前是做什么的？"

罗成踩在油门上的脚定住,转头去看她,她目光灼灼。

"送货的,我没提过吗?"

"啊……"梁韵点点头,"对,你说过,是我忘记了。"

罗成踩下油门:"嗯。"

窗外的雪下得越发大。梁韵问:"那只给旅行社送?"

罗成随口应着:"嗯,厂里有合作的,定点送货。"

"主要做哪些方面?"

"送点烟酒、土特产之类的。"

"你开的厂?"

罗成倏地一笑:"想什么呢,你见过哪家老板亲自去干这活儿?"

梁韵当然明白:"嗯,那你一次请这么久的假,老板能同意?"

罗成直截了当:"辞了。"

"为什么?"梁韵眸光幽深,"别说是因为给我做司机。"

罗成迟疑了一下,他没和任何人说过辞职,但面对梁韵的询问,他放松了。

"挣得不多,也没什么意思。"他这样回道。

梁韵笑道:"是吗?"

"嗯。"

雪花悠悠地落下,落在挡风玻璃前,渐渐变大,渐渐密实。

罗成打开了雨刷,不远处,路边立着指路牌,零零星星的低矮平房显露出来。

罗成转头见梁韵眼皮低垂,心里暗叹,这女人真是时时刻刻能睡着。

"梁韵?"罗成轻声喊,"别睡,就快到了。"

梁韵缓缓地睁开眼。

罗成笑说:"还说陪我聊天呢,自己都坚持不住。"

梁韵语塞。

罗成收了笑,不再逗她,说:"就前面这个村,进去后就到了。"

梁韵坐直了点身子:"回去的话换我来开吧。"

"你这样我哪敢。"

梁韵哼了一声:"我开车就不会困。"

罗成摇头笑了笑,拿出手机给蒋利川拨了个电话,开的免提。

"哥,到了吗?"那边的人秒接。

罗成:"嗯,在家吗?"

"在呢在呢,你直接进来就行,就等着你们了。"

第七章／乌兰察布的赴约

105

罗成:"不要搞这么夸张,梁韵在我旁边。"

蒋利川想了几秒才反应过来梁韵是谁,随即讪笑两声:"知道了,那你们赶快。"

"嗯,先这样。"

挂了电话,梁韵问:"这么热情?"

罗成扯了扯唇:"他家就两口人,一个比一个热情。"

车子停在了小院门口。

院外站了一个二十多岁的男人,黑衣黑裤立在门前,正嗑着瓜子,身边还圈了两头……羊。

罗成停车停了好一会儿,巷口很窄,没办法,只好把车贴在墙边停。

蒋利川在那儿喊:"哥,你随便停就行,这里面又没人有车,不会堵路的。"

罗成专心致志地摆弄方向盘,看后视镜。

梁韵见他较真的模样,不禁好笑:"差不多了,再往里点儿开门会擦到车的。"

话落,车子稳稳当当地停下。

门敞开,距离刚刚好。

罗成笑了笑:"走。"

两人下了车。

蒋利川一副猴急样:"快点啊哥,冷死了,你们快进来啊。"

罗成摆摆手,从后备厢将箱子拎出来,带着梁韵往院子门口走。

蒋利川见两人终于到了,咕哝:"你们好慢,我快冻死了。"

"冷不知道回屋待着,傻杵在这儿做什么。"罗成拍了一下他的头,没好气地说。

"欸,你别老打我的头。"蒋利川侧身躲了下。

梁韵在旁边笑,估摸着这是个急脾气。

"嗨,我叫蒋利川,应该小不了你几岁,就叫你'梁姐'吧。"蒋利川和梁韵打招呼,边说边打量着两人。

"你好啊。"梁韵笑了笑。

前面有一摊水渍,罗成拉了把梁韵的胳膊,让她低头看路。

"利川,大娘呢?"

"在厨房,提前弄晚饭呢。"蒋利川把门打开。

罗成皱眉:"弄什么晚饭,我们一会儿就走了,让大娘别忙活了。"

"那你们试试呗。"蒋利川挑眉,得意地笑,"看看能不能走掉了。"

梁韵看了眼罗成,碰巧他也转过视线看过来。

"大娘,人我给你接到了。"蒋利川朝着厨房喊了一嗓子。

没多会儿，里面出来一个五六十岁的妇人，笑容可掬地向两人招呼。

"可终于等来了。"李尚萍先看了眼罗成，随后笑着对向梁韵，"小罗，这就是利川说的你那朋友？"

"嗯。"罗成腾出一只手，轻轻拍了拍梁韵的后背，"这是梁韵，原本带她来旅游，正好要到这儿了，就顺路过来看看。"

梁韵笑了笑，微微点头："您好。"

李尚萍的目光直往两人身上看，不知看出来什么了，脸上的笑容越扯越大。她推着两人往主屋走："快进去快进去，里头暖和。"

梁韵茫然地看了眼罗成，后者像是知道她要说什么，侧了头，在她耳边轻声说："跟你说了吧，这家人特热情，根本招架不住。"

梁韵不太适应这样的场合，她不擅长和陌生人交流。

没多久，他们就坐上了餐桌，李尚萍不停地给他们夹菜，碗中的菜越堆越高。

罗成笑道："大娘，你这热情过了头，等下把人给吓跑了。"

梁韵张张嘴，想让他别乱说话，转头就见罗成对她挤了两下眼。

"哎哟，你看我，习惯了习惯了。"李尚萍喜上眉梢，"姑娘啊，你可别介意，我搁家里头天天没人陪我聊天，我一见着人就想唠两句。"

梁韵笑："没事的大娘，平日里就你们两个人吗？"

蒋利川在埋头吃饭。

"你说利川啊。"李尚萍视线扫过去，眉头一皱，"他跟小罗一样，天天忙着送货，也不着家，多长时间都见不到一次，平时这小院里就我一个。"

梁韵顿了顿，她估计这位大娘不知道罗成已经辞职，变成她的私人向导了。

罗成咳嗽一声，转了话题："大娘，这两天去医院检查了吗？"

李尚萍摆摆手，把水壶里的奶茶给三人倒上："没什么事！不要听利川在那儿说得夸张，就是天冷了，膝盖的老毛病又犯了，哪有什么病！"

一旁的蒋利川停下筷子，忍不住插了一句："是的是的，不知道是谁前几天疼得都走不了路，还说我夸张呢！"

"那我也没让你给小罗打电话，大老远让人跑一趟！"

蒋利川把脸一横："我就提了一嘴，是罗哥主动来的，不信你问他啊，就知道说我！"

"我不管，就是你嘴上没把门。"

罗成勾唇笑："没事儿大娘，正好顺路。还要感谢梁韵，陪我跑一趟。"

李尚萍不吭声了。

107

"看吧，我说话你不信，罗哥一说你就信。"蒋利川终于得理，"承认吧，你就是更疼罗哥。"

蓦地，梁韵突然笑出了声。

李尚萍讪讪一笑："不管他不管他，你们快夹菜吃饭。"

梁韵的笑完全没有其他意思，纯粹是觉得这种氛围让她久违地感到舒适、放松。

梁韵的父母对她管教很严，尤其是梁母。

她想起小时候一家三口坐在客厅吃晚饭，在此之前，梁韵看了一部动画片，所以吃饭的时候满心欢喜地讲给大家听，然后就被泼了一头冷水。

十来年过去了，直到现在，她已经不记得那部动画片里讲的是什么内容，但她依然能清楚地记得那天晚餐有几道菜，以及母亲对她说的那些话。

母亲很严厉地说："女孩子要有女孩子的样子，吃饭的时候要细嚼慢咽，不可以剩饭，也不要嘻嘻哈哈地说话，更不能在餐桌上大笑，这样以后会被人嘲笑没有礼貌的，懂了吗？"

懂了吗？在那个还爱看动画片的年纪怎么会懂，也根本不能理解。从那以后，梁韵再也不敢在他们吃饭的时候尽情说话、放声说笑……

"梁韵？"

胳膊肘被碰了一下，梁韵收回思绪："嗯？"

罗成凑近了点："怎么不吃？吃不惯吗？"

"没有。"梁韵也小声回，"挺好吃的，我刚刚走神了。"

罗成示意她的碗："菜再不下去点就要溢出来了。"

梁韵无奈地笑了声："这也太多了……"

"没事，能吃多少就吃多少，不要硬撑。"

"那怎么行，大娘看到会不太好？"

"他们人都很好，不会在意这些的。"

梁韵眼神闪烁了下，没说话。

罗成哄她："你先吃，吃不完偷偷夹给我，这样总行了吧？"

梁韵失笑："我知道了，你快吃吧。"

罗成再抬头时，就见蒋利川盯着他看。

"看什么，吃饱了？"

蒋利川越看越觉得有猫腻："你们嘀咕什么呢？"

"与你有什么关系？"罗成夹了颗花生米扔进嘴里。

"喊，还好兄弟呢，一点不够义气。"

正巧，李尚萍从屋外推门进来，手里端着一盆热腾腾的汤："什么义气不义气，就你话最多。"

她带进来一些寒气，梁韵抬眸，见李尚萍头发上粘着几片没融化的雪花。

"大娘，外面雪下大了吗？"梁韵问。

"是啊姑娘，这会儿飘得正大。"

罗成加快了吃饭的速度，他怕晚一点积雪，路更不好走。

"大娘，我们吃完就先走了，改天有空再来。"罗成边说边塞了口米饭。

李尚萍手上的动作一顿："啊？今天还要走啊？"

罗成的目光移到蒋利川的身上："我不是让利川跟你说了吗？这小子没传达？"

李尚萍朝蒋利川看了一眼，这会儿两人倒是有了默契，后者朝她挤了挤眼。

"讲了讲了，利川跟我提过。"李尚萍顿时会意，"这么晚了，还要赶路？"

"不赶路，原本明天准备去乌兰哈达。"

李尚萍："就是去那个火山公园？"

"嗯。"罗成放下碗。

"哎哟，这不着急，我想着你们在这儿多住两天呢，还能有人陪我说说话。"李尚萍佯装叹了口气。

罗成："让利川陪你，他最近歇班。"

"要他有什么用啊，一说话就惹我生气。"李尚萍抬头看向外面，"这会儿外头雪下得正大，你俩走我也不放心。"

梁韵忍了笑，她算是看明白了，这一家人就没想让他们走。

吃完了饭，李尚萍打开主屋的门，去厨房送菜盘前还不忘叮嘱两人留下来。

罗成想了片刻，转头看向梁韵。

这人又把主动权交给她。

梁韵坦然道："八成是走不了了。"

罗成往后靠坐在椅子上，拿眼睨蒋利川。

蒋利川余光瞥到罗成结冰的表情，不禁哆嗦了一下。

梁韵起了身，拉开主屋的木门。

空中飘着一团团白雪，纷纷扬扬地洒下来，落到地上。

希望明早能见到白茫茫的世界。

罗成站到她身后，梁韵回头："我们住在这儿，有地方睡吗？"

"有啊！"插话的是蒋利川，"实不相瞒，大娘都给你们铺好床了。"

"我们？"

"不不不，大娘睡主屋，里面有卧室。"蒋利川抬手虚指了下，讷讷开口，"门外院子里还有两间房，我睡一间，还剩一间。"

梁韵眼神疑惑，随后看了眼罗成。

罗成简直无语，瞪了蒋利川一眼，蒋利川立马低下头。

"你住西边那间，我去跟利川睡一屋，他那屋有两张床。"罗成解释。

梁韵浅浅笑了下，随口问："你们关系很好？"

"嗯？"罗成没反应过来。

"我说，他不怎么怕你。"

"什么意思？"罗成也笑，"我让你害怕了？"

梁韵撇撇嘴，装模作样："还好吧。"

罗成问："那不走了？"

"嗯。"梁韵让他往外看，"你看这能走吗？"

热情好客的主人，空中飘舞的雪花。

罗成努努嘴："我等会儿去拿行李，顺便把箱子给你带下来。"

梁韵问："这里有网吗？"

她需要用笔记本电脑，如果有网的话问题不大。

"有啊！"这一声又是蒋利川发出来的。

罗成横了他一眼："你别一惊一乍。"

梁韵控制住嘴角让它不要上扬："那麻烦你，晚点帮我连下电脑。"

蒋利川抬头，偷瞄了眼罗成，自觉地将声音放低："好的，没问题。"

罗成估计梁韵应该是要处理工作。

他昨晚给她买完饭回屋时，正巧瞥见桌子上的电脑还没熄屏。

没过多久，李尚萍回来看到在沙发上的两人，瞬间会意："对嘛，我就说不着急走。"

梁韵低头笑了下，随后对李尚萍说："那麻烦您了，大娘。"

"这是什么话，你们来看我，我高兴都来不及呢！"李尚萍摆摆手，"来来来，姑娘你住西边这间房，利川和小罗住你隔壁房，我都给收拾好了。"

梁韵忙起身，视线却飘向罗成："好的，谢谢大娘。"

"好了，大娘，你先休息吧。"罗成伸手去够桌边的钥匙，"我带她过去就行。"

"欸，行行，反正你常来，也都熟悉。"李尚萍笑，"那你把人家姑娘都照顾好了啊！"

推开门,外面飘雪已然变大。

罗成失笑,小声说,"我没照顾好你吗?"

梁韵走在罗成的右侧:"罗师傅专业能力不太行,但态度嘛……勉勉强强吧。"

罗成笑道:"要求还挺高。"

小院呈四方形,进了院子,右边是厨房,左侧是两间挨着的小房,再往里就是李尚萍住的主屋。

房间门没锁,一推即开。

罗成率先进入,"啪嗒"一声,屋子瞬间亮堂了。

"你先坐着,我去车里把行李拿过来。"罗成扫了一圈屋子,回头看向梁韵。

梁韵看了眼门外说:"等会儿吧,外面雪下得正大呢。"

罗成不在意:"也就一两分钟的事。"

话落,男人已经大步离开。梁韵微微一笑,抬手去把门关上。

显然李尚萍对两人的到来上了心,即使屋子是水泥地、砖瓦墙,也能看出来被收拾得整齐干净。

屋子里除了一个老式衣柜、一张木桌,就剩下一张单人床了。

梁韵坐到床沿,摸了摸印花被子。

很快,罗成拿着两人的行李回来。

他察觉到屋里的温度:"怎么没开暖气?"

这间屋子罗成之前也住过,他向前走了几步,半弓下身,拧开了暖气阀门。

起身时,梁韵见他上半身朝右斜了点,问了句:"你有好好涂药吗?"

"嗯?"罗成一时没反应过来。

梁韵轻叹了一声,指了指他的腰:"好点了没?"

"不碍事,没什么感觉。"罗成没当回事,又朝屋子看了一圈问她,"感觉还行吗?有什么不方便的跟我说。"

梁韵拍了拍床,朝他无奈一笑:"这也太周到了……"

罗成往她坐的方向看,出声笑了:"我之前来的时候,都没睡过这么新的被子,你这待遇还不错。"

"这里的人都挺善良的。"

梁韵想到这一路上遇到的,还是热情的人居多。对比职场上的尔虞我诈,这个地方的陌生善意让她有着从未感受过的放松。

"也有坏的,你没见过。"罗成沉声一句。

梁韵眼眸闪动。

罗成说："睡吧。"

梁韵看了眼时间，将行李箱敞开："谁这么早就睡。"

罗成笑了笑，走之前留下一句："有什么事给我发消息。"

黑沉沉的夜。

空荡的老院子内，雪停了。

"啊！又死了！"玩游戏的蒋利川哀号一声。

房间里烟雾缭绕，罗成夹着烟，身体靠在床板上，不知道在想啥。

"别吵吵。"罗成警告他。

蒋利川乖乖闭嘴。

"咋了哥？"蒋利川见罗成沉默得骇人，试探地开口，"又在想那件事吗？"

罗成也不否认："嗯。"

蒋利川安静了几秒："哥，等你抓住那人了，你想好怎么做了吗？"

男人指尖猩红一点，眼眸中的仇恨在深夜里释放。

罗成越不说话，蒋利川心里越没有底。

"哥，你不能做傻事，不值得。"

罗成深呼了一口气，说："我有我的打算，以后你不要插手了。"

蒋利川猛地坐起来："为什么啊？"

"利川。"罗成喊了他一声，随后将声音压低，"这是我的事，与你没关系。"

"可是我想帮你啊！"蒋利川道。

"我不需要你帮我，不需要任何人的帮助。"罗成目光锐利，"你知道我想要的结局是什么。"

蒋利川一直知道，但不敢说。

"他必须死。"很奇怪，这次他居然用最平和的语气说出来了。

"哥，可是我当初答应帮你查陈远德的行踪，并不是想让你真的杀了他，我以为你只是想惩罚他而已……"蒋利川的心揪着疼，他知道罗成想要报仇，但舍不得罗成明知那是火坑还要往里跳。

"惩罚？"罗成喃喃重复了一遍，苦笑一声，"六个人……难道六个人就因为他白死了吗？"

"交给警察吧，让警察去查吧，好不好……"

罗成冷笑："这些全都是我们自己查的，实质性的证据一点没有，警察不会认的。"

他能找到的唯一人证，在法律上也起不到什么作用。

"利川,这件事本身也与你没什么关系,你之前帮我的,我都记下了。你还有大娘,你还有很长的路要走,不要因为我耽误了自己。"

"之前要不是你救了我,我早不知道变成哪个孤魂野鬼了。"蒋利川说,"没有你,我哪有什么以后的人生。"

"就这样吧。"罗成颓然,"等了这么多年,必须有个结果了。"

这一刻,蒋利川觉得,滋生在罗成心底的仇恨,要远比他想象的更强烈,它已经深深扎根在罗成心底了,拔不掉,也铲不掉。

"哥,我知道我说什么都不管用,但你要想好了,倘若你真的选择了这种方式,就没有回头路了。"

罗成的第二根烟灭了,他的心也似乎沉到了海底:"不能让他一直在外面逍遥,他必须付出代价。"

复仇,说这句话简单,但做起来太难了。不仅要饱受心理的折磨,也要考虑最终的那个结果。

"利川,人可以穷,但不能没有志气。"罗成顿了顿,"以后要是我不在了,没人监督你,你必须记住,你还有大娘,不是一个人,不好的习性不能再有了。"

蒋利川红了眼,想到这个曾经在雪地里救了他命的男人,俨然已经安排好了自己的结局,无畏生死。

对方在路上见到了他狼狈不堪被追债的模样,也替他摆平了那一笔赌债,也正是因为那次救命的恩情,两人慢慢了解彼此,也是因为对方的监督,他再也没有碰过那些了。

"不会了。"蒋利川说。

罗成笑了,足够了,他没什么放心不下的了。

夜一深,放大了人体所有的感官。

罗成枕着手臂,忽然想到那天深夜的那个吻。

很短促,他不知道梁韵觉得那算什么,但他得承认,那一刻,他心里有了不一样的悸动。

罗成起身去洗了把脸,让脑子不再去想这些。

第二天没再下雪,但天空阴沉沉的。

小院里传来阵阵交谈声,偶尔还掺杂着几声男人低沉的笑音。

梁韵伸了个懒腰,抬手揉了揉眼,一夜好眠。

她一件又一件地套上保暖衣,穿上鞋,等觉得穿得足够暖和,才舍得推开门出来。

外面没有了先前睡梦中的热闹，只剩下一个男人，和一条大棕狗。

罗成松松垮垮地站在院中央，一手端碗，另一只手用筷子夹了根啃剩的大骨头，轻松地往空中一抛，脚边的棕狗就跳起来去接。

如此反复，狗没接到，又摇摇尾巴去咬罗成的裤脚。

罗成听见身后的动静，侧过身，看到了梁韵。

"醒了？"

梁韵还未说话，罗成脚边的狗对她叫了一声。

"不准叫。"罗成伸手指了下。

那狗很有眼力见，立马蹲下，伸着舌头舔罗成的裤脚。

梁韵笑："你这么闲。"

"那也比某人睡到日上三竿强点。"

梁韵蒙蒙的："哪有，不要胡说。"

罗成笑出声："好了，快去吃早饭。"

李尚萍看见两人后忙把锅盖掀起来端饭，罗成赶紧说："大娘别忙活了，不去主屋，就坐这儿吃吧。"

梁韵拉着板凳坐下，笑说："是的，大娘，不用麻烦了。"

李尚萍会心地笑了笑："好。"

"您怎么不一起？"梁韵见李尚萍手背到后面，解开了围裙，随后往门口走去。

罗成跟她说："就咱俩了，大娘和利川早吃完了。"

梁韵脸上赧然，估计是自己起晚了，罗成怕她一个人不好意思，才等着和她一起。

"哈哈，你们慢慢吃，我去羊圈看一圈。"李尚萍一脸笑容。

厨房是那种烧柴火的，梁韵第一次见，随后细细一想，进沙漠的头一天晚上，罗成带她住的也是这种屋。当时还站在门口特意去学怎么做奶酪，不过……也忘得差不多了。

"想什么呢？"罗成见她发愣。

梁韵说："在想怎么做奶酪呢。"

罗成咬了口馒头："你还会做这个？"

"你猜啊。"梁韵笑。

罗成一脸不信："会就奇怪了。"

梁韵白了他一眼："进沙漠之前，你带我临时住的一个大婶家，她教我了。"

罗成细想，好像是有这么一回事。

"那你学会了？"

梁韵讪笑："当时是看懂了，不过现在又不记得了。"

"大娘也会，想学找她教教你。"

梁韵没说好与不好，她忽然好奇，罗成与蒋利川和李尚萍不是亲戚关系，但相处起来却比亲戚还熟络。

梁韵问："你们关系这么好，是怎么认识的？"

罗成想了会儿要怎么回答，就被急匆匆进来的李尚萍打断了。

第八章
第二个吻

罗成忙放下碗,起身问:"出什么事了?"

李尚萍急得跺脚,"都怪利川那死孩子,肯定是他昨天没把羊拴好,圈里少了一只母羊,就快下小羊羔了。"

"大娘,您先别急,仔细找了吗?"梁韵也起身安抚。

李尚萍焦灼地说:"总共没几只,平日都是隔壁张大爷家帮忙放着,这不利川回来了才让他带两天。"

罗成:"先别着急,我去羊圈看一下。"

李尚萍不好意思麻烦罗成,说:"没事,小罗。等会儿利川来了让他去找,你们吃完还要赶路。"

罗成本想说没事,但这事还得梁韵做主,他不能擅自决定。

梁韵偏头看了眼罗成:"大娘,我们不着急赶路,让罗成过去看看吧。"

李尚萍显然是着急的,但又怕耽误两人的行程。

罗成看出李尚萍在想什么:"我先去找找吧,利川进城去拿货,怎么说回来也得下午了。"

李尚萍听他这么说,没再坚持。

羊圈不是很大,土夯的围墙,上面盖的顶棚用了枯树枝和湿土搭建,靠里的几只羊安静地趴在角落。

李尚萍说:"小罗,丢的那只你之前也见过。"

罗成脑子里回忆了下:"是快下小羊的那只是吧?"

"对对。"

"行。"罗成点了点头,差不多了解了,"我去找找看,你们先回吧。"

三人又回到院门口,罗成见梁韵要跟着,转头对她说:"你别去了,外头冷。"

梁韵不大情愿:"你一个人能行吗?"

"这片我熟,你快进屋去。"

这里属于山区，外加上土路泥泞，车也开不进去，只能走路找。

梁韵犹豫了下还是答应了。

李尚萍说："姑娘，你先进去，我给小罗指指平日里放出去的一些方向。"

梁韵对罗成说："有什么事你给我发消息。"

这也是昨晚罗成对她说的话。梁韵回到房间，不知道该做点什么。

她忽地想到昨晚还没回复的消息，于是拿着手机一条一条地翻看。

下周公司内部会开会，几乎所有人都知道她会被调动，那些打着关心旗号，实则话里带有暗讽的人，梁韵一条没回复。

她突然想到一句很现实的话，墙倒众人推。

梁韵翻到孙晓的消息，回复：没事，我知道了，之前高以泽给我打电话说过。

门口传来几声木板门的敲击声。

李尚萍抱歉地笑了笑："姑娘，打扰你了吗？"

梁韵将门敞开了些，让她进来说话："没有，大娘，我没什么事儿，怎么了？"

李尚萍笑道："我锅里正熬着砖茶，你要是对做奶茶感兴趣，就过来跟我一起看看。"

"好啊，一路上喝过不少，倒没怎么研究过怎么做的。"

李尚萍："那行，我先去把茶叶捞出来。"

梁韵倒是无所谓，她闲着也是闲着："这个是什么？"

"这就是我刚刚给你说的奶茶啊！"李尚萍笑，"这才刚开始，第一步呢。"

梁韵的目光被铁锅吸引住了。

李尚萍说："姑娘你坐着，平时都没人陪我说话，你来了还能解解闷。"

梁韵很理解人越老，越怕孤独："利川和罗成也能陪您啊。"

"别提了，利川毛毛糙糙的。"李尚萍说，"小罗还行，但他也忙。"

梁韵不知在想什么，李尚萍开始聊到罗成："是不是觉得小罗闷不吭声的？可别看他沉着脸时怪吓人的，他呀，心可细着呢。"

梁韵笑出了声："是吗？"

"当然啦。"李尚萍怕她不信，"就刚刚，小罗怕你自己无聊，跟我说让我带你做奶酪。"

梁韵讶然："他让您教我？"

"可不就是嘛，他怕你一个人在屋里头闷。我这一想，什么东西都没提前准备，临时也做不来。又想着锅里正煮奶茶呢，就来问问你有没有兴趣看一看。"

梁韵盯着搅拌锅里茶叶的勺子，弯了弯唇。

"小罗对你可细致着呢。"李尚萍边搅动茶叶边说,"利川跟我说你是他临时接的游客,但你俩昨天一来,我就总觉得小罗对你不一般。这么多年,我还没见过他领过哪个姑娘来我这儿呢。"

梁韵被李尚萍说笑,她还挺操心的。

"他一路上是挺照顾我的。"

李尚萍说:"他啊,看起来对什么事都不大上心,其实比谁都热心肠,我们家利川当年就是他从雪地里捡回来的。"

梁韵若有若无地点点头:"大娘,你们什么时候认识的?"

李尚萍把茶叶捞出来,想了想说:"得有五年多了,对,就算是五年吧,他领利川回来,那是我们头一次见。"

梁韵心底算了算,五年,那也就是说,罗成在五年前就来到这里了。

李尚萍叹了口气,有点惋惜:"小罗这孩子,命不好……"

"命不好?"梁韵皱眉,"大娘,为什么这么说?"

李尚萍没什么心眼,见梁韵也不是什么外人,想着有人聊天,就说出去了:"听利川提过一嘴,说是小罗的父母跟妹妹都没了,当时也是来这儿旅游,出了点意外,一家人只剩他一个人还活着。"

梁韵心惊:"什么时候的事?"

"也得有五六年了。"

梁韵又问:"大娘,那他之前是哪儿的人您知道吗?"

李尚萍回忆了会儿,说:"好像是山东的吧,济南还是青岛来着,唉,人老了,脑子也不太灵光咯。"

梁韵勉强笑了笑,没接话。

李尚萍开始往锅里倒牛奶:"姑娘啊,你怎么想起问这个了?"

梁韵眸底闪了闪,坦言道:"我之前见过他,很多年前了。"

李尚萍有点意外:"哎哟,那你们以前是认识的呀。"

"不算认识,就只是见过而已。"梁韵轻轻一笑,"不过……估计他不记得我了。"

"哈哈,那你跟他说说呀,提起来说不定就记着了。"

李尚萍将炒米、奶皮全都倒进铁锅里,又开始搅拌。

梁韵默默算了算罗成出去的时间,心不在焉地回答:"好啊,有机会提一下。"

外面天空更加黑沉,风声渐大。

两人围在矮木桌旁坐下,手中的碗腾腾冒着热气。

李尚萍在想母羊能不能找回来,而梁韵想的是那个浑身充满未知的男人。

"大娘。"梁韵问，"您知道当年出了什么意外吗？"

李尚萍一时没反应过来："姑娘你刚刚说什么，大娘脑子里想别的去了，没听着。"

梁韵正色道："我是说罗成的家人，不是来旅游的吗，怎么会发生那种意外？"

"是啊。"李尚萍神色变得怅然，"本来一家子高高兴兴地出来玩，结果一个都没能回去。"

"一个都没有？"梁韵疑惑，但罗成不是好好的吗？

"哦，你说小罗啊。"李尚萍解释道，"他当时不在那辆车上，只有父母和妹妹过来了，当时是假期，游客也多，没想到就他们一家出了意外。"

梁韵目光幽幽，她第一次见罗成的时候，是大四那年，算一算，也不过五六年的时间。

李尚萍继续说："具体的我也不清楚，每次想关心关心他家里的事，小罗脸色就不大好看，久而久之我也就不问了。"

"当时车里就罗成一家人吗？"梁韵问。

"不止。"李尚萍很肯定，"还有好几个呢，都没了。当年这场事故闹得不小，不过不是在我们这片，就没细打听，后来才知道小罗的家人都在那辆车上。"

梁韵试探："那利川应该了解得比您多些吧，我看他们两人关系挺好的。"

"他弟兄俩有啥话都说，但利川不跟我聊这个，还让我别操心这些，我心一想，毕竟这也不是什么好事，也就不多问了。"

梁韵碗里的奶茶见底了，看向院子外灰沉沉的天，好半天没说话。

李尚萍的目光透过窗户，落到梁韵旁边的那间屋子那儿，她笑了声："我家利川啊，谁的话都不听，只听小罗的，小罗一拉脸，利川就哑巴了。"

梁韵点点头："他不说话时是挺吓人的。"

李尚萍不知想到什么，突然笑容可掬："别看我人老咯，但眼可好使着呢，我们小罗真不错的，你们年轻人要是有意思的话，就不要错过了。"

梁韵只是笑了笑，没再接话。

一晃，整个上午过去了。

中午，梁韵没让李尚萍做她的饭，早上吃得晚，她不饿。其次罗成还没有回来，她没什么心情吃饭。

她去躺了一会儿，结果浑浑噩噩地做了个梦，再一睁眼，雨滴打在窗台上发出规律的声响。

梁韵下了床，掀开布帘一角，外面半空中的雨水混合着雪花一起飘落。

看了下时间,已经下午四点多。梁韵用手机给罗成打过去,响了很久也没有人接,她又点到聊天框,发出一句话后,重新坐回了床上。

时间一分一秒地过去。

梁韵又看了一眼屏幕,仍然没有回复,她决定不再等待。

雨雪没有她想象的大,落在脸上丝丝凉凉。

梁韵用围巾包住头,从棚子底下小跑到主屋,轻轻拍了拍门。

"大娘……"

梁韵话还没说完,正好碰上李尚萍出来。

"姑娘,怎么出来了?"

梁韵:"大娘,您这里有伞吗?我想去找找罗成,他到现在还没回来。"

李尚萍:"我正要去呢。你先回屋,我去找找看。"

梁韵见李尚萍手里拿着雨披,直接抽过来,说:"没事,我去,您再给我找一把伞。"

李尚萍见梁韵态度坚定,于是转身回到柜子旁又翻出一把黑伞。

"走吧,一起出去,我给你指路。"

"我拿手机了,如果罗成回来的话,让他给我打个电话。"

梁韵朝着院子外面跑去。

她没让李尚萍跟着一起,地面很湿,外加上李尚萍腿脚不好,走不快,一起去反而耽误了时间。

刚开始还好,还有平坦的小道,越往里走道路就开始变得崎岖。

沿着这条路向前,穿过一片干树林,就是李尚萍说的罗成上午去的那个方向。

地面逐渐开始黏脚,梁韵抬手拽了拽雨披的帽檐,一手举着伞,一手扶着干裂的枯树。

倏地,她脚底一个打滑,半个身子倾向斜坡。

梁韵手上使了劲,用黑色长柄伞的尖儿用力顶了下地,上身撑了撑,还好站稳了。

梁韵暗叹一声,同时心里也骂了一句罗成。

这会儿没什么风,只剩雨丝白毛映衬着冬日的凛冽。

林子不深,且里面都是干巴巴的树枝。

梁韵环视了一整圈,没人,也没动静。

她没想走太深,里面什么样她没底,不敢轻易冒险。

梁韵掏出手机看了一眼,随后在心里大概定了个时间,如果还没见到人就原路返回去。

走过前面一片空旷地,她低头往下面打量,发现光秃秃的干树林底下有一条暗河。

河面结了薄薄的一层冰,不仔细去看很难发现,周边是一些山石,还有几个不大不小的洞口。

蓦地,前面传来一阵响动,像是有人脚底踩着泥土发出的咯吱咯吱声。

梁韵探头看了看,前面隐约显现出一个轮廓。

"罗成?"她喊了声。

罗成倏地停住,几秒后,顿时加快了脚步。

再往前,不久后两人都完全出现在对方的视线里。

罗成走不快,他手上抱着一只羊,靴子上全是泥泞。

他身上更惨,衣服像被水泡过了一样,分不清是汗湿的还是雨淋的。

"你怎么过来了?"他有些喘。

梁韵朝他的方向走,本想骂他几句,让他瞎揽苦力活儿,但一看他成了这副模样,又不忍心了。

罗成见她不说话,边走边打量她,松垮的雨披穿在她身上不太合身,手里还握着一把伞。

"你别动了,待那儿,我过去。"

梁韵没听他的话,撑开伞径自往他那儿去。

"你怎么搞成这个样子?"她把伞抬高了点。

罗成抬头看了一眼,笑说:"我都这样了,打不打伞有什么区别?"

梁韵不想搭理他。

罗成很累,说话有点喘:"你怎么过来了?"

梁韵觉这人有点烦,非要问这么直白:"要不是担心你,我会过来吗?"

罗成敞声笑了:"找头羊而已,能有什么事。"

"一只羊而已,你走了六个多小时,我以为你出了什么事呢。"梁韵走到他右侧。

一刹那,罗成心软了一瞬,他偏头看去,梁韵睫毛扑闪。

罗成轻声解释:"我在下面那山口走了两圈才发现羊的,它趴在石头缝里。主要是抱着它沉,走不快。"

梁韵转头看了一眼他怀里抱着的母羊,这么大只,不累才怪。

罗成上身微侧,将怀里的母羊露给她看。

梁韵瞥了一眼转过头,声音微不可闻:"它可真不听话。"

罗成笑得更大声："它还有孕呢。"

这头羊蛮有眼力见，大概知道自己犯错了，乖乖窝在他怀里一动不动。

罗成说："羊和牧民都是有感情的，丢了都心疼。"

他说着胳膊向上掂了掂。

梁韵："你把它放下走啊，一直抱着多重。"

"它的腿伤着了，得赶紧把它带回去，万一它生在路上了咱俩怎么弄。"

梁韵对动物没什么感情。小时候，梁韵去同学家玩，同学家养了一条狗，可能是看梁韵脸生还是怎么着，玩着玩着，毫无征兆地咬了她一口。

回到家后，梁母很生气，带她先去打了疫苗。从医院出来后，梁母语气生冷地教育她，打那天起，再也不允许她去那个同学家里玩，更不允许她养任何宠物。

"梁韵，看路。"

地上坑坑洼洼，梁韵一时走神没注意，险些又滑倒。

"往我这边来。"罗成手上腾不出空去拉她，只好往边侧挪了点，让梁韵尽量朝着中间走。

"哦。"

又走了一阵，视野渐渐变得开阔。

出了林子，两人踩着平整的马路，速度也快多了。

罗成想托人将羊拉回去，回头看了几眼，索性放弃。

天冷，空荡荡的小道，没人外出，也没有过路车。

"把伞收了吧，没下了。"

他个子高，梁韵举伞举得有些累，仰头望了望，见雨雪都停了，便把伞收起来。

梁韵的目光落在罗成的头上，见他额上的汗水直落。

梁韵迟疑了一两秒，自然而然地抬手擦掉他眉骨处快要滴到眼皮的水珠。

罗成反应过来时，她已收回手。

梁韵大方地笑了笑："这羊看着比我还重。"

一股冷风吹过，罗成喉咙滚了滚，眼神从她脸上挪开。

"嗯。"罗成扯唇笑了笑，"你多重？"

"不想跟你说。"

"一百出头？"罗成装模作样上下一扫。

"还说话，我看你是不累。"梁韵横他一眼，她又不自主地想起李尚萍上午和她聊的那些。

到底哪一面才是真实的他，曾经意气风发的，旅途中漠视一切的，还是此时此刻这个满面堆笑，让人想拉近距离的。

回到院子，天色已昏沉。

这会儿蒋利川和李尚萍正站在小院门口张望。

"哥，怎么弄成这样。"蒋利川急忙去接他手里的母羊。

罗成皱眉："赶紧去看看，腿伤得不轻。"

"去把它送到你张大爷那儿。"李尚萍说完去拉两人进屋，"快快，孩子，去冲个澡，把衣服都换掉，大娘先去做饭。"

罗成："没事大娘，你先忙吧，我带梁韵过去。"

梁韵倒没什么，穿了雨披没怎么湿，但罗成脏得不成样子，全身湿漉漉的，到处是泥点。

洗澡间和厕所都在一个位置，建在小院后头，人字形尖顶的木屋。

梁韵拿上衣服过去的时候，罗成还没开始洗。

"水温调得差不多了。"罗成听见脚步声，朝门口看，"放了会儿热水，快进来。"

梁韵不愿意："你都成这样了，你先洗吧。"

罗成说着就要往外走，梁韵向前一步，正好堵着门。

他要张口，梁韵没给他机会。

她又说："我要洗头发，会很慢。"

罗成顿了顿，随后应了一声。

很快，里头传来哗啦啦的水声。

梁韵没回屋，瞥见门口的矮凳子，拉过来坐下了。

外面天色很暗，只剩洗澡间的木屋亮着灯。

带着雾气的四方玻璃映出了点光。

梁韵半根烟落，里面水声停了。

她收了思绪，把烟按灭。

罗成拉开门，见梁韵坐在门旁的矮木板凳上。

"好了，你进去吧。"

梁韵点点头，绕过他朝里走。

两人调换了个位置。

一里一外。

梁韵其实不需要洗头发，从呼市出发前，她特意在酒店洗过，刚这么说，只是不想让罗成再推让。

第八章／第二个吻

水温正好，里面有他刚洗完留下的温度，还夹杂着点男士皂香味。

罗成瞄了眼地面，微微火星。

夜风很凉，吹在干燥的皮肤上像是要裂开了。

没多会儿，里面的水声停了。

洗得倒是挺快，但水声断了后里面没发出一点动静。

罗成等了一会儿，见她还没有出来的迹象。

他朝门口迈了一步，轻声喊："梁韵？"

这么久没动静，罗成难免有些担心，手刚放到门把上，还没用力，门自动从里开了。

他头疼，这女人没锁门。

木屋很小，里头冒着热气白烟。

梁韵穿戴整齐，抱着肩靠在镜子前的水池上，扬起唇轻轻地笑。

罗成不知道她在搞什么："我喊你，你怎么不出声？"

梁韵笑得狡黠："出声了，你还怎么进来。"

罗成眼眸结冰，盯着她半响："我没心情陪你玩。"说着转身要走。

"罗成。"梁韵喊他。

一阵寒风刮进来，吹散了雾气，平息了心火。

罗成回头："梁韵，你搞什么？"

"罗成，好冷。"梁韵面上恢复正常，轻轻说，"你把门关上。"

"冷为什么不回去？"

梁韵收起了笑，声音平静："我们聊会儿。"

罗成看不懂她。

她又开口："别说回去聊，就现在。"

罗成见她表情认真，问："想聊什么？"

梁韵放下抱着的手臂，走两步站到他跟前，抬手将身后的门关上，倚靠在洗衣机上，正面对他。

罗成看她平日披肩的黑发高高扎在脑后，额角几缕碎发垂搭在泛红的脸颊旁。

"怎么没洗头发？"

梁韵笑了笑，没回他。

墙上挂着老式灯泡，不怎么亮。

她不说话，但罗成好像懂了。

梁韵忽然开口："那天晚上，我没忘。"

罗成太阳穴猛地跳动。

"那天我是故意的。"她语气平静,"但你没有给我反应,所以我没继续,也没再提。"

罗成看着她:"我以为你那晚生病,头脑不清醒。"

梁韵盯着他抿紧的双唇:"你觉得我很随便?"

"没有。"

她又问:"那你觉得我怎么样?"

这一刻,罗成觉得梁韵是认真地想要这个答案。

"挺好的。"他实话实说。

美丽,大方,高冷的外表下藏着一颗善良的心。

梁韵:"那你为什么看不上我?"

罗成偏过脸:"没有。"

梁韵冷声:"你就只会说这一句吗?"

成年人,不会不懂,她觉得自己表现得很明显了。

罗成:"你那天只是一时兴起,短暂的温暖,让你没理清思绪,是我的问题。"

梁韵点点头,弯着唇角,从容地与他相视。

然后,她倾身贴上那双唇,没等罗成反应过来,又从他嘴角移开。

这是第二次,可以证明她没有糊涂,她现在很清醒。

"梁韵。"罗成克制住情绪,"你知道自己在做什么吗?"

"我吻了你。"

她毫不避讳,罗成瞳眸幽深:"我没心情跟你搞露水情缘。"

木屋内渐渐没有了先前的温度,寒意侵袭。

梁韵的目光平静:"现在这刻,我是真心的,也很清醒,没有跟你闹。"

"我们不是一条道上的人。"罗成态度决然,"不合适,也不会有结局。"

梁韵没明白他所谓的结局是到哪一步,是旅程结束后再续前缘,还是指步入婚姻,结婚生子。

她没想这么远。

"你对我有没有感觉?你只需要回答我有,还是没有。"梁韵盯着他问。

罗成把视线挪开。面对梁韵的逼问,他不得不承认,自己心慌了。

梁韵觉得冷,想转身去拿架子上的厚外套,手还没碰到,那人伸长手臂已经帮她拿下来了。

他叹了口气:"穿上吧,发烧才刚好。"

梁韵没抬手接，看进他眼底。

罗成不想与她对视，见她不动，只好从后边给她搭上外套。

小屋里，梁韵的眼角渐渐染上笑意。

罗成这个人，对于梁韵来讲，做的一直要比说的多。

她确定了一点："罗成，是有的吧。"

门外传来喊声打断了此时的氛围。

"哥，洗好了没？"蒋利川出声，"你先出来吃饭，我到前院去叫梁姐。"

"不用！"

罗成本不想出声，但听到这个名字下意识地朝门外喊了句。

"啥？"蒋利川疑惑。

梁韵笑，盯着眼前的男人，看他怎么回。

罗成眼神晦暗地望着她，对外面喊道："你先过去吧，我来喊她。"

蒋利川一笑，爽快地回应："行，那你们快点。"

门口的脚步声越来越远。

梁韵的眸子越发明亮，看着罗成的脸，轻轻笑出了声。

一切，都有迹可循。

答案重要吗？似乎也不那么重要了。

梁韵把外套穿好，望向罗成："我饿了。"

罗成直言不讳："怪谁？"

梁韵笑意渐深："是你耽误了时间。"

她满嘴都是理，罗成瞥她一眼，拉开门，已然先迈步往外走。

两人回到厨房。

李尚萍已经摆好饭菜，就等他俩了。

"快坐，快坐。"蒋利川给两人移了板凳。

李尚萍抱歉地笑："今天确实辛苦小罗了，还让姑娘担心跟着跑了一趟。"

"嘿嘿。"蒋利川讪讪，"哥，还是你好，要是找不回来，我估计会被打死。"

罗成睨了他一眼："那羊怎么样了？"

蒋利川道："交给隔壁大爷了。"

李尚萍点他的头："你说你还能做好什么事。"

蒋利川自知理亏，不敢搭话，只顾埋头吃饭吃菜。

"姑娘，多吃点菜。"

李尚萍把羊腿朝梁韵的位置挪了点，蒋利川夹菜的那只手落了空。

梁韵笑了，原来吃饭也可以这么欢乐。

"没事大娘，我能夹到。"她露出尴尬的笑。

李尚萍说："你瘦，你多吃点，他吃了浪费。"

蒋利川转手夹了一大块牛肉，嘟囔着："这么多菜呢，我又不是非得吃那一个。"

罗成一直没出声，突然抬头问了句："利川，货拉完了？"

"嗯，都在后备厢呢。"蒋利川吸溜一口面，"我明天先回厂里一趟，请的假也结束了。"

"嗯。"

"那你呢，啥时候回去？"

罗成一顿，没说话。

李尚萍接了句："管好自己就行了，小罗还要你操心啊。"

梁韵看了眼罗成，见他没什么异样，也没解释说自己已经辞职了。

罗成回眸对上她，点了点盘子："吃点菜。"

"嗯。"

罗成又对李尚萍说："明天一早我们也得走，跟利川一起出村子。"

李尚萍点了点头，懂得年轻人都有自己的生活，没再多挽留："行行，你们都先忙自己的事。"

梁韵发自真心："这两天麻烦您了。"

"哎哟，可别这么说。"李尚萍忙摆手，"倒是希望有机会啊，你和小罗还能一起过来坐坐。"

这话一出，明眼人都知道是什么意思。

罗成还是那副样子，不笑，不说话。

梁韵点了点头，没答好与不好。

两天的相处时间，虽然谈不上多熟，但是其乐融融，充满了生活气息。

梁韵觉得这是她来到这里最大的收获。

回到房间。

梁韵把行李提前收拾了一遍，只留一个手机和充电器没装进去，刚想充电，就见屏幕显示了七八个未接电话。

她滑进去，全部来自一个人。

高以泽不仅给她打了电话，就连微信上也全是他的消息。

梁韵不想接，还未将手机放到桌面上，那人又打过来了。

"做什么？"她无奈接听，眉心紧蹙，不知道这人又抽什么风。

"你干什么去了，怎么到现在才接？"高以泽还先质问上了。

"我为什么要接你电话？"

高以泽被她噎住，结结巴巴地说："我可是你上司。"

听他这语气，梁韵嗤笑道："你要是喝多了就去休息，不要在我这里撒酒疯。"

高以泽正躺在沙发上，包厢里彩色的灯光映在脸上，整个人萎靡不振。

嘈杂声钻进耳朵里，让人心烦。

"我要挂了，你那边很吵。"

"别挂，别挂。"

高以泽忙把搭在茶几上的腿拿下来，对着周围的男男女女挥了下手，拉开门往外走。

"你到底有什么事！"梁韵觉得他像一个狗皮膏药，怎么都甩不掉。

高以泽进了隔壁包厢，里面没人，很安静，他几乎是讨好的语气："我在外面谈合作，想到你了，就打给你了。"

梁韵都无语了："你能不能不要这么无聊？我暂时不是你下属了，别给我说这些事，我也不想听。"

高以泽觉得这女人的心比石头还硬："你为什么总是对我这么大敌意，就不能给我一次机会吗？你只要对我说句好话，别说人事调动，给你升职我都能做到。"

"你给我闭嘴！"

什么结果梁韵都可以坦然接受，但走到今天，她没有靠任何人，所有的一切都是她自己打拼来的。

高以泽扶额："好好好，我说错话了，你别生气。"

"我承认，当初你给了我机会，让我进公司。"梁韵缓了口气，"但我往后的每一次成果，都是靠自己得来的，你不要给我戴这种帽子。"

高以泽解释说："公司的事真不是我传的。"

"不重要了，他们一直以为我是这种人。"尤其是从他办公室出来后。

"别生气了。"

梁韵站累了，坐在床边："你还指望我对你说好话？你做了那种恶心事，我没有报警已经对你很仁慈了。"

"我不是解释了嘛，我喝多了，那天真的糊涂了。"高以泽声线渐渐变低，"你不是也没吃亏？而且我后面那么大条口子，缝了十二针。"

梁韵气笑了:"好了,我不想提了,你每次打电话来都是说这些没有用的事。"
高以泽忽然说:"你现在不在青岛?"
"嗯。"
"那你去哪儿了?"
"与你有什么关系?"
"就随便问问,回江苏了?"
梁韵被问烦了:"在内蒙,可以了吗?我又没上班,你管得太宽。"
"梁韵!"高以泽吼了一声,"大冬天跑那儿去干什么!"
他陡然想起来,如果没记错,那个叫谢铭的男人就是内蒙的,两人分手后,那男的就回了老家。
"你是不是去……"
梁韵打断他:"我有看上的人了,别再说这些没有用的话。"
空气凝结了一瞬。
高以泽缓缓开口:"谁?在外头认识的?"
"嗯。"梁韵只想结束通话,"就这样,先挂了。"
今天走了太多的路,也发生了一些需要让她好好思考的事。
弄清当下,思考未来。

清晨。
地面素白一片,门前枯树枝上覆着薄薄一层雪。
院子外,罗成半蹲在车门前,一手拿着工具,另一只手摆弄着车把。
"哥,能修好吗?"
蒋利川从一旁的银色面包车上跳下来。
罗成嘴里咬着烟,含混不清地说:"差不多了。"
"行,我进去把行李拿出来,你修好了喊我。"
"嗯。"
身后响起踩雪声,越来越近。
罗成回头,梁韵拉着箱子站在他后面。
"好修吗?要不开到修车店吧。"梁韵轻声说。
罗成把螺丝拧紧:"怎么出来了,到车上坐着等吧。"
"不冷,呼吸呼吸新鲜空气。"
梁韵刚从暖气房里出来,这会儿身上正暖和着。

罗成把工具收进箱子里："冻得舒服？"

"我愿意，你管得着吗？"下了一场雪，连村庄都变美了不少。

罗成笑着站起来，他拍掉身上的灰，往梁韵面前一站，忽然俯身靠近。

梁韵的心跳漏了半拍："做什么？"

男人手伸向她右侧胳膊下，笑出声："给你拎箱子，还能做什么。"说完，转身往车后面走。

梁韵心里默默腹诽了一句。

罗成没着急上车，在门口朝院子里喊了声蒋利川。

没过多少会儿，李尚萍也出来了，说笑间送别了三人。

出发得不算早，路上积雪被铲得差不多了，外加道上没什么车，开得还算通畅。

两辆车一前一后，蒋利川和罗成去不同的地方，只能同行一段路。

梁韵窝在座位上："我们要什么时候能到？"

罗成偏头看她："又困了？"

梁韵瓮声瓮气："……没有。"

罗成不信："怎么了，昨晚没睡好？"

梁韵也没什么好隐瞒的："也没什么，工作上的一点事。"

通过这段时间的相处，罗成多多少少能看出来她因为工作心情不好。看梁韵已经把眼合上了，他轻声道：

"睡会儿吧，中午就能到。"

第九章 /
想跟他看夏季的火山

到了分岔口，蒋利川探出半个脑袋，和罗成打了个招呼。

罗成没有降下车窗，只是点了点头，示意让他先走。

两辆车分道扬镳。罗成从后视镜里看了一眼旁边的女人，她睡得正香。

车内暖气很足，梁韵的脸颊两侧泛着红晕。

罗成不由自主地笑了。

他忽然想到了昨晚这个女人的举动，勾着的嘴角又放平了。

罗成不明白，他们现在是一种怎样的感情，是临时起意的，寻求刺激的，还是认真的？

这种感情……到底能不能算得上是爱情。

如果是，对他来说，太遥远了。

还是说，这是在他行动之前，老天给他的最后一次机会，如果剩下的每一天，都能像这段日子一样身心愉快，那应该此生无憾了。

罗成甩了甩头，将这些想法都抛到脑后。

他又看了一眼睡着的女人，踩下油门，加速行驶。

这个季节，火山口周围已经没有了草。

外加下了一夜的雪，从山底往上仿佛铺了一层薄薄的白纱。

车子快要到达目的地。梁韵不知道什么时候醒了，她眼巴巴地往外看，有点着急："罗师傅，是这儿吗？"

称呼又回来了。

罗成笑："你看不见？"

"那你怎么还不停？"梁韵侧过身看他。

罗成抬了抬下巴："去三号口，我再往前开点。"

"哦。"

周边很多自驾游过来的，虽是冬天，人却不少。

罗成找了个好停车的位置,熄了火。

梁韵拉开车门,就被身后的男人一把拽住,她回头,一脸茫然。

罗成让她看外面:"你看别人都穿的什么,你穿的什么。"

"怎么了?"梁韵低头看了看,"我这是最厚的衣服了,里面还穿了三件,已经可以了。"

罗成见她上面穿着一件军绿色外套,有个大毛领,乍一看挺厚,实际上是领子唬人。

"现在外边零下六摄氏度。"他掏出手机给她看。

"我知道。"

"你没有羽绒服?"

梁韵:"有啊。"

罗成准备张口,她又说:"但是我没带。"

这说了和没说有什么区别。

"傻妞儿。"罗成简直要被她逗乐了,"你出来前,什么准备都没做?"

罗成见她沉默,就知道被他说中了。

他拉她转身,正对着自己:"把围巾解开。"

梁韵狐疑,但还是照做了:"你要干吗?"

罗成没回她,伸手把她朝跟前拉,围巾从她颈下抽出来,握在手里,还残留着一股温热。

两人靠近的那一瞬,罗成能闻到她身上的淡香,尤其是围巾铺开从她额头上绕过的时候。

梁韵轻轻抬眼,正好对上他的下颌,棱角分明。

她盯着看了会儿。他下巴上隐约冒出胡茬,她刚想抬手去摸,那人拉住了她的手腕。

"别动。"罗成沉下声。

"哦。"

梁韵笑了声,看他喉结滚动一瞬。

"你不会把我包得特别丑吧?"梁韵怀疑罗成是不是想把她整个脑袋都包起来。

"好了。"罗成松开她,咳嗽了一声。

梁韵抬手摸了摸脑袋,随后拉下遮阳板的镜子,差点无语。

"我还以为你技术多好,就这样?"

确实是都围住了，除了露出两只眼，脑袋其他部位被捂得严严实实。

罗成："还好吧，暖和就行。"

"是真的丑。"话虽这么说，围巾后的脸却是藏着笑的。

"走吧。"

风很大，脚一沾地，梁韵觉得整个人都快要被吹走了，周围还有很多在打卡拍照的。

梁韵见罗成穿着一件厚冲锋衣，黑色的，脚底还是之前那双靴子，擦了泥，干净不少。

明明他也没穿多厚，她问："你不冷？"

罗成脚底步子迈开，低笑一声："我火气大。"

梁韵眯了眯眼。

两人先去的是三号口，算是比较热门的一个点。

"没想到这里还能看到火山遗址。"梁韵加快了脚步，"它会喷发吗？"

罗成回头："据说上次喷发是在一万多年前。"

"那么久？"

"嗯，它还有个别称。"罗成让她看路，"叫炼丹炉。"

梁韵笑了笑："还挺别致。"

罗成迈了一大步："带你登顶看看。"

两人沿着栈道走，旁边有过路人，罗成扯过她的胳膊往里带。

"你走这边。"

梁韵往远处眺望："这么多。"

"什么？"

"都是火山？"梁韵的手虚指了一圈。

罗成说："嗯，去得比较多的就三号口和五号口，其他的你想看看也行。"

梁韵踩着台阶："还是先看这个吧。"

爬到一半，罗成低笑，见她没走几步腿就开始迈不动了，忽然想到沙漠那次也是这样。

"梁韵？"

"嗯？"

"你平时不锻炼。"

"我没时间，也懒得动。"

说得这么坦然。

第九章／想跟他看夏季的火山

罗成只笑不语，过了会儿问她："要喝水吗？"

梁韵停下来，盯着他说："你看我这样能喝吗？"给她裹得这么严。

"拿掉就是，等会儿再围。"

梁韵摆摆手，先走一步："先到上面再说吧，我想看看顶上的风景。"

身边的旅客一个接一个地越过两人，罗成因为等她，速度逐渐放缓。

梁韵喘了口气。

望着被白雪覆盖的火山，默默笑了声。

要是在以前，她可不会选择去进行这么累的活动，但她发现，自从和罗成开始了这段旅途，就一直在接触新事物，尝试新的生活方式。

走走歇歇，倒也没用多长时间就到了。

登上顶端，感觉到了一片自由之地。

这座火山的规模算是比较大的，火山口保留得也比较完整。

梁韵看了看周围的人，问罗成："可以去里面看看吗？"

罗成往前走了点儿，低头看山口的位置："想去？"

"嗯。"

周围三三两两的人排着队往中心口的位置去。

罗成望了会儿："得注意脚下，下了雪，有点滑。"

"没事，有你跟我一起嘛。"梁韵眼眸清澈。

罗成看进她眼里："走吧，一起进去。"

梁韵在他身后露出笑。

"罗成。"

"嗯？"

"这里真的很像一口锅。"

罗成笑了笑："嗯。"

下到山口的路有些陡，加上下了雪，地面湿滑。

梁韵想见识火山里面到底是怎样的风景，毕竟大冷的天，难得来这一趟，于是她铆足了劲往下走。

不知道无意间踩到了什么，身体失去平衡，她以为会栽倒。

刹那间，她的额头撞向了一处坚硬且温热的胸膛。

"你没事吧？"罗成一把拽住她。

视线往下，梁韵半靠在他怀里。

她呼了口气，缓缓抬头，对向那人的深眸："滑了一下。"

"慢慢走，不着急。"罗成说。

梁韵从他怀里出来，罗成也松了手。

短暂的沉默，两人都没有说话。

罗成转过身，继续向下走。

一阵风吹过，罗成察觉手上多了一丝温度。

是梁韵追上他的脚步，自然而然地将手伸进他大掌中。

罗成顿了一下，随后目光下移，看着两人交握的手。

梁韵眼里泛着流光，定定地望着他。

罗成抬眸，他知道，被围巾遮挡住的脸孔下，这女人一定在笑。

等了几秒，梁韵捏了捏他的手。

罗成转了一圈手腕，顺势换成主动方反握住她的手。

男人的掌心有些粗糙，梁韵被他握住的手瞬间升了温，看来他是真的不冷。

被人牵着走的感觉还是很不一样，至少梁韵觉得，目前再爬两座山都有满满的动力。

"这么开心？"罗成听她笑出了声。

梁韵毫不掩饰："嗯。"

罗成带着她往旁边走："地下有碎石，当心点儿。"

"有你在我旁边，还需要担心吗？"

罗成垂眸看她："……你真是。"

她就是这样，从不掩饰自己的情绪，喜怒哀乐都表现在脸上。

下到火山口处，见地面平坦了，罗成才松开她。

梁韵眉眼微弯："我很喜欢这里。"

黑色山体被洁白的雪覆盖，披上一层薄薄的外衣。

"那就好，说明没白来。"罗成望着她。

低垂的白云悬挂在半空。

往上看，是广阔；往下看，是壮美。

罗成说："以后有机会可以夏天过来，两种不同的感觉。"

梁韵转过身："那时候你还会带我来看吗？"

寒风刮起来，没系紧的围巾从脖颈处散开，半张脸露了出来。

吹乱了发丝，梁韵满不在意。

静了几秒，罗成抬手，重新为她系上。

第九章／想跟他看夏季的火山

远处是连绵的火山群，壮丽挺拔。

罗成："以后的事，谁说得准。"

梁韵点点头，忽地喊了他一声："罗成。"

"嗯？"

"你喜欢这里吗？"

罗成笑了笑："还不错，挺美的。"

梁韵："你知道我指的不是这个。"

罗成嘴角的笑凝固了一瞬："谋生活的地方而已，谈不上喜不喜欢。"

谋生活……

梁韵笑了："回答挺真实的。"

梁韵没有继续问，也问不出什么，他不会说实话。

一个刻意去隐瞒真相的人，是问不出答案的。

整个下午两人都围绕着这一座山。

梁韵不愿意再去其他地方参观了，觉得都大同小异，看一个就差不多了。

罗成没什么意见，都听从于她。

两人最终决定在山顶上等日落。

银装素裹与火山的碰撞，有特别的韵味，在夕阳的映射下闪现出耀眼的光芒。

一男一女并排而站。

罗成觉得，他们看似这么近，实则心隔了很远。

斜在半边天的黄晕渐渐下沉，随着光线变化，景致也不一样。

从山上下来时，梁韵见三五人围在一起，在地面上一阵倒腾。

她问："这是做什么？"

罗成看过去："支帐篷呢。"

"这么多人，都不回去？"梁韵问。

罗成"嗯"了一声："这边露营的比较多，估计是留下看星空的吧，也有可能是等早上的日出。"

梁韵由衷地说："真自由。"

"你羡慕？"罗成看着她笑。

梁韵说："有一点，不过现在也不错。"

快没了工作，也没能找好下家……

不过，还算幸运的是，在这段旅途中遇到了一个想要了解、想往下发展的男人。

或许这算是一种新的开始。

"你还挺容易知足。"罗成道。

"是啊。"她笑。

回到车里,罗成开了暖气,车厢顿时暖和了不少。他沿着公路往南开,渐渐地,路灯开始多了,街道的热闹气息也越发浓厚。

异乡的每一个地方,都散发着它独有的风情。

梁韵这会儿精神正好,透过窗户欣赏着小城的夜景。

忽然间,车子行驶过一处,梁韵眼神闪了下,随后下意识地直起上身,扭过头往外看。

罗成开得快,再向后回望时,那人已经消失在路口。

"怎么了?"

罗成降了车速,余光瞟见她的视线一直落在后头。

橙黄色站牌上的字隐约显现:集宁南站。

"嗯?"梁韵转过身。

罗成问:"看到什么了,要停车吗?"

梁韵摇头:"没事,不用。我好像看错了。"

梁韵其实不确定自己有没有看清,好像是他,也可能是见到那处地标下意识的反应。

"嗯,就快到了。再忍忍。"

梁韵愣了下,才反应过来他以为她饿了:"也没有这么夸张……"

"要不先打个电话预订好餐,等会儿让他们直接送到前台?"

"好,都听你的。"

罗成肩膀一颤,笑了。

晚上八点一刻,车子缓缓停在一家宾馆入口。

车门被推开,一股凛冽的寒风肆意涌入车内。

罗成先去后备厢拎两人的行李。

梁韵侧身去后座拿包,忽然间,车内发出一阵响动。

是罗成的手机在振动。

响了一会儿因为没人接又挂断了。

梁韵回头看罗成,应该是他先前打完电话随手一放,忘拿下去了。

她伸手去位子上够,屏幕又亮了。

彭致垒……

梁韵顿了顿,好像在哪里听过这个名字。

还没等她想起来,罗成已经绕到她那侧拉开了车门。

"还得等我给你开门?"他笑。

随后,他的视线落到梁韵的手上,眸色渐暗。

手机依然在振动,梁韵递给他:"哦,你手机忘拿了。"

"嗯。"罗成笑容消失,接过手机。

梁韵见他没有接听的准备,问:"你不接吗,响两次了。"

"没事,不着急。"

罗成直接把手机装进兜里,拉着箱子,领着她朝宾馆走去。

进了宾馆,前台站起一位姑娘,笑脸对着两人:"晚上好。"

"你好。"罗成问道,"我们刚刚点了餐,请问到了吗?"

姑娘应该是刚工作不久,工作的热情都表现在脸上,她礼貌地微笑:"您稍等,我去看一下。"

"嗯。"

姑娘走到一旁的储物柜,翻看了一会儿,说:"有的,先生,我给您放在柜子里了。"

罗成说:"麻烦帮我拿出来吧。"

姑娘折回到前台,罗成伸手把袋子接过来,笑了笑:"谢谢。"

"应该的。"前台姑娘眉眼生辉,随后问,"请问你们要几间房?"

听了这句话,梁韵看了罗成一眼。罗成直接说:"开两间。"

"好的,请稍等。"

拿到房卡,上了楼梯,罗成听到某人轻哼一声。

"去哪里吃?"罗成笑问,言下之意,是去你屋里,还是我屋里。

梁韵:"你做的决定,那就听你的呗。"

听这语气,罗成看她:"生气了?"

梁韵手里没负担,步子比罗成迈得轻松,抬脚迈了两个台阶。

"没有。"

罗成拎着箱子,轻松跟上她的步伐:"上次去的你屋,这次来我屋?"

"……哦。"

两间房挨在一起,罗成先把她的房卡递过去,等她开了门,顺手把行李箱放到了鞋柜旁，又从她手中接过打包好的饭菜。

"先收拾还是先去我那儿？"

梁韵连包都没拿掉，直接说："去你那儿。"

罗成点了三菜一汤，红烧带鱼、笋片腊肉、清炒西兰花，还有一个石锅豆腐汤。

"好吃吗？"

梁韵："就那样吧。"

罗成好笑："真生气了？"

梁韵也不知道自己在气啥。

可能是气他在故意躲避吧，成年人之间，有些东西不需要明说，一个简简单单的举动就可以使对方明白。

罗成叹了口气："梁韵，我没有跟你开玩笑。"

她说："我也很认真。"

"我们真的不合适，我这样的人，没有未来。"

梁韵放下碗，正色看他："为什么这么说，什么意思？"

罗成恍惚了一瞬，半晌后说："我的意思是你工作体面，就算暂时出了点问题，也至少比我强多了。我说的是实话，你应该能懂。"

"我不在乎这些。"梁韵反驳他，"我只是一个普普通通的人，我们之间还存在这些问题吗？"

她不明白，这点问题算得上是两个人之间的差距吗？

"好，不说这个。"罗成感到头疼，"我问你，等你结束行程后，要回去了吗？"

梁韵滞了下……

"你想在剩下的几天找个乐子。"他说得肯定。

"我没有，你不要这样想我。"梁韵下意识地反驳，沉默了几秒后说，"我是认真的。"

她是会回去，但没有人规定行程结束后就必须分开。

"好，既然你说你是认真的，那你想想，我们会有以后吗？"

梁韵："你指的以后是什么，是说的结婚吗？"

结婚，罗成从没思考过这个词，或许以前会，但现在，有比这更重要的事要他完成。

桌子上的手机又开始振动，没有人去理会。

梁韵看向他："罗成，你还记得我下午我问你的话吗？"

罗成记得，那时她问他，以后会不会带她去看夏季的火山。

梁韵用一种很平淡的语气向他坦明心意："以后的事谁说得准。其实我想说，我也没有想过这么远，我只知道，就现在，无论你是谁、做什么的，我都是认真地想和你一起走下去的。"

屋内开始变得燥热，外面的邪风狠烈地击打着窗户。

罗成心口猛地颤动。

他得承认，在这一刻，他好像真的动摇了。

屋内灯光开得很暗，半截烟头掉落在烟灰缸里。

罗成半身倚靠在床板上，盯着门的方向，久久没动。

桌面上残留的剩饭菜还保留在原位。

梁韵讲完那句话后，径自站起身，目光落在先前一直振动的手机上。

"我吃饱了，你先接电话吧，打了很多通了。"她静了两三秒，又道，"我这个人，想到什么就会说出来，你也别有负担。如果你没那层意思，就当我今晚喝醉了吧，明早起来，还和往常一样。"

她说完后，没再回身看他，拿上包出了房门。

罗成抬起手狠狠搓了把脸，太多说不清的情绪了。

他伸手拿起那个之前一直振动的手机。

备注的名字熟悉，罗成慢悠悠地拨出去。

那边通了。

"我。"罗成说。

彭致垒看了眼手机屏幕："我什么我，死哪儿去了？"

"有事说，打这么多不嫌累得慌。"

"就打个电话能累什么。"彭致垒走到外头，"干吗呢，这么久没接，总不能是摸女人去了。"

罗成骂了句："不能好好说话就滚。"

"好了好了，跟你开玩笑的嘛，吃枪药了今天？"

彭致垒跟罗成从小玩到大，什么玩笑话没开过，但他能感觉到，今晚的罗成情绪不高。

"没事，怎么了？"罗成往下躺了点，盯着天花板。

彭致垒嬉皮笑脸地说："想你了呗，我还能有啥事。"

罗成低低地笑了声："大老爷们别在这儿恶心人。"

"哈哈，笑了吧。"彭致垒正经了点，"说吧，遇到啥事了？别说没有，你这语气就跟谁欠了三百万一样。"

"还行。"罗成说，"今天开了一天车，有点困了。"

彭致垒："就为了送你那破货？"

"不是货……"

罗成脑子里蓦地浮现出一张冰冷的脸，不满地对他道："他说我是货。"

罗成轻轻笑了声。

"没送货，前段时间给你提过。"罗成说，"接了个人，带她旅游。"

"嗯，是有这回事。"彭致垒笑着，"男的女的？"

罗成没说话。

见他沉默，彭致垒猜中："哈哈，是女的吧。"

"闲的。"

"好看不？"

彭致垒这句话是随口问的，他猜罗成一定会骂他肤浅。

安静了几秒。

罗成回想起那张脸，勾唇一笑："还行。"

彭致垒不敢置信："什么情况，这还是你吗？"

罗成不想接他这茬："行了，别扯没用的，说正事。"

彭致垒显然被他挑起兴致来了："我不信，反正你的审美跟我完全不搭边。"

罗成眯了眯眼，忽然间想到许多年前。

他很想说一句，曾经你可是像孙子似的跟人表白，人连正眼看都不带瞧你一下的。

彭致垒不等他回，又问："你还在路上？什么时候才能回去？"

罗成没好气："做什么？"

"我去找你啊。"彭致垒说得理直气壮，"前些日子不是给你说了，等这段时间俱乐部不忙了就去找你。"

罗成皱了皱眉，还没张嘴，就被彭致垒打断："别说我不爱听的话，已经订好票了，你不在我就等你。"

"大彭。"罗成有点疲惫，捏了捏太阳穴，"我真不会回去的，你别费心思了。"

彭致垒知道罗成来回就那么几句话。这几年，他见惯了罗成的颓废，总想着改变点什么，但几乎都是白费。

他换了语气："好，不谈这个，当是做兄弟的，去看看你成吗？"

罗成轻叹一声。

彭致垒明白他的意思。

背景声音逐渐变得嘈杂。罗成说:"怎么这么吵,大晚上跑哪儿去了?"

彭致垒加快脚步,赶着绿灯最后几秒过了马路。

"我正去接史芸下班呢。"彭致垒重新拿起电话,解释说,"没开车,太堵了,都在一条街上走着去的。"

十字街口,人群一拥而上。

喧闹,纷哗。

罗成听着话筒里的声音,感觉好像和自己所处的不是一个世界。

"嗯。"

彭致垒说:"我买了周五的票,史芸也去,她提前休年假了。"

"我那儿只有两间屋子,你带她来住哪儿?"

彭致垒道:"我俩住一间啊,谁跟你挤。"

罗成笑骂一句:"什么意思,你俩在一块了?"

彭致垒抬头望向办公楼:"是啊,好长时间了,跟你提过。"

"忘了。"

"我说的话你能记住几句?"

罗成笑:"不是对人家没意思嘛,怎么答应了?"

"那都是多少年前的事了,到时候去了可别乱提。"彭致垒提醒他。

罗成又点了根烟,这是梁韵走后他抽的第二根,心里默念一句,这根结束,今晚都不会再碰柜子上的烟盒了。

彭致垒望着远远朝他跑来的人,笑了笑:"不跟你说了,史芸出来了,到时候别忘了去接我们。"

罗成:"不一定,没时间你就自己拿钥匙进,你不是知道在哪儿嘛。"

那边干笑几声:"行,先这样。"

挂了电话,罗成才去桌子前收拾那些剩菜。

有些菜几乎没动过。

有一个念头在心底叫嚣,那女人,一定没吃饱。

雾气散开,一抹红色的日光缓缓升起。

梁韵昨晚睡得很早,晚饭时说的那些话,她没有后悔。

她走到桌子前,将笔记本电脑打开。

手机里疯狂跳出一些信息,梁韵没有去查看,只是静静望着邮件里的通知。

她看了很久,久到屏幕熄灭,才慢慢移开视。

这份通知,是意料之内的结果,只是宣布时间的早晚罢了。

她如往常一样洗漱,换衣服,最后给那个人发消息,问他好了没。

昨晚他没有说今天的安排,而她也忘了问。

梁韵默默坐回床上。

她很饿,现在只想吃点能填饱肚子的东西。想了会儿,她决定自己出门。

小城的街道还算热闹。

梁韵找了一家早点店,她不知道哪家味道好,就挑了家人最多的店。

点完餐后找了个空位坐下等,环视了周围一圈。

老板从前头快步走来,咧着嘴:"来了姑娘!你的一笼包子加一碗豆浆,全都上齐咯。"

梁韵:"谢谢。"

"应该的应该的,趁热吃。"老板招呼着。

周围声音纷杂。

有小孩闹人,家长大吼着吓唬的,也有情侣打情骂俏的。

不像她,形单影只地占着整张桌子。

梁韵拢了拢衣领,只想赶紧填饱肚子赶紧回去。

斜前方的声音不自觉地传入耳朵。

"老公啊,你尝尝这个,味道比你的辣。"

坐姑娘对面的男人身姿挺拔,戴着一副眼镜,模样儒雅。

男人说:"别闹,在外面呢,快好好吃自己的。"

那姑娘哼了一声,不服气说:"哪有人看啊,你尝一口我的嘛!快点呀。"

筷子沾到了嘴,这下不吃都不好看了。

梁韵余光中,就见那男人无奈地吃进去,不过脸上还是带着些宠溺的。

"行了吧。"男人说。

"不行,我也要尝尝你的,把那个牛肉馅的给我咬一口。"那姑娘说着就向前倾身。

男人偏头看了一眼,随后拉正她:"快好好地坐着,别乱动。"

那姑娘佯装生气:"你怎么了嘛,这么凶,是不是嫌我烦?"

男人摸了摸后颈,放下后,又轻声哄她:"没有,你好好坐着别乱动,医生怎么说的忘了吗?"

梁韵对那个动作太熟悉了,这是他以往不耐烦,但又不好发泄时的表现。

话落，那姑娘动作顿了顿，随后乖乖地坐回去。

"哦，我好好坐着了。"

男人微不可闻地"嗯"了声："听话，趁热吃，我先去前面结账。"

那姑娘两眼星亮："我会都吃完的。"

"好。"男人笑了笑，从板凳上起来。

梁韵回过神，咬上筷子间的半口包子，到嘴时已经凉了。

等她抬眼，那个结完账的男人推开门帘，徐徐向外走。

最后静立在街道口，背着身，半低下头。

梁韵放下碗，经过那姑娘身边时下意识地看了一眼，随后走了出去。

三三两两的人经过店铺门口。

梁韵放下门帘，朝着那人的方向走过去。

熟悉的装扮，羽绒服内搭的衬衫，细边眼镜，斯文干净，还是他。

一步两步，停下。

冬天的树光秃秃的，裂缝从上至下划开。

两人并排站着。

听着脚步声，男人率先回头。静了两三秒，他说："我以为你不会出来。"

梁韵的目光投向马路对面的居民区："你不是在等我出来吗？"

她说话还是没变过。

谢铭笑了笑："嗯，最近还好吗？"

梁韵也笑："你指的哪方面？"

谢铭无奈地摇摇头："你说话跟以前没区别，总喜欢反问别人，明明是我先问的。"

梁韵搓了搓手，缩进口袋里："到现在还控诉我呢。"

很久没见面，突然见到，竟不知该说点什么。

梁韵不喜欢这种气氛，但既然见到了，也不想躲避。

"你怎么到这里来了？"

"你结婚了？"

两人同时出声。

梁韵笑了笑，直截了当："嗯，来旅游。"

"旅游？"

谢铭有点疑惑。两人之前在一起这么久，他几次让她一起来看看，但她都以工作忙为借口推掉了。

"不信啊，怎么这副表情？"

谢铭点了点头，回答她上个问题："嗯，前几个月领的证。"

梁韵笑了笑："看起来挺年轻的。"

谢铭把手伸进口袋里："嗯，相亲认识的，刚二十二。"

梁韵没细问，想到什么："伯母身体好些了吗？"

谢铭："上半年做了手术，恢复得还不错，现在能下地走路了。"

太阳升得高了点，风暂时也停了。

"那就好。"梁韵说，"你工作呢，在这边稳定了没？"

谢铭声音平静："在市政务那块，回来没多久考的。"

"还挺不容易的吧？"梁韵笑了笑。

"回来了，总不能混得太差啊。"谢铭看她，"你呢，还在那家公司？"

梁韵点点头："嗯。"

谢铭张了张嘴，最后又合上，想说的话没说出口。

梁韵见他欲言又止的样子，知道他想说什么，她敞开笑："这么严肃？"

谢铭垂眸，把这个女人的每一种笑都看进眼里。

刚在一起时，这种笑容好像常有，但随着两人都工作后，最初的那种感觉越发找不回来。

他说："今天休了半天假，她怀孕了，约了医生做产检。"

片刻后，梁韵笑着祝福："恭喜你，快要做爸爸的人了。"

谢铭也低声回："好，祝福收下了。"

梁韵不知道与前任见面时，应该保持怎样的一种姿态。

以前听别人开玩笑时说，可能会争吵，痛斥着彼此之前的过错，恐怕连最后一点的美好回忆都不愿意给对方留下。

也有可能当作没看见，绕过彼此，径直前行，陌生得就像不曾出现在对方的世界里一样。

但梁韵不想这么做，她真心祝福谢铭好。

那个曾经见证过她青春的男人，那个曾经在她生命里留过一片花海的男人。他温柔、绅士，他配得上一个完整的结局。

"梁韵。"谢铭平视前方，"我们很久没这么好好地说过话了。"

分手之前，两人不是争吵就是沉默。

"是啊。"梁韵弯弯唇角。

他觉得梁韵每日放在工作上的时间,要远比给他的时间多。而梁韵觉得,她一直都是这样,只是他不再像以前那样迁就她了。

"我一直想跟你说句对不起。那段时间,我妈给我的压力很大,不知不觉影响到了你,也说了很多不好听的话。"

谢铭没等她说话,回忆着说:"你很好,是一个特别好的姑娘,无论是以前还是现在,我从来没有对那些日子后悔过,只是我们的想法、选择,甚至要走的路不同了。我想带你离开,你想一个人留下。当初我也对不起你,因为我妈要我带你回老家工作,没考虑过你的感受就一股脑儿逼你辞职,是我不对。"

梁韵毫无预兆地流了一滴眼泪。

她和谢铭分手后,几乎所有人都在批评她的不是,就连父母也这么认为,说她为了工作和事业,放弃了一个那么好的男人。

"谢铭。"梁韵抹掉那滴泪,好像不复存在,"他们都说我来内蒙是为了你。"

谢铭一顿,大脑机械般地运转。

"我不是为了你,但却是因为你。"

有点绕的一句话,谢铭却听懂了。

"你之前总说我没时间陪你,你想回家看看,你说你生活的地方有多好。"她停顿了一会儿,"公司出了点事,我被停职了,想着这下有时间了吧,所以我准备换种环境放松一段日子,但我对任何地方都不了解,只是开车回去的那天晚上,就突然想到了之前你说的话,你说这里好,所以我来了。"

谢铭知道,她不是为了谁而来,只是在某种环境下,人会下意识地回忆起曾经听过最多的那句话。

所以,他一定是提过很多次……

因为无形之中,也给她造成了压力。

她没有完全不在意,她也没有充耳不闻,只是当时的她选择了自己想走的那条路。

还是那个梁韵,她从不妥协。

谢铭低头:"我知道,你有你想要的,我也理解,或许之前在意过,但现在回过头来想想,你没有错,只是做了自己的选择。"

马路上传来喇叭声,路边开始拥堵。

梁韵低眉,笑了笑:"谢铭,谢谢你。"

谢铭望着她淡淡地笑:"我没想过能在这儿碰到你,挺好的,把话说清楚了,也算是对自己,对你,还有对我们的曾经一个交代。"

路边走过一对男女,相依挽着手臂。

"我也是，没想到过。"梁韵笑了笑，"说明这个早饭没白吃。"

谢铭笑出声，又摇摇头："所以过去的就算过去了，是这样吧？"

人要学会和曾经说再见，这是无论处在什么年龄段的时候，都要学会的一门必修课。

梁韵说："嗯。"

两人静立了会儿，随后被铃声打破。

梁韵掏出手机看了一眼，毫不犹豫地按掉。

没几秒，那声音又执着地响动。

谢铭微微低头，顺着梁韵的视线看过去。

熟悉的名字……

梁韵的脸色逐渐开始变差，把手机重新装回口袋里。

"高总还在烦你？"谢铭说。

梁韵不甚在意地说："嗯，没什么事。"

谢铭知道高以泽，两人在一起这么多年，那时的他信任梁韵，她会处理好这种关系。

而事实也证明，他们之间的问题，并没有受到外人的影响，只是单纯走不下去了。

小巷的远处，墙边立着一个身形高大的男人，目光深邃。

梁韵看了看时间。

谢铭注视她："梁韵，最后问你一个问题。"

沉默了两三秒，梁韵看向他。

"你有没有爱过……"

多云变幻的天空，风也渐渐飘起来。

"有。"不待他说完，她直接回答，"当然有。"

谢铭笑了，足够了，证明那些真的存在过："不要否定自己，去做自己想做的。"

梁韵笑了笑："你也是。"

梁韵忽然不想再等了，有没有结果不重要，她低头看了下手机。

"我要走了，谢铭，祝你幸福，真心的。"

谢铭点了点头，喉咙里只哽出了一个字："好。"

梁韵没有回头，转过身，重新进了店铺。

她问老板："你好，刚刚我要打包的那份，请问做好了吗？"

老板凝视她几秒，一拍脑袋，笑着说："对对，早给你装好了，还热乎着。"

第九章 / 想跟他看夏季的火山

我看你一直不来，还以为不想要了呢。"

梁韵伸手接过，摸了摸温度，还是温的。

她喃喃说："怎么会呢。"

怎么会不要呢。

再出去时，身边经过的姑娘小跑了几步，掀开门帘，冲进站在路口的男人的怀里。

梁韵往外走，那头两人的声音断断续续地传来：

"快站好，下次不能跑了。"

姑娘听话地说："知道了，太想见你了。"

男人笑了，扶好怀里的她："就这一会儿，这么不矜持呢。"

"你怎么站外面啊，这么冷。"

原来这就是过眼云烟……

或许这才是人生的常态。

两个方向相反，声音越来越远。

梁韵目光闪了闪，低头轻笑，她也有想见的那个人。她抬手摸了摸打包的袋子，脚步不自觉加快了速度。

不知不觉，已经到了十字路口。

口袋里的手机还在响动，太吵了，她停了一步，想去关掉。

马路上的车子行驶得很快。

将手里的打包袋换了位置，把手机静音后，梁韵急急忙忙地将它装进口袋，迈开步子重新往对面去。

不远处，一辆皮卡车连连按着喇叭，刹车声刺啦作响。

忽然间，梁韵的胳膊被一股凶猛的力量扯住，腰间扣上一双大手，她惊呼一声，心脏倏地急速跳动，身子不受控制地脱离地面。

周围喇叭声不断，行人的视线纷纷往这边投来。

刹车摩擦着地发出尖锐刺耳的声音。

罗成拽过她，使劲往身边扯，手臂紧紧扣住她的腰，一手按住她的头，连连往后退了好几步，小腿用力地稳住脚底，两人才没摔倒在地上。

一瞬间的事，梁韵抬起头，再反应过来，人已经栽进罗成的胸膛。

皮卡车驾驶座上的男人降下车窗，对着两人吼了句："会不会看路！一大早上差点倒了血霉！"

那人说完，立刻关上车窗，没等到回应，猛地启动车子，留下一屁股烟尘。

罗成不敢正视那个人，梁韵知道自己不留意险些铸成大错，更不敢吭声。

梁韵轻轻喊了声："……罗成。"

罗成垂眸，松开她，呵笑一声，扭过头往回走。

街道上路过的人看完热闹又重新上路。

梁韵垂眸看了撒在地上的早饭，她弯腰捡起来扔进垃圾桶。

阳光又被白云遮挡，天空阴了点。

罗成走得很快，梁韵小跑几步才赶上他。

她伸手去拉他胳膊，他没转身，第一次直接甩开了她。

梁韵隐隐察觉到什么，她没有放弃，往前走几步重新够到他的胳膊："罗成，我没有看……"

"你就那么喜欢他？喜欢到连命都不要了？"罗成忽然停下，冲她吼，"想死也行，别死在我面前！"

罗成的话说得狠绝，她觉得比以往的任何一次都要让人恐惧。

梁韵也怔住了，可是几秒后，她竟然察觉内心开始变得舒畅、欢腾。

原来他记得她。

罗成没再看她，迈着步子向宾馆的方向走去。

梁韵不在意街边两侧的人在看他们，她盯着那个决然的背影，笑容更大了。

她没停留多久，跟在他后面往回走。

早点店铺门口。

一个姑娘收回目光，后怕地对旁边男人说道："好险哦，那辆小货车开得太快了。"

男人说："嗯，太危险了……"

"那个男的身手真好，哈哈，拉得太及时了。"

男人说："是啊。"

姑娘又说："不过这男人好凶哦，那位姐姐怎么还笑呢。"

男人牵着她的手，随口应着："可能是很喜欢吧。"

姑娘乐呵呵地笑："我不喜欢他那种，还是你最好，温柔体贴，从不大声吼我。"

男人笑了笑："好。"

姑娘说："快点走吧，太冷了，要迟到了呢。"

男人带着她走向车的方向，又拉开车门，让她先进去。

他最后望了一眼那个位置，女人已经不在原地。

第十章
吃哪门子飞醋

宾馆内。

梁韵站在罗成的房门口,抬起胳膊敲了一下。

里面完全没有反应。

"罗成,是我。"梁韵出声。

她知道罗成一定在屋里。

梁韵等了几秒,身后走廊经过一个满脸横肉的男人。

男人停下来,语气轻薄:"嘿,美女,找人呢。"

梁韵没搭理他。

男人又喊了一声:"嘿,跟你说话呢,怎么不理人呢?"

梁韵冷眼:"我们认识吗?"

男人往前走了一步:"不认识才要认识认识嘛!里面这人是你的谁啊?"

梁韵朝旁边挪了点,男人张嘴传来一股酸臭味:"我跟你说话呢,你这女人什么意思。"

梁韵厌恶地说:"与你有什么关系。"

男人说着就要上手:"你什么东西啊,敢这样跟我说话,马上把……"

门"哐"的一声,从里面被拉开。

罗成脱掉了外套,上身穿着一件毛衣,眼神阴鸷。

他对着梁韵身后那人:"还不滚?"

男人见罗成高大威武,瞬间底气不足,靠着墙边往走廊深处走去:"真扫兴。"

梁韵没等罗成转身,直接从半敞的门缝里钻进去。

罗成没动,只盯着她。

他像一堵墙似的站着,梁韵靠着鞋柜,两人静了几秒,不出声,也没别的动作。

半刻后,梁韵说:"你误会了,我只是没看到那辆车。"

罗成无所谓地点点头:"好,说完了?说完走吧。"

梁韵忽然低笑出声。

她喜欢这样的罗成，有情绪，有脾气，不是以往那种死气沉沉的样子。

"怎么还不……"

门被梁韵一把关上。

下一秒，她踮起脚，抬手搂住罗成的脖子，堵住了他要继续的话。

这个吻和前两次截然不同，虽然都是由梁韵主导的。

她两手绕到罗成脖子后，轻轻咬了下男人的唇，然后开始攻略他的牙关。

屋里开着的老式电视机，播报着不知多久前的新闻。

梁韵不管不顾，只是任由它播放。

罗成一把将她拽下，狠狠地瞪着她。

梁韵被他甩得腰碰到了柜子边沿上，抽了口气。

罗成一慌，伸手去扶她，手停在半空，又收回去了："有事没？"

梁韵摇摇头："你早上出去了？"

"嗯。"

"去找我？"

"买饭。"

"你看见我跟他了？"

罗成垂眼看她："碰巧。"

梁韵知道，这一刻罗成是怎样想她的。

"你是不是觉得我很轻浮？昨晚深情告白，第二天就幽会前任。"然后与前任再续前缘不成，又折回来勾引他。

罗成不吭声了。

她笑了声，没想到自己能这么准确描绘出他心里的那些想法。

她低声说："我们分手很久了。"

罗成完全不想听她说什么所谓的前任。

"他结婚了，我今天就是碰巧遇到他。我很饿，下去吃早饭，没想到就遇上了。

"都面对面了，不打招呼不好吧？"

"不生气了？"

"嗯。"罗成心里笑了，他笑梁韵在语无伦次地哄他。

"那你怎么不理我？"梁韵又向前，这次手直接搭在他腰上了。

罗成看着她："你想听我说什么？"

梁韵用胳膊圈住他的腰，然后用力围住，语气肯定："罗成，你记得我，你还记得我，对吧？"

罗成顿了顿，没想到被她绕进去了，他胳膊往下，去拉梁韵在他后面作祟的手。

"听不懂。"

这次换梁韵不说话了，她笃定罗成听得懂，他在故意装作不认识她。

罗成被她蹭得浑身发热，没想到这女人这么会勾人。

他伸手按住梁韵，声音低沉："别动了。"

梁韵察觉到手下的温度急剧升温，扬起唇笑了："……罗成，你信我。"

女人的手在他毛衣的底下滑过，轻轻抚摸他腰右侧的刀疤。

罗成稍微低头，就能看到那双发亮的眼，勾得他身体的每一处都在发麻。

"梁韵。"他像被她迷惑了，手从她胳膊上松下来，慢慢向上移到她颈侧，盯着那张面孔，说，"你最好不是骗我。"

他的手轻轻摩挲着她的脸，随后拇指和食指缓缓移到她下巴，最后捏住。

两张面孔近在咫尺，梁韵看他的眉、高挺的鼻梁、抿紧的双唇，和棱角分明的下颌线。

彼此对视着，她手上用了力，把他的头按下来，两唇相碰。

罗成开始任由她在唇角处流连，垂着眼看她动情。

梁韵再抬头时，罗成正盯着她，随后声音低哑地问："你想好了，不后悔？"

梁韵眼神坚定："我从来不做让自己后悔的事，你也不是例外。"

安静了两三秒，在这几秒里，梁韵觉得他几乎要看穿她。

下一秒，罗成主动吻上了她。

罗成的吻带着侵略性，梁韵承受着他霸道的吻，感受到他想要往里探寻，开始顶进她牙关。

梁韵被他吮得发麻，不知不觉地闷哼了一声。

罗成停了下，抚摸到她脸颊，随后又开始了新一轮的攻略。

梁韵发现这人装得倒挺好，前几次无论她用什么招数他都不为所动，没想到在这里等着她呢。

"想什么？"罗成终于松开她，柔声问。

梁韵眼里带着雾气："在想你真能装。"

罗成低低地笑，又亲了下她嘴角。

两人后来躺在一张床上，她窝在他怀里，他半屈着腿拥抱她。

梁韵在思考，如果彼此已经坦诚相待，是不是就需要去掉一些阻碍。

她想着怎样叙述给他听，让他放下心里的芥蒂，顺从心意地跟她走。同时她也不确定,他会不会把心交给她。

"罗成……"梁韵声音闷闷的,"你想听听我的故事吗?"

她等了很久。

罗成才说:"你愿意说,我就听。"

"今天上午你见到的那个人,应该有点印象吧。"她语气肯定。

梁韵以为罗成也和之前一样,不会承认,或者保持沉默,但这次他给了回应。

"嗯。"

"他就是我大学时候谈的那个男朋友,老家是这儿的。我们在一起四年多,后来因为他要我离职跟他一起回来,我们观念不合分手了。"梁韵笑了笑,"你不是一直想知道我来这儿的目的是什么吗?"

罗成低下头,看到她额前还有密密麻麻的细汗。

梁韵细细地讲了她跟谢铭的故事,曾经很相爱,也很难忘,可是人生道路的选择不同,最终还是体面地分开了。

暖阳在屋顶划了半个弧,两人就这么交付了一段真心。

梁韵转过头,罗成的下巴就顶在她鬓角边:"我讲完了,停在这儿就算是结束了,你怎么想?"

罗成不知道该怎么说,他轻点了两下头:"是一段美丽的爱情故事。"

"你记不记得我说过,我从不会后悔做过的决定。"梁韵说,"如果再让我重新选择一次,我依然会选择留在青岛工作,只是……"只是觉得有点对不起他,对不起两人曾经的付出。

罗成低眸看她:"只是什么,只是你觉得有点遗憾?"

梁韵对上他的视线,笑了声:"……我没这么说,这可是你自己想的。"

罗成见她笑了,捏她的脸,故意道:"你现在躺在谁的床上?听你说这么多前男友,我算什么?"

梁韵按住他作祟的手,笑容变大。

她忽然仰起脸,正色看他:"罗成,我说这么多,不仅是想向你解释今早的事。我不否认,突然见到他确实带给了我很多情绪波动,但我真的不后悔,不后悔曾经,不后悔当下。"她将手覆到罗成的肩胛骨上,轻声说,"我还想说,我在大学真的见过你,你也对我有印象,对吧?但你为什么还要装作不认识我呢?"

罗成沉默了。两个人在一起,如果只有一个人做到坦然,那么另一个人是不是也应该敞开心怀与她配合。

半晌，他想着该怎样描述他的过去，描述那些不愿意回忆的历史。

"那年，你应该读大四？"

听到他的声音，梁韵回身，搂了搂他。

二十岁的罗成，与三十岁的罗成是截然相反的两种性格。

如果说现在的他多了几分阴沉，那曾经的他就有多么爽朗。

罗成不是一个听话的孩子，这一点他一直都清楚。

十八岁高中毕业，与发小彭致垒两人成绩半斤八两，报了青岛的同一所专科学校。

一个学了机械制造，一个学了模具设计制造。大学三年，两人在学校里的正经事一件没做成，最后还挂了科。在赛场参加比赛的时候不仅担心比赛能不能拿到奖，还得担心回去后要复习补考。

有时候罗成想，彭致垒对机车的喜爱甚至比自己还要狂热百倍，要不然怎么能到现在三十岁了还天天捣鼓着他那些心爱的宝贝。

那时的罗成每天只有一个念头，就是要成为一名职业的机车手。

好在两人运气不错，先是考到了执照，在当地有了一定的成绩后，又跑去省外成功加入了目标车队。只要逮着空闲时间，他们就屁颠屁颠地跟在车队主力手后面转，每天加班加点地练习。

训练不是口头上说的这么简单，不仅要花费体力和脑力，还要投入经费。罗成出自普通家庭，那段时间，他把每个学期的生活费攒下来，业余时间打工，除去必要的开支，剩下的钱都用在买装备上。有了这些后，他开始疯狂地在赛道上训练。

彭致垒比他好些，虽然家里人也不支持他玩这个，但好在生活费多一点，没有罗成过得这么紧巴。

以前上学那会儿，那个年纪的孩子都爱攀比，总喜欢显摆新买的名牌，或者炫耀自己的家庭，但在罗成心里不在意这些，他很享受家人给的温暖。

罗成身体素质好，外加上驾驶技术不错，被选拔后，他先是参加了地方赛，每一场都像老天眷顾一样顺利，用他的话说，好像前半辈子积攒的运气都用到了这里。

有点成就了，也小有名气了，越往上走，就会越烧钱，两人就开始想怎样才能快速地搞到钱。

热血又充满激情的那几年，彭致垒不再执着于只参加比赛，他和罗成说了他的想法，想回青岛开一家机车俱乐部。

彭父愿意先给一笔启动资金。罗成琢磨几天后，最终决定与彭致垒合伙，他手里也存了些钱，一并投了进去。选址、装修、开店、办营业执照等等，一切都是两人亲力亲为，几个月后，俱乐部有模有样地开起来了。

所以罗成和梁韵的故事，准确来说就是从这里开始的。

别看彭致垒吊儿郎当，一副不靠谱的样子，其实很有商业头脑。他招了人，接一些改装、保修的业务，有时候瞅准机会还会做品牌代理，新车、二手车都有。

为了拓展圈子，他下了不少功夫。有次活动他不知从哪儿联系上了大学的内部人员，开始在大学里做宣传。

那天天气不错，彭致垒在折叠棚底下坐着，雇了几个人做宣传。罗成来的时候看到他正在逗过路的几个女生。

"妹妹哪个专业的啊？"

女生害羞地说："翻译系的。"

彭致垒勾嘴一笑："哟，那可厉害着，没事来哥哥的俱乐部玩玩。"

女生一时被说红了脸，应了一声就拉着几个朋友走了。

彭致垒笑着，懒洋洋地去架子上拿水喝。

结果面前像一堵墙似的男人站在他跟前。

罗成："滚一边去，给我坐会儿。"凉棚底下就一张椅子，他腿疼胳膊疼，站累了。

彭致垒噘着嘴，骂了罗成一句，又说："你来干啥，能下地走路了吗就瞎跑。"

罗成瞥他一眼："不好我能来？顺便监督监督你。"

彭致垒欠欠地笑，瞄了眼罗成的左侧胳膊："怎么回事？上场怎么中奖了？"

即使两个人现在把重心转移到了俱乐部上，但也没有放弃比赛。

罗成上个月参加的那场比赛是全国性的，彭致垒没去，他一直忙着打理俱乐部的事。罗成去了，结果场上没兜住，没有拿到成绩，还摔了一身伤，最严重的伤在胳膊上。

罗成不甚在意："太着急了，就这样了呗。"

彭致垒骂他："你抢什么呢，怎么没给你摔死。"

罗成喝了口水："摔死我你高兴啊。"

彭致垒无语："什么时候回来的，你这样伯母能放你回来？"

"真没事了，正常走不碍事，就胳膊还有点疼。"罗成实话实说。

彭致垒："行吧，你自己注意点儿，别不要命了。"

罗成"嗯"了一声，往旁边瞅了一眼，问："怎么样？这边宣传效果还行吗？"

彭致垒信心满满："我发现就这边反应最好，比在外面宣传好。"

"你还挺有能耐，这么好的学校都能进来。"罗成看了眼扎堆的男生女生，"这些好学生有时间搞咱们那些吗？"

忽然间，彭致垒眼睛一亮，不知道看到什么，将水扔到罗成身上，忙着就要走。

"干吗去？"罗成喊他。

彭致垒俯了点身，说："对面，第三个棚子下有个女的，看见没？"

"那么多女的，哪个？"

"中间，最漂亮的那个，穿开衫牛仔裤的。"

其实罗成看到了，一堆人里面就数她脸最臭，帮忙登记表格的。他收回视线，睨着彭致垒："所以？你又憋什么屁？"

"拿下啊！"

彭致垒："我去了，等我归来。"

罗成盯着那边看了片刻，笑了笑，他笃定彭致垒不会成功，准备看好戏。

彭致垒先从后面抽了一瓶水，随后绕到漂亮女生后面，轻轻拍了拍她的肩。

漂亮女生察觉到动静，转头淡淡地看了彭致垒一眼，然后又回过身。

彭致垒有点好笑，这女生不仅没有搭理他，反而还白了他一眼。他咳了一声，这次直接出声："那个妹妹啊，我是负责人，想看看登记的表，麻烦能抽空出来一下吗？"

梁韵打量了他几秒："去哪儿？"

彭致垒一愣，心里替她解释，可能人美说话都冷。

他随后指了指罗成的方向："那边吧，人少点，说话方便。"

梁韵指了指表格："有人正签着，怎么走？"

这好办！彭致垒一转头，随便拉了个自己队伍里的人，说："你帮忙看一下，从底下再拿份新的表格。"

梁韵跟着他走到第一个棚子下，这边很安静，就一个男人和女人，男人低着头，坐在椅子上玩手机，女人在他旁边涂口红。

彭致垒没管他俩，把表单放到罗成面前的桌子上，装模作样地和梁韵聊了几句正事，之后话题越来越偏："妹妹今年大几啊？"

梁韵本不想应付，但又觉得答应过孙晓的事，不想搞得不愉快。

"你看我像大几？"

彭致垒哈哈一笑："撑死大二，看起来年纪不大。"

梁韵说："大四。"

彭致垒噎了下，见她表情没有变化，又说："看不出来啊，妹妹，你显得挺小。"

梁韵问他："你呢？"

"什么呀？"

"你多大，就叫我妹妹？"

彭致垒笑说："二十五整，你可不是妹妹嘛。"

梁韵觉得这人太自来熟，她勾起笑，点点头："你叫谁都是妹妹吗？"

彭致垒被她嘴角的笑迷糊了一瞬，忙说："那怎么会啊，好看的才是妹妹，就叫过你一个呢。"

罗成在旁边不合时宜地笑出了声。

身旁的女人的视线也看过来，对梁韵眨了下眼，算是打招呼。

彭致垒瞥了罗成一眼，眼瞅着被他坏事，点了下表格单子，笑道："我朋友，一起的，旁边那个也是俱乐部的，不用管他俩。"

梁韵点点头，视线在罗成身上扫了一圈，对方始终没抬头，一直玩着手机。

她笑："是吗？可是我刚刚见到你喊好几个妹妹了呢。"

桌角边，周宝瑶捏了捏罗成的胳膊，低声在他耳边说："大彭是不是想泡人家？"

罗成没抬眼："你不知道我胳膊差点废了，还搁这儿压我？"

周宝瑶笑："那你还疼吗，我给你揉揉？"

罗成注意力没在她这边，不说话，继续听旁边的两人聊天。

彭致垒尴尬地笑了笑，摸了摸鼻子："哈哈，可能是听错了吧。你叫什么名字，跟你聊天还挺有趣哈。"

梁韵不想跟他兜圈子了，直接说："表单上有我的名字。你还有事吗？那边人很多，我要过去了。"

彭致垒看她真要走，也不绕圈子了："别啊，交个朋友嘛。我叫彭致垒，喊我垒哥就行。"

梁韵冷笑："我们认识吗？别烦我，忙完我还有事。"

周宝瑶小声笑："这个妹妹挺有性子的，我还是头一回见有姑娘这么不给大彭面子。"

罗成的俄罗斯方块堆了八百层，无所谓地说："他是什么大领导大人物？还都得给他面子？"

周宝瑶笑了笑，身体就快依偎进他怀里："你能不能别玩了，陪我聊聊天嘛。"

罗成又不说话了。

另一边，彭致垒简直傻眼了，没见过这种女人，说话这么狂，但他有一点好，脸皮厚："聊聊不就认识了嘛。我觉着你超有个性，还没接触过你这种呢，做朋友肯定很有趣。"

梁韵似笑非笑："可我觉着你不怎么样啊，也不想接触你这种。"

彭致垒："那你喜欢什么样的啊？"

"话少的，或者不说话的。"

彭致垒心说，得，碰见了个难搞的。

还喜欢话少的，干脆就说自己话痨呗。

他摸了摸头，挣扎了下："给个机会嘛，我也不差是吧，先了解了解我啊。"

梁韵面无表情："你要是很闲，就去找愿意陪你打发时间的人，我没有心情陪你消遣，别像个无赖一样让人烦。"

彭致垒一脸不可思议，张了张嘴，打心眼佩服她，说话真毒。

梁韵转身，就见身后过来一个人，是谢铭。

"韵韵，你忙完了吗？"

谢铭往前走了几步，钻进棚子底下，拉了拉梁韵，因为他看她脸色不好。

梁韵回头笑了笑，摸了摸他的手，又转过来对彭致垒说："我男朋友过来了。今天的忙就先帮到这里，我还有事，先走一步。"

话落，罗成抬起头，好巧不巧地与梁韵对视了一眼，也就一两秒，又都错开了。

等人走了，彭致垒拍拍胸脯："吓死我了。你俩看见没，这气场太强了，差点被拿捏。"

罗成嘲讽道："你还真以为自己多牛，谁都能搞定。"

彭致垒生气地拧开一瓶水："哥在情场上，就没败过！咱这脸面，可不得撑起来！"

罗成骂他一句："别贫。几点了，该收拾收拾回去了。"

彭致垒看了眼时间，跟那边打了声招呼，对周宝瑶说："你怎么过来了？前两天跟你说还不愿意来。"

周宝瑶下巴朝罗成一抬："我有小道消息，谁让他来了呢。"

罗成没接话，起身帮忙简单收拾了下，随后回到车上等着几人。

所以对梁韵和罗成来说，他们当年就只见过那一面，对视也就只有几秒钟，更不存在两个人互相看顺眼。

只是后来在机场，罗成见到梁韵时，第一眼恍惚了下，随后慢慢想起这人是谁。

道在途中

而梁韵也是，再看罗成的时候，脑子里自动浮现出了当年的场景，也记起了他。

"所以这叫不叫缘分？"梁韵笑了笑。

罗成下床开了一瓶水，随后又给梁韵递了一瓶新的。

"高兴了？"

梁韵接过水："你说的大彭，我有印象，当时他就跟个地痞流氓没什么区别。"

梁韵知道罗成没说完，或者故意在重要的地方停下了，他没说他为什么放弃了机车，也没说为什么来到了这里。

"罗成，你的故事讲完了吗？"

罗成手一顿，转移话题："你不饿？"

梁韵没有要起身的意思："几点了？"

罗成看了下手机："快五点了，起来带你去吃饭？"

梁韵盯着他看，没动。

罗成去拉她的被子："你不饿？中午可就没吃。"

"你敷衍我。"她按住他的手，轻声说，"我的故事讲完了，但你只说了一半，你觉得公平吗？"

罗成重新坐到床上，沉思了会儿说："后来家里出了点事，我没有那么多精力去玩机车，所以就彻底放弃了。"

梁韵知道他指的是家人出了车祸。本以为他还会接着说，但他就停在这儿。

他不愿意细说，梁韵就没有逼问。至少当下他愿意开口，提及那些不想回忆的曾经，这已经让梁韵觉得，她离他更近了一步。

罗成隔着被子拍拍她："真不饿？哪能一天不吃饭。"

梁韵抬头看他："我早上吃了，而且很饱。"

罗成眯了眼："还在这儿提呢？"

梁韵不逗他了，坐起身穿衣服："我还给你打包了一份，可惜撒地上了。"

罗成想到上午触目惊心的那一幕，沉声说："梁韵，以后无论什么情况，都要保持警惕。万一今天我没及时抓住你呢，万一那个司机有报复社会的倾向，就是故意的呢。"

梁韵手下顿了顿："什么报复社会？"

罗成沉默了一两秒，意识到自己说了什么，解释道："没事，我就是这么一说，以后自己注意就行了。"

他害怕车祸，不管是不是意外，都不能再有。

第十章／吃哪门子飞醋

梁韵一脸认真:"但你今天抓住我了,我还好好的,不是吗?"

两人没再磨叽,罗成先去卫生间洗了把脸,等出来后,就看见梁韵还坐在床上。

梁韵看他:"我的鞋子怎么只剩一只了?"

罗成往床边看了一圈,正纳闷着,余光一瞥,就见鞋柜下面还有一只,他弯腰捡起来,走到她跟前,蹲下笑了笑:"谁这么着急,拖鞋乱甩,东一只西一只?"

梁韵才反应过来,没好意思看他,一把从他手里夺过鞋子。

罗成握住她的手腕,不让她动,胳膊往下去了点,麻利地给她穿上鞋。

梁韵想,这是第二次,他为她穿鞋。

"走吧。"

"想吃什么?"

走廊里,一男一女的声音。

"不知道,听你的。"

男人笑:"又是这句话,也没见你变过。"

女人说:"有你就够了啊,我没什么意见。"

男人牵起她的手:"真好养活。"

女人笑了笑。

第十一章 /
想跟他回内蒙的家

天气不好，罗成出来的时候就发现了，风大，这会儿道路两旁的树干都在晃荡。

罗成看了眼旁边的人，认真算了算，两人能在一起的时间也没有几天了。

梁韵望着窗外，不知是不是天气阴沉的缘故，这次上路，心里有点说不清的情绪。

开了三个多小时，罗成不知道往她这边看了多少次。

梁韵好笑，问他："你总看我做什么，想说什么？"

"我看后视镜。"罗成有点心虚。

"罗成。"梁韵喊他，"我喜欢你有什么话就说，不想和你猜。"

罗成正色："你工作的事，怎么样了？"

原来是想问这个啊。

梁韵笑了笑："你想知道什么直接问我就好了。"

罗成直视着前面的路。

她没有隐瞒："我辞职了。"

"辞职？"罗成蹙了下眉。

"嗯，就昨天晚上，我发了邮件。"

罗成不太明白发生了什么，问她："严重到这种地步了？"

梁韵回答说："是我自己有点累了，想换个地方。"

罗成知道，她和那个男人分手的多半原因在工作上，但当时怎么都没舍得放弃的东西，现在怎么可以这么轻松地说不要就不要。

罗成问："梁韵，你是不是……"

梁韵打断他接起电话。

"晓晓？"梁韵边说边向罗成指了指手机，"我在车上，怎么这个点打过来？"

罗成见梁韵和他比画了一番，用口型跟他说："我的朋友。"

孙晓问："你真辞职了？"

"你不上班都知道了，消息传得这么快？"梁韵笑了笑。

孙晓说："我产假不是快结束了嘛，上午去公司办手续，听我们部门有几个女的在茶水间闲聊来着。"

车子变了道，外面飘起了雪花。

孙晓又问："那你往后什么打算？"

"有考虑的公司，但还没决定好去哪儿。"

"那就行。"孙晓放下心，"我就知道你会提前规划好。"

梁韵笑："不然怎么办，总不能从此无所事事吧。"

"反正你自己决定好就行，我也不希望你过得不开心。"孙晓说，"自从你去年升了职，感觉一年到头就没过几天舒心日子。"

职位升高了，责任也就变大了。

"你啊，就是对自己要求太高了。"孙晓叹气。

梁韵笑了笑，没应声。

孙晓忽然换了话题："哎，你什么时候回来啊？"

梁韵半晌才说："不知道，没决定好。"

"没决定好是什么意思？"孙晓有点诧异，"你不会要待在那儿了吧？"

梁韵望着窗外的雪，笑了下："想什么呢你。"

"你这也走了不少日子了，还没玩够呢？"

梁韵转过头，罗成将胳膊肘撑在窗户边上，另一只手搭在方向盘上，开得还挺悠闲。

"没有。"她笑，"好玩的还没体验过呢。"

孙晓："行吧。那你订好机票跟我说一声，去的时候都没送你，回来必须给你安排上接机。"

梁韵被她的话逗笑了，应了声："好。"

车厢里恢复了静默。罗成发现梁韵没说话了，出声问："打完了？"

"嗯。"

罗成弯了弯唇："饿了没？"

梁韵目光转向他："罗成，我胃口很大吗？你怎么总是问我饿了吗、吃什么、吃饱没？"

罗成笑说："没有，你这么瘦，得多吃点才行。"

梁韵眉眼微弯，话虽这么说，心里却是高兴的。

不在乎你的人，谁会有闲心去关心你饿不饿这种小事。

道在途中

162

窗外换了景色。

两侧低矮的土山，晶莹的雪堆落在山顶。

继续行驶了没多久，路上开始拥堵，原本没有多少车，这时开始汇集在一起。

罗成慢慢降低了速度。

这边的雪比之前大了很多，路也难走了不少。

开了四十多分钟，车速缓慢，两侧轮子在雪面上压出深而宽的印迹。

罗成皱着眉，油门踩踩停停，撇过头朝后面看了一眼。

排了一大条车队，天阴雪大，玻璃前的雨刷晃得让人心烦。

梁韵摸了摸他的手，说："我们不着急，注意安全。"

罗成回握住她："好。"

他有些后悔，没看好天气就带她走，不仅白白浪费了时间还影响了心情。

又行驶了没多远，车子忽然停了，罗成伸着脖子往前看。

路被堵死，司机们纷纷开了门下车查看。

罗成开始没着急下去，见人都乌泱泱地往前头挤，才隐约觉得情况不太对。

他解开安全带，对梁韵说："我下去看看什么情况。"

梁韵点点头，刚想随他一起，罗成又说："外面太冷了，你在车上等我。"

梁韵停下解安全带的动作："好。"

罗成利索地下车，反手甩上门，身姿挺拔地向前走去。

等望不见人影了，梁韵才收回嘴角的笑。

手机振动了一下，梁韵从包里拿出来，划开屏幕。

她淡淡地看了一眼，没有回复。

好半天，道路另一侧驶过几辆车，两边对比明显，梁韵这侧堵得完全看不见希望。

前头折回了一群人，脸色都不好看，嘴里骂骂咧咧。

罗成跟在后面，蹙着眉头，他越过几人快步走来。

梁韵："怎么了，前面过不去了？"

"嗯。"罗成语气低沉，"说是前面下了暴雪，以防万一封路了。"

梁韵抬手拍掉他肩上的雪："有说封到什么时候吗？"

"不好说，干等着肯定不行，先掉头回去。"

梁韵没什么意见，平平安安就好。

前面几辆车开始缓缓掉头，罗成探头观望情况，挑了空隙钻进去。

另一侧的路很顺畅。

罗成斟酌着把路线改到哪里,就听见梁韵出声喊他。

"罗成。"

他转头:"嗯?怎么了?"

梁韵:"我们还剩多少天?"

罗成方向盘上的手一滞:"什么。"

梁韵看他的脸色,从容地笑了笑,轻声回:"旅程啊,你忘了快结束了吗?"

沉默了片刻,罗成在心底算了算时间。

他说:"算上今天的话,还剩三天。"

梁韵点了点头,眼神平静,想到这几天思前想后的决定,随后面向罗成,细声问:"罗成,认识这么久了,你都没告诉我你住在哪里。"

罗成有点疑惑:"你说这儿?"

"嗯,不然呢。"她笑,"你总不能一直睡大马路上吧?"

罗成没隐瞒,直接说给她听,而后又问:"怎么突然想起问这个了?"

车厢里暖气足,她上车没多久就把外套脱掉放到后座,这会儿身上只剩一件羊绒衫,紧身的,勾勒出上半身曲线。

"我不想走了。"梁韵头往椅背上靠着,语气轻松,"考不考虑带我回去?"

罗成差点以为自己听错了,愣着看她。

"什么表情?"

"你不想带我?"

罗成开口:"不是,有点没弄明白你在说什么。"

"我没工作了,你也没了,两个人回去做什么。"梁韵抿唇一笑,"还是说,你不想跟我认真,要打发我走?"

罗成被她这一连串问题搞蒙了,不禁失笑:"剩下两天不玩了?"

"不去了,一路上就我们两个,在哪里不是玩。"

罗成见她不像在开玩笑:"你考虑好了,真要跟我走?"

梁韵:"嗯。"

罗成沉默了,说不感动是假的,但更多的是担忧,回去后该怎么办,往后的路自己都没思考透彻,又怎么能把她牵扯进来。

梁韵挑眉:"你不想让我跟着吗?"

"没有。"

他想着说些什么,结果就见女人勾着笑,一副明知故问的样子。

"罗成。"梁韵不再开玩笑,认真开口,"没来之前,我确实是准备就待半个月,然后结束了就回去，但这段时间发生了挺多事，不单单是工作上的，还有我和你之间的。"

罗成没说话，听她继续说。

"我说过我是认真的，所以我想趁现在休息，能和你单独相处一段日子，我们一起生活，互相适应。至于我什么时候回去，我们以后会怎样，暂时就不想那么多好吗？"

梁韵不知道他有没有想过未来，但是对于她来说，只要认定了是这个人，就不会轻易地去放弃，他本不属于这儿，她想要带他走。

良久，她才听到他说：

"好，就我们，好好过完这段日子。"

至于明天，至于未来，暂时就先放一放吧。

听到这话，梁韵满意了，她把座椅向后调了一点，抬手伸了个懒腰。

车外，飞雪仍然飘荡，点缀着寂静辽阔的前路。

视野里，茫茫一片。

"这是回家的路吗？"梁韵问。

罗成定了定神，家……

他回答："嗯。"

梁韵看了看时间，从上午到现在已经开了四个多小时，回去的路也差不多，但罗成没按之前的那条路走，应该是直接回去。

梁韵问："要什么时候才能到？"

晚上的路不好走，也不能开太快。

罗成想了想："估计得到下半夜了。"

梁韵想了想："要不中途找家旅店吧，走夜路不太安全。"

罗成这次没听她的，安慰道："不用，就直接回去，不在路上耽误时间了。"

"你行不行啊。"梁韵有点担心他开了一天的车，"你在前面找个能停车的地方，换我开一段吧。"

罗成弯了下嘴角，只是把油门踩深了点。

梁韵也不继续问，微微弯腰去打开车里的音乐。

系统里面没有几首歌，梁韵挑了一首熟悉的，是两个人上次去沙漠的那个夜晚听过的。

梁韵觉得，和罗成单独在一起的时光更多的是种安逸，看过的每一个景、走过的每一条路，都使她的心灵得到了从未有过的释放。

很久两人没有说话。

罗成偏头，见她悠闲的样子，说了一句："傻妞，花这么多钱去旅游，说不去就不去了。"

梁韵抿唇笑了笑："反正就我一个人，又没耽误谁的行程啊。"

"你还知道自己一个人。"罗成说，"想过没，你随便找个司机，路上只有一男一女多危险啊，要是万一遇到……"

"遇到什么？"梁韵打断他下面的话。

罗成："……没什么。"

梁韵看他半晌，笑了："你不是随便的男人啊。"

罗成听着她的话，浅笑一声："当时打什么主意呢。"

梁韵目光迷离："感觉啊，感觉你懂不懂。"

"……真不懂。"罗成被她弄得迷糊了。

梁韵目光慢慢转向他，笃定地说："我相信我的眼光，事实证明我也没有选错。"

"你真是……"罗成无奈地笑了笑，随后眼底有些暗淡，"梁韵，我没有你想的这么好……"

他有点害怕，梁韵要是知道了他以后的打算，会不会对他失望……

"你对我的好，我都能感受到。"梁韵这样回答。

她不确定他指的是什么，但心中隐隐有预感，罗成还对她藏着一些事。

罗成没接这句话，去牵她的手，在粗厚的掌心里握了握。

梁韵心里想到点什么，对他说："早知道我就不找旅行社了，直接联系你多好，还省去了田老板赚的中间价。"

罗成笑了："那你不来这个旅行社，怎么能跟我搞重逢？"

"少臭美。"梁韵喃喃，"那天应该直接拒绝他，然后找个机会和你单独商量，这样也不错。"

罗成知道，她只是找话想和他闲聊，过去的事再说已经没什么意义了，两人也都并不在意。

他笑了笑："跟你说个秘密。"

梁韵毫不留情地拆穿："能说出来的就都不叫秘密。"

罗成哄然笑出声："行，你说不叫就不叫吧。"

"那我听听。"

"那天田老板给我打电话，问我要不要帮他接你这一单，我当时没多想，直接就拒绝了。

"结果他晚上又找我一次,我琢磨了会儿,想着看看这个大胆的傻妞到底遇到什么事了,一个人跑这么远来旅游……后来我就答应了,但跟他争论了老半天的报酬,你猜最后怎么决定的?"

梁韵笑了,反问他:"所以你是因为价格才愿意跟我一起的?"

"庸俗了啊。"罗成笑道,"我可是听到你给他付了多少后才跟他掰扯的,想着哪能都让他赚去了,就跟他打起价格战。"

"所以结果呢?"

"我拿六成,他拿四成。"罗成攥紧她的手,举起来晃了两下,"我拿着这钱带你吃香的,到头来还花在你身上了不好吗?"

"那田老板能愿意吗?"梁韵笑问。

罗成笑说:"当然不愿意,他不愿意我就不接,这样一毛钱他都挣不到,他能不答应吗?"

"那咱还剩多少经费啊?"梁韵问,"照你每天带我这么个吃法,估计不多了吧。"

"剩老多了……"罗成开玩笑,"还能再养活你些日子,不够我补。"

梁韵知道他在说假话:"那我是不是应该感谢你?"

罗成难得在她面前露出这种狡黠的笑:"行啊,我等你。"

梁韵忽然倾身,凑到他面前,盯着他侧脸看了几秒,手覆在他腿上。

一阵淡淡的清香拂过,罗成察觉到什么,偏过头,正好擦过她的唇。

车厢里,梁韵嘴角泛起点点笑意。

罗成只看了她一瞬,立刻又转回去,嗓音微沉:"开车呢,别乱动。"

她故意道:"我就看看你而已。"

"梁韵。"罗成摇了摇头,笑道,"要真想报答我,就让我好好开车。"

梁韵轻轻一笑,没再撩拨,重新靠回座位上。

其实还有一个理由罗成没告诉她。

来这里这么多年,每一天都是在固定的路线之间往返,辞去工作,一路上和她一起,这样可以自由地安排时间,也让他体会一把,人生中最后的旅行。

看着车外纷纷扬扬的大雪,聊着一些琐碎的日常小事。

罗成觉得,久违的幸福回来了。

凌晨,一辆黑色越野车缓缓停靠在后街的一条巷子里。

路灯灭了,四周死一般的沉寂。

罗成解开安全带下车,轻手轻脚地关上车门,先是扯了几下小院门口的铁锁,才从裤兜里掏出钥匙。

有两把钥匙,一把在他手上,还有一把是蒋利川的,但这家伙常年不随身携带,随手扔在铁门底下的水泥柱子后面。

罗成将铁门敞开到最大,随后绕到副驾驶那一侧,轻手轻脚地拉开门。

梁韵还在睡,他把她唇角的发丝捋到耳后,微微弯腰,上半身的阴影遮住了她小半张脸。

罗成默默地笑了,很喜欢她睡着的样子,安静、轻柔。

他动作不大,一只手从她后腰绕过,另一只手勾过她膝窝,手腕稍稍用力,将她横抱出来。

梁韵身上只穿了一件毛绒衫,外套还扔在后座椅子上,风一吹过,她下意识地往罗成怀里缩了缩。

罗成脚底步子跨得大了点,进了小院,两三步迈到门口,门没锁,抬脚踢开了门。

半个月没住过人,罗成走之前也没有收拾屋子,他根本没料到梁韵要跟他回来,不然一定会让利川给他提前收拾下。

好在床上还算干净,他把梁韵放到被褥上,弓腰给她脱鞋,手还没伸到她的鞋面,就听到上头传来一丝笑声。

罗成抬头,趁着月光投下来的光影,就见梁韵枕着手臂,弯下唇,静静地看他。

罗成手下动作还是照旧:"装的?"

梁韵假装听不懂:"什么?"

罗成把她的鞋子摆正,抬起身坐她旁边,粗糙的指腹刮了她的下巴两下:"是不是懒?"

梁韵被他的拇指磨得发痒,微微偏了下头,直白地说:"是想让你抱我。"

罗成低低地笑出声,俯身在她额头上亲了下,刚想起身,手就被她抓住。

"去哪儿?"梁韵眼巴巴地问。

罗成朝窗户外示意:"衣服和行李都还在车上,我得去拿下来。"

梁韵点点头:"好。"

"你先睡,别等我。"罗成没着急走,"我把行李拿进来,还得冲个澡。"

梁韵眼皮快要睁不开:"东西明天收拾,洗完澡就睡吧,今天太晚了。"

"我知道。"罗成把她的手塞进被子里,起身打开了暖气,才开门出去。

牛仔裤还贴在身上,睡得不舒服,梁韵撑着困意从被子里坐起来,脱掉后才躺回去。

　　彻底熟睡前，梁韵迷糊中听到了铁门的吱嘎声，关后备厢的声音，最后还有卫生间水流的声音。

　　她把脸埋进枕头里，隐约还能闻到他身上特有的男性味道，嘴角弯了弯，希望今晚做个好梦。

　　清晨，一抹阳光洒在砖瓦墙上，意料之外地出了太阳。
　　外面传来早市的阵阵吆喝声，声音虽不大，但密集入耳，掺在睡意里。
　　梁韵赖了会儿床，才从被窝里抽出手摸到床侧的手机。
　　九点二十分。
　　睁开惺忪的眼，盯着陌生的环境怔愣了会儿，反应过来后，她顺着耳边灼热的气息回头看。

　　"醒了？"

　　罗成说这话的时候还没睁开眼，一段日子没回来住，竟有些不习惯，再加上梁韵一动，他也不自觉地醒了。

　　"嗯。"

　　梁韵侧过身子，盯着他看半响，右手顺着他鼻梁骨从上往下慢慢划过，高高挺挺的，随后像是发现了什么有趣的事，又用食指和拇指捏住他的鼻翼。

　　罗成蹙紧眉头，她看到了，但是没有拿开，松开，捏紧，来回玩了几下后，她突然笑出声。

　　"罗成，你也赖床。"

　　罗成从被子里伸出胳膊，去握住在他鼻子上把玩的手，声音低哑："不困了？"

　　梁韵往他那边移了点："九点半了。"意思是该起床了。

　　罗成睁开双眼，一张白皙光滑的脸蛋在他眼前，他把还攥在掌心里的手重新塞进被子里："被吵醒的？前面那条街是菜市场。"他怕她不习惯，给她解释了一通。

　　梁韵亲了下他的鼻梁，手在被子里拍拍他胸膛："快起来，带我看看你住的地方。"

　　罗成不动。

　　梁韵笑了："干吗呢，还没醒困？"

　　罗成与她对视了一秒，忽然起身覆到她上方，嘴角勾笑，低声说："还早，不急。"

梁韵感觉到身体迅速变热,那人的手正在作怪。

大早上怀里抱着香软的女人,罗成有点情动难耐,但他还是停下了动作。

梁韵:"怎么了?"

罗成咬了咬牙,才说:"没那个。"

梁韵目光灼热地望着他,见他一脸懊恼的模样,骤然想笑。

"家里没有?"

罗成瞪了她一眼,把她不老实的手提溜出来:"我家像是有?"

"没有女人来过?"

罗成俯身亲了亲她:"没有,就你一个。"

梁韵抬头轻轻啄了下他的眼睛,手勾了勾他下巴,妖娆地笑道:"我帮你吧。"还没等他开口,那双手又再次伸进被窝。

罗成觉得,今早被褥里的温度注定是滚烫的。

女人的手细嫩柔软,像条长长的游蛇一样攀爬。

罗成猛地起身,随后胳膊一转,轻松抱起她往卫生间走。

没多会儿,水流声响起。

她昨晚没洗澡,等罗成抱她进去后就把他往外面赶,不是因为不好意思,而是卫生间太小了,梁韵觉得站两个人都太挤了。

卫生间很老,水泥墙壁,没有浴霸也没有淋浴头,单单就是一根水管挂在上面。

梁韵捧起水扑在脸上,想起昨天做的决定,兀自笑了声。

此刻,她已经站在这里了,而且感觉还不错。

罗成出去后先把衣服套上,然后把床单被罩抽掉,虽说不脏,但毕竟有一段时间没住过人,本该提前收拾一下再睡,但昨晚看她太困了,就没着急弄这些。

等都收拾齐全后,罗成才坐下把手机打开。看了看日期,他才缓过神来。

这些天短暂的幸福淹没了他的大脑。

原来那人已经回来好几天了。

梁韵洗完澡出来后,房间里空无一人,但屋子明显被收拾过。

"罗成?"

她喊了一声,见还是没人回应,才抬手去拧门的把手。

门刚开,罗成正往这边走:"怎么了?"

梁韵见他握着手机,脸色不是太好:"没事,我刚刚没看到你。"

罗成勉强笑了笑:"就一会儿工夫没见。"

梁韵没理他这套说辞："你去哪里了？"

罗成领她到前院，笑着说："在门口把雪扫了，利川也没回来，院子有点乱。"

他这会儿的笑容又和之前一样，梁韵忽略掉内心的异样，转身打量着他平日生活的地方。

"利川也住在这儿？"她问罗成。

"嗯。"罗成指给她看，"这里有楼梯，他住上面，我住下面，底下有两间卧室，整套租下来了。"

前院地方不大，从铁门到屋子的距离不过四五米，墙边堆积了两个油漆桶、废纸箱子，都摞在一起。

"进屋吧，去把头发吹干。"罗成上了层台阶，"中午带你去外面吃。"

还是屋里暖和，梁韵用毛巾把头发擦干："等我换身衣服就好。"

罗成拉开柜子的手突然停下，转身问："你不吹头发？"

感觉头发干得七八成后，梁韵把毛巾搭在卫生间的架子上，不甚在意地说："我没这个习惯。"

说完，她转身去行李箱里拿了身新的衣服，大大方方地脱掉睡衣。

在他眼前换掉。

罗成眼眸变得深邃，还没等他看尽兴，她已经整理好拎着包站他跟前。

梁韵眯着眼："还不走，等什么呢。"

被她这么一打岔，罗成一晃神忘了要做什么："走吧。"

罗成在锁门，梁韵就先站在车旁边等着，结果那人直接越过她往后走。

他走了几步后才发觉有什么不对劲，转身，只见梁韵正茫然地望着他。

罗成往回走，笑着拉她："很近。这附近有几个小商场，今天就不开车了，带你走走。"

梁韵被他拉着走："很近是多近？"

罗成："走两步锻炼锻炼。"

梁韵说得理所当然："我又不需要做体力活，为什么要锻炼？"

罗成一笑，正巧碰上隔壁开门的一个女人。

"罗师傅，好久没见啊。"

罗成转过头。

女人又说："这次出门时间挺长啊，刚到吗？"

梁韵闻声也转头，与女人对视。

大冷的天，那女人下面穿着半身裙，一头栗色大波浪，脸上化着全妆。她视线往后瞥了瞥,看到梁韵,脸上有点不可思议,随后目光慢慢变得尖锐起来。

"嗯,刚到。"罗成没多理会,简单应了一句,拉上梁韵的手继续往巷子出口走。

等人走远了,女人才收回视线,冷笑嘀咕了一句:"……真是罕见。"

小巷在菜市场后面,这一片都属于老居民区,走到头向右拐过弯,过了条马路就是商业街,街道上没有多少人,略显冷清。

梁韵说:"你住的位置还不错,很会挑啊。"

罗成回她:"这片房租便宜,遇到合适的就定下来了。"

"你在这里住多久了?"

罗成想了几秒:"四年多了吧。"

"那你跟邻居应该都很熟了吧?"

罗成垂眼看她:"你想知道什么,直接问我就行。"

其实梁韵知道,他是不会随便跟人闲聊打交道的,但她还是想确认一点:"哦,就刚刚那女的是谁啊?"

罗成一猜就是这个,勾唇笑道:"梁韵,我有时候发现你还挺可爱。"

梁韵觉得不是好话,咕哝说:"什么意思?"

"就这点事,至于还绕着弯子问我吗?"罗成笑得像个大男孩。

梁韵横了他一眼,不吭声了。

"我根本不认识她。"罗成好声解释给她听,"有时候厂里歇班待在家里,她偶尔过来敲门说给我送饭,平时连话都不说。"

"那你吃了吗?"她比较关心这个问题。

一阵欢笑声,几个孩子在街道上玩雪。

罗成把她拉到里面走:"怎么可能?又不认识。"

梁韵低低"嗯"了一声:"那你平时在家怎么吃,自己做吗?"

罗成说:"一般都是外面买着吃,路口有几家卖盒饭的,旁边也有炒菜馆。"

这条街道快走到了头,梁韵才看见一家小型超市,她转过头:"罗成,家里有厨具吗?"

"有,但是没怎么用过。"罗成望向她,忽然意识到什么,似笑非笑,"怎么,你准备给我做?"

话音未落,梁韵已经推开超市的门,直接进去了。

罗成跨步跟上她,就听到她倔强地开口:"我不想一直吃外面的,以后在这里的每天都由我来做。"

罗成脑子里停滞了几秒,随后开玩笑:"你还会做饭?"

"简单的还是可以。"梁韵嫌他啰唆，蹙紧眉头，"你去那边帮我拿个袋子。"

罗成乖乖地听她指令。

光是买菜这一项，就足足花了快一个小时，买了菜，又要买调料，买完调料又去看了生活用品，梁韵来的时候带的都是旅行套装，就快用完了。

上午洗澡的时候，她在卫生间扫了一大圈，就只见到水池上的肥皂，还有就剩下小半瓶的洗发水。梁韵觉得，他似乎就没好好生活。

罗成手里的重量一点一点增加，结账的时候他把大大小小的东西放在柜台上，发现梁韵的视线已经落在一侧的架子上。

后面排着长队，男女老少都有，她丝毫不在意别人的眼光，慢慢挑选。罗成想开口喊她，梁韵像是挑到了自己喜欢的那款，才动手从架子上拿了两盒安全套。

罗成结完账，拎上袋子，两人穿过人群，毫不在意身后的眼光。

他撇头看了眼梁韵，神色一如既往的平淡，他无奈地笑了笑。

中午，太阳升到最顶上。

罗成带她去了一家川菜馆，再出来的时候，她整个人都懒洋洋的。

"不想逛了？"

梁韵担心他手里两个袋子的负重，外加上自己也走累了："回去吧，还要收拾下屋子，买了很多东西。"

罗成迟疑了几秒："好。"

原本罗成是想带梁韵去买两身厚衣服，天越来越冷，而她没带什么保暖厚实的衣物，无论她要在这里住多少天，他都想让她舒坦地过完这段日子。

这个时间点正是最暖和的时候，两人走得慢了点，回去的路也变得比来之前漫长。

中午的巷子里，有几家的老人坐在前院晒太阳。

罗成走到一家门口时，目光下意识地朝里暗探了一眼，还是和早上的情况一样。

"罗成。"梁韵喊他，"是不是累了？"

罗成笑了笑："没事，回去吧。"

第十二章 /
以为是幸福

两人回到屋里,梁韵逛得有些累,躺了一会儿就睡着了。罗成把窗帘拉上,房间里顿时漆黑一片。

他再一次确认梁韵睡熟之后才轻手轻脚地掀开被子,他没有午睡的习惯。

他轻手轻脚地从衣柜里翻出黑色羽绒服,又随手拿了个帽子,回头往床上瞭了一眼,见蜷缩的身影没动,他才慢慢拉开门出去。

出了前院,罗成抬手将帽子戴上,黑色帽檐压得极低。

老巷子很长,罗成住在最靠里的那栋,往前走了四五百米远,才隐隐看见那家的标志。

上午经过了两趟,都没有见到那人的影子,他确定住在里面的人换了一家。

屋内传来小孩的阵阵嬉闹声,主屋门没关,女人抱着洗完的衣服正要往外面走。

罗成退后一步,随后装作刚到的样子敲了敲铁门。

女人喊了一声:"谁啊?"

没人回应,她以为是自己听错了,又继续手上的动作。

罗成又敲了两下,女人这下确定是门口传来的动静,她走到门跟前,把门敞开半边。女人面上有点茫然,见面前人高大威武,脸也有些生疏。她小心翼翼地开口:"……你是,请问你找谁?"

罗成看她把门缝缩小了点,随后换了一副笑脸,抬手挡住门,客气道:"你好,我来找我朋友的。"

"你朋友?"女人有些迷惑。

罗成反问她:"对啊,怎么是你开门?他不住这儿了吗?"

"啊……"女人恍然了解,表情松快了点,和他确认,"我知道你说的是谁了,应该是上一任住户。"

罗成继续问:"上一任?他不住这儿了吗?"

"对啊,他没跟你说?"女人看他还不知情,门又重新敞开,笑着说,"你说的那个人是姓陈吧？人家不住这里了，搬走了。"

罗成眉头微蹙："什么时候的事？他不是前几天才回来的吗？"

女人想了想："是的是的，有这么回事。"

"是这样的，我们有段时间没见过了。"罗成耐心解释，"本来说就这几天他到了，我过来看看他，好巧不巧我前几天手机丢了，还没来得及补卡，想着也知道他住哪儿，所以没知会一声就来了。"

女人对他的话倒是没多想，朗声对他笑了笑："那行，我给你问问我男人，他现在在外面上班，房子的事都是他弄的，他知道的比我多点，也辛苦你今天白跑一趟了。"

他见女人掏出手机，客气地笑了笑："好，麻烦你。"

就在女人打电话的这一分钟里，罗成心里想了很多个可能，但他最担心的一点，会不会是自己已经暴露了动机，让陈远德躲起来了。

不过很快，这种可能就被推翻了。

罗成示意想要跟她老公单独聊，女人也怕自己转达不清楚，应了声把手机递给他。

他礼貌地先问了声好，想必女人已经跟对方打过了招呼，男人很快步入正题。

男人说话很斯文："你好，您有什么想问的问我就可以。"

"好的。"罗成笑了笑，故意说了个亲近点的称呼，"老陈有说搬去哪里了吗？我想着今天都出来了，就顺路过去看看。"

男人想了想："如果我没记错的话，他老婆说还是回宁夏去，这趟过来只是卖房子。"

罗成焦急地问："现在手续办齐了？"

男人尴尬地笑了笑，说："我们暂时没凑齐钱，他们要一次性结清，所以房子还没彻底过户给我们，现在相当于租在这儿。"

"哦……这样啊。"罗成眼眸深沉，"我是听他提起过，没想到说卖就卖了。"

"哈哈，也没差多少了，凑齐后立刻就能办手续。"

"那老陈还在这儿吧？"罗成说，"你们还没交接完，他人估计也不能走。"

男人道："听他老婆说暂时租在新开发区那儿。"

"城边大道的开发区？"

"应该是。"男人说，"您说的那个陈先生我有点印象，当时他只顾着埋头搬东西，也不吭声，看起来还怪吓人的，都是他老婆闲聊的时候听了这么一两句，她说不想住在老巷子里了，准备换个新环境生活。"

175

罗成往院子里扫视了几秒，里里外外的家具、装饰都是新的，应该是这家人彻底住下来了。

"好，谢谢你了。"

男人很客气，多加了一句："客气了兄弟，您要见到他了也帮我说一声，尾款会尽快打给他的，让他别着急。"

罗成笑了两声："放心，见到了这话一定带到。"

该问的问题了解清楚了，罗成没有再多寒暄，道了声谢，把手机还给了里面晾衣服的女人。

前面一辆车按了声喇叭，巷道很窄，罗成挪步往墙边走，他抬手把帽子拿掉，抓了把极短的黑发。

他忽然觉得，到手的机会又消失了。

回到家，罗成先进屋看了眼梁韵，她还没醒，但换了个睡姿。

罗成本想回来拿上车钥匙先去一趟城边大道，那边的路他不熟，这两年搞城市建设，发展得很快，他想提前摸清楚周边的情况。

算了算时间，来回两趟再加上研究周边的情况，等他回来后梁韵一定醒了，他不想让她去猜测什么，只好作罢，决定明天再安排。

蓦地，罗成裤兜里的手机振动起来。

他迅速掏出来按掉，视线落到梁韵的脸上，还好没吵醒她。

罗成坐到外屋的沙发上，给蒋利川回拨过去。

那边先开口："哥，你回去啦？"

"嗯。"罗成从盒子里抽出根烟，"你怎么知道的？"

"哈哈！"蒋利川贼贼地笑，"我不仅知道你回去了，还知道你带了一个女人回去！"

打火机"啪"的一声，跳动的火苗燃起。

罗成开怀地笑了声："好好说话，你从哪儿知道的。"

"住咱左边的邻居，喜欢穿吊带丝袜的那个。"

静了几秒。

罗成冷声问他："你俩有联系？"

"没有。"蒋利川连连否认，"就她给我发微信，问我在不在家，说凌晨好像听到我家门锁开了。"

"就这么点小事？"

蒋利川补充道："……然后跟我闲聊几句后，就侧面跟我打听你是不是交女朋友了，说看你领着一个女人出门。"

罗成："真是闲的。"

蒋利川嘿嘿笑："但是她长得好看，我就陪她多聊了几句。"

罗成沉声提醒他："我有没有跟你说过，少跟她打交道，她做什么的你不知道？"

蒋利川懂罗成指的什么，那女人经常带不同的男人回来，上半夜领进门，下半夜送出去，两人偶尔打过几次照面，她对谁都一副放荡的样子。

后来罗成怕他把持不住，就给他立规矩，规定和那女人见面最多打个招呼，联系方式也尽量不要留，他知道罗成都是为他好，所以基本上罗成说的话，他都听。

蒋利川咳嗽了一声："我知道，就是瞎聊两句打发时间而已。"

"嗯，自己清楚就行。"

蒋利川嘴角勾着明晃晃的笑："跟你回去的是梁姐呗？"

"嗯。"罗成觉得也没什么可隐瞒的。

"我就说你们指定有什么，当时还不许我乱讲，就连大娘都能看出来好吧。"

罗成听他叽叽咕咕吵得头疼，打断他："你什么时候回来？"

"啊？"蒋利川被罗成打岔忘了想说什么，"我再多跑几天长途，这边工资给得高，等歇了我再回。"

"好。注意安全，也不要这么拼。"

蒋利川嗯嗯啊啊应下来，才想起来要问他什么，语气认真道："哥，陈远德到了吧，你见着他了没？"

罗成吐了口烟，任由白雾肆意飘荡。

"搬走了，我回来的时候已经搬了。"

蒋利川皱眉："你的意思是他就住了两天？"

"不，他这次回来是来卖房子的，没准备在这儿长待，应该弄完这些后就彻底回他老婆娘家了。"

"那怎么行？"蒋利川比他还着急。

烟灰烧了一截，罗成动动手指。

沉默半晌。

他说："我心里有数，不会很长，这段时间就能结束。"

"好，我再过几天回去。"蒋利川那边有人喊，他朝那边回了一句，声音又回到话筒边。

"哥，你需要我就说。"

挂了电话，罗成有些颓然地靠在沙发上，仰起头，合上双眼。

这条路，必须走到底。

房间采光不好，整间屋子只有排气扇一侧的窗户高高挂在老墙皮上，映着沙发上男人的脸庞半明半暗。

梁韵看了半晌，忽然觉得不想站着了，缓缓朝他走去。

几乎是在她坐到他大腿上的同时，罗成立刻睁了眼，是熟悉的味道。

梁韵手摸上他的脸颊，出声喊他："……罗成。"

"嗯。"他醒醒神。

原本罗成是准备眯一小会儿，没想到竟然睡熟了。

梁韵说："你心情不好。"

沙发很窄，罗成怕她掉下去，拥着她往自己怀里带，低哑地笑了笑："没有。你睡得怎么样？"

梁韵摇了摇头，碎发磨蹭在罗成脖子上，她没回答他的问题，只是觉得下午的他有点儿疲惫。

"你没陪我一起睡午觉。"或者说，他很早就起来了，被子里只有一边有温度，梁韵清楚地记得他陪她一起躺下的。

罗成盯着梁韵的唇，她说的每个字他都没听进去，只觉得眼前的幸福有些奢侈。

"你怎么不说……"

梁韵话还没落下，眼前一黑，等她再反应过来时，罗成已经堵住了她的嘴。

罗成一手穿过她的发丝，覆在她脑后，慢慢地由吻变成了啃咬，久到梁韵脸憋得通红，他才忍住情绪的翻腾退出来。

气息越发浓厚，渗入两人接触的皮肤里。

梁韵在他移开的那瞬间怔愣了几秒，罗成抬眼，凑近她低低地笑。

隔着几秒，触感移位，不是那种温柔的亲吻，也不是那种暴力的索取，他一路向下，脖颈酥酥麻麻的触觉更让她大脑不受控制。

格子灰的床单变得凌乱，老房子里的温度逐渐升高。

她从未有过这样的体验。

当一切平复下来后，梁韵脸颊泛红，睁开充满水雾的蒙眬双眼，与他对视了一秒，两秒，随后不自觉地偏了过去。

冷静下来后，裸露在外的皮肤开始察觉到冷意。

罗成感觉到压在胳膊上的女人蜷缩了一下,他反手拉过后面压着的被子,盖在她身上。

梁韵瞬间暖和了许多,在被子里下意识地往他怀里钻,搂着他的腰。

窗帘遮挡住了外面的世界,分不清此刻是白天还是黑夜。

屋内沉寂了很久。

要不是腰间的胳膊动了下,罗成还以为她睡着了。

他手一直抚着她的后背,低头在她耳边说:"现在好点没?"

梁韵在他胸口笑了笑,闷声说:"你刚刚像个毛头小子一样。"

罗成笑了笑:"嗯,我本来就是。"

梁韵"啧"了一声:"我不信。"

"为什么不信?"

"经验这么老成,你说我为什么不信。"

罗成笑道:"就因为这个怀疑我?"

梁韵本来不想问,但是他自己都提到了这个话题,就不能怪她小肚鸡肠了。

她佯装说:"我的过去你都知道,你的过去我还一点不了解呢。"

罗成看着她:"你指感情?"

梁韵轻哼一声,故意不回答,幼稚得像个小女孩。

罗成握着她的手,"你想知道什么,我说给你听。"

梁韵抬头:"先聊聊开始的那个,女前台。"

罗成愣了下,才想起她说的是谁:"刚上路那一天遇到的那个?"

那天他有印象,他在宾馆门口等梁韵,后来裴莉出来找他聊了两句。

"不然呢。"她从他怀里退出来,眯眼打量他,"还是说……还有别的女前台?"

她一口一个前台的,把罗成给说笑了。

他伸手拉着她的胳膊,重新圈进来,思忖了一会儿,他在想要怎么描述:"她叫裴莉。

"我们之间很简单,两三年前的事了。是送货的时候认识的,她那家宾馆是一个固定的点,有时候旅社有什么宣传活动也会在里面举行,以前我经常跑那条路,中途歇脚的地方也都在那儿,见面多了就认识了。"

说完好一会儿,梁韵都没等到后续,她微微仰头:"就这样?"

"你还想听?"

"随你。"

罗成见她开始较真,模样难得带着点可爱,笑道:"后面就在一起了小半年,相处下来后觉得不合适，就结束了。"

他又说："这次真没了。"

梁韵无声地点点头。

安静了半晌，手机屏幕的灯光突然亮起来，带着规律的振动。

梁韵说："应该是我的。"

罗成长臂一伸，够到她身后的手机。

蓦地，他目光定住了几秒，直到梁韵轻推了下他宽厚的胸膛。

她说："谁打过来的？"

罗成把手机给她："你家里人。"

铃声这时候停了，梁韵没着急回过去，她想和他说些什么，下一秒，他掀开被子坐起身。

罗成给她掖了下被角，轻声说："我先去洗个澡。"

"好。"

等卫生间的门关上，梁韵才收回视线，她给母亲回了一通电话。

"韵韵啊，忙什么呢？"梁母让梁父把电视机声音关掉，"怎么这么久才接电话？"

梁韵打了个哈欠："我能忙什么啊。"

梁母听着声音："睡觉呢？"

"嗯。"

梁韵把手机开了免提，放到罗成那边的枕头上，胳膊重新塞进被窝。

"这才不到八点就睡了？"梁母问。

"反正也没事可做。"梁韵说。

空气沉寂了几秒。

梁母看了梁父一眼，然后才说："韵韵，你工作怎么样了，正常上班了吗？"

梁韵没有迟疑太久，直接回答她："妈，我辞职了。"

"什么？"梁母微微蹙眉，"理由呢？总不可能无缘无故就不想做了。"

"我被降职了。"梁韵简单解释了一番，"这么多年没歇过，想休息了。"

事实就是这样，她一心扑到事业上，到最后也没有多辉煌的成果，反而被现实击败，又要从头再来。

"你现在在哪儿？"梁母忽然猜出了点什么，"还没有回青岛？"

屋子里很暗，只剩下卫生间的门缝透出点点光亮。

"嗯。"梁韵说,"没有。"

梁母语气变了点,沉声问:"韵韵,你到底怎么想的,这么好的一份工作怎么说不要就不要了?"

梁韵慢慢闭上眼:"妈,你不要担心,我有自己的打算。"

"那你什么打算,说给我听听?"

梁韵不想让她担心,也不想听她的质问,只是说:"我正在考虑下一家,并不是以后都失业了,只是想趁着这段时间调整一下生活,顺便想一想往后的路该怎么走。"

梁母问:"什么路?我怎么听不懂你在说什么?"

梁韵静了半刻,直言道:"我交了一个男朋友。"

梁母有点诧异:"你和谢铭和好了?"

梁韵好笑出声:"……妈,谢铭都结婚了,你在想什么。"

在梁母眼里,谢铭就是最好的女婿人选,但梁韵从来没有和她解释过两人分开的细节,如果她知道是因为工作的原因,一定会毫不犹豫地改变对谢铭的看法。

梁母试探道:"所以你辞职是为了他?他是当地人?"

"不是的妈,你不要想这么多。"梁韵不知道怎么解释,"我知道自己在做什么,也不会拿工作开玩笑,真的就是有更好的选择了。"

电话那头,梁母再想问点什么,梁父拍了拍她胳膊,摇摇头,示意就先这样。

卫生间的水流声断了,房间里重新安静下来。

电话换成了梁父:"韵韵啊,你那个男朋友是哪里人?"

梁韵回想着罗成之前说过的:"济南的。"

"刚认识还是……"梁父更好奇这个。

梁韵听出他的试探,宽慰说:"嗯,很早之前在青岛见过,我们很好,放心吧。"

梁父梁母对视了一眼,没有多问。

梁父道:"行,你自己的生活自己把握好,不要求条件多好,只要不是什么坏人就行。"

"……能是什么坏人?"梁韵把被子拉上来,蒙住头笑了笑,"好了,你们不用担心,就先这样吧。"

"你这孩子。"梁母喊她,"着什么急,我话还没说完呢。"

梁韵没有着急,只是不想让罗成一直傻待在卫生间。

里面早就没有了动静,即便是十件衣服也不可能穿这么久。

她笃定,罗成是不想在她打电话的时候出来。

"还有什么事吗?"梁韵问。

"你还没跟我们说什么时候回去,还有工作的事。"梁母接着补充,"他既然不是那里人,到时候会跟你一起回来?"

梁韵顿了顿:"会吧。"

她不确定,但她正在努力做着这件事。

没过多久,罗成从卫生间出来,门没关,暗黄的灯光照进屋内。

梁韵看他只穿着一条平角内裤,手上的毛巾胡乱在头发上擦了两下,踏着步子去衣柜里翻毛衣裤子。

梁韵侧趴着盯着他一举一动。

罗成折回床沿边:"打完了吗?"

梁韵点点头:"嗯。"

罗成:"是不是想问你怎么没回去?"

梁韵笑了笑,没有隐瞒:"嗯,你猜得很准。"

罗成看了她半晌,没有说话。

梁韵微微张口:"你……"

"不赖床了,去洗个澡,我来做饭。"

梁韵以为他要问些什么,但发现他并没有要继续下去的意思,如果罗成问,她一定会毫不隐瞒地跟他介绍父母。

罗成掀开她的被子:"里面很暖和,趁热快去。"

淋浴间的水声哗啦落下。

罗成弯着的嘴角平了下来。

他站了几秒,才穿上外衣去厨房做饭。

罗成想,以梁韵的性格,一定已经和家里人提过了。

本是一件值得欣慰的事,但对他来说,内心的挣扎与矛盾又无限放大了。

如果他还有很多时间,一定会好好地计划接下来的日子,他也想给梁韵未来,但有些事情他做不到,所以什么都不敢保证。

小院门口偶尔传来过路的车喇叭声。

罗成炒了两个菜,炖了一锅汤,又把米饭盛出来,四方桌子上摆得整整齐齐。

他坐着歇了会儿,趁这工夫给彭致垒回电话。彭致垒说:"后天早上到,你来接我不?"

罗成直说:"没时间。"

彭致垒无语:"就你这样谁愿意去做客,一点热情劲都没有。"

"又不是不知道路。"罗成道,"吃饭了,先挂了。"

彭致垒败下阵来:"九点了才吃饭?忙什么呢?"

忙什么……

罗成勾唇一笑,说了句:"等你来吧。"

彭致垒似乎是在外头,噪音挺大,也没多说,匆匆挂断了。

又过了约莫十分钟,就在罗成快坐不住要起身的时候,卧室的门才打开。

梁韵的目光被桌子上的饭菜吸引,还在卧室时就闻到了从门缝底下钻进来的饭香味。

"快坐下吃,要凉了。"

她换了一套睡衣,外面搭着他的羽绒服。

罗成见她想要往对面去,伸手拉住她的胳膊:"坐我边上。"又给她舀了一碗汤,"趁热,先喝两口。"

罗成做了一盘青椒鸡腿肉、豆角肉末,还有三鲜汤,都是很家常的菜,颜色味道却比她做的强得不是一星半点儿。

"你很会做饭啊。"她发自内心地称赞。

"那就麻烦给个面子,多吃点儿。"

梁韵眉眼微弯:"本来还想让你先尝我的手艺呢。"

"不急。"罗成见她一直在夹豆腐,朝她那边推了推,"等你明天做。"

"好啊。"

罗成想到刚刚那通电话,决定还是提前打声招呼:"跟你说件事。"

"嗯。"梁韵又盛了一碗汤。

"大彭,"罗成讲给她听,"这两天要来我这儿,应该是后天就能到。"

梁韵确认他的名字:"彭致垒?"

"嗯。"罗成侧头看她,"不想见他吗?"

梁韵有点啼笑皆非:"什么啊,你以为我在意之前的闹剧?"

闹剧……

原来她把那天当成一场闹剧来看。

罗成失笑道:"是我想多了。"

"你知道吗?"梁韵放下汤碗,好整以暇地对他说,"我其实是先认出你,后来才回想起那一天的事,不然早就不记得了。"

罗成眼神深邃。

梁韵微微侧身，笑说："快吃啊，愣什么。"

他笑了笑："嗯。"

冬日的寒气遍布在每一个角落，却唯独吹不进爱者的心房。

两人聊聊闹闹，使这间屋子有了从未有过的生气。

吃完后，梁韵要去刷碗，罗成拽过她不让，她想了想，也不和他拉扯，先进卧室了。

梁韵把被子叠起来放到椅子上，再将床单扯下来。

随后转身去翻柜子，找了好一会儿，才翻到压在最下面的一条，同一个颜色，同一个款式。

罗成也在忙活，收拾完桌子后开始刷碗、擦灶台。

这间房子，这么多年还是头一回开火做饭。

他从没有把这里当过家来看待，只是一个短暂歇脚的地方。

但现在有了她，罗成第一次有了想好好生活的打算。

待罗成进屋，梁韵刚把电脑合上。

他朝她走来，每一步都带着小院外的凉气，羽绒服还残留着淡淡的烟味。

"抽烟了？"梁韵转头。

"嗯。"

梁韵拔掉电源，温和地笑了笑："去外面做什么，不嫌冷？"

罗成随口说："没站多久，出去透透气。"

"随你吧。"梁韵笑了笑。

他捋了捋她发尾，还有些湿，说："忙完了？"

"好了，就看了一会儿。"

她回过身，看着他的衣服，和自己身上的这件一个颜色，款式也很像。梁韵脱下来挂进衣柜里："罗成，你的床单都是一个花色？"

"什么？"

他弯腰半蹲在桌子底下，不知在倒腾些什么。

梁韵掀开被子上床，手轻轻拍了下床铺，给他示意："还有你这身羽绒服，是不是跟我刚刚穿的那件一样。"

罗成意会了，笑道："这样省事啊。"

"懒死你得了。"

罗成无奈地笑，又拉开最下面一个抽屉才找到电吹风。

梁韵正躺着玩手机，罗成微微俯身，伸手拉她坐起来。

她愣了下："怎么了？"

罗成把电吹风插上电，先滑动开关试了下，见还可以使用，才点点头："给你吹头发。"

"你刚刚在找这个？"

罗成脱掉外套，坐在她后面，风速开到最小一挡。

"嗯。"

罗成应该是第一次给别人吹头发，动作很生疏，手指绕在梁韵发间，有好几次扯到了她的头发。

但梁韵只是笑，没有跟他说。

罗成从后面见她抱着腿，下巴抵在膝盖上，默默地弯了唇，她安静的时候真的很乖。

梁韵微微转头，罗成把吹风机拿远了点，以为她要说什么。

"怎么了？"

梁韵摇摇头。

罗成往后坐了点，放下吹风机，手拽了下她的胳膊，稍稍一用力，让她侧躺下来。

梁韵没有拒绝，手撑着换了个姿势，侧身躺下来，头枕在他大腿上。

罗成把她的动作看进眼底，嘴角抑制不住地弯了弯。

梁韵忽然意识到一个问题，他的头发很短，几乎用不到吹风机，但没想到家里会有这个。她想到什么就问出来了，轻轻拽了下吹风机的线："你怎么会有这个？"

罗成按着她："别乱动。"

梁韵乖乖放下手，没有给他捣乱。

"……不要多想。"罗成无奈地笑，"这是之前房东留下的，不是我的。"

梁韵庆幸他看不到她的表情，狡辩说："我才没有。"

罗成接着说："你没看见我找了很久吗，差点都不记得。"

梁韵拍拍他的腿："知道了，我知道了。"

罗成微微低下头，声音钻进她耳朵里："梁韵，我发现你很敏感。"

这一定不是什么好话，梁韵闭上眼，装听不见。

"怎么不说话？"罗成问她。

梁韵别过脸："我才没有……"

梁韵话还没说全，被他俯身亲了下嘴角。

罗成笑："好了，不逗你了。"

安静的夜只留下电吹风的声音。

即使他不熟练，但动作依旧很温柔。

梁韵喊他："……罗成。"

"嗯？"

"今天我妈打电话来。"梁韵犹疑着，"我和她提到你了，也说了我们之间的事。"

空气沉寂了几秒。

罗成手下的动作停住了。

梁韵微微蹙眉，抬手把吹风机移开："你烫到我了。"

"哦，对不起。"罗成立刻拔掉电源，忙抚上她的后脑勺，"疼吗？"

梁韵试图从他眼里看出点别的情绪，但是没有，不知道是他藏得太好了，还是她想多了。

"你不高兴了吗？"

他答得很快："我没有。"

"……罗成，我没有给你压力。"梁韵抬手摸上他下巴上的青茬，"我只是在认真地对待这段感情。"

"我知道。"罗成低声，"我都知道。"

"好了，不说这个了。头发给我吹干了吗？"

"嗯，差不多了。"

梁韵点点头，从他身上起来，转过身钻进被子里。

罗成把灯关上后，重新回到床上。床单被她换了新的，很干爽，他胳膊穿过她腰间拢了拢，让她后背贴在他怀里。

两人都没有说话，只是静静躺着。

梁韵有些茫然，她能看出罗成是真心的，但他没有给她承诺。她也知道，承诺并不能代表什么，但如果能说点什么，她悬着的心也能沉淀几分。

她隐隐觉得他在逃避什么，但又不确定。

身后的男人动了动。

罗成微微低头，就能闻到她头发上的香味，他轻声开口："以后无论多晚，都要把头发吹干再睡，要养成习惯，知道了吗？"

梁韵回："好。"

她想了想，又笑问："为什么一定要？"

罗成说:"万一哪天头疼了你就知道了。"

"会吗?"梁韵道,"那我应该还算是幸运的,到现在还没有中奖。"

"不要侥幸。"罗成说,"我妹妹以前就经常头疼。"

"你妹妹?"

罗成顿了顿,才反应过来自己说了什么。

但他这次不打算隐瞒,停了一两秒说:"她也不喜欢吹头发,后来上了高中,功课都要学到很晚,洗完后随便擦两下就睡了,和你一样。"

梁韵难得能听到他说这些,想多听一点:"然后呢?"

罗成不知想到什么,笑了声:"后来她只要不舒服,我妈就会拿这事去挤对她,时间长了她烦了,以后每次洗完头,多晚都会乖乖地吹头发。"

梁韵问:"你和你妹妹关系一定很好吧。"

她是独生子女,体会不到那种感觉。

"嗯。"罗成像是在回忆,"她很听话,成绩也不错,比我强多了。"

梁韵好奇:"那你们兄妹两个平日也会拌嘴吵闹吗?"

罗成摇头:"小的时候会,不过我妈比较向着她,后来……"

梁韵转过身,面对着他:"后来呢?"

"后来我就经常不在家了,不是在外面训练就是参加比赛,也很少能看到他们,顶多就打打电话。"

她抱着他:"嗯。"

时间很晚了,罗成没想多聊:"睡觉吧。"

梁韵不满道:"还想多听你说说呢。"

"以后有机会再说给你听。"罗成低下头,在黑暗中与她对视,"今天太晚了,你先睡觉。"

"哦。"

过了一会儿。

罗成出声喊她:"梁韵,睡了吗?"

她也睁着眼:"怎么了?"

罗成顿了顿,说:"明天我有点事,要出门一趟,你自己在家行吗?"

梁韵没出声。

罗成以为她会再问些别的,比如问他去哪儿、做什么事,但是她没有。

她只是问:"远吗?"

罗成搂紧她:"不远,晚饭前我肯定回来。"

梁韵缩在他怀里:"好,那我在家等你。"

他的怀里异常温暖,她合上眼,慢慢染上了睡意。

罗成望着她,看了很久,很久。

第二天早上,等梁韵起床的时候,房间里已没有了罗成的身影。

纱窗映射出淡白的光。

梁韵把床整理了一番,才推开门去小院,伸头往外面看,黑色的越野车也已消失不见。

她没有过问太多,即便是两个人在一起,但各自也都应该有属于自己的生活,既然罗成没有主动告诉她,她也不打算追问太多。

梁韵去棚子底下拿扫帚,把空地的积雪扫到墙角处,收拾完院子,又回屋打开笔记本电脑,思考往后工作的打算。

城市的另一头,一辆车疾驰在各条道路上。

上午,罗成开着车去跑了城边大道的每一条路。

周边的住宅区很少,几乎都是工业区,还有几处未拆迁的老房子。

如果单凭他一个人找,时间太紧张了,他花钱雇了帮手,只需要找到陈远德并跟踪其行踪,其他的都不用做。

但罗成最担心的是如果那家人补齐了尾款,陈远德随时都有可能离开,所以他必须尽快找到陈远德,也要时刻关注着那家人的动向。

一整天,罗成都没有停下来,走完最后一个地方,他抬手看了下时间,车子就停在路口,他跑了几步快速上车。

他没着急回家,先把车子开到了市中心的一家商场。

下午五六点钟,人流量变多。

商场很大,东西也齐全,罗成站在进出口位置,研究了一下楼层导览,大概记住了几家店铺的名字,才坐扶梯上去。

二楼。这一层都是女装,罗成很少逛商场,更没有单独来看过女装,他走着走着,突然想不起来准备要看的牌子。

他沿着每家店铺的门口走过,透过玻璃,往店铺里面打量。

经过一处时,罗成的目光忽地停住了。

定了几秒,他抬脚朝里面走去。

这家店人不多,款式也没有多少,销售见有客人进,立刻换上笑脸去招待。

"您好,请问有什么可以帮到您?"

罗成视线在店里大致地扫了一圈,再转身去看身后的那件。

188

他指着示意:"橱窗里那件还有尺码吗?"

"有的。"女销售员回道,"先生,我带您到后面看。"

罗成点点头。

"这是上个月末刚到的新款。"女销售员拉开透明柜子,"有两个系列,您刚刚看的是纯白色暗纹款,还有一款是深蓝色印花款,您看看喜欢哪一款?"

罗成对比了一下,他虽然不懂女装的审美,但觉得蓝色的印花款有些突兀。

女销售员以为他在犹豫,又开口介绍说:"两件都填充了90%的灰鹅绒,充绒量达到了三百克,哪怕再冷一点,待在室外的话,保暖性也不用担心。"

罗成没考虑多久,直接说:"就要外面挂的那个白色款吧。"

简简单单,应该很适合她。

女销售员试探地问:"那现在给您包起来?"

"嗯。"

女销售员问了尺码,拿出一件新的给他确认:"好的先生,这边请买单。"

"等等。"罗成视线一瞟,落在架子中间那双雪地靴上,指了指,"那双靴子也一起装了吧。"

"您要哪个颜色呢?"女销售又开始介绍。

罗成琢磨了几秒,用他男人的眼光选了个黑色的,理由是耐脏。

女销售员很有耐心:"那尺码呢,先生?"

"三十七码。"

见他很爽快,女销售员不免多看了两眼,她见惯了陪女朋友或老婆来买衣服的男人,无外乎就两种,不是敷衍奉承两句,就是埋头玩手机。

像这种只身一人前来给女人买衣服的男人,倒是不常见。

"先生,新款有九五折优惠。"女销售员给他包装好,递过去,"您付一千六百九就可以了。"

"好。"罗成从口袋里掏出钱夹。

女销售员眉眼含笑:"这是小票,您收好。"

再出来时,天空已灰沉沉一片。

车子缓缓上路,一排排路灯瞬间被点亮,铺满了小城的繁华街道。

梁韵刚想给罗成打电话,就听到院子外关车门的声音,她从沙发上起身去端菜。

罗成抬手,轻轻推开门,女人的背影映入眼帘。

他把袋子放到沙发上,慢慢朝她走去。

他见过梁韵的众多模样,但这是第一次,见她洗手做羹汤的模样。

暖黄的灯光,为她铺上了一层柔和轻薄的光影。

罗成从后面伸手,圈住她的腰,下巴抵在她的肩膀上:"做的什么?"

梁韵微微偏头,轻笑说:"再晚点我就自己吃饱了。"

罗成摸摸她的肚子:"没等我啊?"

梁韵肩膀推了他一下:"我早吃饱了。"

"是吗?"罗成故意拆穿她,"那你怎么还盛两碗米饭?"

电饭煲啪地一响,梁韵白了他一眼。

罗成哑然失笑,松开她,从她手里接过米饭,又把菜摆好。

梁韵刚坐下,感到隐隐有东西硌到她后背,她转身,摸到纸袋的尖角。

罗成视线看过去:"我今天开车路过一家店,临时想起你没带羽绒服,就顺手买了一件。"

"顺手?"

罗成蹭了下鼻子:"嗯,不知道你喜欢不喜欢。"

梁韵盯着他看了几秒,哑然失笑,他是一个很有计划的人,才不会是临时想起来的。

她望着他:"那我试给你看吧。"

罗成想说不着急,让她先吃饭,话还没落下,梁韵已经将衣服掏出来了。

一件白色的羽绒服,灰蓝色大毛领,布料上带着浅浅的暗纹,很厚实,她摸了好一会儿。

罗成:"喜欢吗?"

"喜欢的,它估计是我所有衣服里最厚的一件。"梁韵穿给他看。

"还有双雪地靴,一起试试?"罗成走过去帮她拉拉链。

梁韵抬眸:"嗯,你挑的还挺合适。"

"……喜欢就好。"

漆黑的夜空点缀着摇摇欲坠的星辰,屋外的寒风刮到尽头。

万家灯火通明,只留下两个人漫长缱绻的夜。

第十三章
隐藏的秘密

小院外,一男一女杵在铁门栏旁。

女人说:"是不是这儿啊,你不要搞错了。"

男人的脸就快要贴到地面上,胳膊顺着门底缝隙穿过,从水泥墙角里去掏铁门钥匙。

"是的啊,我都来过好几次了,就是放这个位置的。"

"我们打个电话好不好?"女人伸手拍男人的肩膀,声音温柔,"地上很凉,你先起来吧。"

巷子里有晨练的,散步的,遛狗的。

身后经过的人偶尔会偏头看他们一眼,带着疑惑的目光。

彭致垒跪趴在门缝底下,又胡乱摸了几下,还是没有,气得低声骂了句,猛地站起来。

女人脚刚往前迈一步,就被他退后的动作撞了一下。

彭致垒急忙伸手拉她:"傻妞,靠我这么近干吗。"

女人轻哼一声,去翻他的口袋:"你快点给罗哥打电话啊,再这样人家还以为我们是小偷呢。"

"是不是这家伙故意搞我?"彭致垒皱眉,"知道我来故意把钥匙收走是吧?"

"问问就好了。"

彭致垒一边掏手机一边嘀咕:"见过拎着大包小包来当小偷的吗?"

史芸笑,抬手去拍他羽绒服上刚刚沾到的灰尘。

"给我挂了。"彭致垒转头,不敢置信地看着她。

"是不是按错了,再打一个试试呢?"

话音未落,彭致垒的手机上进来了一条消息,他点开一看。

是罗成发来的:神经病,大清早打什么电话。

彭致垒回复:老子都到你门口了,也不知道来接一下。

罗成顿了下，才想起来彭致垒说的今天到。

罗成把手机放回床头柜，另一只胳膊从梁韵脖子下缓缓抽出来，再套上衣服推门出去。

彭致垒黑眸死死盯着一门之隔的男人："不知道麻利点，冻死我俩了。"

锁落下，罗成拉开铁门。

罗成没好气："你想死别拉着人家。"

史芸和煦地笑道："罗哥……好久没见了！"

罗成微微颔首，让两人进了院子。

彭致垒把行李箱一推，大包小包撂到地上，睨他："一点不热情，亏我还给你带这么多好吃的。"

"你不是知道钥匙在哪儿，不知道自己找找。"

"得，我就知道你得冤枉我。"彭致垒呵笑出声，拉着旁边女人，"你问史芸，我是不是趴着找了半天，新裤子都给我弄脏了。"

罗成瞥了一眼，这一身穿得可正式："活该。"

"嘿，你这人。"彭致垒说，"真没找着，你换个位置吧，放那儿不安全了。"

罗成估摸应该是梁韵将钥匙收起来了："这屋里有什么值得偷的。"

"随你。"彭致垒一摆手。

罗成越过他进了外屋，指了指右边的屋子："不嫌冷就在外面冻着，史芸你先进来。"

史芸呆呆地望着彭致垒，然后又看向罗成，最后还是选择跟着自己男人一起。

彭致垒得意地笑，勾手把史芸往怀里带："嘿，好姑娘，还是得跟着哥吧。"

罗成没正眼看，往回走帮他俩拿行李。

彭致垒也一手一个拎着跟罗成走。

罗成领他们进的自己那间屋子的对门，彭致垒之前来就住那儿。

门一开，三人都被呛得不轻。

彭致垒尤其夸张，抬手在鼻子前扇了扇："也不知道提前给我通通风，这让老子怎么住？"

这间屋和罗成的差不多大，但由于常年没人住，门窗基本是关上的，所以屋里有股味道也是正常。

史芸去开窗户："没关系的。这才早上，散散味晚上肯定可以睡。"

彭致垒也不是真的在意，他抬手拍了拍灰，就着椅子坐下，抬抬下巴说："你俩饿了没，去外面吃顿饭。"

罗成靠着墙看他:"怎么来这么早?"

彭致垒扔给他一根烟:"昨天就到了,在呼市转了转,今早跟人一起搭车过来的。"

"嗯。"罗成点头。

彭致垒又问了一遍:"走不走啊?你不饿我家史芸可饿了啊。"

"等会儿,梁韵还没醒。"

"那你去喊啊。"

话落后,空气安静了几秒。

彭致垒意识到有什么不对。

"等会儿,你说谁?"彭致垒以为自己听错了。

罗成轻扯嘴角,看着他不说话。

"梁韵……女人名……"彭致垒呢喃一遍,瞬间惶恐,"你终于想开找女人了?"

罗成眼神一瞟:"给我滚。"

彭致垒厚着脸皮往前凑,嘿嘿笑:"你真交女朋友了啊?"

"你不认识?"

"我也认识啊!"彭致垒这下更好奇了。

罗成低声说:"等会儿你就知道了。"

彭致垒嘟囔:"神神秘秘。"

屋里不怎么暖和,寒气从打开的门窗钻进来。

罗成本想让两人收拾完去客厅坐着,但一想到只隔一堵墙,怕吵到梁韵睡觉,于是改了主意。

他说:"走吧。"

彭致垒抬眼看他:"不是说等你女人?"

"什么女人啊?"史芸把行李箱合上,模糊听出来意思,笑道,"罗哥交女朋友了?"

彭致垒玩味地笑:"对啊,稀奇不?"

"等会儿给她带点回来就行。"罗成转身先往外面走。

他给梁韵发了条消息,问她醒了没。

结果这条消息,等三人在早点铺子快吃到撑,罗成才收到回复。

梁韵这一觉睡得很沉,梦里隐隐掺杂着说笑的声音,中途醒了一次,不过又在混沌中睡去了。

睁眼后,感觉周围出奇的安静。

她清醒了一会儿,才发现屋子里没有了罗成的身影,她翻身去摸手机,看到了他发的信息,四十分钟前。

梁韵弯唇回复:嗯,醒了,你去哪里了?

罗成:我先出去了,大彭和他女朋友来了。

梁韵:你们还在外面吗?

罗成:现在带他俩在外面吃早餐。

等了一会儿没有回复。

他顿了下,手指迅速敲字:不是没等你,是看你没睡醒准备给你带。

梁韵:不好意思,我睡懒觉了。

早餐店热气腾腾。

罗成:我这就回去了,给你带了包子和鸡蛋汤。

梁韵开怀地笑,收了手机,快速去洗漱。

出了早餐店,彭致垒一路上追问个不停:你们怎么认识的?在一起多久了?以后怎么打算的……

罗成懒得理他,只催促道:"走快点,早饭要凉了。"

"神经病。"彭致垒牵着史芸的手,"别理他,咱就慢慢走。"

史芸笑:"我还挺想看看罗哥女朋友呢。"

彭致垒盯着罗成的背影,忽然心情复杂,曾经潇洒快活的那个人,好像不是他一样。

彭致垒喃喃地回:"我也想见见。"

感受到史芸的眼神,他下意识地解释:"我的意思是说,想见见什么样的女人,能愿意跟他!"

史芸别过脸,弯了弯嘴角。

巷内脚步声越来越近,伴随着嬉笑声。

梁韵猜到应该是罗成回来了,刚准备去开门,正巧碰上罗成伸手推门。

两人相视一笑,罗成先开口:"他们在后面呢。"

梁韵点点头,问:"我这样行吗?"

罗成其实看不出什么变化,不过突然想逗她:"你要打扮给谁看?"

梁韵嘴角上扬:"换个高领毛衣就是打扮了?"

罗成这才注意到,她穿了他的黑色高领毛衣。

两人进了里屋,梁韵摸了摸鸡蛋汤,温度正好就没重新加热,从架子上拿了一个空碗。

男人的衣服宽大，罗成的目光顺着往下瞅，就见领口下白皙的脖颈有一道明显的红印。

"……罗成。"梁韵喊他，眼角微挑，"你在看哪儿？"

罗成了解她的意思，边说边上手抚摸她脖子上的痕迹，轻轻笑道："下次我一定注意。"

梁韵往他脖子上瞄，什么也没有，不服气道："那下次我不会注意。"

罗成见她又开始较劲了，寸步不让的那种，笑着伸手搂她。

门框边，彭致垒咂咂嘴，故意坏事般地咳了一声。

罗成回头，看他正倚在门框边戏谑地笑。

彭致垒："我得看看你是怎么把人骗到手的。"

话音落，梁韵推开罗成，主动和他打招呼："你好啊。"

"你好你好，第一次见，我先介绍一下。"彭致垒笑得合不拢嘴，拉过身旁的女人，"我叫彭致垒，你可以叫我大彭，我是他发小，这是我女朋友，史芸。"

史芸向前伸手，笑得莞尔："梁姐好，你叫我小芸就行。"

梁韵笑了笑，也伸手回握："早上吃得好吗？"

"很不错。"史芸让她先吃早饭，"这是罗哥给你带的，你先吃，待会儿凉了。"

梁韵笑了笑："谢谢。"

罗成把客厅外的门关上，沙发留给两个女人，他和彭致垒拉过靠背椅坐在桌子对面。

彭致垒越看越觉得不对劲，越看越眼熟，他总觉得梁韵在哪儿见过，但就是说不上来。

不知道对面两个女人谈到了什么，梁韵忽然一笑，不是刚刚礼貌客气的那种，嘴角微微上挑，勾人心弦。

罗成察觉到目光，回视她笑了笑。

一瞬间，彭致垒脑子里闪出一个画面。

他立刻转过头去看罗成，一样的神情，一样的笑容。

他陡然意识到了什么，太阳穴突突地跳。

罗成看他的表情，玩味地开口："想起来了？"

彭致垒压低音量，垂下头："出去来根烟？"

罗成抱着手臂，叉着腿，悠悠地说："我凭什么听你的。"

彭致垒从底下踢了他一脚，结果位置没对，正好碰上史芸的小腿。

"垒哥。"史芸茫然地看着彭致垒，"你踢我做什么？"

"啊？"他讪讪地说，"抽筋了，抽筋了。"

梁韵不合时宜地笑出声，与彭致垒对视了，后者表情愕然，顿时别过脸。

罗成也不难为他了，拍拍裤子起身，对着梁韵说："你们先聊着，我们出去抽根烟。"

彭致垒如释重负，慌忙跟着罗成走："对对，你们女人聊，我跟老罗一起。"

他赶紧逃离了屋子，反手带上了门。

彭致垒在院子里走了两圈。院子不大，没走几步就到了头，他又折身回来。

罗成被他晃得头晕，喊他："别犯病。"

彭致垒停下，呼了两口气，冷静下来："真是她？"

罗成嘴角带笑，没吭声。

彭致垒心里有数了，但还是想确认一遍："真是她？你不会是花钱雇的人来，特意吓走我吧？"

罗成腹诽："你还不值我花这个钱。"

"不是，你俩怎么认识的？"彭致垒发誓，他绝对不是因为有什么别的想法，只是单纯好奇，好奇这两个八竿子打不着的人怎么能在一起的。

他睁大眼睛："不会是因为我吧？"

罗成简直气笑了："少给自己脸上贴金。"

"那怎么回事？我是真好奇。"

罗成稍微正色："不是跟你讲过嘛，她来旅游，我带她的。"

两个男人一般高，彭致垒一抬手臂，勾上他的肩膀。

他坏笑："然后把人带床上了？"

罗成冷峻地看他："不会说话就滚。"

彭致垒也不恼，盯着罗成看了几秒，摇头笑了笑。

寒风吹过，燃尽的烟灰飘落在半空。

安静了片刻。

彭致垒开口："认真的？"

两面墙之间挂了一条细绳，上面搭着床单，还有男人的衣裤。

罗成没吭声。

彭致垒知道他心中所想："还不想回去？"

罗成还是不说话，彭致垒就快要被他憋死，气道："你都是靠沉默追女人的？"

这句罗成回了:"不比你强?"

彭致垒琢磨了罗成这句话的意思,不禁笑骂一声,见罗成不想聊那些,索性就再等等,反正也不急于一时。

"所以你俩是真在一起了吧?"

"你觉得呢?"

风一吹,床单的一角被掀起。

"你俩还挺合适的。"彭致垒佯装哆嗦了下,"说话都冷得跟冬天下河游泳似的。"

罗成失笑:"你这什么比喻。"

"真的!"彭致垒又一哆嗦,"我到现在还记得她当年骂我的时候那眼神,差点没冻死我。"

虽然当年说的什么他已经不记得了,甚至快忘了这个人,但是再见面,还是立马回想起了那段悲催的历史。

罗成弹掉烟灰:"谁让你当年乱得没谱。"

"你别瞎说,这话可不能让史芸听见了。"彭致垒不放心,"你说这女人不会告我状吧?"

几秒的沉默后,有人突然接话。

"你放心,我不会的。"

梁韵叠着手臂,静立在门口台阶上,凝着笑望着两人。

罗成转身,掐掉烟,朝梁韵摆手。

彭致垒下意识地往她身后看,见没人,心才放下了点。

"她不在。"梁韵笑,"我给她拿了一床新被子,人在你们房间里。"

"啊……"彭致垒还是觉得别扭,"好的。"

很快又恢复了寂静,没人说话,尤其是彭致垒,连头都不愿意抬一下,视线黏在水泥地上。

罗成知道他顾忌什么,手揽着梁韵的肩膀,笑了笑:"好了,都多少年前的事了,还在这儿死撑面子呢。"

梁韵上下打量了彭致垒一番,发现他和记忆中的人有些对不上号,成熟了,也褪去了玩世不恭的模样。

她故意说:"怎么,我都不记得你了,你还念念不忘呢。"

"不不不,我也不记得了。"彭致垒笑得有点勉强,"不记得好,不记得好。"

罗成抬脚,轻踹他一下,嗤笑道:"大老爷们精神点儿。"

彭致垒快速一躲，骂："我新衣服！弄脏了你给我洗！"

很快，先前的尴尬气氛不复存在。

小院里响起阵阵笑声。

中午，罗成决定在家凑合做一顿饭，晚上再出去吃，几个人都没什么意见。

灶台边，罗成在熟练地展示他的刀工。

梁韵抬手摸了摸他的脊背，顺着一条线下滑。

罗成手停顿了下，转头看她："怎么出来了？"

"没事可做。"梁韵把脸贴在他的后背上。

他转过身继续切菜："那两个人呢？"

"……他们都回自己房间了。"

罗成逗她说："没人陪你玩？"

"当我是小孩呢。"

罗成心想，按年龄，可不就比他小。

渐渐地，梁韵的手开始移动，从他衣摆下面探进去，绕了半圈滑到前面，顺着腹肌来回摸。

罗成腹部收紧，沉声说："又开始找事了？"

梁韵像是发现了什么有趣的，捏着一块肌肉轻搓。

罗成嘶了口气，把刀放在菜板上，去拽在毛衣里作怪的手："快回屋去。"

梁韵抽出手，不听他的话，改成胳膊圈住他的腰，在身后偷偷地笑。

罗成轻叹一声。

其实他很早就发现，梁韵只是外表看起来清冷，实际内心和小姑娘没什么区别。

梁韵没有再和他闹着玩，卷起袖子移到他旁边："我帮你一起吧，给你打下手。"

原本罗成是不想让她沾手，但又怕她实在无聊："那你帮我把芹菜洗了。"

梁韵笑："好。"

夜晚，华灯初上。

在市街区的一家饭店，罗成提前预订了一个小包厢，四人赶到的时候饭菜已经整齐摆在桌子上。

两侧包间里浑厚的笑声不断，碰杯起身时，椅子摩擦地面发出刺耳的声音。

"要不来两瓶酒？"罗成问道。

罗成自己没打算喝,因为他开了车。

彭致垒比他还有做东的气派:"行,史芸不能喝,等会儿她来开车就行。"

门口有服务员经过,梁韵招招手:"麻烦上一箱啤酒。"

话音刚落,彭致垒笑道:"嘿,你女人都发话了,这下总能放心了吧!"

梁韵笑道:"你们吃得开心就好。"

这下罗成没了后顾之忧,等酒上来后,先给话痨子倒了一杯,随后微微低头,轻声问梁韵:"想喝吗?"

梁韵看着他笑。

罗成无奈:"梁,你少喝点儿。"

史芸和彭致垒坐一边,她用膝盖碰了下彭致垒的大腿,笑着示意他看。

彭致垒当然不瞎,他能看出来罗成是认真的,男人最懂男人,更何况是穿一条裤子长大的兄弟。

史芸小声说:"没想到罗哥和梁姐谈恋爱是这个样子啊。"

声音不大,但梁韵听见了,她弯弯唇:"你们还见过他别的模样啊?"

彭致垒可算是逮着话题了,一口酒下肚,笑道:"他啥样我没见过,说说,你想知道哪方面,我全都揭给你。"

梁韵故意道:"就因为我不了解啊,所以才等你们说啊。"

罗成哑然失笑,闷头夹菜喝酒。

"你不知道,他这人啊,上学时候可会装了,特能沉得住气。"彭致垒打开话匣子,"有女生给他写信表白,他连看都不看就回绝,装得可高冷了,结果心里别提多得意了,回到家就得对着镜子臭美半小时。"

梁韵闻声偏头看罗成,笑道:"是吗,真没看出来。"

罗成抿了下唇,放下啤酒瓶:"再胡说八道就滚。"

"嘿嘿!"彭致垒继续添油加醋,"不准恼羞成怒啊,虽然没有什么实质性的发展,但每一次是不是都给我炫耀来着。"

梁韵接过话:"什么实质性发展?"

彭致垒哈哈大笑,故意不急着回答。

罗成哼笑:"你信他还是信我?"

"谁知道呢。"梁韵耸耸肩。

"梁姐,你别听垒哥瞎说。"史芸在一旁看不下去,"我能做证的,是有很多人喜欢罗哥,但他能把持得住,那时候也绝对没早恋过,不像某些人啊……"

"嘿!"彭致垒捏了下她脸蛋,"你跟谁一伙的?"

史芸拍掉他的手："只有自己乱成一锅粥的人才喜欢搅和别人的局！"

彭致垒握着她的手："哎呀，怎么又提起来了？不说以前，就现在，咱是不是大好男人一个！"

话落，空气瞬间安静。

三人脸上同时浮现出笑，目光带着审视。

"故意的是吧，都搁这儿针对我呢。"彭致垒算是明白了。

史芸转过脸，笑着夹菜，装作听不见。

他们三人都是邻居，史芸小时候很乖，她很喜欢跟在彭致垒后面跑，因为他很会逗女孩开心。

她比彭致垒小七岁，偷偷喜欢他了十年，她知道他所有不美好的过往，却依然选择接纳他。

罗成偏头看旁边眉眼微弯的女人："高兴了？"

梁韵喝了口啤酒："嗯。"

罗成忽然笑出声："没发现你还挺幼稚。"

"其实他有句话说得没错。"梁韵也笑，"就是你这人特能沉得住气。"

彭致垒还在和史芸咬耳朵。

罗成微微眯眼，手从膝盖移到梁韵大腿上，捏了一把。

梁韵吃痛，忍住声音，转过头瞪他一眼。

饭桌上，几人聊聊闹闹，酒菜也吃得差不多。

罗成刚弯腰把空瓶装进箱子里，桌面上的手机突然亮了。

先是进了条短信，隔了一两秒，变成连续振动。

手机放在两人中间，梁韵视线看过去，只有一串电话号码，没有备注。

就在她伸手的那一刻，罗成瞬间把手机抽了过去，紧蹙着眉头，随后快速按掉。

空气瞬间安静。

梁韵微愣了下，随即开口："我只是想顺手拿给你。"

罗成意识到刚刚的行为，眼神有些躲闪："……我，我不是那个意思。"

"你先接电话吧。"梁韵语气平淡。

罗成低头看了眼手机，随后推开椅子起身。

对面两道视线看过来。

彭致垒不明所以："干吗去？"

罗成脚步顿了顿，才对彭致垒说："我出去接个电话。"

"这不都快结束了？"彭致垒喊。

毫无意外，没有人回应他。

罗成走出了包厢，他环视了一圈，找到楼梯旁的楼道回电话。

"有消息了？"

电话那头的人嘿嘿笑。

罗成懂了，他知道这行的规矩，确认道："刀四？"

"是啊！"

"我信你，你当然也得信我。"罗成点了根烟，靠着灰白的墙壁，"既然是别人介绍的，说明你能力不错。我也不跟你兜圈子，只要有进展，后续我会再多给你加两个数。"

"我喜欢跟爽快人说话。"刘四栋哈哈笑，"放心吧兄弟，如果没有消息，我又何必大晚上打这通电话呢。"

罗成眸光一闪："查到了什么？"

刘四栋没说话。

罗成保持耐心："明天我们见一面吧，地点你定，再给你付三分之一。"

"可以！没问题。"

罗成没着急挂电话，对面自然也没有。

"陈远德……三十六岁，他父亲陈立海，是之前岭口山路坠崖案的凶手……对吧？"刘四栋用笔在纸上随意划拉。

昏暗的楼道里，男人眼神阴沉。

无数个回忆的碎片冲击着他的大脑，血液沸腾起来。

"这事我听说过，其中细节我也清楚一些，你要我查的是陈立海的儿子，但据我所知，这个案子已经结案了。"刘四栋顿了顿，"别怪我多嘴啊兄弟，这么多年了，查到了也不好翻案了。"

"我有说……"罗成吐了一口烟，"我要翻案了吗？"

刘四栋揣摩他话里的意思，以为他是要查清事件的真相。

罗成似乎猜出了刘四栋在想什么，直接说道："我给你的任务是只需要找到这个人，把他的行踪汇报给我，以及他每天的固定路线。最重要的一点是千万不能让他出省，别的你什么都不要管、不要问。"

这种活儿对刘四栋来说算不上什么，要比查案子找证据容易多了。

他不放心地问："就这么简单？"

"嗯，后面的事我会自己解决。"罗成道。

前面所有的都是铺垫，但最后一击，必须由他亲自动手。

因为这样，也算是对父母，对罗娜，还有对车上其他人最好的交代。

楼道另一侧的通道口，台阶上也坐着一个男人，沉默地抽着烟，静静地等待着罗成打完电话。

没多会儿，刘四栋把今天的行踪汇报给罗成听。

"下午在隆威商场见到人了，老婆孩子都在，然后我蹲了会儿，跟着他开到了城边大道的岷南小区。"他想了想，又说，"但那边还没开发好，小区很空，住的人不多，我担心跟着走会打草惊蛇，就在门口等到了现在，见一直没人出来，才估摸着他们就住在里面。"

罗成沉思了几秒，问："除了去商场，中间还去过别的地方？"

刘四栋皱眉想了想："一直在三楼游乐场，没见过去其他地方。哦，我还拍了照片，你确定是不是这人，等晚点发给你。"

"嗯。"罗成说，"找个机会，摸清他一个人都会去哪儿。"

"放心，都交给我。"

"要尽快，看住他，千万不能让他出省。"罗成强调一遍。

"没问题。位置我晚上发给你，然后明天顺路带你去岷南小区一趟。"

"等等。"罗成脑海里忽然浮现出一幅画面，"与他老婆孩子没关系，你只需要看他一人就好。"

刘四栋应了声，没有多问，拿钱办事，委托人说什么，他照着做就行，别的一概不管。

挂了电话，罗成掐掉烟头，抬脚往包厢的方向走去。

还没踏出两步，一道熟悉的声音从身后钻入耳里。

"你在查谁？"

罗成脚步一顿，大脑飞速地转动，缓缓转身。

石永波又重复了一遍："罗成，你在查什么人？"

再次见到，两人都有些意外。

今天局里结了新案子，队里的年轻人喜欢热闹，非要趁这机会庆祝一下，石永波是队长，理应出席。

包间里闷热，他抓着上厕所的空当出来抽烟，却意外遇到了熟人。

罗成盯着石永波看了片刻，随后背过身又要往回走。

"我在问你话。"石永波喊他，拽住他的胳膊。

罗成偏过头，眸子里没有半点波澜："松手。"

石永波看出他的情绪，感受到手下的肌肉正在发力挣脱。

"与你有什么关系？"

"你说与我有什么关系。"石永波沉声，"无论是不是我刚刚听到的那样，你私自调查跟踪，你说我该不该管！"

"别跟我说这些，我不想听！"

石永波见罗成情绪激动，更加肯定了自己的想法。

缄默了几秒，石永波缓和了声音："你这几年在做什么，你到底想做什么？"

罗成盯着他的眼睛："开货车，送货卸货。"

石永波记忆中的罗成不是这样的："你想做什么跟我说，我能帮的一定帮你，行不行？不要再待在这里自暴自弃了。"

"你算什么在这里跟我讲这些。"

如果按照以前，石永波可以毫不犹豫地以邻居大哥的身份好好骂他一通，但时隔这么多年，有些事情早就发生了变化。

石永波只是说："我是警察……"

"那你应该知道！"罗成低吼着，"我最不信的就是这个！"

这句话说完，两人沉默了很久，很久。

"……罗成。"石永波看着他，叹了口气，"我知道你在想什么，你最好不要做那些违法的事，不然到最后谁都救不了你。"

"你到底是怎么做到的？"罗成愤恨道，"你侄女也在那辆车上，你是怎么做到让真凶到现在还逍遥法外的？"

"我也想好好过日子，但你不去做，自然得有人做！不然罗娜他们都白死了吗！"

石永波听着他的话，字字诛心。

"不是我不想，罗成。"石永波缓缓道，"现在没有证据，你懂吗……"

"前两年的时候，我终于查到点头绪。"罗成尽量让自己心平气和，反而扯唇笑了，"你知道我们这种人和你们差别在哪儿吗？就是可以不受拘束地想做什么就做什么。"

石永波静静地等他继续说。

"是有目击证人的，却说那人精神有点问题，我当时去看过，她能说出完整的话。"罗成回想当时的场景，转头看向石永波，"我甚至都不相信她有病，她说的每句话都很有条理、很清晰，所以说她能做证人，我信。"

那年夏天。

罗成收到消息后立马买了车票赶过去，当时那个人已经不在原本的地方住了，被子女接走搬了家，等他找到地方的时候，才见到人人口中的"疯婆子"。第一眼，罗成真的没有看出和正常人有什么区别，她坐在摇椅上晒太阳，腿上搭着毛毯，眉目慈祥。

那时候的他，第一次看到了希望。

他缓缓蹲在她身边，随意地和她聊天，先聊了一些家长里短的事。

后来罗成等不及了，他开始循循善诱。很意外，她像是没有防备似的，平淡地问了他一句："你是他们什么人？"

他说："里面有我的爸妈、我的妹妹。"这是他这几年来，提及他们时，第一次露出了笑容。

"疯婆子"眼神很平静："……哦，原来还是有人能记住的。"

罗成没理解她话里的意思，又问："大娘，您还知道点什么？"

那天阳光很好，带着点微风。

他听到她说："老陈啊……不至于坏到没有人性，倒是那个小的啊……"她摇摇头，"……不行的，哪有人会在自己父亲的车底下动手脚啊，你说是吧，孩子？"

她说完，看着罗成。

罗成蹲得腿已经麻木了，他很配合她，应了声。

"疯婆子"继续说："这爷俩都不是个善茬，都好赌，倒是苦了秀娟咯，一辈子也没过上几天舒坦日子。"

罗成安静地听着。

陡然间，"疯婆子"诧异地叫了声："呀！你不知道啊？"

罗成看着她的表情，隐约觉得不妙，但很快，这种念头又被她接下来有条有理的话打消。

"陈远德这小子，也不知道是看自己娘死了还是怎的，本性开始逐步暴露，每天爷俩就是吵啊……扰得我在隔壁院子都听得心烦。"她的目光转向幽绿的大树，"那天老陈中午回来了一趟，可高兴了，走门口还跟我打了招呼，说是接了几个游客，明天又能挣上一笔……"

罗成心里知道，应该就是这一趟了。

"我正在厨房做饭，就见院子外面总是有人影闪过，我以为是眼花了呢，朝窗户外一看。"

"……原来是小陈钻在车底给他爹修车子啊。"

再后来发生的事罗成都知道了。

第二天早上十点十八分，面包车出了意外，坠入山崖。

后面查出的结果是刹车失灵，加上驾驶座的司机一共七人，全部不幸身亡。

后排屋里，走出来一个女人，目光警惕地打量着罗成。

就在他准备开口的时候，"疯婆子"抢先一句："老陈其实很好的。都说我有病，没人跟我说话，但他就不嫌我，总给我说点路上好玩的。""疯婆子"开始傻笑，"小伙子，你觉得我有病吗？"

罗成缄默，帮她拉了下搭在她腿上的毛毯。

刚出来的女人忽视了罗成，搀扶起婆子进屋，说："妈，你认识人家吗就跟人闲聊。"

"认识啊，这不是你张大娘的大儿子嘛。"

罗成站起身，身后隐隐还能传来声音，那婆子埋怨道："怎么总是叫我吃饭，中午已经吃过了啊……"

阳光变得刺眼。

罗成抬头，眼角有些微酸。

原来上了那辆车，真的就没有回头路。

"后来呢？"石永波低声问。

从上次沙漠小镇的不欢而散，再到现在饭店阁楼里无休止的争吵，他们好像从车祸那件事后，就再也没好好说过话。

"我后来又去了一趟，那家人却又搬走了，听说她被送到医院看管住了。"罗成语气平静，"等我找过去时，她已经神志不清了。"

楼道门外，人流脚步声急促。

罗成掏出手机看了一眼时间，丢下一句："走了。"

"罗成。"

石永波说："这条线索就这么断了吗？"

"我没有你这身衣服，也没有能束缚我的。"罗成很平静地说出最后一句话，"在这个世界上，最亲的人都已经没了，你说，我还有什么怕的吗？"

石永波缄默了，他不知道罗成究竟会做到哪一步。但无论如何，他都不会允许罗成走向一条不归路。

"我上周刚调回来，以后还是负责这一片。"石永波盯着罗成的背影，大声喊，"我相信你还是曾经那个罗成，一直没变的，对吧？"

走廊里，男人的脚步顿了顿。

但也就一两秒，又重新迈开步子。

包厢里只剩下梁韵，她看着罗成一步一步朝她走来。

"他们呢，怎么留你一个人在这儿？"

梁韵淡淡回答："车子我让他们先开走了，总不能都傻坐在这儿等你吧。"

"梁韵，对不起，我……"

"走吧。"梁韵已经拿起包，越过他往外面走。

出了饭店的旋转大门，两人站在路边等出租车。

寒风肆意刮乱发丝，飞舞在两人脸庞上。

罗成站在她后方，看着她的背影，她脖颈上的围巾被风吹得散落下来。

他靠近一些，拿起她垂落的围巾，从她后面轻轻绕了两圈系上。

梁韵微微垂下眸，地面上两道身影靠得很近，但她觉得，两个人的心却是距离很远。

很快，身后一拨人陆陆续续从饭店里出来。

年轻人的笑声越发放大，其中一个大男孩说："石队啊，快四十岁的人了还不结婚，真准备都奉献给局里啦？"

一拨人边说边往前走，另一个人说："就你话多。"

男孩朗声大笑："我师傅脾气好，说啥都不计较，羡慕吧。"

被提到的石队沉默不语，目光移到了别处。

男孩见他不说话，跟着视线看过去："师傅，你见着熟人了？"

不远处，一辆打着空灯的出租车驶近。

罗成招手，车在两人面前缓缓停了下来。

他自始至终都没往那群人的方向看，快走了几步，拉开车门，让梁韵先坐进去。

把一切噪音隔绝在了外头。

梁韵忽然转头，与车外站在路口的中年男人对视了一眼，仅仅只有一秒，那人的目光落到罗成的脸上。

直至出租车扬长而去，上了大路，她才恍惚想起什么。

窗外的街景一闪而过，道路两旁的灯光斑驳在女人的脸庞上。

迷离沉静。

罗成望着梁韵，从饭店出来后，她一直没正眼看过他。踌躇一两秒，他把手覆在她的手背上。

她的手很凉、很冰。

这种冰凉似乎顺着粗粝的掌心蔓延至他胸口，有些说不明的情绪撕扯着他。

梁韵靠在椅背上，视线从窗外收回，偏过头端详着他。

就在罗成以为她会说些什么的时候，她只是冲他淡淡笑了笑，然后又把头转回去。

路边的车灯照着浮华的城市……

照着脚下的路……

回到院子，铁门没上锁，小院里只有右侧屋子亮着灯，应该是彭致垒特意给两人留的门。

沉默的夜里，两人先后洗了澡，等罗成再出来时，屋内已经昏暗一片。

他看着被子底下隆起的女人，有些无所适从。

"睡了吗？"

罗成掀开被子躺进去，望着她的背影，月光洒在她单薄的肩膀上。

等了很久，都没有听到一句回答。

罗成把胸膛贴在她后背上，一只手臂紧紧搂着她，哑声说："我知道你没睡。"

他知道梁韵不会理他，把头埋在她颈间，自顾自解释："我今天不是那个意思，我只是……"

"睡吧，很晚了。"梁韵忽然开口，语气平淡。

罗成沉默片刻，还是尝试着解释："那个电话……是我要找的一个人，我托他帮我办点事，当时看到的时候有点着急……并不是觉得你要拿我手机……"

梁韵缓缓睁开眼："什么事？"

罗成沉默了。

昏暗中，梁韵笑了一声，说："你总是这样，我看不懂你。"

"我让他帮我找个人。"

梁韵转过身，面对着他。

"……真的，你相信我，那通电话就是说了这些。"

梁韵在黑暗里静静地看着他，盯到他快要撑不住的时候，把手按在他胸膛上，轻轻印上一吻。

如果有人问罗成，这一刻最想要的是什么，他可能会说……

想要重新活一次，假如从头再来一次，他想要早点和她在一起，过上属于他们的幸福生活。

罗成手臂围着她,语气温柔:"怪我,今天不该让你等这么久。"

梁韵没有再追问他在找什么人,现在来说,他至少在一点一点向她敞开心扉,这就足够了。

剩下的,就交给时间吧。

梁韵说:"刚回来的时候,我见到一个脸熟的人。"

"谁?"

"在沙漠的时候,那个办案的警察。"

罗成没想到她认出他了:"你还记得。"

"嗯。"梁韵笑,"我什么不记得?"

罗成失笑:"嗯,你记性最好。"

她又问:"你出去的那会儿,和他碰上面了吗?"

罗成停顿一下,不想对她说谎:"碰上了,打完电话后和他说了几句。"

梁韵轻声问:"所以你们之间的问题解决了吗?"

解决……

怎么才算解决了。

他安抚她:"嗯,就是有点误会,不碍事。"

梁韵打了个哈欠,但实际上她不想睡,她还有很多话想和他聊。

罗成摸她的头:"睡吧。"

梁韵在他怀里摇了两下头,额前的碎发蹭得他发痒。

"还不困,再说一会儿。"

罗成开怀地笑:"刚刚是谁说的很晚了。"

梁韵哼了一声:"你要是再迟点回来,还能更晚。"

罗成低头亲了她一口,没有反驳,依然觉得很对不起她:"下次不会了。"

黑暗中,梁韵轻笑了下,没回话,只是回抱着他。

静默了一会儿,罗成突然开口:"如果我有一天死了,你会不会想我?"

梁韵迷迷糊糊没明白他这句话的意思,没好气地回:"死了,人都不在了,还指望我记得你。"

她说话是这么狠,罗成无奈地笑了。

"那要是没死,但是很久都见不到了,还记得我吗……"

"很久是多久?"

他沉思了一会儿,半真半假地说:"谁知道,也许是永远吧。"

房间里静了好几秒。

梁韵沉声说:"罗成,这个问题一点都不好笑。"

罗成的心中酸涩,如果可以,他想她记住刚刚说的那句话,如果是真的,他也宁愿她一定狠心做到。

罗成转移话题:"这么严肃,下次都不敢跟你开玩笑了。"

梁韵摸了摸他的鼻骨:"可是我不喜欢这个玩笑。"

"好,我以后不会再说了。"

鼻梁上的手很冰,他抬手拿下来,塞回被子里。

"明天想去哪儿吃?"

梁韵这会儿脑子转不过来,随口说:"就在家里吧。"

罗想了想:"那明天你带他们去买菜,还记得路吗?"

梁韵皱眉:"你不和我们一起去?"

罗成没说话。

"你上午又要出门?"

"嗯。"罗成说,"和朋友约好办点事,下午就回来好吗?"

梁韵有些失落,但还是应了声。

寂静的小屋内,两个人,各怀心事。

清晨,薄雾弥漫。

罗成起得很早,先沿着巷口边缘跑了两圈,然后回来的路上去菜市场买了菜,顺便又给三人买了早饭。

虽然昨晚梁韵答应了,但他心中仍有愧疚,又怕她不想一个人与彭致垒他们出去,所以需要用的一些物品,全部提前给她准备了。

推开小院的铁门,就见彭致垒半趴在地面上,头顶对着里屋的门,两臂撑在台阶上。

罗成走近,抬脚踢了踢他高高撅起的屁股:"做什么呢。"

彭致垒上半身穿着宽松的毛衣,下面是灰色运动裤,看起来比昨天顺眼多了。

他甩了甩滑到眼皮上的一滴汗,然后手臂一使劲,蹦跳着站起来:"瞎啊,做俯卧撑呢。"

罗成觉得好笑:"你现在都这么糊弄了?"

彭致垒卷起褪到胳膊肘上的毛衣袖子,翻眼睨他,嘴里咕哝着:"就你牛,怎么也没见你坚持啊。"

以前的时候,两人无论在哪儿,无论多忙,每天早上都会做最基本的锻炼。

时间长了，这个习惯自然就保留下来了。

罗成知道他的意思："你怎么知道我不练，反正不会跟你一样大早上在这儿装模作样。"

"嘿，就你最会气人。"

罗成低声笑了笑，说："是进去先吃饭，还是先洗澡？"

"等会儿，不急。"彭致垒拿过一旁板凳上的毛巾，胡乱地抹了一把脸，然后叉开腿坐下。

罗成猜出他有话说，没着急走，等着他开口。

"昨晚吵架了？"

罗成目光落到他脸上。

彭致垒额角一跳："你那什么眼神？老子这是在关心你。

"你昨天真的过分了啊。"

墙面旁还有一个椅子，罗成把早餐袋子挂上，也坐了下来。

他轻声说："我知道。"

"不就是看了一眼手机，你至于反应这么激烈嘛。"彭致垒继续道，"还是说里面真有什么不能见光的东西？"

"不是。"罗成摇摇头，无奈又重复了一遍，"真不是。"

他是什么人，彭致垒很清楚，只是觉得昨晚的行为有些突然。

按道理说，他不是连女朋友查手机这点小事都会在意的人……这说明其中确实有什么隐情。

彭致垒换了个问题："昨天晚上你出去了有一个小时，什么电话能打这么长时间？"

罗成不语。

"昨晚你俩至少十点回来的，你好意思让人家等你这么久？有什么电话不能回来说，非得偷偷摸摸在外面讲完。"

昨晚他们回来的时候，他和史芸还没休息。

一方面史芸忙着追剧，另一方面也是彭致垒故意瞅着这人什么时候回来。

罗成大概解释："后来遇到了个熟人，就留下来多聊了会儿，我也跟她解释过了。"

当时三个人坐在包厢里，倒都没有尴尬，但梁韵显然有些心不在焉，情绪也越来越不好。后来又等了会儿，见人还没来，彭致垒就提出要先和史芸回去，他这么做，是想给等会儿的两人留点私人空间。

彭致垒到底了解罗成，见好就收："行，你自己处理好就行。"

"嗯。"罗成说。

彭致垒看着他挂在一旁的早餐和菜："怎么一大早自己去买的，等晚点她们俩起来一起去外面吃就是。"

罗成坦言道："我今天有点事，得到傍晚才能回来，中午就你们三个在家。"

彭致垒不明白："你要出去送货？"

罗成说："不是，先别问了，我跟梁韵说过了。"

彭致垒也没想这么多，既然他俩都商量好了，与他就没什么关系了。

"行。"他问，"什么时候走？"

罗成摸出手机，看了一眼屏幕上的时间。

"再过一会儿吧。"

早上的风还带着凉意。

两人进屋，罗成嘱咐道："等会儿她们俩醒了，你把这个汤再热一热。"

彭致垒坐在沙发上，睨着他，眼神很有压迫感："又不是只有你家的，我女人也在呢，我还能给她俩喝凉的？"

罗成笑了笑，没搭他话。

彭致垒见他转身："你不是要走，不先吃点垫垫？"

"早上跑步了，我先进去冲个澡，顺便看她醒了没。"

听到这话，彭致垒咂了咂嘴，表情变得耐人寻味。他细眯着眼，故意问："有点好奇，你是怎么把人哄好的啊？"

罗成盯着沙发上没正形的男人，目光危险。

"就想知道你到底什么本事，一晚上就能哄好了？"彭致垒贱贱地笑。

罗成出门前鲜有地挑衅："什么本事都比你强。"

客厅里，只剩沙发上坐着的彭致垒，他先是气得咬紧牙根，随后又开始突兀地笑。

这才是他认识的罗成，曾经那个有活力，又带着散漫劲的男人。

距离那段时光已经过去太久了……

彭致垒两手插进裤兜，立在门框旁，盯着那个利落的背影。

现在的他，每天都过得机械、腐朽。

第十三章 / 隐藏的秘密

第十四章 /
蛰伏的六年

城边大道。

很意外，这个叫刀四的人比罗成心中所想的要靠谱些。

外表上看，穿得很体面，年龄也比他想象中的小，总之一切都出乎他的意料。

罗成坐在车里，打量着站在枯树枝旁的男人。

看了会儿后，他从后座拿起牛皮纸袋，推门下车。

还没走近，那个穿黑色羽绒服的男人迅速看过来，换上笑脸，静静地等待罗成走近。

"刀四？"罗成停在他面前。

"对，初次见面，多多关照。"刘四栋嘿嘿笑。

如果不是两人有交易，第一眼，罗成会以为这种招呼方式是要结交新朋友。

罗成朝他点点头："跟我想象的不太一样。"

刘四栋愣了愣，很快理解了他的意思，咧开嘴笑道："哈哈，是不是被名字吓到了？我跟你说啊，不少人第一次见我都这么觉得的。"

罗成扯了扯唇角，就当默认了他说的话。

刘四栋是个爽快人，先低头看了一眼罗成手中的牛皮纸袋。

"我既然带来了，就都是你的。"罗成知道他在想什么。

刘四栋笑了笑。

罗成问："今天什么情况？"

刘四栋想了下："我先带你去他住的地方转一圈，如果没出错，他下午两点会领他姑娘去游乐场。"

"确定？"

"不确定……"刘四栋笑，"昨天听他闺女说的。"

"你找了他孩子？"罗成蹙眉问。

"当然没有。"刘四栋解释，"从电梯出来的时候，我一直跟在后面，他闺女说想明天继续去,做爹的肯定是答应了。"

他说完,罗成点了点头,想了想,还是要提醒几句:"记住我之前说的话,什么是你该做的,什么是不该做的。"

刘四栋勾唇:"嘿,兄弟,你不相信我可以,但总归是信利川老弟的吧,我要是不行,他也不会找到我的,你说是吧。"

准确来说,刘四栋不是罗成找的,是蒋利川介绍给他的。原本蒋利川准备近几天回来,但临时接了几趟单子,又怕罗成一个人搞不定,所以就推荐了这么一个人。

罗成也提前问了这人的来头,不过蒋利川支支吾吾地不愿答。罗成听蒋利川的语气,多少猜到些什么,刘四栋应该是蒋利川以前认识的。但这不重要,只要能办好事,对他来说就不算什么。

罗成问他:"开车了吗?"

刘四栋指了指斜前方的小福田:"那儿呢。"

罗成点点头,喊上他,往越野车的方向走去。

"开一辆,两辆车不方便。"

下午的时候,彭致垒坐不住,嚷嚷着要去外面转转。

但两个女人明显没兴趣,被拒绝后,他只好嘟囔着自己出去打发时间。

小院里,只剩下两个女人。

梁韵刚想转身回房间,史芸就急忙赶上几步喊她:"梁姐?"

梁韵停下脚步:"怎么了?"

史芸有些不好意思,抿唇笑:"家里还有厚一点的被子吗?"

梁韵想了一下:"这个我也不清楚,我进屋帮你找一下吧。"

"好啊。"

梁韵确实不知道有没有,罗成怕她冷,昨天夜里给她盖了两层被子,中途她迷糊睁眼,就见他自己热得胳膊腿都敞在外边。

柜子里应该是没有了,她把昨天盖的上面那层被子掀开,抽掉被套抱着出去。

抬手敲门,史芸听到动静,立刻给她开了门。

"我把被子搭在外面晒会儿,等快到傍晚你收进来就好。"梁韵向史芸示意院子。

"谢谢梁姐。"史芸感谢地笑,"昨晚睡着睡着感觉有些冷。"

梁韵笑了下,顺着她的话往屋里看:"是暖气坏了吗?"

史芸侧过身,让她进屋说话:"应该不是,我看着还好好的呢。"

梁韵合上木门,伸手摸了摸暖气片,感觉也没什么问题,不过这间屋子的温度明显没她房里暖和。

"我也不懂这些,应该是有点老旧了,要不等罗成回来让他看看吧。"

"没事没事,我和垒哥说过了,他说找到工具修一下试试。"史芸笑得柔和。

梁韵点了点头,随后视线在房间里环视了一圈,十来平方米,桌椅、床和衣柜,再加上一个卫生间,格局都差不多,但收拾整理后,感觉要比她和罗成的屋子整洁多了。

梁韵不免多看了两眼,不得不承认,史芸要比她会做家务。

史芸朝她跟前站了点,热络地挽她胳膊:"梁姐你不忙的话,我们坐下聊会儿天,垒哥不在,我一个人也很无聊。"

梁韵愣了愣,除了孙晓,好像没别的女人跟她靠这么近过。

因为她除了孙晓,几乎再没什么好朋友。

"好啊。"梁韵笑了笑,拉过一个靠椅,"昨天太晚了,也没顾得上和你多说说话。"

"没关系啦,是我们突然来,也不知道有没有打扰你和罗哥的二人世界。"史芸眉梢微弯,朝她眨眨眼。

"哪有。"梁韵摇头笑了。

外面阳光正盛的时候,屋里半明半暗。

史芸似乎对她和罗成怎么认识的比较好奇。不过梁韵省掉了最初那场闹剧,直接把这次在内蒙的相见,以及旅程经历大概提了一下。

因为史芸是罗成的朋友,所以她也想多接触接触。

史芸蜷着双腿,掩住嘴笑了笑:"所以是你追的罗哥啊。"

梁韵无所谓:"算是吧。"

"这不重要!"史芸拽过一个抱枕,"你相信我,罗哥肯定是先对你有意思,不然才不会这么容易就动摇呢!他和垒哥不一样,垒哥什么都表现在脸上。"

梁韵笑了笑:"你很了解他们啊。"

"当然啦。"史芸突然回想起以前的日子,"以前我们三个是邻居,小的时候经常一起玩。后来高中毕业,垒哥就搬走了,然后就只剩下我和罗哥还住在那里。"

梁韵静静地看着史芸,她应该很爱彭致垒,明明在说罗成,却每句话都有提到彭致垒。

"他们俩啊,以前对机车简直痴迷,尤其是罗哥。梁姐,这个你知道吧?"

"嗯，罗成提过。"

史芸不知想到了什么："……是啊，不过有点可惜，最后只剩垒哥一个人坚持了。"

还在乌兰察布时，梁韵听罗成说过那些往事，她能感觉到罗成话里话外都透着对那份职业的喜爱，包括后来开了俱乐部，都是在他人生的规划内。

史芸继续道："我也有很久没见过罗哥了，自从当年出了意外，他就一个人跑到这儿再也没有回去过，这次来……我发现他和以前比，变了挺多的。"

梁韵低声问："是因为他父母和妹妹的事吗？"

"你知道啊？"史芸有些愕然。

"知道一点，但不多。"

来之前，彭致垒特意跟史芸交代过，尽量不要在罗成面前提那件事，也不要去问，所以史芸一直牢牢记着。

不过史芸见梁韵了解一点，而且两人又是男女朋友关系，也就放心聊了。

"可能还是因为心里有愧疚吧。"史芸缓缓道，"毕竟当年伯父伯母，还有小娜出车祸的那天，罗哥还在外地比赛，等他接到消息的时候，人已经在医院快不行了……"

梁韵心口一颤："同一天？"

"嗯……或许还有一个原因。"史芸叹息，"在这之前，本来罗哥是要跟他们一起去的，毕竟是他提出的要带家人去旅游，但临时去参加了比赛，所以没去成，当时伯父伯母还有点失望。不过垒哥和罗哥经常这样，父母也都习惯了，没想到最后……"

"而且我听垒哥说，出事的那辆车有隐情。

"山路不好走，又加上下着大雨，所以当年给出的结果是一场意外事故，连同司机死了七个人，罗哥一家三个，还有小娜一个同学，剩下的是一对情侣……"

梁韵看着阳光透过纱窗，陷入沉思。

他肯定承受了巨大的痛苦……至亲全部在这场意外中走了，只有他活了下来，但活着，并没有让他觉得侥幸，反而变得颓废了。

梁韵想，这也许是他选择离开从前的生活最重要的一个原因。

"所以……他一直把自己封闭在这里了。"梁韵说出自己的想法。

史芸也不太了解罗成这些年的情况，偶尔听到的消息还都是彭致垒告诉她的。

她只是说："罗哥心里一直有这个结。"

梁韵想，他是在怪自己，怪自己苟且活下来了。不管其中有什么隐情，他始终没有原谅自己。

日光一点点下沉，暖红了地平线。

史芸看着越来越沉默的梁韵，心中有点酸涩。她原本没想让这场闲聊变得这么沉重，但两人之间，好像也只能聊到罗成。

她挽上梁韵的小臂，笑意盈盈："梁姐。我认识罗哥这么多年，我能看出来你在他心里很不一样，或许你可以尝试着打开他那扇门，试着让他走出去……"

梁韵目光落在她脸上。

"我的意思是说，罗哥不一定能做到的事，或许你可以的。"史芸点头。

梁韵理解她的意思，低声呢喃："我想带他走，他就会跟我走吗？"

史芸望着梁韵的双眼，声音坚定："如果不试试，又怎么会知道结果呢。"

回到房间，梁韵坐在床上，忽然打量起这间小屋，室内很简陋，墙角的墙皮都裂开了。

罗成把自己封闭在这个老旧的房间，即使外表包装得再好，内心已经满目疮痍。

他让自己变得了无生机，看不到希望。

一连四五天，罗成每天都在外面跑，刘四栋办事的效率很高，不仅掌握了陈远德的行踪，还意外获取了个额外的小道消息——陈远德的老婆孩子今晚回老家。

这也就意味着离动手又近了一步。

罗成这几天也没敢回去太晚，怕梁韵担心，也怕她怀疑。

回去的路畅通无阻，小院内，一片祥和。

客厅里，梁韵靠在沙发上，微微闭着眼，有风吹过，一缕发丝从耳后垂落。有光照在她一边脸上，画面宁静美好。

梁韵忽然睁开眼，看向门口的动静，缓缓说："回来了吗？"

罗成心瞬间软了，他走到她旁边坐下，沙发下陷，他握住她的手，低声说："怎么睡在这儿？"

梁韵摇了摇头："玩着手机就困了。"

她又道："我们都吃过饭了，给你留了，加热下就好。"

"他们人呢？"

"去散步了。"

罗成手攥得更紧，心里愧疚，他甚至都没法像普通情侣一样来对待这段感情。

这几天无论他什么时候出去、什么时候回来，梁韵都没有多问一句。他出门前，她还在睡着，等回来时，她就会坐在沙发上等他，温柔地笑着说话，对他也没有任何的抱怨和质疑。

罗成把羽绒服脱掉,罩在她身上,手下动作很轻,但喉咙一阵发涩:"下次回屋里,不要在外面等我了。"

她太坦荡,而自己又太阴暗,他甚至想让她多问点什么,再多问一点,也好过内心的折磨。

梁韵没有回答,只是静静地看着他,看了很久很久。

罗成没有等到她要说出的话,但心里更添沉重。

梁韵把头靠在他肩上,她其实有很多话想和他说,她很想和他好好聊聊,但都不知道该如何开口。

这两天,梁韵隐约觉得不对劲,他每天出门就是一整天,想到之前罗成说的他在找什么人,又加上史芸跟她说的事情,让她心里产生了很多疑惑,也有很多担心。

今天中午在巷子口时,她很意外地碰上一个人。

梁韵经过时原本只是下意识地看了一眼,等她觉得眼熟再回过头时,那个人的视线也望过来。两人心照不宣地想到了同一件事,最终还是那个警察走到了梁韵面前和她打招呼。

石永波当时和她说的最后一句话是:

"梁小姐,改天有时间的话,可不可以请你坐下来聊聊?"

梁韵心里清楚他要聊什么,两人之间除了罗成,没有其他的交集了。她也清楚,罗成一直隐瞒的事,或许眼前这个人能给她一些答案。

只是,她又担心,她这样做会不会是对罗成的一种背叛,毕竟在他们鲜有的两次见面中,一次是在争吵,一次是沉默的忽视,她不清楚两人之间是否有未解决的矛盾。

"怎么了,想说什么?"罗成垂眸看她。

梁韵忽然问:"你上次说你要找人,找到了吗?"

良久,她听到罗成说:"找到了。"

"这个人对你很重要吗?"

"重要,很重要。"

"那你这几天都……"

"梁韵……"罗成握紧她的手打断她,"我明天不出去,就待在家里。"

梁韵觉得罗成在哄她,也知道他肯定有事,而她不想因为自己影响他。

"不用,你有事情就忙。"

"你有什么想去的地方吗?"罗成忽略她的话,"是想在家还是想出去走走?"

梁韵抬起头,盯着他的黑眸,半响,才回了一句:"明天再说吧。"

罗成张张嘴,想说的话哽在喉咙里。他有种预感,这种日子没多久就会结束了。

而他们在一起的时间,应该也快结束了。

遥远的天际抹出淡淡的朝晖,窗帘映上一缕薄薄的晨光。

梁韵睁开眼,微微偏过头,听着枕边人均匀的呼吸声,凝望片刻,才清醒地确定他今早没有走。

旁边男人的侧脸轮廓分明,眼皮下有淡淡的阴影,她的指尖覆上去的那一刻,罗成几乎瞬间睁开眼。

梁韵的手悬在半空中,她笑了笑,用指腹抹他眼底:"醒了?"

罗成侧身揽过她,重新合上眼:"嗯。"

梁韵的手往下摸,停在他的下巴上,胡茬有点扎手,她亲了他一下:"我今天起得比你早。"

罗成闻声,默默笑了笑,灼热的呼吸喷洒在她脖颈间:"值得表扬。"

他睡了一个很长的觉,做了一个很长的梦。

在这个梦里,他是幸运的。

他得到了想要的结局,也得到了深爱的女人。梦里的感官是那么清晰,清晰到他想就此沉沦,他不愿意睁开双眼,不愿意重回令人窒息的现实生活。

然而……梦终究要醒来。

幸好醒来这一刻,他看到的还是幸福,即使是短暂的。

梁韵抱住他:"感觉很久没有睁眼就见到你了。"

罗成心底泛酸,这句简简单单的话,他都没有办法回复。他想说再等几天,等结束后一切都会好……

可是他说不出口,因为不会有这种结局,等一切尘埃落定后,这场虚幻的梦境也就结束了。

"你有没有……"罗成声音低沉,"想去的地方?"

梁韵以为他是想到彭致垒和史芸一起散步那句话,摇摇头:"我不喜欢散步,太冷了。"

"不是这个,我是想带你……"

梁韵接过话说:"要不去商场吧?来了这么久,你还没陪过我逛过这边的商场呢。"

其实梁韵只想简简单单地和他一起待在小院里，不过既然他提出来了，那走一走也无妨。

罗成点头："好，听你的。"

梁韵低低笑了声："我要去的地方多着呢，你都能陪我去吗？"

门外传来铁门开关的声音，随后是小院里的脚步声，越走越近，最后消失在另一扇门里。

罗成缄默几秒，看进她眼眸："你说，我听着。"

梁韵："草原你还没带我去，蒙古包也没住过，还有那个最有名的呼伦贝尔也没看到。"

罗成笑道："你就记得草原蒙古包了。"

"还不是没见到。"

罗成俯身亲她一口："大冬天的上哪儿看草去。"

"哼，那你别问。"梁韵偏过脸。

"除了这边，还有别的想去的地方吗？"

梁韵根本没想那么多，刚刚也只是随口说的，但见他目光灼热，于是思忖了片刻："……云南、西藏、新疆这些地方应该都不错吧？"

罗成心里渐渐有了答案。

黑色越野车缓缓驶入地下停车场。

罗成把车停稳，解开安全带后，见梁韵还在盯着手机。

"做什么呢，这么入迷？"

梁韵手指在屏幕上轻轻滑动，抬头才察觉已经到了目的地。

梁韵故意打哑谜："不告诉你，快下车。"

罗成忽然倾身，靠近梁韵的脸庞。她今天穿了那身新羽绒服，暖白色衬得她特别柔美。他的目光在她脸上停留了几秒，然后凑近碰上她的唇。

梁韵愣了愣，还没反应过来，他就移开了望着她的目光。

罗成摸了摸她的唇角："今天化妆了。"

明明不是第一次在他面前化妆，但梁韵还是被他的视线烫到了，别过脸低低地回："嗯。"

"很好看。"

"又不是第一次见，淡妆而已……"梁韵被他看得不自然。

"你还走不走？"梁韵推了他一下。

罗成沉沉地笑出声："好。"

上午十一点钟的商场人不多，两人也毫无目的，就在一楼闲逛。

蓦地，罗成兜里的手机振动了一下。

他先前给刘四栋发了条消息，这会儿应该是回复他的。

罗成打开一看，上面就简单一句话：地方挑到了，郊外的废弃仓库，目前最合适的地方。

罗成想，这应该是最后一个环节，所有为这一场做的铺垫和准备，到这儿终于要有个结果了。

"这个怎么样？"梁韵拿着一个挂件问他。

罗成转头，默默收起了手机。

"还不错，你喜欢就好。"

梁韵眯了眯眼："罗成，你真的很敷衍，明明都没有看。"

罗成摸摸鼻梁："我正在看……"

梁韵其实也不是很在意："这个是挂在你车上的，据说可以保平安。"

罗成接过她手上的玉葫芦，打量了片刻，随后笑着还给导购，客气道："谢谢。"

梁韵一脸茫然地被他牵着出去。

"你不喜欢？"

"这种东西不能在这里买。"

"为什么？"梁韵确实不懂，"看着不像假的啊。"

"没说是假的。"罗成解释给她听，"想买玉器最好去专门的市场看，找个懂行的人，知道不？"

梁韵不说话了，半低着头。

罗成垂眸看她，才后知后觉到什么："我没事……你不用给我买，你相信这些？"

梁韵说："不是相不相信，总觉得你车上空荡荡的，买一个挂着也是好的。"

其实梁韵说了谎，她这些天有意无意地想起史芸提到的那场车祸，包括与车相关的事，都不自主地浮现在她脑海中。

那天她去超市，打了辆出租车。司机见她一直盯着镜子下的挂件，还问她是不是喜欢。

罗成没再纠结这个话题。快到饭点了，他带梁韵到了四楼，这一层都是餐厅，他们最后选了一家火锅店。

那是他们从乌兰察布在一起之后，深夜里吃的第一家餐厅，同一个味道，不过是分店。

或许从哪儿开始，就该从哪儿结束。

两人边吃边聊，不知不觉就过去了一两个钟头。

吃完出来后，梁韵借着去卫生间为由，让罗成在扶梯口等她，她则去了同一层的一家照相馆。

扶梯口，摩肩接踵的人流。

罗成插着兜，垂眸往三楼看。

游乐场的门口人头攒动，队伍排成一条龙。

那人抱着女儿站在中央，嬉笑玩闹，没多会儿，任由孩子攀爬骑到他脖子上。

周围的声音好像一下子消散，人影也渐渐淡去。在罗成的世界里，只剩下他和那个男人，仅仅只有他们两个。

倏忽间，罗成后背被撞了一下。

"啊……抱歉抱歉……"一个姑娘刹住脚步，抱歉地笑，"不好意思碰到你了……"说完后，又急匆匆地朝下走去。

罗成从恍惚中清醒过来，心乱如麻，四周又恢复之前的喧嚣声。

小女孩调皮地乱扭动，骑在那人脖子上摇摇欲坠，男人脸上带着慈祥的笑容，把孩子抱下来。

或许直觉到什么，那人不经意间转头，两人目光对上。

随后，男人脸上的笑容瞬间僵硬。

仅仅只有一眼，陈远德立刻回忆起什么。

罗成居高临下地盯着慌乱的男人，并没有动。

"爸爸，你在看什么啊？"

陈远德反应过来，几乎不敢置信。

他不相信，也不敢承认。他的眼神变得狠厉，这一瞬间，所有曾经想要遗忘的、抛弃的，噌噌地从大脑里奔涌而出。陈远德不敢抬头、不敢回身，他不确定楼上的人是不是记忆里的那个人。

小女孩不耐烦地摇了摇他的胳膊："爸爸，你怎么不理我呀？"

陈远德被唤醒，他微微侧过头，顺着刚刚的角度朝上瞟，想再次确认。

罗成把下面的一切尽收眼底，笑得凉薄，笑那人的慌乱，他在静静等待着这场即将爆发的骤雨。

陈远德陡然抱起女儿，拿起地上的背包，朝着走廊另一侧小跑，步子越来越紧、越来越快,最后仓皇消失在罗成的视线里。

罗成勾了勾唇。这不是他第一次见陈远德,自从有了刘四栋的帮忙,他早就跟着对方摸清楚了陈远德每日的动向。

只是这一次,一上一下,不过十米远,这么直白的对视,让他的血液不自主地燃烧沸腾。

"看什么呢?"梁韵的声音蓦地出现在身后。

罗成转身。

梁韵轻轻擦掉手上的水珠,又问一遍:"看什么好玩的了,笑这么开心。"

罗成攥过她双手,接过她手中的纸,替她擦,漫不经心道:"没什么,遇到个人。"

"没打招呼吗?"梁韵被他牵着下电梯。

"还不是时候。"

梁韵问:"那要改天约吗?"

"……嗯,可能吧。"罗成回答得模棱两可,岔开话题,握了握她的手,"怎么去这么久?"

车子驶过空旷的郊区偏道,歪歪扭扭地拐进一座废弃的铁皮工厂。

一脚刹车,车子摩擦地面发出刺耳的尖锐声。

刘四栋甩上车门,从后备厢拿出几样工具,朝着罗成的车子大步迈近。

"走,带你进去看看。"

灰尘很密,呛得人张不开嘴。

罗成往周围打量了一下,刘四栋解释说:"那边,最近刚拆完,路边沾点灰很正常。"

罗成顺着他指的方向看过去,一栋已经坍塌的老楼。

刘四栋又说:"这片安全,没有监控,最近的一个在刚拐角的边角,往里开基本照不到。"

"嗯。"罗成不在意,有没有监控对他来说不重要。

推开门,一股浓烈的潮湿霉味扑鼻而来。

仓库不大,紧靠墙的位置摆着一排封口木箱,中间留了一大块空地。

罗成把绳索、铁棍等一并扔到地面上,"哗啦"一声响彻整间仓库。

刘四栋装模作样地在仓库里走了一圈,笑问:"怎么样,地方还成吗?"

"不重要。"罗成说,"你保证这几天没人就行,不用搞这么隐蔽。"

刘四栋不乐意了,咂咂嘴:"一看你就不了解,不隐蔽点后面怎么脱身?"

罗成说:"放心,连累不到你,那天你不会在场。"

刘四栋有点没搞明白,做这种事的人都会提前想好后路,不可能像他这么平静和无所谓。

两人没久待,罗成只是单纯想来认个位置,边往出口走边说:"没人进?"

"不用锁,拉上就行。"刘四栋摸了下插销,"下个月才拆,没人闲得跑这儿溜达。"

"嗯。"

刘四栋问:"现在回去?"

罗成:"今天几点的车?"

刘四栋知道他指的什么:"晚上七点多的火车,陈远德送他娘俩走,其实今晚就能动手。"

罗成想了一会儿,才说:"再等等。"

刘四栋疑惑:"怎么还等等?"

太快了……

不是这场局的结果,而是他和梁韵的日子,他还没有做好从这场美梦中醒来的准备,还没来得及跟她好好挥手告别。

即使结局早已成定局,但还是想让短暂的幸福多停留一会儿。

罗成沉声说:"也就这几天。"

刘四栋用脚碾碎地上的烟头:"行吧,随你。"

黑色越野车缓缓停靠在院墙边。

院子大门没锁,里面充斥着一男一女的笑闹声。

"哎呀,你别挨我这么近。"史芸正在收衣服。

彭致垒不听,一手搂着她的肩,另一只手往她嘴里塞草莓:"不好吃吗,真的特别甜。"

"我尝过了……"史芸无奈地笑,"你让我先把衣服拿进去啊。"

"我来收,我来收。"彭致垒把手里的草莓都递给她,叹了一声,"带你来是玩的,天天憋在里头不出去。"

话音刚落,有人推开铁门。

罗成掏出钥匙反锁了门,右手提了一袋菜。

史芸喊了声:"……罗哥,刚回来啊。"

罗成随口应道:"嗯。"

彭致垒往他身上打量:"买个菜要这么久?"

"那你怎么不去?"罗成说。

彭致垒本想故意噎罗成两句,谁知道被罗成反将一军,他随手摸了件衣服上的绳子:"看不见啊,忙着呢。"

"她在里面?"罗成问史芸,他走的时候梁韵还睡着午觉。

史芸点头:"在。梁姐早就醒了,在工作呢。"

没等罗成说话,彭致垒插嘴:"想别人就自己进去呗,问我们哪知道啊。"

罗成懒得理他,径自进屋。

彭致垒失笑摇头,又回头帮史芸抹掉她嘴角的草莓汁,问她:"你明天就走了,想去哪儿转转?"

"哪里都不想去。"

"听话,你先回去,我再等两天。"

史芸知道他的意思,微微撇嘴:"知道了。"

良久后,彭致垒才撑起嘴角对她笑了笑。

他现在不能走,在事情还没弄清楚之前。

罗成轻轻推开门,房间里温暖,有一股清香。

他朝里扫视了一圈,没看到想见的那个人。

卫生间里传来浅浅的流水声。

罗成嘴角扯出一个弧度,脱掉身上的羽绒服,挂在衣架上。

罗成朝卫生间的方向走去,抬脚推了下桌子与床尾之间的椅子,还没将它推进桌底,目光捕捉到桌面的笔记本电脑。

电脑是亮着的,上面显示着一封邮件。

罗成看了很久,久到屏幕灯光变暗了,他才缓缓抬起头。

卫生间的门拉开,随后出现梁韵的身影。

"刚回来吗?"

"嗯。"罗成站起身,把椅子推进桌底。

梁韵没着急出来,把盆里的水倒进面盆,又抬手拿了条毛巾,等收拾完出来后,见罗成仍然站在床尾看她。

梁韵笑了笑:"傻站着做什么?"

罗成脚底机械般地动了动,去摸梁韵的手,看了眼水池边的盆,说:"怎么不用洗衣机？"

"没事，就一件而已。"梁韵说，"刚刚不小心把草莓汁滴到毛衣上了。"

罗成见她走回桌子前，拿了颗筐子里的草莓，先塞给他一颗，随即扬起唇："你好兄弟去买的，给他个面子尝尝。"

罗成接过，抱着她坐在床沿边，迟疑了一两秒，问了句别的："大彭出去了？"

梁韵摸着他浓密的眉毛："嗯。"

罗成问："什么时候出去的？"

"你出去后没多久吧……"梁韵想了想，"记不清了，就听见大门响了。"

"嗯。"

梁韵问："怎么了？"

"没事。"罗成攥过她的手指，移到嘴边轻碰了下。

她没再多问，含着笑去亲罗成的嘴角。

显而易见，梁韵心情很好。

罗成知道，应该是那封邮件给她带来的喜悦。

梁韵见他心不在焉，从他身上下来："我还是忙自己的吧。"

"有工作？"

梁韵坐回到前面的椅子上："嗯，我先提前了解一下。"

罗成没打扰她："我去做饭，等会儿来喊你。"

"好。"

等他走后，屋子里又剩下她一个人。

梁韵打开手机，给孙晓发了一条消息。

等消息的时候，她又开始查询新公司的一些资料。

结束后，梁韵见桌面有些乱，就收拾了一下，她把那些不常用的杂物收到抽屉里。

乱七八糟的东西很多，平日也没见罗成用过，但其中一个抽屉还算整洁，有几支笔，还有本子。梁韵随手翻了翻本子，都是空白的，她刚想将东西塞进去，目光忽然落在下面的几页纸上。

梁韵看到封面上的几个字：股权转让协议……

还未等她多看，孙晓电话打来了，噼里啪啦就是一堆问题，听得梁韵头晕。

她合上抽屉，将电话按了免提："我要先回答你哪一个？"

"等下。"

孙晓从包里掏出卡，快速过闸，等出了公司大门才重新说话："真确定了？"

梁韵说："嗯，下周一上班。"

"行，你想好就行。"孙晓没有多说什么，梁韵换了工作，她自然替梁韵高兴，"那你几号回来？"

日光慢慢西沉，窗外颜色变幻。

梁韵说："刚收到的通知，还没订机票。"

孙晓想起她说的话，又问了一句："那什么，你那男人跟你一起回来吗？"

"罗成……"梁韵低头笑了笑，"你怎么总记不住他名字。"

两人经常通话，所以她和罗成的事没有对孙晓隐瞒过。

梁韵内心没有底，算了算时间，真的没有几天了。

所以罗成会和她一起走吗？她不能确定。

孙晓换了问法："梁韵，你们是认真的吧。"

两个异乡人，一场机缘巧合下的结识，在旅途中相知，一时冲动的感觉很正常，她想让梁韵自己确定，这到底是短暂的寂寞救赎还是真想长久下去。

梁韵懂孙晓的意思："你应该知道我的。"

孙晓轻声回："我当然了解你啊，只是我有点担心……"

"担心什么？"

"我总觉得你有点过于认真了。"

梁韵笑："难道不应该认真吗？"

孙晓说："我很担心你放弃前程陪他在那儿。"

"不会的。"梁韵平躺在床上，盯着房顶，"我会回去的，只是还没确定机票的时间，你不用担心这个。"

孙晓见她语气肯定，没有再多说什么："行吧，订好票跟我说一声，接你去。"

梁韵笑了："好。"

门外饭菜的香味溢满整间屋子，又过了一会儿，梁韵才换掉睡衣出去。

外头香味更是浓郁，她抬脚往厨房的方向走去。

罗成刀工很娴熟，动作麻利，灶台旁多出了几盘菜。

梁韵站到他身旁，轻声问："要帮忙吗？"

罗成转头见是她，笑道："不用，就差最后一个菜了。"

梁韵眼睛直勾勾地盯着盘子，罗成笑，夹了一筷子到她嘴里。

梁韵不好意思张口，罗成往后瞟一眼："自己屋，没人看，你替我尝尝味道。"

于是再也抵抗不住美食诱惑。

罗成看她吃得像偷食的,不免好笑。

不一会儿,所有饭菜上齐。

桌子上摆得满满当当,四人围着桌子吃上了。

这顿饭还有一层意义,就是为史芸送行。

这晚和平常相比吃得不算热闹,平日里吊儿郎当的彭致垒这时也褪去了那股胡闹劲。

两个男人喝着酒,不知道心中有事还是其他什么原因,喝得越来越沉默。梁韵和史芸相处的这些日子挺合得来的,饭桌上只有她们两个人的轻轻交谈声。

梁韵问:"东西都收拾好了吗?"

史芸舀了口汤回:"都差不多了,就剩洗漱的没收了。"

梁韵:"明天几点走?"

史芸没回,看了眼坐在左侧的男人。

彭致垒放下杯子,扯唇笑了笑:"八九点吧,我开车送你。"

史芸乖乖地点头。

彭致垒想起什么:"药还有吗?"

"……好像没了。"史芸说,"来的时候都用完了。"

梁韵问:"怎么了,你不舒服吗?"

"没有。"史芸解释,"我有点晕机,来的时候吃了点药。"

史芸从小就有这个毛病,所以不常出远门。

彭致垒问罗成:"你那儿有吗?"

还没等他回答,彭致垒又自顾自说话:"估计也没有,等会儿我陪你去买点。"

事实上,罗成这里确实没有。

梁韵随后说:"要不我陪她去吧,你们两个慢慢吃。"

史芸连连摆手:"不用的,这么晚了,明天顺路过去买也不迟。"

"也好。"彭致垒握了握史芸的手,"你们俩去买,正好我和你罗哥说会儿话。"

彭致垒都开口了,史芸也就没说什么。

梁韵把碗放下,对史芸笑:"我也没事可做,就当是散散步了。"

史芸起身说:"梁姐,你等我换身衣服。"

罗成偏头问梁韵:"吃饱了没?"

"嗯。"她笑了笑,小声说,"别喝太多。"

"没剩多少了。"罗成拎起瓶子给她看,又说,"早点回来。"

"好。"

没多会儿，屋子里只剩两个男人，空气里烟酒味混杂。

男人通常都习惯把想表达的情绪混在酒里，两人一杯酒接一杯酒地下肚。

终于，彭致垒先开口了。

"没什么想说的？"

罗成夹了口凉菜吃："你明天也跟史芸一起走。"

彭致垒苦笑着看他："你……其实就没想过回去，是吧？"

罗成不说话了。

在罗成沉默的这半分钟里，彭致垒脑子很乱。

但他确定了一点，罗成承认了这句话。

"原来你这么多年，都在筹划这个啊……"

罗成拿起桌上那小半瓶酒，先给彭致垒的杯子倒上，摇摇晃晃瓶子还剩一点，最后一仰头灌进自己肚里。

他笑："你今天跟踪我了。"

彭致垒不否认，也不解释，只是说："罗成，我就问你一句。"

"这样做，值得吗？"彭致垒对上罗成的眼，"你想过这样做的后果吗？还是说你现在就是靠这个活着？"

罗成脸上的笑容渐渐褪去，见彭致垒都知道了，他也不想瞒着了，太累了。

"没错，从始至终我都没想过要回去。"

彭致垒猛地一摔酒杯："你到底是为了什么？"

"你说我为的什么！"罗成倏地起身，吼道，"凭什么他能好好活着，凭什么死去的人白白死了？"

碎玻璃碴儿散了一地。

"我告诉你，他就是凶手！那场局就是为他布下的！我等了五年，五年你知道吗！"罗成继续吼道，"所以无论是谁，都不能让我停下，无论是什么代价，他都必须死！"

"什么代价？"彭致垒仰头看他，"代价就是拿你自己的命去换……你不要以后了，也不考虑未来，你成了一个杀人犯！一辈子就完了，值得吗？"

"那又怎么样？我想要的得到了，这就足够了。"罗成突然变得颓然，"至于什么未来、什么下半生，都不重要了……"

隔着一张四方木桌，彭致垒忽然站起身，一把将罗成拉过来，攥住他的领口，另一只手朝他半边脸狠狠地挥了一拳。

"怎么样？"彭致垒咬牙，拳头使了狠劲，痛骂道，"你也就这样了，烂活着，行尸走肉，跟个傀儡有什么区别！"

一下……两下……整整三记拳头砸下，他才松开手。

被砸第一下的时候罗成就反应过来了，但他没躲，任由彭致垒打。

彭致垒气急攻心，脚底一个没站稳，一阵眩晕感让他顺势向后仰倒在沙发上。头顶的灯泡明明不亮，却刺得人眼睛疼。

口里一股铁锈味，罗成抬起胳膊，手背擦掉嘴角的鲜血。

没人说话，也没人怨恨。

彭致垒瘫在沙发上望着罗成看了很久。

良久沉默后，罗成出声："大彭……

"那是我家人，我最亲最爱的家人，我从来没想过他们会这么早离开。年轻那会儿，咱俩没一个懂事省心的，后来好不容易弄出点成就想给他们看。"罗成苦笑着摇了摇头，"但我这人……运气真不好，没等到那天，也没让他们享上福。"

彭致垒不吭声，默默听他说。

"我一直都后悔，为什么要让他们来这儿，也后悔，我怎么就没踏上那辆车。我侥幸活了下来，要没有那场比赛，我也就跟着一起去了……"

"不怪你……"彭致垒喃喃，"这事根本不怪你。"

"我一直查，从没放弃过，发现事情没有这么简单，根本不是意外坠崖。"罗成轻轻笑了，"我终于查到了真相，却没有证据。你让我就这么放弃吗？我不甘心啊。"

"我太累了。"罗成说到眼眶湿润，"我不想伤害任何人，只想让罪有应得的人得到报应……"

彭致垒也很难受："那你想过没……你父母还有小娜，他们并不想让你这样，而且现在你还有梁韵，难道真的没有什么值得你留恋吗？"

罗成想过，他设想过所有结局，所有后果，却唯独没料到梁韵会突然闯入他最后的生活里。

又沉默良久。

罗成开口："反正你不会报警的，是吧。"

彭致垒死死地盯着他看。

罗成笑："至少现在不能。"

月色下。

小巷的路灯绵延向前，两个女人相伴走在橙黄的光下。

第十四章／蛰伏的六年

两人聊着聊着，回程走了一半。

史芸挽上梁韵的胳膊，眉眼一弯："真的！都是小娜告诉我的，不信你回去试试嘛！"

梁韵问："罗娜？"

"对啊。"史芸朝她眨眨眼，"罗哥还有好多糗事，下次有机会我还跟你说。"

梁韵说："罗成应该很疼他的妹妹。"

她见过罗娜的照片，在罗成的钱夹里，相片最中间的姑娘笑得很灿烂。和罗成很像，不过表情要比他柔和多了。

史芸想到从前的那段时光，心里叹息："是啊，她很乖，性格和罗哥完全不像。"

巷后驶过一辆车，两人挨着墙壁走。

梁韵问："他以前很调皮吗？"

"调皮？"史芸以为自己听错了，"梁姐，你用词也太温柔了。论捣蛋程度，他可不比垒哥差呢。"

这一路，梁韵听了太多他以前的事，听到了他的很多面，但无论是哪一种，都好像与现在的他相差太远。

"一个多钟头了，他们应该喝完了吧。"史芸问。

梁韵："应该吧，你回去先收拾行李。"

又走过一段路，小院出现在眼前。

史芸笑道："梁姐，我先回青岛等你，你们要是来别忘了跟我联系。"

"好。"梁韵弯唇，"回去我会跟你说。"

"你知道我什么意思的。"史芸两眼亮晶晶的。

一路上看着万家灯火，梁韵在心里答：我懂的，因为我也想。

走进屋子，客厅里却空无一人。

场面一片狼藉，桌子横斜着，一旁的椅子四脚朝天，酒瓶散得满地都是。

梁韵走到沙发那侧，布套折过一角，抒直后，压在下面的手机屏幕显露出来。

史芸也不知道发生了什么，刚想往前去，梁韵忽地直起腰，拿上手机转身朝左边屋子去。

只留下"砰"的关门声。

房间里没开灯，一片昏暗。

梁韵站在门后的位置，还未摸到墙边的开关，里面的人说话了。

"过来。"

梁韵想了想，放下手，顺着声音朝他的方向走去。她倾身按下床头灯，暖黄的光亮起的一瞬，罗成把手臂挡在双眼上。

床上的男人四仰八叉，脱了上衣，躺在被子上，什么都没盖。

梁韵将床头灯关掉，屋内重新恢复昏暗，窗帘没拉紧，外面的光亮照了进来。

"你们打架了？"梁韵问。

罗成换了个姿势，往里躺了点："嗯。"

梁韵没有问为什么，她伸手摸上他的嘴角，没用力，但罗成下意识地嘶了口气。

"疼吗？"

罗成移开胳膊，还是平躺着，就着这个角度看进她的双眼。

一段时间的沉默，他半起身抬手搂上她脖子，一阵天旋地转，梁韵被他压在身下。

两人四目相对。

"不疼。"罗成笑。

梁韵："你还手了吗？"

"你猜？"

他笑得像个痞子，梁韵却不想和他嘻嘻哈哈："你喝太多了。"

罗成点头承认："有点，但我很清醒。"

"罗成，"梁韵喊他，"你能不……"

没说完的话被罗成堵在嗓子里，他吻得激烈，唇齿磨蹭间，梁韵嘴里多了股血腥味。

梁韵蹙紧眉，抬手推他胸膛，却怎么都推不动，见没有用，她的手又上移到他肩膀。

罗成像一堵铜墙一样笼罩在她头上，眼神深邃。

"你到底怎么了？"好不容易松开她，梁韵轻喘着问。

罗成不说话，又开始亲她的脸颊、眉眼、鼻梁，一路往下。

梁韵心里闪过一万个念头，但她最后选择了抱紧他，让他尽情释放。

…………

窗外飘起了小雪。

梁韵从昏沉中睁眼，缓了片刻，慢慢抬起胳膊，轻抚着罗成的后背。

罗成呼出的粗气掺杂着酒味，他从她身上翻下，呼吸靠得很近，忽道："梁韵。"

"嗯……"

他迟疑两秒，说："明天，我带你去一趟新疆吧。"

太突然，梁韵以为听错了："你说什么？"

彭致垒这小子真下了狠手，先前还没感觉，这会儿嘴角下巴开始细密地阵痛，一张嘴更痛。

但有些话必须说，有些事必须赶紧做。

"你不是要走了？"

梁韵看罗成，他也目不转睛地看着她，两个人都心知肚明。

终于，罗成先败下阵来。

他说："你电脑没关，我之前进来的时候无意看见了。"

其实哪怕他没看到，梁韵原本也是准备晚上如实跟他说。

"我换了一个新工作。"梁韵坦诚地告诉他。

罗成："我知道。"

"下周一就要去公司看看，还是在青岛，城市没变。"

"好，你选择的，肯定是你喜欢的。"

梁韵想听的不是这句话，但他是真心希望她快乐。

"罗成，"梁韵最终还是说出来了，"你……你会跟我一起回去吗？"

沉默，没人说话。

梁韵懂了："我换个方式问。如果你能放下这里所有的一切，到那个时候，你会愿吗？"

他从没有说过以后，不是不提，而是刻意选择逃避，但等到逃避不了的时候，两人就不得不面对。

梁韵眼眶有点热，声音微颤："你到现在都没考虑过我们的未来。"

"我愿意。"罗成按住她的后脑，胸腔好像插了一把刀子，"你听我说，我不想瞒你，但我别无选择。我有没完成的事，我走不了，也不能走。"

梁韵忍住眼里的异样，她不喜欢用眼泪来解决问题，拳头在他胸口攥得死死的。

他说："我考虑过，想过，奢求过，你相信我……"

这份感情，他是真心对待的，这一点，他要让梁韵知道，他不是激情作祟，他们也不是露水情缘。

"你到底在执着什么？那些事就那么重要？你必须完成吗？"

"对！"罗成咬住牙根，"必须。"

话已至此，再纠缠已经没有什么意义。

梁韵最终只说了一句："那我回去等你，等你完成那些事。"

"别说这种话。"

"你让我相信你,总得拿出点什么来证明给我看。"梁韵打断他,"我不逼你,但是你别让我所有的努力、满腔的真心都被当成了笑话。"

酒精侵蚀着全身,神经也被麻痹了。

他不敢回复,因为一旦说出口,那些话又会变成利刃捅向已经撕裂的伤口。

梁韵观察他脸上的情绪,什么都看不出,但也没有再问了。她说服自己,他会努力答应。

缄默良久,她换了一个话题。

梁韵问他:"为什么要带我去新疆,为我送行?"

罗成大脑混沌,努力让自己清醒。

他说:"你之前提过几个地方,就新疆离我们稍近点,在你走之前,我带你去看看。"

那几个地方梁韵已经说不上感不感兴趣,但她也想趁着走之前,能和他再体验一段旅程。

她不敢说最后,因为她怕一语成谶。

"去洗一洗吧。"梁韵伸手推他。

罗成纹丝不动,反而把她搂得更紧:"再躺会儿吧,就一会儿。"

梁韵气馁,也环抱着他:"好。"

外面风雪更大了,屋内却很安逸。

罗成知道,梁韵是个对未来很明确的人,于她而言,爱情可贵,事业也是,难得的一次工作机遇,她一定会抓住。

所以罗成想陪她走完最后一段旅程。

第十五章
终究会散

天还未亮,万籁俱静。

低矮的民房亮着几盏灯,偶尔响起一两声犬吠。

空中还飘着零星的雪,地面铺着薄薄一层。

路边停了一辆车,驾驶座上的男人黑色帽檐压得极低,两手搭在方向盘上,一双鹰眼凝视着前面的路口,丝毫不松懈。

另一边,刘四栋打了个哈欠,懒懒地靠在副驾驶座上。

罗成问:"还有多久?"

刘四栋胡乱抹了把眼睛,瞄了手机上的屏幕,跟他说:"十来分钟吧。"

"嗯。"

刘四栋从后视镜打量着罗成,忽道:"这么快就决定好了,不是说再等两天?"

罗成没有回答他。

刘四栋似乎猜到了他在想什么:"放心,不会出什么岔子。他在明处,我们在暗处,而且这个地方这个时间点,除了他,基本没人经过,根本不用担心。"

罗成其实并没有担心这个,他算了算时间,应该能赶上。

"先把人带到仓库,剩下的再说。"

刘四栋随口应下。

窗外暗,车厢黑。

但罗成脸上的伤异常清晰。

刘四栋看着他嘴角和颧骨位置,咧嘴一笑:"这还没开始,自己脸上挂彩了,咋回事?"

罗成偏头,淡淡地睨了刘四栋一眼。

"欸。"刘四栋屁股朝罗成那侧移了去,有些好奇,"是不是跟人打架了?"

还没等罗成张嘴,他又贼笑说:"反正不可能是老婆。"

罗成冷眸:"再说,给老子滚下去。"

"啧。"刘四栋退后靠边,咕哝道,"你这人真没情趣,真不知道你老婆怎么受得了你。"

刘四栋张口闭口都是老婆,恍惚间,罗成又想到梁韵,不知道她有没有看到留言的消息。

时间一分一秒地走过。

幽深的小路晃晃荡荡地出来一个人影,拎着酒瓶,不像喝醉,步伐倒是规律。

可能是觉得冷,那男人把酒瓶夹在胳肢窝下,两手插进袖口,停下往四周瞄了一眼,见没什么动静,摇了摇头,又重新踏上步子。

还有点距离,两人没着急下车,等他挨近点再准备动手。

刘四栋这会儿也认真起来,视线一直盯着外面,话却对罗成说:"还是个赌鬼酒鬼,每天都这个死样。"

罗成坐直,拉上羽绒服领子,冷笑一声。

那人快走近,刘四栋开了点窗,嘴角的口香糖越嚼越没味,捏着吐掉:"你看还按时按点呢,风雪无阻啊。"

一步……两步……

罗成转身,捞起后排棍子,一把推开车门:"动手!"

很快,雪地上响起一阵急促的脚步声。

陈远德慢慢悠悠晃着步子,随后发现面前多了两道身影,一前一后地站着。

他猛地抬起头,一副阴森的笑挂在对面那人脸上。

等陈远德反应过来,刚想撒腿就往后跑,刘四栋快速闪身堵在他前头,龇牙咧嘴地笑。

陈远德终于清醒了一些,这两个人手里都带着家伙,他不占上风。

陈远德颤颤巍巍地试探:"兄弟……是不是认错人了?"

罗成一步一步地朝他逼近,边走边笑,最后笑出了声:"不认识我了?这么快就不记得了?"

罗成狠戾的笑让陈远德浑身发毛。

"就前两天啊,你抱着闺女,吓跑了。"

陈远德大脑一蒙:"你把我女儿怎么样了……"

忽然,一棍子狠狠地甩在他膝盖弯上,陈远德瞬间歪倒在地。

罗成垂眸冷道:"你配跟我说这些吗?"

陈远德几乎发不出声,那根铁棍是实心的,罗成把铁棍抵在他喉咙上。

陈远德:"你……你想怎么样,是不是有什么误会?"

罗成歪了下头："你说什么误会，我听听？"

陈远德憋了好一会儿，两只眼珠子直打转："我认识你……我想起来了，是那场车祸对不对？一定有误会，你先放了我，我们找个地方好好聊一聊……"

这人狡诈成性，罗成也懒得浪费时间，将铁棍下移，点了点陈远德的胸膛，脸色一变，棍棒连续敲击，又是一阵彻天的惨叫。

远处传来狗叫声，刘四栋突然上前，一把抓住罗成的胳膊后扯："快走，先回仓库，马上要来人。"

罗成也蓦地冷静下来。

百米开外的一户老民房隐约现出灯光。

刘四栋快速提起地上的陈远德，拖拽着扔进后备厢。陈远德昏昏沉沉地蜷缩着，想逃，却无力动弹。

罗成只看一眼，合上后备厢，两人绕到前座启动车子。

掉头拐上大路时，砖瓦房从里面开出一辆面包车，直直地超过他们。

刘四栋瞥一眼："没事，早起上班干活的。"

"嗯。"

天际微微露出灰白，一束光亮升了起来。

雪停了，路好走了。

罗成加大油门，朝着一个方向快速行驶。

这条路昨天已经提前摸清，这会儿行得顺畅无阻。

刘四栋也没吱声，静静地待在一旁。

二三十分钟的路程，车子稳稳当当停在铁皮厂房的仓库门口。

刘四栋先一步下车，打开后备厢，麻利地将陈远德拽出来，拖着他走。

仓库的窗户很高，贴着顶墙，早就废弃的地方也没通电。

门一关，整间屋子幽暗，密不透风。

罗成望了眼倒在地上装死的男人，回头问刘四栋："我下手重吗？"

还没等刘四栋回答，罗成又走到架子旁，扔掉铁棍，换了一个木头的，待他折回来，又对刘四栋道："那用这个，才刚开始，吓坏了就没意思了。"

刘四栋的嘴咧到耳后根，发现这男人也不是个好惹的主，面上装着冷静，实际内心比谁都疯狂。

"哎……"罗成抬起腿，朝地上的人踢了两脚，"醒醒，你得清醒着，不然我怎么跟你说话？"

陈远德喝酒喝到凌晨四点、赌到四点，头磕在车厢内壁颠簸一路，又加上罗成先前的几棍，现在浑身瘫软在地。

潮湿霉腥的水泥地上的男人蠕动着抱上罗成的腿："……放了我，你真认错人了……"

话刚落，罗成一脚甩开陈远德，他尽量克制情绪，蹲下拍了拍陈远德的脸："你不叫陈远德？你爹不叫陈立海？"

刘四栋站着看戏累，拉了个废弃木箱坐着："他在质疑我的能力啊，我怎么会找错人。"

罗成笑了："那你觉得他该不该打？"

话音未落，罗成狠狠朝陈远德的颧骨砸上两拳："你不是弑父的人渣？不是害死一车人的凶手？"

陈远德两眼冒着金星，半张脸贴在地面，咳了几下，嘴里带着血沫子。

罗成把他的脸转过来："六年前的十月三号，你明知道那天你爹要跑车拉客，头天中午却在车底下动手脚，你说你是修车还是害命？"

回忆冲击着两人的大脑，陈远德一生败坏的开始，他又怎么会忘，但他死活不承认。

当年这件事情闹得很大，刘四栋后知后觉地意识到了什么，喊了一声："嘿，你意思是说，他才是凶手？"

罗成甩甩手臂，站起身，目光还盯着地下抽搐的人："不然我为啥弄这么一局？"

刘四栋骇然。

没过多久，陈远德开始仰面发笑，不知是挑衅还是刻意激怒罗成："你弄死我也没用。人都死了，案子也结了，还有谁会记得那段屁事？"

罗成愤怒地揪着陈远德的领子，一下一下地挥着拳头。刘四栋有点沉不住气了，他起身朝二人走去。

陡然间，罗成裤兜里的手机传来响动声，他先是没管，但那声音莫名地执着。

罗成松开手，往后退了两步。

把手机从口袋里掏出来，他定住目光，迟疑了几秒，才缓缓走到门口接听。

刚接通，一个柔软的声音钻进耳朵里，罗成知道，她刚醒。

梁韵的手往另一侧被褥里摸："你去哪里了……"

罗成声音很轻："醒了吗？"

"嗯……"梁韵还闭着眼，嘴角带着弧度，"你不是说要带我出去玩？怎么不见人了？"

"我给你发消息又没看?"

"没,还没来得及看呢。"梁韵转了个身,"你是不是去买早饭了?"

另一边,刘四栋围着陈远德打量了一圈,啐了一口,这东西越看越不像人,脚底踩上陈远德的腹部,往下一使力,陈远德顿时惨叫起来。

罗成刹那回头,立刻捂紧听筒,沉眼示意刘四栋停手。

刘四栋撇撇嘴,不情愿地松开脚。

场面又恢复死寂。

"罗成?"梁韵电话里问,"你那边什么声音?"

"哦,没事。"罗成转移话题,"你饿了吗,还买之前那家店的可以吗?"

梁韵回:"好。"

挂了电话,罗成骂了刘四栋一句:"我不是让你别乱来吗?"

刘四栋不甚在意:"哎呀,你来我来不都一样嘛,直接弄他不就行了。"

地上的陈远德意识慢慢涣散,罗成不再动手。

刘四栋问:"说吧,想要他胳膊还是腿?还是说两个都卸?"

罗成侧过身,拉开羽绒服的拉链,踢开箱子上的废弃铁皮坐下去。

他一直盯着陈远德,盯了很久。

刘四栋忽然意识到一个问题,结合之前的种种,他鼓起勇气问:"你跟这败类有什么关系?"

问完,刘四栋把自己说笑了,败类……没想到这词有一天还能从他嘴里形容别人。他自认为自己也不是个什么好东西,但比起陈远德,至少杀人害命的事他不会做。

"我爸、我妈……"罗成目光深远,"还有我妹妹,都死在那辆车上了。"

刘四栋继续试探地问:"所以你要的不只是这样?"

沉默了半晌,罗成没出声。

刘四栋心里有数了:"兄弟,你想清楚,要真这么做,性质就不同了。"

如果只是发泄出气,打一顿后偷偷送回去,再伪造成醉酒摔的,脱身没有问题;要是涉及命案,基本就没退路了。

门缝渐渐变亮,窗下的仓库光暗参半。

罗成说:"所以你不准插手,不能违背我的话。"

刘四栋心中异样,坐在他旁边。

"但我今天不能动手。"罗成侧头,"等了这么久,也不差这几天。"

刘四栋不太明白,只是看着罗成。

"刘四栋，再帮我最后一个忙。"

刘四栋几乎没犹豫，道："你说。"

"我今天要出趟远门，三四天就能回来，我希望你能记住我说的话。"罗成呼了口气，"不准擅自动手，看好他，一切等我回来自己处理。"

刘四栋微微蹙眉："拖得越久，越危险，这个道理你懂吧？"

罗成当然懂，但他必须在走之前安排好一切。他不能带着沾满血的手站在梁韵身旁，他想在最后的时光里干干净净地陪着她，送走她。

"四栋，"罗成笑了笑，忽然问，"你有特别在意的人吗？"

刘四栋有些恍惚，他这一生虽没烂到底，但也从没做过什么好人，不过这一刻，好像能明白罗成的意思。

刘四栋不吭声。

"好了。"罗成不想搞得这么煽情，他拍拍裤子，站起身，带着一闪而逝的笑，"我现在要去完成最后一件事了。"

结束后，就不带遗憾地走了。

刘四栋仍坐着，低语："原来你早就给自己安排好了结局。"

罗成径直往前走，双手拉开了门，一束光亮刺入眼前。

他回头，蓦地笑了："暂时交给你了，看好，别让我失望。"

门关上，背影消失。

时间不多了，无论是去机场，还是剩下的五天，罗成在心里计算着每一分、每一秒。

走着走着，罗成开始迈开腿狂奔，跑出废弃厂，跑到十字路口，招手拦车。

…………

小院里。

梁韵把行李拿到客厅时，正好碰上彭致垒送史芸回来。

两人打了个照面，她停下，往彭致垒的脸上打量，没有伤，只剩下憔悴。

梁韵只当他是不舍得史芸，没多想："她上飞机了吗？"

彭致垒转头看她，没精打采道："……嗯，走了。"

梁韵想和他多说两句，还没来得及开口，罗成从门外闪进来。

明明很冷，他却一身汗。

罗成看了看两人，最后对上彭致垒的目光，后者淡淡瞥过，推门进房间。

梁韵从桌子上抽出一张纸，往他前面甩了甩，又抬手擦他额头的汗，笑道："原来男人也会吵架闹别扭啊。"

听她的语气,应该没事。罗成松了口气:"东西收拾好了?"

"嗯。"梁韵指给他看,"你的和我的都装在一起,没拿行李箱,就几天,东西带得不多。"

"好。"罗成说,"我先去冲个澡,你把早饭吃了,等会儿直接去机场。"

他说完就要走,梁韵喊他:"欸,大清早这么冷,洗什么澡啊?"

罗成含糊地开口:"有点脏,很快,你吃完我们就走。"

梁韵摆摆手,随他去了。

飞机起飞前,罗成还在看手机,一直盯着一个页面没动。

最终,他手指按下,发出去一句:谢了。

空姐在走道提醒安全事项,手机振动。彭致垒的回复很冷:你指什么?没去揭发你,还是在你心爱的女人面前给你留了脸。

飞机渐渐滑行,罗成发出最后一句话:大彭,等这次回来,你和梁韵一起走。

关上手机,他看向身旁的人。

梁韵的位置靠窗,察觉到身后的视线,她回过头:"你们和好了?"

罗成笑了笑:"你怎么知道我们吵架了?"

梁韵手指点了点他的嘴角:"这不是明摆着吗?"

罗成捏住她的手:"轻点。"

梁韵乐了:"怎么他脸上没有伤,就你挂了彩啊?是不是没他厉害?"

"怎么听你语气这么开心?"罗成眯眼,"你觉得谁更厉害?"

梁韵眨了眨眼:"这得客观看待,有对比才能有结果啊。"

"梁韵……"罗成眸子深黑,"搁这儿故意气我呢。"

梁韵头偏近了点,在他脸上轻啄一口:"实话啊。"

罗成手刚想伸过去,前排冒出个小人头,小手扒在靠背上,瞅着两人咯咯笑:"叔叔阿姨羞羞。"

罗成一愣,胳膊停在空中,梁韵抿着唇笑。

小男孩估计是站在椅子上,随后只听到"啪啪"两声,他被拉着坐下不见了,然后是一句:"扣好不准动,再解开妈妈又要打你屁股了。"

一阵响动后,女人转过头,跟他们道歉:"不好意思啊,小孩子不懂事。"

梁韵温柔地笑:"没关系。"

梁韵身体往罗成那侧靠着,和他十指相扣,指尖在他掌心挠了挠。罗成这次很能沉得住气,不理不睬。

"怎么啦?"她笑,"还生气呢?"

罗成看她一眼,故意不理。

梁韵低笑出声,朝他耳朵吹气:"你昨天几点睡的?"

昨晚睡觉前罗成还没有买票,但今早七点多醒来,他不在身边,只有手机上留给她的消息,给她发了时间、地点,以及住宿全部安排妥当了。

罗成挤了个笑:"不记得了。"

梁韵显然不信,拍拍他胳膊:"你休息会儿吧。"

罗成把她的手攥得更紧,合上双眼:"嗯,我睡会儿。"

梁韵看向舷窗外,外面云山雾海。

一路辗转到达目的地,已经是第二天下午。

没有直达的飞机,昨晚两人在乌鲁木齐落脚,没溜达远,就在机场附近的酒店简单歇了一晚。

下午四点多,飞机降落在布尔津机场。

还未出机舱门,雪山下的机场映入眼帘,周围世界一片雪白。

"冷吗?"罗成问。

梁韵拽了下袖子,又指了指靴子,示意罗成看。

鞋底踩在雪面上咯吱咯吱作响,她穿着罗成买的羽绒服和雪地靴,虽然还是冷,但心里暖和。

罗成笑:"这就满足了?"

梁韵故意说:"想得美,休想靠这点打发我。"

罗成正了正背包,握着她的手塞进口袋里,笑道:"约的司机到了,上车就能暖和。"

梁韵点点头,跟随着他的步伐。

机场不大,出去后就看到预约的车,司机热络地向两人招手示意。

罗成带着她小跑了几步,开了车门,让她先进去。

和外界隔绝开,车厢里很暖和。

司机热情地和两人打招呼。

拐过弯,车子驶入主道,放眼望去,两侧白茫茫一片。

司机叫老陈,从后视镜看两人,笑道:"就你们小两口?"

罗成正给梁韵摘帽子,上面有雪,他抬手轻轻拍掉,"嗯"了一声。

司机看出他们不想聊天,就不再说话。

梁韵无奈,主动开口打破沉默:"飞机延误了,辛苦您久等了。"

"啊……"司机转了下头,笑说,"应该的,应该的,这个天气都是经常的事。"

"这边雪很大。"梁韵看向窗外。

老陈司机笑道:"是嘞!冬天就是看雪,过段时间来的人更多。"

梁韵想到机场人潮涌动:"嗯,很热闹。"

司机乐呵呵道:"看你们行李不多啊,这是轻装上阵。"

他们就一个黑色背包,还是之前在内蒙旅游时罗成背的那个。

"是啊。"梁韵回答,"我们就待两三天。"

"哟,这么短的时间啊……"司机讶然,"那只看这一个地方?"

车子上了山路,打滑了一下,不过老陈技术很稳,很快又平稳前进。

梁韵说:"临时决定来的,还有工作,所以没有太多时间久留。"

罗成的目光落在梁韵的脸上,嘴角扯出一个弧度。

"那是那是,还是工作要紧。"老陈又问,"那你们还去禾木?"

梁韵转头看罗成,一脸茫然。

罗成低声笑了,替她回答:"嗯,只去禾木和喀纳斯。"

"行嘞,这两个地儿离得近,去的人也多。"老陈又多问一句,"你们二位住宿预订好了吗?"

"订了。"罗成知道他应该要推荐地方,实话实说,"不劳烦了,来之前预订过了。"

老陈讪讪笑了两声:"好好。"

窗外的雪深厚洁白,路上偶尔也会有车停下,拍拍沿岸的风景。

梁韵一直欣赏着窗外,不远处,闪现出的一抹棕灰色影子,在雪地里异常突兀,车子慢慢开过,下一秒它又跳出来。

梁韵倏地坐直身子,贴近窗户向后看。

罗成被她胳膊的动静碰醒,见她目光转动:"怎么了?"

梁韵拍拍他的手:"那是狐狸吗,我没看错吧?"

罗成顺着她的视线看过去,不止一只,后面还跟着只小点的:"嗯,想下去看看吗?"

老陈笑道:"没问题的,刚刚后面停着那几辆车都是来看这个的。"

"那麻烦您找个方便停车的地方。"

梁韵说这句话的时候目光还在后窗搜寻先前的那只狐狸,待车停稳,就拉着罗成小跑过去。

忽地,梁韵觉得身后的人在拉扯她,回过头,是罗成。

"做什么?"她不明白。

罗成说:"不要跑,把它吓跑了你还看什么?"

梁韵怔了几秒:"那你带路。"

罗成反手握着她,朝深雪处走去。

狐狸不怕人,又好像在静静等待着他们,一只还试探性地凑上前,仰起脖子,两人都不动了。

"罗成……"梁韵屏住呼吸,问他一个傻问题,"你说要是被它咬了,会怎么样啊?"

罗成倒是不怕,单纯为了配合她才傻站着不动,本来是来欣赏狐狸,现在反被它观望了。

和周边那群人相比,两人确实滑稽。

"怎么样不清楚,但我知道一点。"罗成笑着,"咱俩再傻站着就被冻死了。"

梁韵脚底挪了一步,还没等狐狸退后,自己先被它仰起的头吓了一跳。

罗成看她又好奇又胆小,失笑:"不至于,它们不咬人。"

"我知道。"她咕哝着松开罗成的手。

小狐狸跑了,但另一只又出现了。

它趴在高处一点,乖巧地不动,梁韵走近两步,手扶着膝半蹲下看。

忽然它一甩头,勾勾眼,用舌头一蹭一蹭舔着皮毛,很快,那一只又朝它跑过来。

梁韵问罗成:"你说它们是一对吗?"

罗成哑然失笑:"你问我,我总不能问它吧。"

"真没劲。"

罗成拽她起身:"看得差不多了吧,这么冷,回去吧。"

梁韵有点不乐意:"我能摸摸它吗?"

她说着往周边看了眼,有人在喂食,有人合影,也有直接上手摸的。

罗成说:"最好不要。"

投喂食物也不对,对狐狸会有伤害。梁韵心里也明白,不过也没什么,能看看就不错了。

罗成出了个主意:"要不你把手伸出来,掌心向下点,看看它愿不愿意过来?"

梁韵又重新蹲下去,按照他的话照做,先开始没动静,过了会儿……窝在雪地里的那只缓缓朝她过来,像是能看懂她意思一样,头往下俯了点,随后一仰,软软的毛蹭到她手心,碰巧摸上了耳朵,柔软滑顺。

没多久,两只狐狸一前一后跑远了,最后消失在雪地里。

罗成拉她胳膊:"好了,能走了?"

梁韵伸手给他看,语气幼稚:"是它主动过来的。"

他摸她的手:"嗯,你香。"

"什么啊,真敷衍。"她话是这么说,脸上却是带着笑的。

回到车上,两人道了句谢,又重新踏上行程。

这一路走走停停,等到禾木村的时候太阳也渐渐下沉。

"只能停到这儿,再往里就开不进去了。"老陈回头笑,指着外面,"你们定的住宿应该是在那个方向,联系一下老板领你们过去。"

罗成拿上包:"好。"

禾木的住宿以山庄居多,罗成挑的这家还不错,映入眼帘的夜幕雪景,小木屋在雪山脚下别有韵味。

老板是一位年轻女人,衣着朴素整洁,粲然笑着领两人进房间。

"你们请进,是这间。"

房间里很暖和,应该是老板提前开了地暖。

梁韵笑说:"谢谢。"

老板摆摆手:"你们到得有点晚,可以先休息休息,明早可以来找我,我给你们介绍一下必去的景点。"

"好啊。"

关上门,梁韵倒在床上。

转机、坐车,一天半才到目的地,加上一直久坐,真是腰酸背痛。

罗成把包放到桌面上,听见身后女人叹了声,回头笑问:"累了?"

"你不累啊?坐一天的车了。"

"以前不也是。"罗成坐在床边,手搭上她的腰,帮她揉了揉,"那个时候怎么不嫌累。"

梁韵抬头轻瞟:"以前你开车,我们又不赶时间,累了就停下来歇歇,但现在能一样吗?"

她话没说完,但罗成知道她想表达什么。

如果不提以后的事,两人就仅剩几天的时间,所以她不想在路上浪费一分一秒。

罗成手落在她发梢上:"饿了没?"

梁韵说:"刚刚在老板那里订过餐了吧?"

"嗯,过会儿送来。"他轻拍她头顶,"我去洗个澡,等会儿你起来开门?"

梁韵笑他像哄小孩一样，点点头。

没多会儿，水流声哗哗响起。

梁韵敞开手臂，又静静地躺了会儿。

小木屋装修得很温馨，人字形坡屋顶。

罗成发挥了少有的浪漫，挑了间上面带有天窗的房间。

透过窗，梁韵盯着某处看了很久。

第二日。

两人没起太早，这里的日出要比其他地区晚些，摸清时间后才去洗漱。

去往观景台路上的人很多，两个人都不熟悉路，只好慢悠悠地跟在大部队后面走。

禾木的晨雾也算是值得体验的景色，赶过去的时候正巧碰上第一缕阳光笼罩在村庄上头。

他们在观景台上停留了很久，眺望着整个村庄，披着白巾的木屋在雪地里星星点点，仿佛置身于一个童话世界。

光影投射在雪地上，梁韵回头："很美。"

罗成静立在她右侧，望着远处的白色树林："你喜欢就好。"

梁韵轻声问："为什么选在这个地方？"

等太阳完全出来，时间已经到了中午。

罗成似乎被这句话扯出了回忆，他说："以前来过一次。"

"那你应该很熟悉啊。"梁韵在雪地上踩出一个脚印。

"不过没到过这个地方。"罗成说，"将军山，听过吗？"

梁韵说："听说过，当时也是来旅游的？"

罗成摇摇头："滑雪。"

梁韵收回脚，看他："你还会滑雪？"

"为什么这么问？"罗成怕她滑倒，牵着她，"看起来不像？"

"不是。"梁韵弯唇，"就有点诧异，感觉你会的东西很多。"

罗成带她往下走，低声笑："那是以前，现在很久没碰过，估计也忘得差不多了。"

"为什么没继续？"她问，"不感兴趣了？"

罗成思索了一两秒，故作苦恼："可能是老了，没有激情了。"

梁韵猜他话里真假参半，但没拆穿。

"能看出来。"她点点头，故意说，"你现在确实挺缺少激情的。"

罗成恍惚了片刻，以前的生活好像离他已经很远了。

人越来越多，两人没跟着人群走，溜达到了一片白桦林。

相比之前的景点，这边安静惬意许多，雪也很厚。

不知不觉中，头上又飘起了雪。

白色盛宴下，女人走在男人前面，前后差了几米远，一步一脚地低头踩着深雪。

"梁韵！"罗成忽然朝她背影喊了一声。

女人转身，目光柔和。

"我给你照张相吧。"罗成说，"来了这么久，你不怎么拍照。"

梁韵说："嗯。"

罗成领着她往深处走："这次用我的手机拍可以吗？"

梁韵心里明白什么："好。"

银装下的树干整齐又疏松，一阵风吹过，上面的雪飘落。

梁韵问他："你想看我摆什么姿势？"

罗成说："不用，这样就很好看。"

待他走近，梁韵挤进他怀里，悄声道："我们照张合影吧，这个也没有。"

罗成凝望她冻红的脸蛋，迟疑了几秒，才回她："好。"

这次用的是梁韵的手机，她说她回去方便洗出来。两人都没有做什么特别的姿势，就想简简单单地合个影。

最后那张，在快门键倒计时要按下来的那刻，梁韵微微偏头，自然而然地吻上他右侧脸颊。

罗成愣了下，没料到她的举动，他垂眸看向梁韵。

气温太冷，梁韵收了手机，再抬头对上那双眼："我以前觉得这个动作很肉麻。"

罗成抱紧她，笑了下："现在呢？"

梁韵回搂他："现在我做了。"

身后靠着白桦树，前面是男人炙热的怀抱，两人开始无声地接吻，吻得动情。

雪越下越大，周围偶尔传来脚步声。

慢慢地，时间仿佛定格在白桦林下，这一刻，两个孤独寂寞的灵魂靠得这么近。

那天他们吻了很久很久，久到再没有人经过，依然不舍得分开。

警局。

电话铃嘟嘟作响。

一个穿着警服的小伙子快步跑进隔板间："石队，有人报失踪案。"

石永波摘掉眼镜："怎么回事？"

"失踪人，陈远德。"小江低头翻页。

石永波心中一凛："叫什么？"

小江抿了下唇，抬头轻瞄石永波："是他……陈远德。"

办公室沉默了半响。

石永波两手撑在桌面上，缓缓起身："我知道了。"

罗成和梁韵身披雪衣回到木屋时已经到了下午。

罗成弓腰给她脱靴子："你先进去洗。"

"你也都湿了。"梁韵抬手摸他的头发。

先前吻得太久，树上的积雪开始慢慢下坠，两人为了快速躲开没注意脚底打滑，沿着斜坡踩进了雪堆里。

"没事，你快去。"

梁韵勾笑："要不要一起洗？"

罗成把她推进去关上门："你先进，我等会儿。"

室内外气温两极化。

罗成把房间内所有窗帘拉上，脱掉湿透的上衣裤子，坐回椅子上点了一根烟。

先前刘四栋给他打了通电话，但外面信号不好，他没接到。

"还正常吗？"罗成开口。

刘四栋那头很安静，他正在吃盒饭，嘴里含混不清："发现个事。"

罗成抽了口烟，淡淡地说："嗯。"

刘四栋没着急说，放下筷子朝仓库后墙走去，椅子上的人摔倒在地，脸朝下，手脚被绑上，狗爬似的向前扭动抽搐。

"看起来不大对劲。"

罗成听着卫生间的水流声："怎么说？"

以刘四栋的经验看，这人现在绝对不正常。他估摸着说："这人估计吸毒了。"

罗成夹烟的手一顿："确定？"

刘四栋抬脚踩上陈远德的肩膀，向后一使劲，陈远德顿时滚了半圈，脸朝上。他观察了半响，还没等确定，话筒那边又传来声音。

"把他的衣服给我弄开。"

话筒里传来呲呲啦啦声，片刻后，刘四栋出声。

"这人真不是东西。"他看着密密麻麻的针眼，鸡皮疙瘩起来了，"还真叫你说对了啊。"

罗成突然笑了一声："等会儿挂了电话，给我拍个视频过来。"

刘四栋扯着嗓子大笑："怎么觉得我现在……有点替天行道啊。"

"四栋，我后天回去。"罗成严肃道，"想想办法，让他那两天必须保持头脑清醒。"

刘四栋大眼一瞪："你让我给他弄这个？"

罗成呵笑道："想什么呢，哪能便宜他，只要让他能意识清醒地说话。"

刘四栋琢磨他的意思，挠挠头，说："成，清楚了，放心交给我吧。"

"嗯。"挂了电话，罗成想到先前刘四栋说的那四个字。

替天行道……

他不认为自己是个好人，但善与恶，从来都在一念之间。

窗外飘着小雪，寒风骤停。

这一觉睡了很久，待罗成睁开眼，身旁的女人还在睡，一直维持着同一个姿势。房间分不清白天黑夜。

罗成看了眼手机，不知不觉间，日子又过去一天。

他微微偏头，目光落到梁韵的侧脸，不知是不是热的，脸颊还泛着红，他手不受控制地抚了下，她也没醒。

无意间，手指勾到梁韵的发丝，罗成愣怔几秒才想起什么，翻过身放轻动作下床。

梁韵感觉自己的世界里多出了一道声音。

在梦里，那一段短暂的旅途中，有个饱经风霜的男人闯入了她的世界，曾经的意气风发，再到现在的颓然消沉，她见过他所有的模样。他对人不算温柔，但少有的柔和与耐心几乎都给了她。

可旅途终归是要结束的，她想把这场结局走得完美，不留遗憾，所以她邀请他回到原来的世界。那人微微启唇准备回复她，却被周围的嘈杂声掺入打断，随后他转过身，没回头，越走越远。

梁韵缓缓睁开眼，熟悉的那张脸近在咫尺，耳边持续传来轰隆声。

她略微清醒后才意识到罗成在做什么。

"醒了？"罗成手没停，他正在给她吹头发。

吹风机的风速不大，梁韵能清楚地听到他说话。

梁韵躺在他大腿外侧，笑了笑，故意说："嗯，被你吵醒了。"

"我猜猜。"罗成手换了个位置，捋她另一边头发，"那肯定还做梦了。"

梁韵笑："你怎么知道？"

罗成目光落到她眉梢，说："你刚刚睁眼那会儿皱眉头了。"

梁韵微微起身："那还是怪你。"

"学会耍无赖了？"罗成笑。

梁韵低声笑了笑，没搭话。

又躺了几分钟，随着按钮推动一声，吹风机停止运作，木屋瞬间恢复安静。

梁韵从他腿上起来躺回原位。罗成拔掉吹风机的插头，回头听到梁韵问："几点了？"

罗成估摸着："十点过了没多久。"

"是不是饿了？"

"给你找点东西吃。"

梁韵拍拍他先前躺的位置示意他："不饿。"

罗成看了她两眼。

"真不饿，别忙活了。"梁韵笑。

罗成也不饿，于是又重新脱了鞋躺回去。

木屋开了壁灯，房间里还算亮堂。

梁韵翻了个身，平躺着盯着顶梁上方。

她想起什么，说："罗成，这个天窗能打开吗？"

"应该能。"他侧头看她，"想看星空？"

"嗯。"

罗成刚想去找遥控器，突然停下："不巧，今天有雪，上面估计被盖住了。"

梁韵摇摇头笑了："你不说我都忘了……"

罗成还是下了床，穿上鞋，三两步走到床尾对面的位置，抬手一拉，半边雪景映入台阶式落地窗口。

梁韵趴着看他忙活，面带笑意。

他又折回床头关掉所有的灯光，屋内刹那间变得黑暗。

一阵窸窣的声音伴随着被褥的塌陷，罗成在她耳边说："这样呢，能看见点吗？"

适应了一会儿黑暗，斑驳的光渗透进黑夜，接连着远处的繁星与雪山。

梁韵挑了个舒适的姿势窝在他怀里："嗯。"

罗成盯着窗外看："怪我，没选好日子。"

梁韵随口道："浪费钱了。"

木屋从外头看很普通，但内置很精致，所处的位置也很好，去各个景点都很方便，自然价格也不会便宜。

罗成琢磨她的意思，低声笑了："……什么傻话，人都躺在我这儿了，还有比这更赚的吗？"

梁韵无语。

木屋外，传来一阵脚步声，还有一片笑声。

也许是旅游爱好者，也许是摄影师，视线里，他们人手拿着一个三脚架，从窗前一闪而过。

两人静默片刻。

梁韵轻声唤："罗成。"

他沉默地等着。

梁韵这次没有迟疑太久："我昨天买票了，周日走。"

该说的迟早要说，该来的总归要来。

罗成的手臂垫在脑后，好像都在意料之中。

他侧头对上梁韵双眼，只是说："好。"

梁韵低下头："今天周四了。"

"嗯，我等会儿看看票。"罗成说。

"你……"

罗成侧身搂过她的肩膀带到胸口处，堵住她后面的话："大彭也会走，我让他跟你一起，路上好有个伴。"

梁韵垂眸，懂他这句话的意思。她拍拍他的后背："罗成，你要好好的。我们虽然在一起的时间不长，但总感觉认识你很久了，你总说你有没完成的事，你不想告诉我，我不逼你，但别让自己活得太累，也别给自己太多的枷锁。人生……什么坎都会过去。"

一种巨大的矛盾感笼罩在罗成心头，说不清的纠结折磨感铺天盖地席卷而来，他觉得梁韵是不是猜到了什么。

"梁韵，你……"

"我只问你一句，如果有机会，你会不会回来找我。"

罗成凝望她的双眼，思考了很久的问题，答案其实没那么重要，因为他根本没有如果。

但面对梁韵，如芒在背，真的说不出口。

梁韵眼底渐渐染上一层雾气。

罗成俯身抵住她额头，沉声说："如果有，我一定会……"

良久，梁韵淡淡地笑了。至少在这场旅程中，不是她一个人在演绎盲目的爱情戏码。

静了会儿，梁韵说："买后天早上的票吧。"

罗成知道她指的是回程的票，低声问："会不会有点赶？"

原本他想定明天下午的，因为中途还要转机，走早点，时间松快不累，回去也还能再休息一晚。

梁韵说："我挺喜欢这儿的，多待一会儿是一会儿。"

罗成低头笑了笑："都没怎么出去逛就喜欢了？"

梁韵抬手摸了摸他胸口，恢复先前的语气："懂什么，外面这么冷，躺着就能看风景何必跑出去。"

罗成哑然笑了："你这是静态欣赏。"

"嗯。"梁韵将胳膊塞进被窝，"明天要是不下雪了，就带我出去看看吧。"

"好。"

"去别的地方也行。"

"不在这儿了？"

"你看着办。"

"都行，去哪儿都行。"

"你还记得吗？"梁韵注视着他，"这不是我们第一次看星空……"

罗成望着她："记得，看过两次，还有一次在沙漠。"

梁韵："可是我最喜欢这里。"

罗成心里明白，但对他来说，开始和结尾一样重要。

在这座城，雪地里。

一个短暂忘记了仇恨的男人和心爱的女人在暖木屋里肆意相爱。

他想，无论结局是什么样。

大概这辈子都不会忘记这一幕……

第十六章
她在冬日的大雪里挺身走近

再次回到小院,两人心里都有一种说不出的情绪。

两人快凌晨才到达,罗成怕耽搁她回程的时间,最终还是订了第二天下午的机票从喀纳斯回来。

小院内,不再拥有先前的欢笑声。

从踏进院子到第二天收拾行李出发前,彭致垒都窝在侧房里没露过面。

破晓的天隐隐残留着灰。

梁韵起得很早,原本以为没什么行李,硬是整理了一整个早上。

"还有吗?"

罗成基本整夜没合眼,眼底乌青一片。

梁韵回身:"嗯,不多了。"

罗成朝衣柜方向走去,弯腰拉梁韵起身:"我来装,你去歇会儿。"

"没事,就几件衣服。"梁韵没让,微微转头朝门示意了下,"你去看看大彭,一直没听到他动静。"

罗成手一顿:"好。"

侧屋的门掩得很实,一堵墙后毫无声音。

他先是敲了两下门,意料之中地没人回应,但罗成知道彭致垒在里面。

他又站着等了会儿,见还没有动静,刚想伸手推门,随后门把动了下,从里侧被拉开。

两个男人身高差不多,彭致垒立在罗成对面,他现在看上去面容有些憔悴。

"大彭,"罗成两手插着兜,低了下头,再抬起看他,"我进去跟你说几句话。"

彭致垒把脚底的箱子往前一推,抵在前面,不咸不淡地开口:"就在这儿说。"

罗成一条腿慢慢收回来,转身看了看后头合上的门,点点头说:"行,我知道你现在不想看见我。"

彭致垒盯着罗成,面上毫无表情。

"我说几句话,你听着就行。"罗成声音放轻,"我的事别跟她提,带她回去,无论中途出什么情况,都不要往回走。"

话落,罗成等了几秒,见他还是没反应,说:"就当求你,成吗?"

隔了片刻,彭致垒才开口:"她要是问我呢?"

"她要是问你……"罗成滚了滚喉结,"你就当作什么都不知道。"

"那我是什么,替你隐瞒真相?骗她?"

罗成抬眼。

"啊……"彭致垒点点头,"不对,这要说严重点,得算帮凶了。"

"大彭!"罗成冷声,"我要做什么你全都不知情,你就只管带她走,剩下的什么都不用问。"

彭致垒死死地盯着他。

好一会儿。

彭致垒踢了踢脚底的行李箱:"没了?还有什么遗言一并说了?"

彭致垒真的恨,恨他轴,恨他一根筋,也恨自己无能为力。

罗成苦笑:"就这样吧……"

彭致垒望着那张脸,他明明也还有这么多的放不下,却硬生生地选择了一条不归路。

"罗成,曾经那个人的影子在你身上一点都找不回来了。"彭致垒笑了笑,喉咙一阵发涩,"我愿意装看不见,是因为知道我拉不回你,你不好受,我懂。但你知道吗,你不仅对不起她,更对不起的是自己的人生。"

梁韵把行李箱合上,站起身,手机振动了几下。

她点开,是几条短信,还是那个人。

梁韵盯着石永波的对话框看了会儿,抬手按上几个键。

时间过得很快,她把手机装进包里,拉上箱子推门出去。

外屋的门敞开,梁韵偏过头,一道高大的身影堵在小院门口,岔腿而立,与旁边并排而站的男人没有交流。

行李箱轮子刮地的声音响起,罗成转头,手从兜里抽出,折身去拎她的箱子。

她看着罗成绕到车后,慢慢打开后备厢,最后抬手将行李箱塞进去。

这些动作以前在他手里不足几秒就能完成,但这次……每一帧每一秒好像都放慢了许多。

梁韵想,也许他也是舍不得的。

彭致垒拉开车门坐进驾驶座。

她听着那记摔门声，目光落到罗成的身上。他什么话都没说，梁韵心里清楚，他没有要送她走的打算。

扬起一阵寒风，刮乱满地灰尘。

罗成抬手，轻轻抚摸她鬓角的碎发，面上堆出笑："好姑娘，回去后，好好过日子。"

梁韵回望他："你指的什么？"

"都有。"罗成被风吹得眯上眼，一把将她拉进怀里紧拥着，嗓音低哑，"就做你自己，不要被别人的话左右，凡是让你不舒服的人和事通通都忘掉。"

梁韵觉得压抑的情绪就快要绷不住，想了想，还是回手搂住他宽厚的背脊。

这一刻，好像真有种就此诀别的感受。

"会的，你也是。"

临上车前，她最后一次打量了这间小院。它没有那么好，却承载了她在这里所有短暂而又温暖的日子。

车子启动后，迟迟没有动静，罗成缓缓往后退一步，退到铁门后。

彭致垒侧头看了梁韵一眼。

她说："走吧。"

黑色车身越驶越远，直到消失，罗成才从柱子后收回视线。

重新进了屋，他木然地站在门后，没有了她的身影，却每一处都充满着她的气息。

他没给自己太多留恋的时间，一根烟灭，门口传来两声喇叭。

罗成坐起身，慢慢回望这间屋子，最后他快速转身，奔进门口那辆面包车。

"啪"的一声，车门合上。

刘四栋上下瞄了眼罗成，又看了看周围，才放心道："进巷子正好碰见你的车，人都送走了？"

罗成扣上安全带，不想多说这个："嗯。"

刘四栋麻利起步，开出巷口。

上了路，街影一闪而过。

罗成忽问："你过来那边没事？"

"门我上锁了。"刘四栋说，"放心吧，刚从那边过来。"

"嗯，那人怎么样？"

刘四栋肯定地笑："至少一上午都没问题，你问话绝对清醒。"

"好。"罗成后脑垫在座椅靠背上，合上眼，"之前叫你拍的视频手机里还留着吗？"

面包车拐弯换了车道，大路上车流开始变少。

"我前两天不是发给你了，没收到？"刘四栋没怎么思考就回答，"也没事，你那要是没收到我等会儿……"

罗成："我这儿有，把你的删掉。"

刘四栋愣了下，从后视镜中瞟他："没事，查不……"

"删掉。"罗成重复。

刘四栋心底不免有些异样，他知道罗成与其他找他的人不一样。退一步说，如果到时候真是命案，查出来的一定不止罗成，罗成这么做是想尽力撇清他。

刘四栋嚅嗫："我知道了。"

车子又行驶了一会儿，最后开进了废弃厂仓库前。

刘四栋脚底的刹车渐渐踩到底，待车停稳，没着急下去，静等着身旁那人的动作。

罗成慢慢睁开眼，望着对面仓库铁板门，盯着看了一会儿，手向下伸进裤兜。

翻开钱夹，他蓦地定住。

这些年，他已经习惯了蠢蠢欲动时，就摸钱夹翻照片的习惯，但唯独这次，看到里面被替换的那张照片，心脏一瞬间被击中了。

天空下呈现的红晕，远远地涂抹在连绵起伏的茫茫金沙上，在沙丘的半坡中，一个男人弯着腰为女人穿鞋。

风吹散了女人裹在头上的棕色围巾，阳光倾斜洒在她脸上，目光柔和地半低头看身下的男人。

罗成使劲去想这张照片的时间，去想那段刚启程的日子，最后勾唇笑开。

这个女人，最后还是让沙漠拍照的那小子加了联系方式……

罗成食指慢慢挑开照片，底下压着的那张显露出来。

罗父罗母坐在板凳上，兄妹两人站在后方。那时罗娜即将高中开学，碰巧罗成从青岛回了趟济南，罗母念叨养这么大的孩子一个个都要不着家，就琢磨着拍个全家福，他虽说不喜欢拍照，但抵不住罗母生拉硬拽进相馆，最后才有了这么一张。

但不承想，这也是出事前留下的最后一张合影。

罗成按照梁韵的装法把照片压在后头，透明膜下的沙漠里，仅有两个人。

车内寂静，刘四栋偏头瞧他。

罗成拇指动了动，摩擦那张照片里女人微红的脸颊，最后笑了笑。

"你老婆？"

刘四栋视线斜了点，盯着钱夹里侧，由衷地说："漂亮啊，跟你挺合适。"

罗成眼中一阵酸涩："是漂亮，就是眼光不太行……"

刘四栋听他话里的意思，知道他指的是什么，又想起巷口那辆黑车里一闪而过的女人面孔。

"人愿意跟你，那就证明你在人心里多少是有点不一样的。"

罗成默不作声，又低头看了会儿，才慢慢合上钱夹。

天空云层密集，天色暗了下来。

仓库的门后，又是一道风景。

"走吗？"刘四栋问。

"最后一笔钱还放在原先指定的地点。"罗成转头告诉他，"回去后别忘了拿。"

刘四栋急忙开口："我不是问这个！"

"你不用跟我进去，就到这儿了。"罗成抬手扣上帽子。

刘四栋看着他想说点什么，但张了张嘴，又什么都没说出来。

罗成手从门把上收回来，睨了刘四栋一眼道："做这行老了做什么？"

刘四栋没吭声。

"我不多说，你应该懂。"罗成突然笑了声，"这钱不少，拿着去做笔生意，再好好谈个女人过日子，不比干这个舒坦？"

刘四栋怔住了，等再回过神来，仓库的门已拉开半边。

几米外，那人脚步停顿了一瞬，但没犹豫太久，只身朝着黑暗中走去。

黑色越野车平稳驶向马路。

一路上彭致垒没说过几句话，梁韵也是。

车窗外乌云翻滚，灰蒙蒙的天压沉下来。

梁韵视线微偏，余光中的那个位置已没有最熟悉的身影。

她忽然开口："车子怎么办？"

彭致垒目光微转，迟疑地说："哦，放那儿吧。"

"什么意思？"

彭致垒滚了滚喉咙，没说话。

梁韵干笑了一声："怎么，连车也不要了？"

彭致垒回过头，没敢与她对视，不知道她是不是猜到了什么。

去机场的道路车辆不多,一路开得畅通。

梁韵侧靠在椅背上,两眼空洞地看着车外的风景。

没多会儿,车厢内渐渐响起熟悉的音乐。

彭致垒正抬手调音量,他放了一首情歌。

你是不是也在品尝
一个人的咖啡和天光
是不是也忽然察觉到
多出时间看天色的变换
如果有一天我们再见面
时间会不会倒退一点
也许我们都忽略
互相伤害之外的感觉
如果哪一天我们都发现
好聚好散不过是种遮掩
如果我们没发现
就给彼此多一点时间

梁韵被这首歌牵扯出回忆,她突然想到在去沙漠路上的那个夜晚,放的也是同一首歌,不过,从之前的男版换成了女版。

梁韵垂眸,原来她说的每句话,他都记下了。

彭致垒原本只是想给车内窒息的氛围增添点活气,却没想到调了半天里面只有这一首。他刚准备关掉,听见梁韵张口问:"你听过这首歌吗?"

彭致垒胳膊停在半空,他摇摇头:"没听过。"

"我听过。"梁韵低头弯唇,"这个版本还是我推荐给他的。"

彭致垒勉强撑起笑容:"他就这样,别看人高马大的糙男人,唱起歌来最动人。"

"是吗?"

"嗯。"

梁韵努力在脑海里构建他唱歌的画面,却怎么都拼凑不出来。她想,也许是因为从未在她面前表现过。

假如还有机会,她也想做一次他的听众。

"大彭……"梁韵目光飘向窗外,"如果这次走了,我是不是以后都见不到他了?"

彭致垒手上一滞。

"我的直觉很准的。他有事瞒着我,我知道。"

彭致垒还是没说话,但梁韵没在意,自顾自说:"他不想说,我不逼他,但你肯定多少知道些的,所以你也要瞒我吗?"

彭致垒掌心下的方向盘就快要握不住,冷汗黏腻在手心。

梁韵包里的手机陡然响起。

仓库。

阴暗潮湿的地面拱起半个身影,那人双手被捆在后面,艰难地蠕动着向前爬行。

罗成站在两米开外,前方有一木箱,位置很正,应该是特意摆在当中。

罗成把录音笔的开关打开,扔到箱子上。

他往前走了两步,踩上陈远德的后背,没使劲,但陈远德又瘫软地趴下了。

"这两下就撑不住了?"罗成讥笑。

陈远德年纪并不大,比罗成大不了几岁,可能因为常年鬼混,整个人很瘦。

罗成把脚从他背上移到他肩膀处,从下面一掀,陈远德瞬间被翻过身,面朝上。

"我再问一遍。"罗成双眸漆黑,"那天的事到底说不说?"

陈远德死活都一个样,张嘴说的都是一些废话:"听不懂,你这是非法囚禁。"

"我用你提醒?"罗成差点笑了,"嘴就这么硬?"

或许陈远德还幻想有逃出的希望,他悄悄地用匕首割后面的麻绳。他的动作不大,罗成没发觉。

"你要是放了我,出去后我绝不会记仇,这事就当没发生过。"

罗成眼神犀利:"你觉得,你现在有什么资格给我讲条件?"

"那你到底想怎么样?"

"不要给我拖延时间,没有人能找到这地方。"罗成一眼看出陈远德的心思。

陈远德小臂在后头用力,发笑:"要不是被你们阴了,我能被拴住?"

"我不管你以前什么样,现在栽在我手里了,就得认命。"

"你早就想到这出了?"陈远德勾笑,"当年在法院门口我见过你,什么时候开始查我的?"

罗成见陈远德说这么多终于说到点子上了,看了眼木箱子上的录音笔,故意点点头:"得有好几年了。你得感谢你老婆,要不是她愿意带你这个败类回娘家,你早不知道死多少回了。"

背后的麻绳松动，陈远德狞笑出声，话里带着挑衅："那怎么不找警察？因为没有证据？"

罗成双眼充血，就在抬手的瞬间，陈远德突然扬起匕首朝他刺来。罗成眸光一动，迅速侧身往后闪避，陈远德顺势从地面腾起。

"哪儿来的？"罗成没料到他还有后手。

陈远德手脚松散，但明显动作不灵活，拖延下去绝对不是罗成的对手。

陈远德往箱子后瞥了一眼，罗成瞬间懂了。

估摸着是刘四栋出去接他的时候大意了，捆了手锁了门，但是没拴住脚。

陈远德身上有伤，他想速战速决。

他朝门的方向瞟了一眼，罗成进来时没锁门，他知道。

罗成动了动脖子，又朝他身上扫了两眼："你觉得你能出去？"

陈远德不再废话，罗成手里没有称手的工具，他抓着匕首往前冲，罗成连着闪了几下后瞅准时机抬腿扫他下盘。陈远德出手匕首飞快，几个回合下来，能看出陈远德的手上功夫不错。

蓦地，箱子上的手机不合时宜地响动起来，突兀地响彻整间仓库。

罗成本没有放在心上，但那道声音锲而不舍，直到带动着箱子边缘的钱夹从上方敞开掉落，他眼底滞了下。

很快，陈远德趁罗成晃神时抡动右手臂，罗成没挡住，那一刀硬生生扎进他下腹。

周身弥漫着一股血腥味，罗成低头看了一眼，再抬头时，陈远德拔腿要往仓库门口方向跑，罗成歪了下头，没来得及拔出匕首，忍着痛去追，就在陈远德摸上门把的那刻，他抬腿使力一蹬，陈远德身子向前一趔趄。

罗成又追上去踹陈远德的小腿，陈远德下盘不稳，"砰"的一声直直倒地。

"激怒我对你有什么好处？"

罗成毫不犹豫地抽出匕首，额头青筋凸起，用那把匕首狠狠扎进陈远德的大腿，陈远德痛号一声。

陈远德挣扎着向前爬，罗成狞笑，又是一刀刺进同一个位置。

"求……求你，别这样……"陈远德痛得蜷起身体。

罗成咬了咬牙根，他腹部的伤口因剧烈的动作撕开，羽绒服染上一大片红。

"是不是找死？"罗成按住腹部，弯腰拎着陈远德的后领子，将他拖拉在地面上，回到木箱子前。

陈远德迷迷糊糊地任由罗成摆布："放了我……你到底想要什么？"

罗成松开他的领子，把他甩在地上，捡起钱夹，抬手拍了拍沾在上面的灰尘，重新放回原来的位置。

"我说得不够清楚吗？"罗成倚靠着木箱，"把车祸的事从头到尾说一遍，我要听实话。不按照我说的做，后面还得挨多少刀我不能保证。"

大概陈远德也知道自己逃不掉，开始改变策略："你怎么知道就一定是我？"

罗成摸过一旁的铁棍，敲了敲他的肩胛骨，一字一句道："不要给我耍花招。知道我为什么等到今天才动手吗？"

陈远德睁大眼看这个伤势没比他好多少的男人，阴险、狠厉。

"我要的就是你回来。"罗成说这些话时，甚至比自己想的还要平静，"你在哪儿动的手，就要在哪儿结束。这些年放你在外头过惯了潇洒日子，真以为没人记得你的那些罪恶？"

陈远德的罪恶被罗成一点一点地揭露出来，他痛苦狰狞地喊："你为什么要毁我？为什么要提起？"

"为什么？"罗成起身，每说一句，铁棍就甩在陈远德的后背上，"你知不知道，除了你爹，剩下车上死的一半都是我家人！你不偿命，我找谁偿命！"

陈远德叫喊连天。

"你杀了我……对你有什么好处……"陈远德狼狈地瘫在水泥地上，还不忘与他讨价还价，喘着气，"你杀了我，你也跑不了……我给你钱，你要多少补偿，我全都能弄给你……"

罗成冷笑："走上这条路我就没想回头，还轮不到你提醒，今天要是不说，我弄死你。"

"人都死了，你为什么还要抓着不放！"

罗成见陈远德直到现在也没有忏悔的意思，他咬牙，表情变得凶狠，双眼充血："你真是个畜生！死到临头了还不知悔改！"

陈远德察觉到另一条大腿上也传来尖锐的刺痛，狂叫哭喊："啊！别别别，你别冲动，你想听什么我就说给你听！"他还想活命。

罗成靠回木箱上，抬手检查录音笔的开关。

陈远德张张嘴，疼痛使他大脑麻痹，昏昏沉沉地将要合眼，但很快，又被冰凉的液体泼醒。

"给我清醒清醒。"罗成将半瓶矿泉水从陈远德头顶浇下。

陈远德浑身颤抖，拱在地面上："我清醒的，求求你放过我……"

罗成面色紧绷。

黑色越野车内的歌只播放了一遍。
因为被石永波突如其来的电话打断了。
几天前在巷口的意外碰面后，石永波有意再约梁韵见面，但被梁韵委婉拒绝了。
电话接通，对面有些嘈杂，电流声呲呲响过了几秒，那边才传出说话声。
"梁小姐您好，很抱歉打扰到您。"石永波的语气有些焦急，"请问您是今天的飞机吗？"
"嗯。"梁韵迟疑了几秒，"有什么事吗？如果是关于罗成……"
"请先听我说。"石永波语气急切，"陈远德失踪了，罗成现在极有可能涉嫌一起绑架案，我需要您的协助。"

梁韵心中一惊，想起今早那通短信，石永波问她罗成最近是否有异样的举动，她当时只觉得很突兀，匆匆回复一句不清楚，顺带告知自己要离开的时间，目的是不想让他从她这里再打探罗成的消息。

但眼下，她有些后悔了。

"石警官，您说的这个人我不认识。"梁韵尽量让自己冷静，"到底出了什么事？"

石永波忽然问："罗成在车上吗？"

梁韵如实说："不在。"

"他没送您？"石永波蹙眉。

"没有，我是和他朋友一起的。"

石永波大脑飞速运转，很快意识到问题的严重性："梁小姐，现在情况紧急，技术部门正在调取他的位置。听我说，您先给他打电话，无论什么情况都不要让他轻举妄动。"

梁韵猛地坐直，心中凛然："我可以问问到底出什么事了吗？"

隔着透明挡板，石永波迅速朝对面同事招手："来不及了。我不能多说，但案子已经几天了，没有证据我们不会查到这儿……"

梁韵的心脏跳动得很快。

听筒里的声音一字一句都传入彭致垒的耳朵，他不敢转过去与梁韵对视。直到梁韵挂断电话，他不得不面对。

梁韵盯着彭致垒，冰冷地开口："你是不是知道什么？"

彭致垒攥紧手中的方向盘，滚动喉结，踩紧油门，几乎崩溃地说："别再问我了……"

"你们为什么打架?他早上找你说了什么,为什么他没有跟我一起去机场?"巨大的恐惧席卷而来,梁韵怒喝道,"他到底去哪儿了?"

"他不想让你知道……"

梁韵突然挎上包侧身,彭致垒一眼看出她要做什么,立马去锁门窗:"你要做什么?疯了,这是马路上,你不要命了!"

"是我不要命还是他不要命!"梁韵吼了一声,"难道你要我眼睁睁看他自寻死路?明知道是错的还要放任他往泥潭跳?"

彭致垒内心剧烈挣扎,脚底的油门不自觉地松开。

如果真的这么走了,她一辈子都不会甘心。

"你知道吗?"梁韵尽量用最平静的口吻,"他跟我说过,你是他最亲最亲的兄弟,你们好得像同一个人。"梁韵眼眶发热,到这个时候还能沉得住气说这些,"我也能感觉得到,你身上有他过往的影子,他和你拌嘴吵闹的时候多少能看出点从前的活力,所以我不希望他一直是这样,我努力想带他走,可是始终融不进去他心里,他抵触这些你懂吗?"

彭致垒猛然踩下刹车:"我也想,可是他太轴了,真的没有办法。"

梁韵见他动摇,继续道:"不试试怎么知道,我们必须赶在警察到之前找到他!"

彭致垒缄默半晌。

"你知道他在哪儿对不对?"梁韵抿紧唇角,眼中泛酸,"没有时间了,大彭……"

彭致垒胸腔被一块巨石压制,内心的挣扎最后被理智占据头脑,视线落到后视镜,蓦地打过方向盘掉头,咬着牙说:"我不记得具体位置,那天我拦车跟过一次。"

"大概位置呢,你再好好想想。"梁韵一遍一遍地拨打那个号码,手有些发抖,"先往回开,快点!"

大概是知道这趟是回去做什么,彭致垒精神了些,语气沉重:"关于他的事你知道多少?"

"什么?"罗成一直不接电话,梁韵一直拨,眼眶泛红,"他不接我电话。"

"继续打。"彭致垒把油门踩到底,"梁韵,罗成早就安排好了,他现在满眼只剩仇恨,无论我们回不回去,他一定不会让那人活着。"

梁韵呼吸一窒。

彭致垒面目涨红，既然走到这一步了，迟早都会真相大白。

仓库内，空旷的铁皮厂房持续响起哭号和叫喊声。

陈远德的大腿鲜血淋漓，每当快要昏厥的那一刻，罗成就会从头顶浇下一瓶水让他保持清醒。

罗成捂住下腹，阴沉地笑道："再不好好说，下一刀就照着你捅我的位置捅你。"

陈远德满脸肿胀，蜷缩着身子连连点头："是真的……全都是真的……"

"继续。"

一幕幕碎片冲击着大脑。

陈立海，是陈远德名义上的父亲，街坊邻居都称呼他为"老陈"。陈立海表面上看起来忠厚老实，实际上和陈远德一样，是个心狠手辣的人。

这场悲剧的人为车祸，在三十多年前就已经埋下祸根。

陈立海的老婆，李秀娟，一个从乡村出来的穷苦女人，温柔贤惠。他们在一家食品厂相识。陈立海在厂里待的时间长，又加上是"老油条"，自然而然地混上了个小职位。李秀娟初到厂里时，被安排到陈立海的手下干活，她老实本分，工作上面从来不偷懒，可就这样一个平凡不起眼的女人偏偏被陈立海注意到了。

李秀娟年轻，长得虽不是极美，但柔和的气质与踏实的性子很快让陈立海蠢蠢欲动，她是陈立海手下最听话、最认真的一个员工。很快，陈立海对李秀娟展开追求。

无论在厂里工作还是下班回家，每到一处无时无刻不有他的影子，李秀娟躲不掉，后来如实跟陈立海坦白，说自己已经有了想要结婚的人，如果再骚扰她就要从厂里辞职。

陈立海不是一个循规蹈矩的人，他好赌，好喝酒打牌，脾气也很暴躁，一听这话顿时急了眼，但转念一想，只要她还没结婚，那他就还有机会。之后他慢慢改变策略，也不再像狗皮膏药一样随时随地黏在她身边。几个月后，就在他快要沉不住气时，一个天大的好消息突如其来砸到头顶。李秀娟的男友是城里人，两人本已到谈婚论嫁的地步，却因为男方父母的反对最后草草收场，而她男友也是个窝囊废，对父母的安排言听计从，最后娶了别的女人。

李秀娟每日以泪洗面，本以为熬着熬着也就这么过去了。直到有一天，她在厂里做包装时突然晕倒了。周围干活的几个知情人即刻把话传到陈立海耳朵里，他匆匆从办公室奔出来送李秀娟去医院。这不查还好，一查发现李秀娟已经怀孕三个月了。那时候，传出未婚先孕的丑闻是让人抬不起头的。李秀娟浑浑噩噩地出了医院，陈立海更是一肚子火，不管不顾地就要冲去找那男人算账，但那家人早已搬到南方去了。

李秀娟怀孕这件事瞒不住，没几天就被在医院碰见的街坊邻居传了出去。李秀娟的父母顿时觉得没脸见人，待李秀娟回去后毫不留情面地破口大骂，李父甚至动了手，李秀娟的母亲又是气愤又是难过，但毕竟是自己的骨肉，只好拉开李父好生商讨。

半个月后，李秀娟抵不住厂里的恶言恶语，最后还是辞了职。这事陈立海第一个没同意。很快，他找到李秀娟家里人，二话不说直接下跪，说不在意李秀娟肚子里的孩子是谁的，就是铁了心要娶李秀娟。李家二老顿时怔住了，先是花了好一会儿消化这个消息，最后才确定陈立海不是开玩笑，且对自家姑娘是认真的。对当时的情况来讲，没有什么比这个更好的解决办法。李家二老立刻改变态度，从里屋拉出李秀娟来商量。

或许是李秀娟心死了，陈立海提亲这事并没有对她的情绪造成多大起伏。李秀娟也抵不过父母的咒骂和邻居的指指点点，最终和陈立海领了证。

李秀娟肚子里的孩子就是陈远德。头几年，陈立海还是把陈远德当自己亲儿子一样对待，但随着时间过去，积压在男人心里的屈辱也逐渐放大。陈立海被查出没有生育能力，性格开始变得扭曲，不仅一改对陈远德的态度，也不再把李秀娟放在眼里，每日花天酒地，喝多了心情不好就对李秀娟呵斥大骂。

就这样，一晃二十多年，他们母子都是这么过来的。直到有天，一个突如其来的男人打破了这场看似平静的生活。那个抛弃李秀娟的男人不知从哪里打听到李秀娟为他生下一个儿子，从南方跑来认亲。但李秀娟并没有和他讲一点情面，直接连儿子的面都没让他见到。

但这件事不知怎的传入了陈立海的耳朵里，他变得比往些年更加狂躁暴戾。

陈远德不忍母亲受委屈，从一味的忍让到逐步反击。李秀娟无欲无求，只想安安稳稳地过完余生，直到她身患重病。陈远德带她去医院检查，才知道她没多少日子了，这种病是心理和身体双层折磨积攒患上的。哪怕这样，陈立海依然不管不顾，该赌赌，该喝喝。陈远德就在这样的环境影响下，心理变得比陈立海还要扭曲。就在他预谋好一切的时候，突然有一天，李秀娟喊他进屋说话。

或许世上最懂儿子的就是母亲，李秀娟骨瘦如柴地卧在病榻，苦口婆心地说："……阿德，妈这辈子窝囊惯了，没让你有个好的家庭，也知道你每天都想什么做什么。妈想跟你说几句心里话……"李秀娟握着陈远德那双粗糙的大手,"妈比任何人都想让他死,但没有办法,咱们娘俩最困难的时候他帮过一把,要是没有他,当初妈就没有勇气把你留下来。"

陈远德双眼充血通红。

李秀娟继续说:"我走了后,你要改掉自己身上的那些坏习惯,不要变得和他一样。多留一丝善念,往后的路才能走得通畅。"

当然,这话并没有被陈远德听进心里。

李秀娟走了后,陈立海更加肆无忌惮了,吃喝嫖赌样样没落下,要债的人每天都上门,陈远德最终谋划了一场自以为天衣无缝的局。

济南。城市的一端。

高中校园的下课铃声响起后,两个扎着高马尾的姑娘互相抓挠嬉笑。

"好啦好啦,不闹了。"罗娜躲了一记石漫秋的"爪子","我哥接电话了。"

石漫秋吐了下舌头,乖乖放手。

罗娜笑着把电话放到耳朵边:"我我我,是我啊,哥。"

罗成笑一声:"我还不能不知道你是谁。"

"嘿嘿。"罗娜两眼星亮,"你现在忙不,跟你说个好消息呗。"

电话那头有些吵,隔了几秒,一道门声合上后瞬间安静。

"好。"罗成蹲在俱乐部门口,"说来给哥听听,看有多好。"

罗娜瞟了眼石漫秋,清清嗓子:"考试成绩出来了哦,第二名。"

罗成勾起唇笑,故意说:"哟,怎么还不是第一啊?"

石漫秋咯咯地笑,对着电话那头喊:"罗哥不厚道哟,第一是我,抢不来。"

罗娜噘嘴,石漫秋摸摸她的头笑。

"怎么的,你俩又弄哪出呢?"罗成说。

"喂!"罗娜见他装不懂,"哥,别想耍赖,你说好的这次国庆带我出去玩。"

罗成愣了一下。

"哥……"罗娜撒娇地喊他,"你是不是忘了,之前说好的怎么能耍赖啊。"

"没啊,哥怎么能忘呢。"罗成讪讪地笑,"都记心里呢。"

"那你带不带我去嘛!"

"去去去。"罗成是真的忘记了,但总不能打击小孩,"哥挂了电话就给你俩买票,你和漫秋一起来青岛。"

罗娜朝石漫秋一眨眼:"是这样的,我和漫秋想去内蒙玩,趁着国庆有长假嘛。"说完还不忘加一句,"对了,爸妈也要去,他们同意了呢。"

"啥?"罗成眉头一皱,"这不就几天假期,跑那么远?"

石漫秋忙戳了下罗娜的胳膊,让她拿出提前商量好的说辞。

罗娜嗯啊出声:"哎呀不远,正好漫秋小叔不是调到那里工作了嘛,漫秋说他可以带我们一起玩。"

罗成呢喃:"石哥?"

石漫秋又朝罗娜耳边凑:"对!就是老石!他说去了抽空带我们玩,一起去嘛罗哥。"

罗成想了想,那几天也不算忙,最后应下了这趟家庭亲子游。

这件事最高兴的要数罗母,一听儿子也去,立马收拾行李要买票。

第二天,就在罗成准备回济南的时候,却临时接到了要参加比赛的通知。罗成无奈,一个电话给罗母拨过去了。

他嬉皮笑脸:"妈,干啥呢?"

罗母眉开眼笑:"儿啊,你啥时回来?妈刚收拾好行李。"

罗成挠挠头,最后讪讪开口:"妈,跟您商量个事呗。"

还没说什么事,电话那头的罗母瞬间脸垮了,她不说话,罗成知道她猜出来了。

"知子莫若母啊……哈哈。"罗成尴尬地笑,"我还没说您就知道了。"

罗母老脸一皱:"你这熊孩子就会骗我开心,我还以为你真的去,妈看了天气预报,该穿的衣服都给你装好了。"

罗成心里一酸,忙安抚:"妈,别生气别生气,别气坏身子了。"

"我早晚得被你气趴下。"罗母哼一声。

罗成听着她语气好了点,才认真说:"那个比赛规模可大了,奖金还多,拿到后给您买个最新款美容仪好不好?"

"少哄我了。"

罗成轻声笑:"不是前两天您跟爸说想要的吗?"

罗母瞪了一眼沙发上的罗父:"这老头就会告状,什么都往外说。"

罗成笑容扯大:"怎么能叫告状呢,下次想要什么直接跟儿子说,小老头哪懂啊。"

聊着聊着,罗母被罗成哄开心了,到最后也只是说:"那你不去拉倒,我们几个自己走。"

罗成道:"叫小娜把火车票退了吧……我给你们买机票过去。"

罗母连忙拒绝:"你这孩子就会浪费,妈没坐过飞机,坐不来那玩意儿。"

罗成心里明白她舍不得钱,换了个说法:"我都订好了呀,明天下午的,连着小娜朋友的，您想想到时候扔哪个票可惜？"

罗母最终只能妥协。

"到那边住宿都怎么安排的？"罗成想尽可能都帮他们准备好，"我等会儿联系旅行社。"

"哎呀，不用儿子。"罗母慈笑，"你石大哥，漫秋的叔叔给弄好了。"

罗成笑："行吧，到那儿也别什么都麻烦人家，旅游开开心心的，看上什么就买，别省那点钱知道不？"

罗母还惦记着儿子："那你不去就不去吧，但是跟妈说好了，我们到家的那天你也得回来。天冷了，妈给你包饺子吃。"

罗成应着好，又和罗父和罗娜聊了会儿，嘱咐他们路上注意安全。

本以为只是一通普通的家常电话，却没想到是最后的道别。

那一天下午，罗娜一家三人加上石漫秋抵达了石永波安排的旅行社，先住一晚上，第二天开始旅程。

而陈立海，恰好是这家旅行社的合作司机。

陈立海早年待的那个食品厂因效益不好最终倒闭了，但日子还得继续，他又没什么技能，只好利用本地人的优势做司机。他好喝酒，开车不能喝，一喝又忍不住，所以一年到头也挣不了几个钱。

那天中午，陈立海中途回了趟家拿换洗衣服，还没进门，就见那个瘪三养子一脸阴气地瞪着他看。

陈立海瞬间炸了毛，开口就骂："看什么看！没见你老子回来了，一脸衰样。"

陈远德自从李秀娟死后本性也逐渐暴露，什么样的家庭造就什么样的孩子这句话完全在他身上展露出来，李秀娟最后的话不仅没有感化他，反而加剧了他的仇恨。

陈远德阴沉地开口："你到底欠了多少钱，昨天那个要债的又来了。"

陈立海在老旧的沙发上一躺："是替我挡下了还是替我还了？"

"我凭什么替你还？"

话音刚落，陈立海暴躁地坐起身指着他鼻子骂："老子白养你这么多年，什么用都没有，跟你死去的妈一样窝囊。"

陈远德沉默不语，这些话他早已听习惯了，只是很平静地说了句："你不是前两天让我给你修车？现在还要修吗？"

陈立海摸到桌子下的酒，刚要开瓶，又想到下午约了活儿，一看酒瓶在眼皮底下碍眼，但又喝不了，脾气变得更暴躁："让你修个车怎么磨叽几天了！"

陈远德看着他那样，突然笑了，拖长音咬着字道："我也想早修啊，不是你这几天都没沾家嘛。"

"这还是个人样。"陈立海吃软不吃硬，"给底盘调理调理，也不知道什么声音吵得我脑子疼。"

陈远德转身准备去修车，又听见陈立海说："对了，今天得给我整好了，明天还要拉客，吵着人算怎么回事。"

陈远德脚步停住，转身问："明天拉客？"

"我不挣钱指望你给我还债？"陈立海说得堂而皇之，"哪那么多问题，给我修好就行，六人包车，别让人不满意。"

陈远德沉笑一声："你也就只能在外面装装好人了。"

陈立海一听话不对，抻着脖子又要砸骂。

陈远德摔上门，盯着床底的工具，目光落在上面瞥了良久，最后还是毫不犹豫地拎上出门。

次日，上午十点十八分，车子驶入山路。

车里欢声笑语，每个人都对这段旅程充满了期待。罗父坐在副驾驶座，有一搭没一搭地跟着陈立海闲聊打发时间。中间坐了一对小情侣，两人就快结婚了，罗母一听有喜事，扯着笑凑近听两人的情史。

罗娜与石漫秋则是挤在后排说着那个年龄段少女的小秘密。

一切都很平静，拐上第二个山弯时，山路变陡，陈立海也不再闲聊。山路陡峭，他打起精神，其他人则欣赏着崖边的风景。

突然，陈立海察觉到脚底的异样，他直觉地踩下刹车，可是踩了第二下、第三下时依然没有反应，他大脑突然蒙了。很快，他调整好情绪，按下车窗，手里抓紧方向盘，就在准备向前方迎面而来的车辆求救时，后面一辆超车的皮卡车猛地窜出来，陈立海方向盘没稳住，车子撞上崖边护栏。

"啊！啊！什么情况！"

面包车在摇晃，车里的人大声惊呼，罗父意识到什么，立刻掏出电话呼救。

"都闭嘴！不要动！"陈立海憋着气，视线赶紧往后视镜瞥。

车子挂在半边悬崖上，前轮两个轮胎侧歪悬空，下面万丈深渊，黑不见底。

根本没有时间思考，短短几十秒，一切都来不及。

罗娜坐在最靠窗的位置，她不敢动，甚至不敢转头，往下就是万丈山崖。

车子晃动得更厉害了，一种不好的预感让罗娜的心渐渐沉了，她抽出手机，按下那串号码的同时，巨大的破碎声和轰隆声穿透石林陡壁，一种从未有过的失重感瞬间侵入了每个人的肢体。

那天没有阳光，但留在每个人最后的记忆都是温暖的。

汽车在燃烧，鲜血在沸腾。

横在手心里的手机被紧紧攥着，它依然顽强执着，听着微弱的机械话筒音重复。

罗娜勉强撑起笑容，最后一丝气息消失在无边的空林里。

激情澎湃的呼喊声振奋在颁奖台上，后台储物柜里，手机持续发出沉闷的振动声，带动着铁柜嗡嗡响动。

后来的每一天，罗成每每想到那一场比赛就有一种钻心的痛。他恨造成这场事故的肇事者，也恨自己：因为比赛，没有见上家人最后一面；因为领奖，错过了妹妹最后一通电话。

没有人给他留下念想，所以他只身前行，寻找存活下来的意义。

仓库外，大雪纷飞。

罗成撑着木箱缓缓起身，手机铃声还在继续。

他接了，声音像沉入海底："喂。"

红蓝色的警灯频频闪烁，一排警车急速驶过。

"快跑！快跑！"刘四栋慌神大吼，"警察来了！你现在停手！从右边绕到铁厂后门跑！"

罗成短暂晃神半秒，问他："你在哪儿？我不是让你走了吗？"

"别说废话！警车已经过了二道口。"刘四栋坐在车里嘶喊，"罗成！仇报了自己也搭进去了，在我看来和失败没什么区别！"

良心在叫嚣，刘四栋没走，或者说没走远，他挑了一个十字口，放倒座椅替他望风。

"……不走了，就到这儿了。"罗成看着地上奄奄一息的男人，对话筒说，"我不需要别人承担。如果还能记得我的话，你就不要回头，往前走。"

说完这句话，罗成直接挂掉手机，录音笔还在继续工作，他拿近了一些，放在钱夹上。

地下一摊血，血腥味弥漫在半空中。

罗成重新蹲下，将匕首顶在陈远德的肚子上："所以说……你明知道你爹那辆车会拉客……"

回忆落幕，陈远德竟不再恐惧畏缩。

血糊了他一脸，但仍能看清他勾起的嘴角："知道，那又怎样。"

罗成恶狠狠地笑："你不是畜生，谁是？"

陈远德颓败地嘶喊:"谁让他们那个时间那个点碰上!要怪只能怪他们自己倒霉,任何人都不能阻挠我!"

匕首猛然顶进陈远德的肚子,尖刃没有阻碍地捅到最深处。

"你自己生活过得不如意,就跑出来报复别人!"

陈远德的神经已经麻木了,声音微弱得几乎听不见,还在挑衅:"我死了……你也活不了,我们都是杀人犯,谁也不比谁高尚……"

罗成抽出匕首,挥舞拳头:"我原本是想留你一命!因为我也有想要守护的人!我不想为你白白送命,但你这么丧心病狂!你怎么能这么丧心病狂!"罗成没说完,拳头也偏了,腹部的疼痛让他腿一软跪下了。

"七个人,七刀。"他甩甩头清醒,重新握住刀柄,"后面两刀你要还能挨得下去,我算你命大……"

陈远德意识已经模糊,完全听不到他在说什么,只能看到刀刃落下的那一刻,有人推开门,一束光刺了进来。

"罗成,快停下!"

梁韵颤抖着朝着罗成方向狂奔:"别这样罗成,停下,快点放下。"

手上的动作突然一顿,罗成猛地回头,那张此刻最不想见到的脸就出现在眼前。

罗成头上青筋暴起,他身上也没多少力气,拧紧陈远德的衣领往后生拉硬拽,拿匕首的那只手下意识地去压低帽檐。

"退后!离我远点!往后退!"

梁韵蓦地停住脚步,浑身颤抖不敢动,眼里泛着泪花。

满地都是鲜血。

几秒后,警笛声越来越近。

梁韵双手甚至不知道该怎么放,恐惧充斥着她的大脑。她用哭音喊他:"罗成……我都知道了,我都知道了,你别这样好不好。"

"你为什么要带她来!"罗成疯了一样听不进任何话,满眼猩红地瞪着她身后的彭致垒,"我有没有说过!不准带她回来!不准带她回来!"

彭致垒更心痛,他看到罗成带着伤,地上那人更是奄奄一息,罗成手里的匕首抵在那人的胸口。

"罗成……你听我说好不好……"梁韵尝试着往罗成方向走,用话去安抚他,"警察就在后面,你先把刀放下,我们去自首,一定会……"

"大彭把她带出去!"罗成嘶吼,他不想让她看到这一面,"快点!你怎么答应我的!"

彭致垒上前拉住梁韵让她不要太激动,刺激到罗成。

但梁韵使劲挣开彭致垒,仍对罗成方向喊:"你有没有想过,如果你真的这样做了就再也不能回头了……"

罗成:"已经没有回头路了!"

梁韵眼泪哗地流下:"有的!有的!警察还没进门,你现在把刀放下去自首!"

罗成将匕首移到陈远德的脖颈,原本昏昏沉沉的男人意识瞬间恢复清醒,他暴戾地大吼:"我要他们有什么用!"

陈远德想要抬手去拽喉咙上的匕首,但他没有力气,最后只能使劲"摇头摆尾"挣脱罗成。

罗成眼前发白,就快站不稳,手里还拖着一个人的重量,他咬着牙努力让自己精神。

猝不及防,一道道黑衣身影迅速冲进仓库另一侧大门,七八个警察手里持枪,枪口对准他。

石永波快速冲出来,痛心不已地喊话:"罗成!把刀放下!"

废弃的仓库已经挤满了人,罗成无所畏惧,却始终不敢偏头看那个离自己四五米远的女人。

罗成甩甩头,他就是想让陈远德死。

陈远德还在挣扎,罗成低头一笑,刀尖仍抵在他喉咙上:"这一刀下去,你就解脱了,感不感谢我?"

"不要,救我,救命……"陈远德气息微弱。

一位年轻的警察端着枪,绕到梁韵和彭致垒的斜后方,找到一个狙击点。

"都给我退后!"罗成眸光一瞥,朝那个年轻的警察怒吼,"你!退后!不准站在她后面!"

"好!好!罗成你别冲动。"石永波忙挥手,"大刘退回来,往后退!"

腹部持续传来疼痛,但罗成顾不得,不知是对石永波说话还是对陈远德:"看见没,这个人才是凶手。"他对木箱抬抬下巴,"录音笔里有他亲口承认的罪行,我不知道管不管用,但是他承认了,亲口承认了。"

罗成的脑子已经不太清醒,陈远德更是处在垂死边缘,如果再得不到救治,不用罗成手上那一刀也可能会死。

那时候整个性质又会变得不同。

"罗成,听我说。"石永波没拿枪,伸手往下抚平他的情绪,"罗成……案子我已经重新上报了,很快就会重新侦查……"

罗成撕心裂肺地喊："滚！别跟我废话！"

"真的，你信我，你相信我。"石永波真的害怕，害怕罗成不要命。

罗成眼眶充血："那为什么到现在才查？今天他不可能活着从这里出去，我不会信你们任何一个！"

"砰"的一声，鸣枪一击地面，一道刺耳的火擦音划破大雪的天际。

"啊！不要不要！"梁韵慌乱地摆手。

石永波猛地回头，冲后面一个气场威严的警察道："老徐！等等，再等等！"

罗成被地面子弹的冲击打得连退几步，最后撑不住，自己连带着陈远德一并趴倒在水泥地上。

他勉强撑起身，刀子仍不离手，跪在冰冷的地面，不服输地低笑。

梁韵从来没有见过这样的罗成，他像一只走投无路，又拼命挣扎的绝望野兽。

"你到底怎么才能相信……"比他更不服输的是石永波，"大刘！去，去我车里把回执单拿出来，快去！"

小警察动作很快，立马收枪往大门外跑。

来回不过三十秒，他带着风雪重新回来。

石永波试着往前走，让罗成看清手里的文件，边走边说："你不相信我可以，这个白纸黑字你该认识，它骗不了人，还有你说的'疯婆子'我们已经派人去联系她的家人，很快就会有进展。"

罗成视线模糊，他紧紧闭上眼，再睁开，依然花白一片。

"罗成！"石永波往后一指，"你看看！你真的不要命了吗！你现在不是一个人，你不是孤零零的一个人！"

梁韵已经双腿发软，眼泪糊在脸上："放下吧……罗成……求你了，我求你了。"

她不能眼睁睁地看着他跳下这万丈深渊。

在这个花白泛光的世界里，出现一道低低的抽泣声，且是从未有过的柔软。罗成的心倏地松懈了。

梁韵缓缓靠近他，带着哭音："我知道你痛苦……可人生不止这些，还有更值得你去做的，逝去的已经逝去了，但活着的人还要前行不是吗……"

罗成对她摇头，嘴里仍在低喃："我得报仇……"

巨大的矛盾感在撕扯，那道白色的光闯入他视线，且越来越清晰。

梁韵蹲下朝罗成伸手的那刻，罗成一瞬间清醒，他猛地撇过头往后撤，低下头不敢抬眼。

"是我……"梁韵缓缓停在他脚下。

石永波回身,稍微抬手,让一排的四个人往左右靠,剩下几个守着门不动。

梁韵看了眼罗成抓着的陈远德,他满身是伤,也许是被疼痛刺激,也许潜意识里觉得快要获救,他开始沉声低笑。

梁韵倾身弯腰,双手覆在罗成的耳朵上:"没事,没事……"

罗成下意识地抬起胳膊,很快余光瞥见满是脏血的手,又悬在半空中停下来。

掌心下的温度冰冷,梁韵吸了吸鼻子,逼迫他抬眼与她对视:"听我说……你不是一个人,你还有我……"她半跪在水泥地面,"我们还有很多日子没有过完,你还欠我好多承诺,我不想就到这儿了……"

罗成眼眶泛泪,手中的匕首微微颤动。

"相信我,相信石警官,真的还有希望……"

罗成眼里映出一个他从未见过的梁韵,她低声讨好,温柔地流着泪。她在冬日的大雪里挺身走近,没有嫌恶,没有恐惧,依然如同火炉一样靠近他,温暖他。

僵持数秒后,他松了匕首,手举起来了。

四周警察急速靠近。

猝不及防,陈远德突然开始抽搐扭动,鲜血从口鼻中喷出。

罗成仅用半秒思考,一把将梁韵推开,周围的枪口齐刷刷对准罗成。石永波急忙喊话:"停下!大刘!快去门外喊救护车!"

事态急转直下。

罗成被冲上来的警察压趴在地上,双手在背后被牢牢锁住,他撑起头,干裂的嘴唇半张半合,他笑了:"吓到你了……"

梁韵声音苦涩,脸上却努力维持着笑:"你好好的……"

那天分开得太仓促。

在最后的记忆里,看到他满身是血,被铐上手铐,抬上担架,送进救护车,最后跟随着一辆辆警车消失在风雪里。

然后就再也没有消息。

再度回忆起那段日子,梁韵觉得好像是大梦一场。

青岛。

城市的霓虹灯光璀璨。

某写字楼办公室的落地窗边,映出沙发上一位背影纤细的女人。

有人敲门进来，一姑娘捧着一摞文件走近，恭敬道："梁总，这是您要的上个季度的报表，都在这里。"

梁韵抬起头，从她手里接过："谢谢，我回去看一下，周一开会时再讨论。"

"好的，上个季度的宣传做得还不错，所以销售量上涨了。"

梁韵笑："我知道，主要还是产品过关。"

周菲菲走近两步，开心地说："是呀，我男朋友也买了这款，他说拍照确实比之前的好。"

梁韵大致翻了一下文件，随后合上放到桌面上。

周菲菲两手交叠，见梁韵没有要聊下去的意思，讪讪笑了笑："那……我先出去了，您有什么事再叫我。"

梁韵点了点头。

周菲菲刚转身，就听见梁韵喊她："菲菲。"

周菲菲停下："欸？梁总。"

梁韵站起身，温和地说："加班辛苦了，今天就先到这里，没做完的周一再继续吧。"

周菲菲愣了一下，随即道："啊，梁总，没事没事，这是我应该做的。"

梁韵走到办公桌前，伸手拿起一个浅棕色的包装袋，说："这是我晚上点的餐，里面没动，先吃点垫垫肚子再走。"

周菲菲瞬间脸红了，刚刚站在梁总旁边的时候肚子不合时宜地叫了一声，没想到梁总听见了。

"没关系……不用了，梁总。"

"还热着。"梁韵知道周菲菲是不好意思。

周菲菲望着这个空降的上司，不过短短半个月的时间，她就被对方的领导能力所折服。

周菲菲点点头，接过梁韵递来的袋子："谢谢您了。"

梁韵笑问："记得早点回去，不是有人在等？"

"啊？"周菲菲张大嘴巴。

梁韵绕过桌子，朝着落地窗下点点下巴。

周菲菲尴尬地笑："没关系的，他每天都来等我下班，也不差这一会儿。"

梁韵余光瞥见她幸福的模样，没继续这个话题，只是笑说："跟外面的人说再坚持几天，等忙完这段日子我请大家吃饭。"

周菲菲连连点头："好的，梁总再见。"

梁韵又在办公室坐了会儿,但其实她什么都没想,什么都没做,时间一分一秒地划过。

"还不走?"一道声音拽回她的思绪。

梁韵回神,一个穿西装的短发女人坐在对面的沙发上。

"哦……你不也一样。"梁韵笑。

唐立岚耸耸肩:"相处得不错啊,还给下属发福利呢。"

梁韵低头笑。

唐立岚抬眼打量了一圈办公室,回过头看她:"怎么样,还能适应吗?"

梁韵把文件放进抽屉里,实话实说:"还不错,比我想象中的要轻松,挺合得来的。"

"我就说来我这儿要比'明朗'舒坦。"唐立岚一撇嘴,"真不知道你怎么想的,在那儿待得这么憋屈还能忍这么久。"

梁韵打趣:"那时候你也没给我提这待遇啊。"

"啧,庸俗。"唐立岚说,"我这儿虽说没'明朗'平台大,但势头好啊,再等两年试试,指定在市场上拔得头筹。"

梁韵笑出了声,眉梢微挑:"你跟大学时一样。"

唐立岚算是梁韵的师姐,当年在大学小有名气,还没毕业就开始自主创业,一路上跌爬滚打。她雄心大,中途失败了一次,没气馁,从头再来后才有今天的光彩。

去年年初,唐立岚的公司刚在市场上站稳脚跟,想挖梁韵过来,不过那时梁韵在"明朗"刚升职,于是就婉拒了唐立岚。

唐立岚想起点什么:"你过来,'明朗'没意见?"

"停职之前交接得就差不多了,还能有什么。"

"我说的是高总,高以泽。"

梁韵想起前段日子,说:"上周回去办辞职手续时见过一次,也没怎么样,不干就不干了,这点自由还是有的。"

刚回来那几天,梁韵的状态不是很好,但生活总归得继续,她努力调整情绪,第二天就回"明朗"把辞职手续办齐了。

那天高以泽意外地没为难梁韵,也许是她脸色不太好看,也许是知道她有了新男人,没有缠着不放人,这一点他做得算不错。

都是同行,唐立岚也知道一些他们的事。

"处理好了就行。"她说,"放心,我这边的技术部门过关,不会像之前在'明朗'一样拖你后腿。"

梁韵笑了笑，懂她的意思："嗯。"

梁韵辞职不单单是因为高以泽无休止的骚扰，更多的是之前在"明朗"工作的不顺心，前些年都还不错，慢慢升职带了新的团队，员工受不了突如其来的高压工作量，就与梁韵磨合得不是很好。

没几个月，公司推出的新相机在市场上又被爆出电池等质量问题，而她正是这个项目的负责人，自然而然要对整件事负责，之后就是面临着调职的问题。高以泽给的方案是换负责人或者继续让梁韵带队解决问题弥补损失，但当时，一屋子的人，场面齐刷刷地安静，梁韵心里就清楚了。

在停职的那段日子里，梁韵反思过自己的领导才能，也许是自己太严格了，也许是没有切身体会过下属的感受。这些都是她积累的经验和教训。

唐立岚从沙发上起身："别担心，我这群小年轻可都是鼓足了干劲的。"

梁韵拿起车钥匙："走不走？我送你？"

"我刚来你就走……"唐立岚无奈地起身，"我自己开车了。"

梁韵笑了笑，转身录入指纹打卡后乘电梯去了停车场。

夜幕深沉，整片夜空没有半点星光。

车子走走停停，有些塞车。

等梁韵回到家后已经过了一个多小时。

她照常做着每个步骤，开灯，换鞋，走到冰箱拿上一瓶啤酒。

梁韵散开头发，脱掉工作服，抱着抱枕深深躺倒在松软的沙发上。

落地窗很大，楼层很高，能够俯瞰半个城市的夜景。

璀璨亮丽。

从内蒙回来到现在，她刻意不去记起那段像梦一样的日子，可似乎越想忘记，就越像根刺一样死死扎根在心里。

趁着还清醒，梁韵摸到身后压着的手机，翻到这些天最常拨打的那个号码。

郑林，当地很有名的一个律师。

但和梁韵一样，都是江苏人，两人不怎么熟，或者说，在没委托他做律师前不怎么熟。

他是梁父同事的儿子，这次也是通过梁父的介绍联系上的。

郑林的声音很平静："还是那样，不怎么配合。"

梁韵侧趴在沙发上："你跟他说明情况了吗？"

"当然，各种结果都与他分析了。"郑林停了下，又继续，"不过他心里应该清楚，情况不会太好。"

梁韵问:"他的伤好点了没?"

郑林想起上午在看守所见到的男人:"应该没什么大碍,看着挺精神。"

梁韵默声笑了,很快又想到什么:"那个人呢,还没醒吗?"

"一直处于昏迷状态。"

郑林自从梁韵委托他做罗成的律师后一直待在当地等着案子开庭,完全掌握了一线消息。

"梁韵,"郑林正在翻看伤者的照片,"你要做好心理准备。"

静了很久,梁韵出声:"我知道。"

郑林沉默半晌后说:"也别太担心,至少从今天和我交流的情况看,对案件还是有利的。"

"是石警官找他了吗?"

她知道罗成已经不抱希望了,他不要律师,也不要辩护。

梁韵没有办法,只能找石永波替她带话。不知道石永波如何劝说罗成的,总之第二天郑林成功地见到罗成了。

郑林说:"也许吧,今天我过去的时候石警官刚走。"

"那就好……"梁韵喃喃,"我能去看他吗?"

郑林这次回得很快:"不行。别说他不想你去,就目前的情况来说也不允许探望。"

梁韵理解:"好。"

"再等等吧。"

"郑律师。"梁韵郑重道,"麻烦你了。"

郑林愣了下,随即轻笑说:"受你委托,替你办事,这不是应该的嘛。"

挂了电话。

梁韵照旧躺在沙发上,维持一个姿势没动,直到一只手臂渐渐染上麻意,才坐起身。

那天,从那间旧仓库出来后,她再也没有见过罗成。

罗成被送进特定医院治疗,不准任何人探视。梁韵回到小院待了一晚,本想第二天能找人通融进去看他一眼,却没被允许。

彭致垒知道她还有工作,就说让她先回去,自己在那边等。梁韵想了会儿,最后同意了。

她走的那天,没见到罗成,也不知道他伤势怎么样。她带着一颗悬挂在半空的心就这么回到了青岛。

一个星期后，彭致垒也回来了，只剩下那个男人……只身一人孤零零地待在那儿。

彭致垒说为罗成找了个辩护律师，但罗成死活不要，这是石永波传出的话。

罗成说："没有意义的事，就不要再做了。"

梁韵听到这句只觉得这个男人傻透了，也固执透了。

这半个多月，梁韵每天都会想起那段日子，想起那个男人，想到和他仅存的、少得可怜的那点回忆。

但她不甘心，她要了石永波的号码去打探罗成的消息。慢慢地，她知道他醒了，知道他能下床走路了，也知道他被带进去了。

而她换了工作，搬了新房子，每天按时按点上班、下班，过着和以往一样规律又稍显乏味的生活，多了一点乐趣是孙晓偶尔会抱着宝宝来家里陪她。

临近过年，公司没什么事了，梁韵也早早买了高铁票回老家看望父母。

梁父梁母有一段日子没见到女儿，终于盼回来了。

换了个环境，梁韵也不再像之前一样频繁地打探消息。

年二十九那天，郑林也回来了，告诉她年后开庭。

年假结束，梁韵回了青岛，郑林去了内蒙。

偶尔郑林会给她打电话，但更多时候都是她主动打过去。

直到周五的那天，梁韵堵了一整天的胸闷在晚上释放了，那是她第一次不敢接郑林的电话，却又不得不接。

郑林那边也很平静："今天审判出结果了。"

客厅里只留着一盏昏黄的壁灯。

郑林知道她在听："梁韵，五年。"

梁韵哭了，在沙发上，同一个位置，憋了很久的情绪终于绷不住了。

她没有出声，只是默默抹掉眼泪，抬起头望着对面玻璃窗上的倒影。

"梁韵，我尽力了。"郑林说。

梁韵低声道："我知道，这样已经很好了。"

陈远德没死，命大，醒了。

郑林想起在法庭上那个背脊挺得笔直的男人，不知是隐忍还是淡然，听到审判结果时脸上没有半点波动。

郑林没再多说，但事实就是这样，因为陈远德没死，所以罗成还有机会活着。

"就这样吧……"梁韵闭眼，"有结果就好了。"

郑林看着桌面上的授权书，开口："下周我会回去，正好有份协议需要你签。"

"什么？"

郑林边翻看边说："罗成名下有一家俱乐部40%的股份要转让给你，另外还有一辆车也会过户到你名下。"

梁韵失神了半刻，恍惚中，想到还在小院中的一幕。

卧室内，从杂乱的抽屉里抽出的那张纸，封面上显示出股权转让的几个字。

原来……他早就做好了打算。

回来的那天，她下意识地去寻找罗成存在过的踪迹，但这里始终不是巷道里的老院子。

沿着街边走，忽然一辆机车从她身侧飞驰而过，她恍然想起了罗成曾经提过的俱乐部，于是拿起了手机，茫然无措，不知道俱乐部的名字，她只好问了史芸。

俱乐部走的赛博朋克风格，装修很炫酷，梁韵没有走进去，只是待在门口站了会儿，有几个年轻人进进出出，谈笑声一片，仿佛能从那群人里见到罗成的影子。

月末。

梁韵终于见到了罗成。罗成被狱警带出来的时候，身上穿着统一的蓝色棉服，头发剃得更短了。梁韵注视着那张脸，他瘦了。

越走越近，罗成明显慌乱了，不敢和她对视。

隔着玻璃，两人谁都没有先拿起电话。

目光碰撞的那刻，恍若隔世。

最终还是里面那人先撑不住。

罗成拿起电话，朝她挤了两下眼，勾起笑问："最近还好吗？"

梁韵一瞬间鼻酸，强忍住眼泪，声音带着少有的柔嗔："为什么不愿意见我？"

罗成往前坐了点，离玻璃近，也离她近。

梁韵移开手中的电话，低头看了一眼，她以为是话筒坏了没有声音。

再抬头时，罗成勾了下嘴角，人也精神挺拔了，吐出两个字："丢人。"

被他这么一逗，梁韵眼泪没憋住，哭笑出声。

罗成和她开玩笑："年过得还不错，小脸上都长肉了。"

他话落，梁韵抬起手背碰了碰两侧脸颊，明明跟之前没什么不同。她明白罗成在找话题，或者说，他不想让气氛太沉重。

梁韵说："无聊。"

"还是那地方水土养人，怎么感觉更好看了。"

梁韵:"油嘴滑舌。"

罗成嘴角的笑容越扯越大,但什么都没说,就这么盯着她。

时间很短,但两人都没着急开口。

静默了半晌。

罗成的神色慢慢严肃:"梁韵。"

在他喊她的那刻,梁韵几乎意识到他准备说什么,她先开口:"那是我的事。"

罗成望着那张脸:"五年,你知道五年有多久吗?"

梁韵比他说得直白:"所以你想结束。"

罗成咬紧牙关:"这根本不是问题的关键。"

"那你告诉我什么才是?"梁韵反驳他。

罗成低下头,视线正好落到手中的两只手,无奈地苦笑出声:"不值得,真的不值得。"

自己选的路,硬着头皮走下去了,犯的错,也得相应承担着。

探视只有这么短的时间,梁韵不想浪费到争吵上。她缓缓说:"你觉得是为我好,可这根本不是我想要的。"

到底什么才算好,罗成也不知道,他只知道不想对不起她,也不能耽搁她。

"你有没有想过,一个快四十、坐过牢出来的男人能有什么本事?"罗成把事实抛出来,也把伤口撕裂给她看,"还是个杀人未遂的。"

挡在两人中间的那层玻璃擦得很亮,可梁韵觉得视线越来越模糊。

她没有说话,但得承认是事实。

罗成说:"不想耽误你,道理你也都懂。"

梦终究会清醒,人也是。

梁韵低下头:"你给我那股份是什么意思,分手费?"

罗成想起那个律师,笑一声:"没这么难听。"

"你早就想好了,也早就准备了。"

"嗯。"罗成明白她指什么,"大彭也知道,我和他提过。"

可梁韵笑不出来:"我不需要。"

罗成倏地贴近窗边,拳头握紧放在腿上,声音喑哑:"……我知道,我知道你不缺。"但他只有这些了。

梁韵憋住眼泪:"都给我了,你不考虑以后出来怎么办?"

一阵无言。

罗成偏过头,低声道:"就希望你好,其他的别问。"

一行热泪从眼角滑落,梁韵抬起头后笑了:"你觉得我会过得好吗?"

罗成沉默了。

时间快结束了。

他不舍得移开视线,那道目光依然落在她那张表情变换的脸上。

从刚进来时的心疼、不舍,到最后的低落、失望,罗成把她每一个细微的表情都看在眼里,努力刻在脑子里。

狱警站在罗成身后,示意他到时间了。

罗成没回头,仍对着梁韵。他咧了咧嘴,笑得潇洒。

玻璃上映着男人的身影,嘴巴张张合合。

不知道你会不会好——

"但我希望你好。"这是他最后的一句话。

终于,在梁韵的注目中,他放下电话,慢慢起身。

狱警站在他身后,他没回头看过一眼,朝着铁门的方向大步走去。

第十七章

我想他

绿荫遮蔽，蝉鸣掺杂着喇叭声响彻整条道路。

阳光照下来的斑点渗透在片叶缝隙中，地面阴影圈圈点点。

微风一吹，枝叶轻轻飘动。

电梯门打开，一阵婴儿的哭啼声传进客厅。

梁韵走出来："怎么了，也不哄哄？"

孙晓把推车一停："哭哭哭，烦死了。"

她换了鞋，直奔茶几边倒了一杯水，咕咚咕咚下肚，喝完就往沙发上一躺，不带回头看一眼的。

梁韵目光在一大一小身上扫了一遍，再垂眸，小的在推车里睁着两大眼，睫毛上都是泪，两眼雾蒙蒙地对视她。

梁韵微微弯腰，笑着擦掉他的眼泪，推着车子往客厅里走。

"至于嘛，多大人了还跟个奶娃娃置气。"梁韵把小丸子抱出来。

孙晓坐起身惊叹："不错啊，你现在抱娃的姿势越来越标准。"

梁韵瞥了她一眼。

这话这么说确实有依据。这大半年，孙晓闲着没事就往梁韵这儿跑，育儿经验不知不觉也传授了不少。

孙晓拉着长音，叹气道："全职主妇不好当啊。"

梁韵拿起推车后边的奶瓶："好好说话。"

孙晓嘿嘿笑。

产后假期过了没多久，孙晓就回公司上班了，蒋绚给宝宝找了个阿姨照看着。

但有好几次回家后，孙晓发现阿姨用自己的嘴试奶的温度，说过几次，发现阿姨干活仍不细致，孙晓又是个火暴脾气，一气之下把人辞退了，自己也辞职了。

孙晓懒着声说："今天蒋绚加班，没人给我们做晚饭，只好来投奔你了。"

梁韵习惯了她这样，抱着小丸子转身："随你，不嫌弃就留下来。"

孙晓拉着梁韵坐下:"这什么话,你现在厨艺水平快赶上我了。"

"你要不要听听自己在讲什么。"梁韵无语。

孙晓偷着笑。

厨房是开放式的,没多会儿,香味四溢。

梁韵偏过头看了看,对孙晓说:"应该好了,你去把火关掉吧。"

孙晓也闻到了,走过去揭开盖子,里面熬的大骨头汤,一旁的盘子里还有切好的菜。

她边洗手,边回头笑:"这都是给我准备的啊?"

梁韵抱着小丸子随口说:"你不是下午打电话要过来嘛,一猜你就是耍赖不走了。"

"嘿,你这人。"孙晓套上围裙,拧开火开始炒菜,"这到最后还不得是我啊。"

晚饭简简单单的两菜一汤,小丸子还小,饭桌上没他的地儿,孙晓往他手里塞了个玩具放进推车里自己玩。

等两人吃得差不多后,推车里的声音也消停了。

孙晓勾头看了眼:"小祖宗可算睡着了。"

梁韵也回头,无奈地笑:"都做妈妈了性子还这么急。"

"唉……你可不懂。"孙晓伸了个懒腰,"这玩意儿可太难伺候了。"

梁韵折返身,把手擦干净,轻轻将推车拉到一旁。

小家伙睡着的样子真可爱,她捏了捏小丸子的小脸,又忍不住摸了摸他攥紧的小拳头。

孙晓目光柔和地落在梁韵脸上,看着她的举动,轻声喊她:"欸,这么喜欢我儿子啊?"

梁韵坐回沙发:"比你乖多了,随蒋绚。"

孙晓低笑两声,倒是实话,不反驳。她弯腰抱起小丸子送进梁韵的卧室,再出来时,突然想到点什么。

孙晓蜷在沙发椅上,说:"以前上学那会儿,记得你不是不喜欢小孩嘛。"

"谈不上,就那样吧。"梁韵随口说,"不过你的还行。"

孙晓撇过头,见她闭眼侧趴着,脸上表情淡淡的,跟以前差不多,不过现在明显少了一些活力。

孙晓盯着她看了会儿:"要喜欢的话,自己也提上日程呗。"

潜意思就是让她也尽快,按部就班往前走。

梁韵默默地笑了笑,没吭声。

好一会儿，两人都不说话，孙晓知道梁韵明白她的意思，也不绕圈子了："真不准备找一个？"

孙晓看梁韵一直沉默，才说："大半年了，真还放不下？"

孙晓见过梁韵刚回来那段日子的状态，心里藏着事，问她她也不说，不过到底还是朋友，孙晓软磨硬泡了几次，不知是她想倾诉了，还是憋在心里太堵了，最后还是说出来了。

孙晓就像是听了一段故事，开头和过程很美，就是结局意外地让人失落。

梁韵缓缓睁开眼，视线落到某一处，低喃似的："我又不是石头心，怎么会不难过。"

"可日子总得继续。"孙晓说。

夜黑，人沉静。

梁韵："知道，这不是一直在往前走吗？"

孙晓不想拆穿她，但又怕她不明白："你知道我说的不是这个意思。"

是在往前走，事业生活都在继续，却唯独在感情这儿停滞了。

"我没想这么多。"梁韵说。

"你要等他吗？"孙晓轻声问，"你们才在一起多久，如果我没算错的话也就一个月吧。"

梁韵好半晌，才应下声。

孙晓轻叹一声："我没想到你这么认真。"

梁韵弯了弯唇："认真不好吗？"

"当然没问题，可问题是已经结束了，梁韵，你知道吗……"孙晓停了两三秒，看向她，"那段日子回不去了。"

窗户没关严实，楼层高，带进了一股凉风。

梁韵缩了下身子，笑了笑："怎么都这么说，我还以为是开始呢。"

她以为这条路是开始，可冥冥中却走进了一条死胡同，没多长，也到头了。

没听到孙晓回答，梁韵突兀地笑了笑，自嘲般："是不是觉得我玩不起了？"

孙晓摇了摇头。

"我一直觉得，我是拿得起放得下的人。"梁韵顿了下，"但没有，过去这么久了，我总觉得太遗憾了，就差一点，就差这么一点点你知道吗……"

孙晓虽然没见过她口中的男人，但有关于他的事却听了很多："可这条路是他自己选的。"

梁韵吸吸鼻子："所以我说他太执拗了啊。"

但没办法，那是他的父母家人，没有人能做到感同身受。

见她心里都清楚，孙晓也不多说什么了。

两边沙发靠得近，孙晓伸着胳膊就能碰到梁韵的肩，戳了两下，换了语气笑问："欸，他对你怎么样？"

"什么？"

"别装傻。"孙晓呵笑，"有没有做什么让你特感动的事，说来听听。"

梁韵抬头轻瞟："闲得吧你。"

"又没事可做，反正你也放不下，随便聊聊嘛。"

沉默片刻，梁韵好像被回忆拉得很远，细细一想，好像在一起的每个瞬间都值得纪念。

她随口说："他为我穿过两次鞋。"

孙晓脸上露出不可思议的表情："就这样？"

梁韵低声笑了："嗯。"

还有……他在沙漠小镇上替她挡刀，在乌兰察布街道上拉她躲开皮卡车，给她买的羽绒服，为她吹的头发，无论大大小小、重不重要，再回想起来，已经是那么久远的事了。

孙晓轻叹了一声，又听到她说了一句。

"放心，我谁都没等，慢慢来吧。"

见她这样，孙晓也就不问了。

又待了一会儿，蒋绚打来电话，孙晓才起身轻轻拍醒沙发上的人。

"睡着了？"孙晓轻声，"回卧室睡，宝宝我抱走了。"

梁韵动了动，没回头："蒋绚来接你了？"

"嗯，在楼下了。"

"慢点。"

孙晓把小丸子放进推车，收拾大包小包。

"不送了。"梁韵摆了摆手，"太困了，我先睡一会儿。"

孙晓凝视着梁韵的背影，轻轻叹了口气。

她弯腰把沾落在地毯上的披肩拾起来，又转身回到卧室拿了床空调被给她搭在身上。

夏季的夜风带着微凉，门声开开合合，房间寂静了。

梁韵又合上眼，沉沉睡了。

一眨眼，到了年末。

公司各个部门忙着做汇总，梁韵也不例外，连着两周加班加点赶进度。

下午五点，处理完最后一篇报告后用邮件抄送出去，她才拎起包走出办公室。

公共办公区人人埋头苦干，偶尔有人从办公桌起身换到茶水间放松舒缓。

走到电梯口，身后传来一句喊声。

"梁总，今天走这么早？"

梁韵定住脚回头，正巧碰上郑林提着公文包从唐立岚的办公室方向出来。

郑林走近，朝着电梯抬抬下巴："一起。"

梁韵回他上个问题："有点事，提前走一会儿。"

电梯停到34楼，郑林伸手挡了下，让她先进。

梁韵没客气，自从他前两个月跟唐立岚签了合作，两人经常能在公司碰面。

郑林在业界口碑一直不错，想聘他的人都要排号。不知唐立岚给了什么条件，总之搞定了郑林给公司担任法律顾问，而且合同一签就是三年。

郑林说："准备去哪儿？"

梁韵偏过头，盯着他看了几秒。

郑林笑道："做什么，问问顺不顺路，顺路捎你一程。"

梁韵转回头："你怎么知道我没开车。"

郑林微微挑眉，手向下指了指："你的车都停在一个地方，下午过来的时候没看见。"

"嗯。"

"送去保养了？"

梁韵坦言："昨晚下班被追尾了，拉去修了。"

郑林一顿，往她身上打量："人没事？"

"有事还能来上班？"梁韵笑了笑，无所谓地道，"就车碰了一下。"

郑林把梁韵按的楼层取消，只留下车库的楼层，还没等梁韵开口，他先一步说："去哪儿，我送你。"

"叮"的一声，电梯打开，门外骤然暗了下来。

梁韵说："都到这儿了，我再说拒绝是不是不太好看？"

郑林还是老样子，笑着说："所以恳请给个面子，就当是免费司机了。"

梁韵拿起手机，算了算时间，如果不堵车的话正好能赶上。

她回头看郑林："你不带我去找车？"

她话落，郑林笑出声，步伐加快："就前面那辆白色的。"

上车后，郑林扣上安全带，手在导航上捣鼓："所以到底是去哪儿？"

梁韵："海洲酒店，前段时间刚开业的那个。"

郑林手上一顿，抬眸看她。

梁韵把手机里的消息发出去，眼角瞥到一丝余光："朋友今天结婚，六点开始。"

郑林低声笑了："好，我很快。"

手机又振动一声。

史芸回：不着急的梁姐，垒哥在外头迎宾呢，我补个妆就出去。

正值下班高峰，路上异常拥堵。车刚起步没行驶上几米，又匆匆换到刹车踩下。

说是六点，但郑林见她脸上一点着急的模样都没有。

车上没人说话，可能更多的是梁韵没这个心情，郑林收回注意力好好开车。

上个月，梁韵在办公室意外地收到了史芸的请帖，两人平日里也有联系，不频繁，就是史芸偶尔会问候几句。

约莫二三十分钟后，车子停在了海洲酒店门口。

梁韵往大厅门口看，看见了一对新人的照片，那种熟悉的感觉一下子涌上心头。

郑林见她没动，跟着朝窗外看："是这儿没错吧？"

梁韵拿上包道了声谢，想了想，又多说了一句："回去注意安全。"

郑林忽然开口："晚上几点结束？"

梁韵转头，实话实说："还没准数。"

郑林看了眼腕上的表，抬眸笑了笑："好，吃饱点。"

梁韵朝着酒店大门方向走去。

并不是每个人的爱情都是一帆风顺，至少史芸是这样觉得。

她也曾把秘密藏在心底许多年，等过，暗示过，也陪伴过，最终才迎来属于他们爱情的春天。

彭致垒这个人，做朋友没得说，直爽、侠气，要是做恋人，指定是没法给人安全感。

他也知道自己什么样，只好选择在那段更像兄妹的关系中装聋作哑。

后来罗成听说他们在一起的时候也很震惊，问他什么时候喜欢上这个姑娘的。

彭致垒自己也说不清，只知道这么多年，这个姑娘一直在他身旁。不知道什么时候起，他觉得非她莫属。

台上，彭致垒俯下头，用只有两人能听到的声音，边笑边给史芸擦眼泪："傻样，是不是被我感动了？"

台下的嘉宾，欢呼声越来越高涨。

史芸没忍住笑出声："你就会说好听的。"

彭致垒结交的朋友很多，他怕史芸不好意思，摇了摇头，收起了那张嬉笑的脸。

宴厅布置得很用心，复古花园，应该是史芸喜欢的风格。

暖色的繁星灯光慢慢旋转在半空，轻雾飘出，朦胧中显现出台上满是笑容的一对新人。

梁韵自始至终没有移开过视线，看着他们上台，宣誓，再到交换戒指，彼此拥吻，每一个动作仿佛都放慢了，是真的幸福。

梁韵望着望着，思绪飘到了那间小院，那里曾有过四个人的欢笑声。

不知不觉中，每个人都回到了原点，好像那段如梦如幻的日子不曾出现过一样。

梁韵偏过头，身旁还有一个空位，刚进来时，史芸特意安排了一桌人最少的给她。

目光落到空椅上，如果那段日子没有存在过，她又怎么会来参加这场婚礼呢？

婚礼还在继续，新郎新娘来台下敬酒。

梁韵这桌没有她认识的人，只好自己吃自己的，偶尔桌子上有人举杯，她也客客气气地随着一起。

听着饭桌上的家长里短，看他们说说笑笑，时间很快过去了。

梁韵拿出手机看了一眼，发现有条消息。

郑林说：快结束时跟我说，我还在来的那地方等你。

梁韵没弄清他搞什么名堂，她问：你没走？

郑林怕她拒绝：一直在这儿。

梁韵盯着屏幕愣了会儿神，收起手机没再回复。

又在餐桌上待了一会儿，她觉得闷，拎上包慢慢从侧边出了大厅门。

她没着急给郑林说时间，刚刚敬酒的时候，史芸偷偷在她耳边说让她稍等会儿，梁韵知道史芸想叙叙旧，没拒绝。

梁韵等了会儿，听到脚步声渐近。

"梁姐，你怎么出来了？"史芸喘了两口气。

梁韵帮她顺气，笑道："怎么跑上了，新娘子还冒冒失失的。"

史芸摆摆手，咧唇傻笑："我以为你要走了呢。"

梁韵笑："哪有，说好了等你。"

史芸提了下裙摆，上前拉梁韵的手："我没什么事情，就是想着好久没见你了，嘿嘿。"

梁韵朝她后面点点头，弯唇对史芸说："今天很漂亮。"

身后渐渐走近一个男人，一身西装。

彭致垒颔首打招呼："吃饱了？"

史芸回头，彭致垒麻利地脱掉外套罩在她肩上。

梁韵笑了笑："嗯。"

"怎么感觉你比我们喝得都多？"彭致垒还是这么自来熟。

梁韵抬手略微触碰泛红的脸颊，也开玩笑："不是说……来了喜宴就得沾点喜气回去嘛。"

彭致垒笑着点头。

史芸眼眸微闪，轻声说："梁姐，最近还好吗？"

又是一阵风起，吹散了一些酒气。

"挺好。"梁韵说。

大概这一刻，他们都不约而同地想到了那个只身待在远方的男人。

彭致垒也低了下头，再抬起来时，笑容勉强。

"谢谢你梁姐。"史芸真心道，"我没想到你还愿意来。"

梁韵笑着扭过脸："应该来的。"

史芸眼眶微湿。

"我就随了一份礼。"梁韵转过头，对彭致垒笑，"他的以后自己补给你，我不负责。"

彭致垒忙说："人来了就行，带这做什么。"

"礼数还是得周到啊。"

史芸思忖了会儿，犹豫着对梁韵说："梁姐，你还在等罗……"

忽然，台阶下的宽道响起两声喇叭。

大家都看过去，一辆白色奥迪降下车窗，车里的男人朝梁韵挥手。

彭致垒望过去，驾驶座上的男人也正巧抬眸。

大家沉默了一阵。

梁韵转过身，重新对上史芸："我一个朋友。你刚刚想说什么？"

史芸愣了两秒，看了眼彭致垒，彭致垒脸上没什么表情，她就懂了。

"也没啥……"史芸咧嘴笑了笑，怕耽误她时间，"梁姐你还要忙吗？"

梁韵摇了摇头，目光对上彭致垒："大彭。"

彭致垒几乎一瞬间就猜到了她想问什么。

"你去看过他吗？"

彭致垒默不作声。

"那就是看过。"梁韵懂了，扯唇笑了笑，"但他没有见我。"

"不是。"彭致垒这句接得很快，其实他也只去过一次。

停了两秒，他声音低沉了点："他不想让你见到他那样。"这是实话。

梁韵双手伸进大衣口袋，不知在想什么，点了两下头，抿唇笑了笑。

史芸想换掉这个沉重的话题，打圆场："我最近在考证呢，工作暂停了，梁姐要是有空我们一起出去吃饭。"她看向旁边那人，撇撇嘴，"垒哥白天都不在家，我一个人也无聊。"

梁韵回头望了眼白车的方向。

"好。"她对史芸说，"我先走了，有空的话，改天再约。"

三人之间除了罗成，似乎也找不到什么话题，史芸只好应声。

梁韵走下台阶，忽然回头，对着两人扬唇，由衷笑道："能看到你们结婚，挺开心的。"

彭致垒目光温和地转向史芸，模样正经了许多："谢谢。"

梁韵转过身，单薄的背影留给两人，挥了挥手："祝你们幸福！"

这句祝福，也顺带是替他说了。

看着梁韵坐上白车离开，彭致垒两手拢了拢史芸肩上的外套："冷吗？"

史芸摇摇头："你怎么出来了，里面人没闹你？"

彭致垒将她按进怀里，语气猖狂："敢，看我回头不宰了他们。"

史芸一掌拍上他后背。

里面太闹腾，难得能在外头清静会儿。

夜一静，感官就无限放大。

"开心吗？"

史芸埋在他胸口："嗯。"

"开心就好……"彭致垒两只胳膊收紧了怀里的人，在她耳边若有若无地低喃，"今天人都到齐了，就差你罗哥了……"

史芸手心贴着他的背，一下一下顺着。

"你想小时候吗？"彭致垒轻声问。

史芸懂，他不是真的在问这个问题，或许只是想到了曾经的某一个瞬间。

她配合他，在他胸膛里蹭了两下。

"以前上学那会儿，他就好跟我较劲，有一次，跟我比谁先能娶上媳妇……"

道在途中

290

呼出的热气在她耳畔，彭致垒眼眶红了，也笑了，"看，最后还是你哥我赢了……"

史芸不知道怎么安慰他，她也难过，但这个坎儿总得迈过去。她细语安慰道："会好的，再过几年，慢慢都会好的……"

大喜的日子不该搞得这么煽情，彭致垒两手捧上史芸化过妆的淡红脸颊，在额头上狠亲了一口。

再出声时，又恢复了那股痞劲："回去，看我不喝死他们。"

史芸任他领着往宴会大门进，笑一声："不准喝太多。"

"你说的不算。"彭致垒回头，"几个孙子逮着空整我呢，今天非得让他们服。"

史芸用另只空下来的手挠了他一下："幼稚，跟小孩一样。"

后视镜映出的斑点渐渐模糊，梁韵偏过视线，车厢内很安静。

郑林忽然问："你朋友？"

梁韵看着他。

郑林不明所以："怎么？"

挡风玻璃外的车流渐渐拥挤，车速放慢。

梁韵这样说："他的朋友。"

见她眉眼神情，郑林脸上的笑闪了下。

这个"他"是谁，不言而喻。

静了一两秒。

郑林点点头，嘴角带起弧度："你是替他来的？"

梁韵说得颠三倒四："或许吧……也是我的朋友。"

车厢里隐隐掺杂着酒气。

她刚坐上来的那刻，郑林就感觉到了，随口问："怎么喝这么多？"

"哦。"梁韵抱歉地笑了笑，"回头清理费算我的。"

郑林皱眉："我不是那个意思。"

"应该的。"她语气肯定。

郑林被她噎住，突然觉得没起个好话题。

郑林咳了一声："梁韵？"

"嗯。"

"怎么说也算半个同事，咱们能别这么客气吗？"

梁韵笑了笑，明白他的意思："要是真客气，我就不会搭你的车了。"

"行。"郑林笑得明朗，"那就算我多想了。"

梁韵只是笑了笑，没接话。

车内又恢复了寂静。

郑林余光微瞄，右侧的女人抬手打了个哈欠。

"困了？"郑林跟着前面那辆车掉头拐弯，"还要两个路口，睡会儿吧。"

梁韵抬眼，明净的眸子落到他侧脸上。

回来的这一年，副驾这个位置她很少坐，偏头的视角更几乎没有。

郑林这句话瞬间将她带回到那段记忆中。

不闲聊时，他开车，她睡觉。

他总喜欢勾着嘴角问她是不是又困了，明明话里调侃的意味居多，但每次问完，又会降低语调轻柔地让她闭眼睡会儿……

没过多久，车子缓缓停靠在小区正门。

郑林侧过身看她："有说什么时候车能修好吗？"

"后天吧。"梁韵解了安全带。

"那我明……"

"明天周六，我不上班。"梁韵回头，"你要去公司加班？"

郑林听出她的故意，笑了声："行，那先这样。"

梁韵没有急着关车门，嘴角浮出淡淡的笑意，认真道："今天谢谢你。"

郑林摆了摆手："你自己说不跟我客气？"

梁韵微微挑眉，没有顺着话题一来二去，直接说了再见就往小区里面走去。

待人影看不见了，路口的白色轿车才起步离去。

春去秋来，气温骤变。

飞机从头顶划过，梁韵看了眼时间，又继续等了会儿。

上个月，梁父梁母打来电话，问她假期有没有回老家的打算，梁韵当时没决定好，就说到时候再看。

直到前几天又问了同样的问题，梁韵才恍然意识到什么。人到了一定的年纪，总躲不过父母口中的人生大事。

梁韵的父母也不例外，从几次打电话来看，话里话外都透着准备介绍对象的想法。

梁母见她没有回去的打算，就主动提出趁着国庆过来转转。梁韵没有什么理由拒绝，加上她从正月十五以后就没回去过，于是答应了。

国庆一到，整个城市的游客激增。

一连几天，哪儿哪儿人流爆满，梁韵挑了几个人少风景好的地点带着父母散散步，吹吹海风。

二老来这个城市的次数不多，归根结底还是她之前工作忙，没太多空闲时间带着父母闲逛。入了秋的晚风，带着点丝丝入骨的寒意。

梁韵关了窗，车子加速疾驶在马路上。

假期过去了四五天，眼看着就要到头，梁韵给两人买了回去的机票。走之前的最后一晚，她答应了梁母组的饭局。

其实是郑林提出的，正符合梁母的心意，中间又让梁父说着好话，梁韵见两人费尽心思一唱一和，好笑地应下了。

晚上餐桌氛围还算正常，就真如郑林之前说的那样，作为晚辈，替他父亲招待二老。

关于郑林，除去少有的工作方面，梁韵和他接触算不上多。

偶尔下班后，郑林会约着一起吃顿晚饭，她不是扫兴的人，时间合适的话也会答应。

成年男女几乎用不着打哑谜也能猜到对方的意思，看出他的明显意图后，她就直言拒绝了。

郑林见她无意，也就不做那低微求好的事，挑明话后，两人的关系反而处得比之前自在了。

郑林了解父亲的那份心思，所以趁着这次晚饭一并和梁韵的父母解释清楚了。

高楼的灯火璀璨，深浅的光亮轮流交替着变换。

房间内，一片静谧。

洗漱后，梁韵趴在床上，快要睡着的时候门被敲了两下，伴随着轻呼声。

"妈？"梁韵揉了把脸，"我没锁门，直接进来吧。"

窗帘拉得死死的，屋内漆黑一片。

梁韵打开台灯，弯唇："怎么这么晚还没睡啊？"

母亲徐娅萍面上倒是平静，掀开被角坐在边上："没事，我和你爸明天就回去了，想着跟你说几句话。"

梁韵坐起身倚靠在枕头上，见母亲语气认真，猜到了点什么。

"怎么啦，还想着呢。"她故意笑，"吃饭的时候你不是见着了嘛，人家没那个意思。"

徐娅萍的视线在卧室里看了一圈，最后落到梁韵脸上。她叹了口气道："韵韵，你已经不小了。"

梁韵还是那副不在意的样子，抠着指甲："干吗啊，这可不是你的风格。"

徐娅萍看她还没放在心上，蹙眉看着她："你这孩子，我跟你好好说事呢。"

梁韵缓缓抬头，对上母亲的目光。

徐娅萍其实很少会和女儿谈心，女儿性子独立，她很少操心。但这几年越发不同，感觉女儿身上总是带着点暮气，过着一眼望到头的日子。

"妈也不是催你。"徐娅萍叹了口气，"就是觉得人到了一定年龄，还是有个家，有个盼头的好。"

梁韵微微垂眸："我知道。"

"以前妈管你总是严，教你不攀附别人，做什么事都要想到靠自己。"徐娅萍看着她，"但我从来没有哪次，是想你要强到一个人过日子，现在很多年轻人都主张婚姻自由，妈也不是老古董，没说到了三十多岁就一定得结婚，只是觉得总不能一直单着吧。"

"我没有这么想。"

"那你跟我说说，到底是怎么打算的？"

梁韵不吭声了。

徐娅萍看了梁韵一阵，恍然间猜到点什么，又结合现在梁韵的状况，不免联想到一起。

徐娅萍轻声试探："你是不是心里有人？"

梁韵一怔，没抬眼看徐娅萍，往下躺了点，盯着门缝底下那抹光亮。

徐娅萍拍拍被子："那个坐牢的？"

她了解得不多，毕竟当时是托丈夫介绍的律师，所以郑林父子来做客时提到过一嘴，知道其中带点渊源。

"妈……"梁韵不想提，"别问了。"

见女儿眉头微蹙，徐娅萍心中确定了。怕梁韵抵触，她换了个说法问："你想过以后吗？"

"什么？"

"你现在不就是在等他？"徐娅萍说得直白，"一个坐过牢的人，能给你什么？"

梁韵蜷缩着的身子动了动，沉思几秒，声音从底下传出："妈……给多少才算多？"

徐娅萍沉默了，她本以为梁韵只是没有遇到合适的，或者是挑剔，没想到心里藏了这些事。

她太懂这个女儿了，梁韵下定决心要做的事，很难轻易改变。

最终，这个话题也没讨论出个所以然来。

徐娅萍临走前，没有生气或者不高兴，梁韵也猜不到她怎么想的。

梁韵又恢复了往日的生活，上班，下班，回到家打扫卫生做饭，偶尔唐立岚或者孙晓约着一起外出闲逛，她也有约必到。

生活没有停滞不前，日子过得很快。

她忽然发现，刻意放下的人和事，原来不去想，一样可以停在身后。

日历揭开一页一页，指缝间又溜走了一年。

第十八章 /
她从来没放弃过他

淅淅沥沥的小雨下着。

青灰色的天，雨点砸到水面上溅起一圈圈水花。

笼子一样的门敞开，锁声一落，从泥瓦砖墙的小巷里走出来一个高大挺拔的男人。

他没撑伞，头发极短，贴着头皮，上身套着件旧得发黄的短袖，下面一条灰色运动裤，不太合身，似乎有点紧。

他侧身看了一眼，动静消失，铁门栏杆后空无一人。

男人脚底碾了碾地面上的碎石子，背上仅一单肩包，顶着雨丝缓缓迈步。

巷子长五十米，路上行人不多，许是所处的位置原因。

他又往另一条路多走了几步，慢慢上了大路，车流急了起来，但出租车仍没几辆。

男人默默在路口站了几分钟，想起什么，手摸到口袋里翻腾一阵，最终从后面裤兜掏出不知什么时候剩下的二十块钱，又找了找，多出一张十块的。

面前缓缓停下一辆蓝白色出租车，车窗降下，露出一个头。

司机高声喊："嘿，要打车？"

罗成抬头，转身往后看一眼，空无一人。

"别看了，就跟你说话呢。"司机又喊，"走不走，还是有人接？"

隔半秒，罗成点点头，说："走。"

话落，他提包在车后座落座。

待车子启动前，司机往他身后的那条路看了一两秒，目光又从后视镜转到他脸上。

小雨天，天空灰蒙蒙的。

司机估摸着也清楚，从这条路出来的人，多半两种，一来探监的，二刚出狱的。而身后坐着的这人，显然是第二种。

从眼神里一辨就知，如果用一个词形容，大概是迷茫。

罗成的视线一直落在窗外。

小城的发展还算快，换了条熟悉的路，街边偶尔几家眼熟的门面店铺装修高档不少。

司机是个热心肠，一路上介绍个不停，经过哪里就擞头跟罗成介绍哪里的发展，说着近几年的变化。

窗外的雨点斑迹映在玻璃上，视线变得模糊。

罗成抬手抹了把头发，抱着肩靠在座椅上听司机闲话。

半个多小时后，车子缓缓停靠在一处小院前。

罗成没有钥匙，在门口等了会儿。

很快，两三米开外停了辆银白色面包车，车门拉开，下来一个熟悉的身影。

待他走近，那人脸上的笑容变大。

蒋利川小跑两步，喊："哥！"

罗成抬眸，扯唇朝他一笑。

一阵风过，蒋利川跨步闪到罗成跟前，伞面倾斜半边："我来晚了。"

原本蒋利川说要去接罗成，但算了算，日子不对，要跑夜车，只好让里面的狱警传话。罗成倒是不在意，只叫蒋利川别耽误了他自己的事。

蒋利川收了伞，推门进去。

小院铁门一开，罗成目光下意识地往里寻。

蒋利川随手将钥匙扔到水泥柱后头，他看罗成没动，一直盯着空瓷瓶旁边被扔下的钥匙。

蒋利川喊他："哥？"

罗成收回视线："嗯。"

"这是我那把钥匙，你的那把还能找到吗？"蒋利川问。

罗成不确定："回头我翻包看看。"

"行，丢了也没事，到时候我去街口再配一把。"外屋客厅的门没锁，蒋利川伸手推开，让罗成先进。

同样的位置，映入眼帘的是四方桌子、沙发，再往前，灶台的架子上没有一丁点盘子碗的痕迹，和离开时别无两样。

有些记忆忽地在脑子里出现。

蒋利川咧嘴笑："嘿嘿，外面我没打扫，你屋里倒是收拾了几下。"

一两分钟后，罗成才明白他嘴里的"收拾了几下"指的是什么，晒了个被子，清理了桌角还有床脚的蜘蛛网。

蒋利川身子抵在门板上,对他说:"哥,要不你先放好行李,我等会儿带你去商场买手机啥的?"

罗成回头:"不急,你先上去休息会儿,这些我自己弄就好。"

"没事儿。"蒋利川想了下说,"哥,你有啥想吃的不,晚上咱俩喝两杯?"

"嗯,都行。"

罗成目光一直没停转,扫视着房间。

见蒋利川还没走,罗成转头问他:"大娘还好?"

"啊?"蒋利川一愣,眼底闪过一抹喜色,"哦哦,挺好的,挺好的。"

"你呢,最近怎么样?"

"我啊,还行,比之前强点儿。"

罗成点了点头。

蒋利川这一会儿连着打了几个哈欠,搓了把脸:"哥,那你有事就喊我。"

"又不是没住过。"罗成抬抬屁股,往半铺好的床上一坐,"踏实睡吧。"

楼梯间嗒嗒作响,步子一重,连带着老旧的玻璃窗都摇晃。

外面天气阴沉得厉害。

罗成靠着床板休憩了会儿。十几个小时前还躺在咯吱响动的上下铺,转瞬间,熟悉的房梁出现在眼前,有些不真实。

原本这个点是干活的时间,蓦地歇下来,浑身有种不一样的空虚感。

罗成嗤笑出声,坐起身,心里暗骂自己没出息。

卧室透着一股没散开的霉味,其余和之前没什么差别,想来也是,利川也不是习惯做家务的人,能想起来晒被子已是令人欣慰。

罗成走几步,站到墙边,按着窗户的手柄从里往外推。

一阵凉风吹进,刮走了屋内的燥热。

他折回两步,回头收拾床铺,把蒋利川搭在上面的被子抱到一旁的桌子上,将原先的床单抽掉,又蹲在衣柜边翻出新的。

柜子里不像木板床那么凌乱,他没多少衣服,但每一件都叠得很整齐,从上往下一点点拨开,翻出床单,连带着出来的还有被套和枕巾。

视线里多了一床冬天的棉被,印花丝绒款,他没印象。

隔了几秒,罗成蓦地一滞,目光落在老旧的衣柜内,隐约觉得有什么不对,猛地站起身往门口走去。

脚踢到椅子,"刺啦"一声,他双腿定住。

罗成摇头笑了笑,觉得自己可能出现幻觉了。

下午罗成去了趟商场,这几年的城镇建设一直不错,楼层高了,环境好了,眼前的旧商场应该整改过,每层楼的门面店铺,都要比以前的那些高档不少。

罗成就这么直愣愣地仰着头看。

商场人流不多,偶尔越过他的一两个人见他奇怪也会回头瞥两眼,他察觉到异样,低下头,抬手蹭蹭鼻子往大厅内走。

罗成沿着一排店铺走到最里面,找到一家手机店。

不过四五年间,电子产品的更新换代远比他想象中的快,他不懂配置如何,只是单看外观,机身薄了,屏幕大了。

销售员是个女人,很热情,耐着性子问他需要什么性能的手机。

罗成没怎么在意,说:"随便挑一个吧。"

销售员一愣,怎么说买的也是手机,第一次见到这种没要求的顾客。

销售员顿了顿,问:"先生,那请问您想要的价位是多少?"

其实罗成不懂行情,垂头往展示柜瞟了一圈。

店里陆陆续续又进了几位顾客,分别被其他几位销售员分走,这位销售员移开视线,随后往罗成身上打量。

可能是为了赶下一位的时间,也可能是看他不像买的样子,这位销售员没等他挑选,从里侧拉开玻璃柜,说:"先生,您看下这两款。"

罗成从她手里接过手机,正反两面掂量着,两款外观差不多,看起来没什么不同。

他问:"价格多少?"

"左边这个一千九百九。"销售员指了指旁边的,"右边这个两千三。"

罗成说:"有什么不同吗?"

这位销售员努了下唇,标准地笑:"如果您用的话,差别不是很大。"

罗成嘴角微抽,淡淡说:"要这个。"

"好的。"

这位销售员没什么反应,像是在预料之中,接过他左手边的样机,重新装进玻璃展示柜,又绕到里侧拿出一个未拆封的新手机。

罗成付完款,没拿包装袋子之类,从盒子里掏出配套的几样,转身走出去。

末了,他回头看了眼,轻呵一声。

再回到小院,蒋利川已经起床,时间掐得挺准。

罗成买完手机后从隔壁店办了张新的电话卡,结束后直接回来了。

蒋利川从楼梯下来时就闻到饭菜飘香,眼睛还没睁全乎,连着跳下两级台阶。罗成从底下柜子里掏出几个盘子,用水一冲,也没等干,就着塑料袋将打包来的饭菜搁在盘子上。

"起得是有点晚。"蒋利川挠挠头,嘿嘿一笑,"还说想带你出去吃来着。"

罗成完全没放心上,递给他一次性筷子,沉腰坐到沙发上:"吃吧,今晚还得跑夜车?"

"嗯。"蒋利川饿急了,大口吃菜,"估摸还得几天。"

两人虽说几年没见,但熟络感依旧在。

蒋利川突然抬头看了罗成一眼,出声问:"哥,那个……"

"怎么了?"罗成夹了块凉拌黄瓜。

蒋利川默不作声。

罗成笑道:"大老爷们,有事说事。"

"那事儿。"蒋利川对视着他,"那事解决了吗?"

罗成手一滞,想起前两年的一幕。

那天石永波带着消息风尘仆仆而来,他被狱警带出房间,两人许久没有这么近距离见面。

罗成半眯着眼,地面裂缝的石子被艳阳照得反光。

"有消息了?"

石永波先是没说话,但脸上的表情骗不了人,眉心舒展。

罗成笑道:"你找我,就是让我看你表演沉默?"

"猜着了?"石永波嘴角扯大,"没意思,我还没说。"

"就差写脸上了。"

案情有了进展,还是从罗成之前找的切入点,总之要感谢那个所谓的"疯婆子"。

许多年前,疯婆子是一个教师,只是后来经过丧子之痛,精神有些恍惚,但还不至于到疯傻的地步。

因多年工作习惯,她有记日记的习惯。

"疯婆子"的女儿经过几次石永波的求见,才慢慢正视这件事,翻到日记内容时也很震惊,最终选择将日记交给警察,让整个案件有了突破口。

石永波的语气都变得轻快,后面又讲了些细节,但罗成分心了。

他只是在想,终于,有结果了。

临走前,石永波视线朝下,瞥到罗成的手腕处,犹豫片刻,似乎想要问他最后一个问题。

罗成回望一眼，几乎知道石永波想说什么。

"别问我这个。"罗成嘴角扯着笑，"不后悔……"

还有一句，他没说出来，搁在心里了。

罗成微微垂眼，是不后悔，但有些事，或者某个人，却成为了遗憾。

墙顶吊着一盏白炽灯。

蒋利川没多说什么，一口醋熘白菜下肚，点点头："好，都结束了就好。"

罗成笑了笑："嗯。"

按蒋利川的话来说，今天这种日子怎么着也该喝酒庆祝庆祝，不过不巧，没能实行。

蒋利川晚上要开车，两人只能就着炒菜白米饭干聊。

结束后，蒋利川去上班，罗成回了屋躺床上睡觉。

睡意越躺越无，干脆睁着眼盯着头顶的黑暗。

这个点本不是该睡觉的钟头，按照以前，他心里憋事的时候指定从兜里摸出根烟，这么多年没碰烟了，再想起来，心中也没瘾了。

罗成微微侧过身，从床头捞过钱夹，又翻出那张今早重新装进去的照片，表面有点泛黄，边侧也被他摸得起了毛边，但这是在里面时唯一的念想。

就这样索然无味地过了四五天。

一日，他终于找到让自己回去的理由，准确来说，是他内心摇摆不定的想法变得更为坚定。

晚上，蒋利川回来的时候提出要吃烧烤，说着就从后备厢搬出一个中型烧烤架，又拎上一袋食材。

罗成哂笑，刚想骂蒋利川闲的，蒋利川解释："不是新的，之前厂里几个大老爷们买的，辞职不干了。"

罗成抱着肩，看他捣鼓好一阵。

蒋利川拿了几块木炭，摆正位置："扔了可惜，就让我给带回来。"

"给你搭把手。"

罗成往前站几步，还没蹲下，蒋利川胳膊一伸。

"没事儿，就快好了。"木炭蹭了他一手灰，他昂头，"哥，要不你给我找个打火机，我这兜里没带。"

罗成点点头，抬脚往回走。

他先是在床头柜里瞟几眼，没瞅见，又绕到床尾对面的漆木桌下翻了好一会儿。

越是找不出来，越是不死心。

几层抽屉拉开，乱七八糟的东西太多，他把没用的顺手扔进垃圾桶。

罗成挪了几步，翻到最左侧的抽屉，抽屉里面没多少东西，随手拨开一副手套，终于找到一个打火机。

手刚伸进去拿，罗成黑眸倏地闪了下，目光落到打火机下压的一张字条上。

他移开打火机，那张横线格子的字条清晰地显现在眼前。

只有两句话，但罗成看了很久。

暖气好像坏了，昨晚睡觉有点冷。

下午出去买了一床新的被子，你不在，没有人给我修。

罗成的心脏猛然跳动，一种久违的情绪顷刻间涌入他周身。

没有署名，但他知道是她。

原来之前不是错觉，她真的来过……

罗成凝视着上面简短的两行话，眼底涌出一股酸痛感。

良久，他默默笑了。

直到蒋利川来喊，他才收起目光，将字条叠成四折，转手塞进了口袋。

这天晚上，他不知怎么度过的。

等天灰蒙蒙透出一丝光亮，他才缓缓发出琢磨一整夜的那句话。

是发给石永波的：我能出省吗？

罗成顶着乌青的眼圈靠在床板上，眼巴巴地等着那记回应。

早上十点多，手机终于响动一声。

石永波收到消息后惊愕了一阵，问罗成出省的原因，罗成没回，他立刻回拨了通电话过来。

其实石永波心中猜出一二，不由得欣慰。

但罗成仍处于观察阶段，情况特殊。

石永波见罗成沉默，思忖半刻，缓缓道："先别着急，等我周一回局里再问问。"话落，他又补了一句，"应该没问题。"

罗成听不懂他先前解释的一大堆，只觉得当下要走，应该不是这么容易。

以前没想过回去，但现在有了这念头，却又走不掉，他垂眸苦笑。

日头渐渐西斜，油绿的树枝随风肆意荡起，遮住了半边的余晖。

当务之急，是要有一份工作，他不能浑浑噩噩地混日子。

罗成就这么躺着想了一天，铁门"吱呀"一声，蒋利川回来了。

罗成听着外面叮叮当当好一阵，待声音消失时，他起身往门口走去。

道在途中

302

晚饭时，两人喝了点酒。

蒋利川第二天白班，这次没有顾忌，喝得脸通红。

听完罗成所想，蒋利川沉思几秒，抬头："哥，你都决定好了？"

罗成："嗯。"

蒋利川朝中间举起杯子，咧嘴敞开笑："成，那我跟你干！"

杯面碰撞，烈酒灌进喉咙。

"想好了？"罗成摇头笑了笑，"从头再来，一切都是未知数。"

时至今日，身份难免会遭到歧视，但他不能一辈子就这样混着，活着出来了，就得履行承诺。

罗成想开一个旅行社，他没什么特别的技能，又脱离社会的轨道太久，只有这个是他熟悉且懂得里头行规的。

蒋利川倒不这么想："有个奔头，总归是好的，反正我跟你一起。"

罗成扯唇笑，举起杯，尽在不言中。

"什么时候走？"

蒋利川心中有数，罗成做过的决定，不会轻易改变。

罗成大大方方："还不能，目前被看着。"

"啥？"蒋利川蹙眉。

"不清楚，估计有什么程序。"罗成笑了笑，"应该不用多久。"

蒋利川点点头："那就行。"

"利川，"罗成思索一两秒，"这边就靠你了。"

蒋利川懂他的意思："放心吧，哥，慢慢来。"

他没想在这儿开旅行社，不过线路已经琢磨好了，所以这边需要人手接应。

夜已过半，丝丝凉气侵入屋内。

地面的泥土芬香味散开，周围水圈偶尔啪嗒掉落着几滴水珠，虫鸣鸟叫声也渐渐消失。

又过了几日，罗成终于等到消息。

临走那天，是石永波送他去的机场。

大老爷们之间，没说什么告别煽情的话，石永波知道罗成的打算，总之打心底为他高兴。

"这边不用担心，没什么事了。"

罗成点点头："好。"

石永波问："给大彭说过了？"

"嗯。"

"有人去接……"

"唠叨。"罗成笑着声打断,"赶紧找个媳妇,老大不小了。"

石永波踢他的行李箱,瞪着眼。

"我进去前,你还没有。"罗成搭了下他肩,勾头笑,"我这都出来了,还没头绪,以后一个人搁这儿,谁给你养老啊?"

听这话,石永波也不恼:"你现在是一身轻松,乐呵上了是吧?"

罗成不搭腔。

石永波:"我你先别操心,先搞定自己的吧。"

身后的脚步声纷乱嘈杂,匆匆忙忙的赶路人。

罗成出声:"知道,我心里有数。"

两人相视而笑。

很快,一个朝里走,一个往外走。

石永波偏过一次头,看了一眼只身朝里走的男人。

走错路不可怕,从头再来,或许前头还有一条新的大道。

飞机起飞,罗成透过玻璃窗向下瞄了一眼。

机翼边的声音躁动,视野越发广阔。

他撇过头,合着眼倚靠在椅背上。

像笼子一样,囚困他痴念小半生的地方,就此结束了。

飞机准点降落在青岛机场,彭致垒来接机的,一路上聊聊笑笑,车子很快驶进一个老式小区。

车门关上,两个男人一前一后。

两室一厅,总的来说还算干净整洁,家具齐全。

"找人打扫过了。"彭致垒往沙发上一躺,扔出一把钥匙,"怎么样?"

罗成手臂一抬,正巧把钥匙攥进手里:"谢了。"

他没多少行李,进卧室瞅了一眼,又绕回客厅。

"对了。"彭致垒见他出来,"你让我找的店铺,有几家联系过。"

"你把电话给我,明早我打过去问问。"

"这么着急?"话虽这么说,彭致垒已经掏出手机。

"嗯。"罗成想了想,又加重了一句,"着急。"

彭致垒看了他两眼,随后笑了。

沙发上的手机突然响动一声,罗成见他匆匆起身。

"要走？不再待会儿？"

彭致垒拿起车钥匙，嘴角露出个笑："她一个人在家，我不放心。"

罗成挑眉。

彭致垒伸出四根手指头："史芸怀着孕，四个多月了。"

罗成点头，由衷地祝福："挺好的。"

门敞开，彭致垒提醒说："要是看店铺的话，到时我带你过去。"

罗成没拒绝，刚回来，有些路他已经不熟悉了，有人带着多少方便些。

"行，看你时间再说。"

"就时间多。"彭致垒的声音从楼梯间传出，"陪媳妇！"

他笑了笑，盯着那记黑影喃喃出声："德性。"

待楼梯处的响动消失后，罗成才回身将门带上。

站在客厅，盯着这间不大不小的二居室，一种难得的安心悄然间蔓延滋长。

这就是以后生活的地儿……

他没浪费太多时间感慨，简单收拾了下卧室的床铺，铺上床单，就这么和衣睡下了。

空调有点老旧，外机声音噪得耳朵疼。

罗成又起身找出一台风扇，捯饬好一阵才感受到凉风。

两手垫在脑后，他脑子里计划的东西太多，想快点，想着能早些有进展，这样才好有脸面回去找人。

清晨。

洗漱后，瞟了眼挂钟的点，罗成开始了他第一步计划。

挑选彭致垒给的几家门面位置，最直接的要求是能够最快时间办转让手续。

连着跑了几天的路，摸清路线，一家一家实地选址，签合同，办手续。

一连大半个月，终于看到点起色。

就在一切都在顺利进行时，意外地、毫无准备地，他碰到了她。

七月底。

飘了一天的蒙蒙细雨终于停下，空气里残留着雨后的湿润清凉。

下午六点多钟，孙晓打来电话约饭，梁韵这才拿上包下楼，晚饭选在一家街区的猪肚汤餐厅。

"好吃吗？"梁韵给身旁的小孩夹了块肉。

小孩两个腮帮撑得鼓鼓囊囊，余下的空隙挤出声音："好吃！"

小孩子个头长得快,小丸子平日吃得又多,不仅个高,体型也圆滚滚的。

孙晓难免有点担心,有时候也会控制他的食量。她用筷子点了点小丸子的碗:"儿子,吃得太多啦,这碗吃完不可以继续了。"

小丸子没听见似的,依旧夹着碗底没剩多少的肉。

"你看这胖的。"孙晓咂咂嘴,"一点没随我跟他爹。"

梁韵笑了笑,伸手戳了戳小丸子的脸蛋。

一阵后,孙晓见都吃得差不多了,才拉起小丸子擦他满是油光的小嘴。

"你等会儿还回公司?"孙晓见梁韵一直在发消息。

"嗯。"梁韵收了手机,"没事儿,不着急。"

"欸,别。"孙晓拿包起身,抬眉故意笑,"要不是看我儿子的面上,哪能约得上你啊,可不能耽误你正事。"

梁韵白她一眼:"少来。"

孙晓想起刚饭桌上的话:"那个律师来接你?"

从二楼下来,梁韵余光间瞥见旁边人的眼神:"都说了是顺路。"

"怎么吃个饭还能顺路啊。"孙晓一脸不信,用胳膊肘碰碰梁韵,"八成就是赶趟来接你的吧。"

梁韵牵着小丸子的手,拿眼瞥她:"神经。"

这次还真是顺路,郑林在前头那条街跟客户吃饭,正巧有份文件落在办公室,明早要用。

知道她出来没开车,他说回程的路上顺便捎上她一起走。

孙晓估摸着还要带小丸子溜达一会儿,梁韵不想耽误她,就应下了郑林。

出了门,孙晓正经不少:"你待这儿等吧,别过去了。"过来的时候,她将车停在街头,还要走一段路。

郑林刚刚说还要一会儿,所以梁韵没着急:"往前走走吧,等会儿他到了会发消息。"

小丸子黏着梁韵,孙晓笑了笑,拍拍儿子的头:"那一起吧。"

这条街很长,路边台阶下车停得满满当当。

小丸子还没走几步,就有迈不动腿的趋势,嘴也越来越嘟。

梁韵感受到腿下有动静,只见小丸子两手扒着她的大腿,眼巴巴地看着她。

"不许让人抱。"还是孙晓当妈的更了解自己儿子,脸一沉,"自己往前走,去找妈妈的车。"

小丸子显然不高兴,嘴噘得老高。

道在途中

306

"别惯着他,多大了还让人抱。"梁韵刚想伸手,孙晓拦住,"这么胖,谁抱得动,走路减减肥。"

见小丸子的脸皱成一团,梁韵笑了。

视线之内,二三十米处有一家商店,再往前就快到街口。

梁韵弯下腰,伸手指了个大概方向,商量说:"小丸子努努力,到前面那个小商店里阿姨给你买零食好不好?"

不是很开心,好在还能商量,小人精眨巴两下眼,最终点点头。

孙晓抱着肩,给梁韵递了个眼神。

就快到目的地,小丸子不知瞅见什么,铆足了劲头往前跑,地面上的雨坑被他哒哒的步子溅起一圈水。

孙晓放养儿子,随他去了。

商铺的左侧,从一家光秃秃、没挂招牌的店里走出一个男人。

他关上玻璃窗,从外面上了锁,待确定门锁好后,才抖掉身上的灰往街道方向去。

刚侧过身走两步,罗成眼前一闪,腿边忽地被一记软乎乎的力量撞上。

他眼疾手快,坐在他脚边的小孩蓦地被捞起。

速度很快,小孩的屁股瞬间离开潮湿的地面。

小孩肉嘟嘟的小手紧紧攥着罗成的裤腿,一脸惊恐地抬起头,罗成低头笑了笑。

罗成手上沾着水泥灰,忍住没碰小孩胖乎乎的脸蛋,笑道:"你是谁家小孩?"

一会儿工夫没注意,捣蛋鬼就惹事,孙晓喊:"蒋睿寒!"

小丸子听到熟悉的声音,回头喊:"妈妈!"

罗成微微直起身,随小孩一起看过去。

耳边一阵清风吹过,他和不远处的人视线交汇。

仅一秒过后,男人嘴角的笑僵住了。

一前一后,他们相隔不过十米。

梁韵的心跳慢了半拍,周围纷杂的声音好像全然消失,她有些不敢确信。

孙晓急忙冲到小丸子面前,从上到下扫了一眼,见没什么事,一把将他抱起来。

罗成的思绪被眼前的动静拽回,低眸说了句:"不好意思。"

"啊?"孙晓面上一愣,不知道他道什么歉。

"碰到你家小孩。"罗成往后挪了点。

"不不不。"孙晓摆了两下手,尴尬地笑了笑,"是他没注意看路,应该是我们的不对。"

"……妈妈，我想吃彩虹色棒棒糖……"

小丸子的手指着罗成身后的那家商店，窗口边的柜台旁插着各种样式的糖果。

孙晓没理儿子，她发现了不对劲。

罗成的视线重新落在后面的女人的身上。

梁韵一直站在原地没动，孙晓喊了梁韵几声，仍没得到回应。

她下意识地看向梁韵眼睛望向的人，隐隐约约猜到了什么。

孙晓转过头，认真打量眼前的男人。

单看脸还不错，剑眉浓目，鼻梁高挺，英俊硬朗的长相，不过穿着不怎么样，短袖颜色看不出是灰是白，下面套着一件洗得掉色的牛仔裤，有点不入流。

梁韵心中泛起丝丝酸意，走近了几步，那人模糊的五官渐渐与记忆中的脸相吻合。

目光碰撞，两人相视一笑。

有人笑里带着紧张，眼神躲闪，有人笑中坦然，目光直白追随。

"那个，我先带小丸子往前走。"孙晓这会儿很识趣，碰碰梁韵的胳膊，"你们聊着？"

梁韵缓过神，点了点头："好。"

小丸子被拉着走，没走两步，回头摇摇手，大喊："干妈再见！"

梁韵柔和地笑了笑。

从刚才到现在，罗成的目光没离开过她。

总得说点什么，不能干等着。罗成咳嗽一声开口道："好久没见，和朋友一起吃饭？"

久违的熟悉声音传到耳朵里，梁韵倏地眼眶发热："你怎么在这里？"

她看过去，左侧店铺的玻璃门后漆黑一片，门把手上搭着一把锁。

这家店还没有挂招牌，和周边两家人员进进出出的店铺相比显得有些突兀。

应该是一家新店，还没开业。

夜晚的凉风抚平了内心的躁动。

罗成忽然很想摸摸她。

年数一直在变，但她没有，仍然和他脑子里惦记的那个女人毫无差别。

还是淡淡的妆，一头披肩直发，身姿纤细，没见过的是她那身淡蓝色的职业套装。

可梁韵除了内心的触动，更想知道此刻的他为什么站在这里。

过去多久了？

她记得很清楚，好像还不到五年。

梁韵又问了一遍："你什么时候回来的？"

街道上人来人往，只有两人静立在郁郁葱葱的老树下。

树叶摇曳，凉风带走了些许暑气。

罗成不自然地抬眸，声音有些低沉："快一个月了。"

"一个月……"梁韵喃喃。

没有预料地遇见了，罗成丝毫没有准备，感到有些紧张。

梁韵忽然道："你没有跟我说。"

罗成大脑明显没转过来，还沉浸在这场仓促的巧合中。

"你回来这么久了，为什么不跟我说？为什么不来找我？"梁韵克制住情绪。

罗成终于意识到她在意什么，忙伸出手想去解她掐在手心里的拳头："没有……"手伸到半空，却蓦地停下来。

他指尖蜷缩了下，瞥到自己手背上大大小小的水泥点，又慢慢收回去。

梁韵也注意到了，不止胳膊手背，连灰白的短袖衫上，以及裤脚一圈都还裹着没干透的水泥和黄沙。

梁韵轻叹一声，刚想去拍他胸膛处的灰尘，罗成却向后挪一步，没让她碰。

太脏，有点狼狈。

梁韵的手僵住，怔愣几秒，才把手放回，再开口时，语气生冷了不少："你怎么搞成这个样子？"

"刚刚在里面干活。"

"你在搞装修？"

"嗯。"

这次见面，两人都带着点别扭。

"大彭他们知道你回来吗？"

罗成盯着地面的水坑："知道。"

"那出来的时候呢，有人接你吗？"

"没。"他抬头，慢慢又说，"利川有事，托人告诉我了。"

"所以就我不知道？"梁韵抬了抬唇角。

罗成没吭声。

"为什么不说话？"梁韵逼他对视，"是不是所有人都知道，除了我？"

闹市的喧哗，旁边三五成群笑声轻快。

只有梁韵觉得心里像被一只大手攥得喘不过气来，不明白等待这么久的意义。

悄然中，台阶下多出一辆白色轿车。

"罗成。"梁韵肯定道，"你其实就没想过我，是吧？"

"我没有。"罗成一慌，忙往前攥住她的手臂，"只是还没来得及跟你说，我减刑了。"

梁韵眼眶泛红。

罗成要解释："你别生气，真不是瞒着，听我说给你……"

"梁韵？"一道清爽的男声突然加入。

罗成顿时偏过头看。

车窗缓缓降落，驾驶座上的男人淡淡抬眸。

梁韵别过脸，抹了下眼角，她胳膊抬起的那瞬间罗成松了手。

有几秒的沉默。

"接你的？"罗成垂着眼。

梁韵看过去，没有迟疑："嗯。"

"你……"罗成沉默一两秒，低哑道，"你们一起的？"

他本想说的不是这句，但不知怎么到嘴边就变成了这句。

梁韵凝望他半晌："我的事你在乎过吗？"

罗成余光瞟到车厢内，那人悠闲地靠坐着。

他又转头，带着祈求意味低声道："能不能别这样……"

郑林也在打量他，意识到什么，笑了下。

"梁韵，走吗？"郑林说着把手机晃了晃。

顺着光亮，梁韵看到了时间。

她冷静下来，盯着罗成绷紧的下颌，平淡地说："我先走了，我还有事。"

没等罗成回话，她抬手将挎包的肩带挪了挪，转身迈向台阶下的白色轿车。

车门"砰"的一声关上，带着一阵微风。

眼前的位置空了，罗成才慢慢回神。

城市街道的人流依旧，他独自愣站在原地很久。

罗成想到这场毫无预料的偶遇，以及还没来得及说出口的解释，心中生出一股闷气。

他忽然觉得自己又做错了。

车子已然拐过两个路口，梁韵的目光仍旧落在她那侧的后视镜中。

郑林问："是罗成吧？"

梁韵捏了捏手指，没搭话。

郑林第一眼就认出了罗成，能让身旁女人有这种情绪波动的，想来也就他一个。

"第一次见？"郑林回想刚刚两人别扭的那幕。

梁韵撇过头："嗯。"

估计郑林不想让车里的气氛过于压抑，随口笑道："看样子他在里面表现得不错啊。"

"什么？"梁韵转头望他。

"提前出来。"

梁韵想了想："说是减刑。"

郑林笑了笑："怎么，这次见面不愉快，闹别扭了？"

梁韵不太想多说两人的事，嘴角淡笑了下："有点吧。"

郑林见她不愿意多谈，索性跳过这个话题。

梁韵也知道，明明值得高兴的一件事，却因为内心的敏感作祟，让她今晚多少有些不理性了。

车内幽暗。

包里的手机振动了一声，她点开，列表里好几个红点，先回了最上面那条，周菲菲发来的。

梁韵回：不用了，今天到此为止，明天再筛选吧。

这晚，她有点疲倦。

到了公司，她没跟郑林一起上楼，去往停车场直接开车回去了。

余晖未尽，二楼的过道门砰砰作响。

彭致垒蹙眉，拳头刚要再次落在门板上，门倏地开了。

扑面而来的是刺鼻酒味。

彭致垒蹙眉："敲这么多声没听见？"

门里的男人站着，光着膀子，底下套一条黑色宽松短裤，跟一堵墙似的一动不动。

"喝了多少？"彭致垒闻着酒味，拿手推他一下，"进去。"

一连几日，彭致垒都联系不上罗成。

电话不接，短信不回。他上午特意去了趟罗成最近忙碌的地方，仍没找到人，觉得不太对劲才跑来这儿堵罗成。

房间漆黑，彭致垒打开灯。

罗成又重新倒回沙发上，屋内忽亮，他皱着眉，将胳膊盖上眼睛。

"怎么喝这么多？"彭致垒拿脚踹他。

"怎么来了？"许是酒喝多了的缘故，罗成声音喑哑。

"我来看看你还活着吗！"彭致垒在罗成旁边坐下，瞅着满桌子的酒瓶，"怎么回事，你喝成这副样子。"

罗成其实头脑很清醒。

彭致垒拿眼瞟他，见他整个人颓得不像样，刚想开口骂，蓦地感觉不太对劲。

彭致垒思索着，试探地问："出什么事了？"

罗成腮帮鼓动，终是没说出口。

彭致垒大致猜到，问："见着梁韵了？"

"嗯。"

"骂你了？"

罗成坐直了点："没有。"

彭致垒急躁："那你倒是怎么了……"

"她有人了。"

彭致垒面上一愣："确定？"

"前几天碰着了，那律师来接的。"

彭致垒没弄懂来龙去脉，但心里大致有数，犹豫了会儿，才说："估计多想了，应该不是，没听说她找了。"

罗成后脑发麻，拿眼看他。

"我也不确定啊。"他说，"史芸跟她有联系，确实没听到过。"

罗成心松下来点，倒宁愿是自己多想了。

见罗成死憋着，彭致垒骂一句："你就不能问问，憋死自己有什么好处？"

罗成垂着头。

当初是他把人推开，不让她去探视。

现在他出来了，还想着念着，不管人家有没有开始新生活，什么都不考虑地一股脑把人拽回来，怎么说都不合适啊。

"所以你就放弃了？"

罗成头疼："没这么想过。"

"那不就得了。"彭致垒看他半死不活的样子，"明天晚上去我那儿吃饭。"

罗成知道彭致垒盘算的什么。

彭致垒没久待，见沙发上的人多少有点神志不清，不放心，离开前又叮嘱了两句。

次日周六，梁韵收到史芸的信息，说是许久没见，晚上邀她去家里坐坐。

手机拿拿放放，一个页面就快被梁韵看穿。

梁韵了然这场晚饭的意义，心中荡起波澜。

下午六点多，梁韵驾车先去了商场，不好空手去做客，买了点小礼物。

赶到的时候客厅里只有史芸一个人。

整套房很温馨，梁韵意外地看到了婴儿床，不过只组装了一半。

史芸拿来水果，温柔地笑："都说不用买这么早，垒哥非要，没弄好还占地方。"

梁韵往她肚子上打量："我猜是小男孩吧。"

"你还懂这个？"史芸睁大眼。

梁韵笑："不会，猜的。"

"我都行，乖乖听话就好。"史芸满眼笑意。

梁韵洗了手，把史芸手里的水果刀拿过来切火龙果。

史芸喊她："梁姐……"

"嗯？"

史芸轻声："罗哥等会儿也会过来。"

梁韵的动作滞了下："嗯，我知道。"

史芸见她心里清楚，弯唇默默笑了。

没多会儿，大门一开一合。

史芸有孕，彭致垒不想让她下厨，提前预订了一家川菜馆，从俱乐部回来的时候顺手打包带回家。

罗成比他晚了几分钟到。

这次罗成明显不太一样，没说穿得多好，至少比上次干净整洁。

他下午跑了两趟市场，去看装修材料，但心里一直记着这事，到最后什么都没办成，匆匆打了辆车过来。

"梁姐，快来坐下。"史芸给梁韵腾了个位。

罗成过去洗手，从梁韵身后经过，视线不由自主地跟随。

饭桌上，基本上都是彭致垒在说，聊着俱乐部形形色色的事，聊着最近学到的育儿知识，惹得一桌人笑得合不拢嘴。

除了史芸，三人都喝了点啤酒。

彭致垒的嘴闲不下来，到后面只有史芸还愿意捧场搭话。

对面的两人略显沉默，明显心思没在这上面。

罗成余光一直瞄着梁韵，给她夹了一道她够不到的菜。

他自然而然地将菜放到她碗里："尝尝。"

两块牛腩盖住了米饭，梁韵拨开，低声"嗯"了一声。

她本以为这次他会讲点什么，至少解释前几天分开时他没说完的话。

但是没有，除了给她盛饭夹菜，直到快结束，他也没有说出两句有用的话。

空瓶倒了一地。

简简单单地叙了会儿旧，几人都心知肚明。

结束后，梁韵提前掏出手机找了代驾，跟对面两人道了别，拿上包匆匆离去。

门合上。

罗成一手支膝，盯着杯面，忽地仰头端起酒杯，闷完最后一口，然后起身追了出去。

代驾来得很快，梁韵下来的时候已经等在车门边。

那代驾估摸二十出头，从后备厢放完折叠电动车，麻利地绕到驾驶座。

"谢谢。"梁韵从后座把车钥匙递给他。

代驾正在调后视镜，陡然一个黑影越过驾驶座侧的窗户，还没等他反应，那人已经拉开后排车门坐了进来。

他动作很快，带着一阵风。

梁韵偏头，见是罗成，微微蹙眉："你来做什么？"

罗成没回复她，对前面的代驾说："开车。"

代驾扭过头看梁韵。

罗成重复一遍："开车，是一起的。"

代驾见梁韵只是皱眉不耐烦，并没有反驳男人的话，估摸着是情侣吵架，撇过头，起步上路。

驶过灯火通明的街道，人流穿梭在都市霓虹灯中。

车内静得异常，小代驾从后视镜偷瞥，或许这种情况碰得多了，他见怪不怪。

罗成屏着一股气，侧头转向身旁的女人。

路灯的光影，或明或暗的斑驳映在她脸颊上，她喝了酒，脸颊隐隐泛着红。

她从始至终没拿正眼看过他，罗成轻叹一声。

二十来分钟后，车子缓缓开进了一幢公寓楼的地下停车场。

待车停稳，罗成从裤子口袋里掏出钱夹，刚想递钱过去，代驾转过身笑道："不用给现金先生，现在都系统自动扣款的。"

罗成的动作顿了下。

半晌，他收回手来，点点头。

代驾下了车，拉开车后备厢，鼓捣一阵后，动静才消停。

梁韵拿上包，手落到车门上。

罗成额角一跳，一把将她扯回座椅。太突然，梁韵丝毫没准备，后背硬生生地被甩在座椅靠背上。

"你犯……"

罗成骤然朝她的方向倾斜身体，一手扣住她的肩膀，另一只手按住她的后脑勺就要亲上去。

熟悉的气息扑面而来，梁韵反应过来，立刻眉心紧蹙着向后仰。

罗成的唇只擦过她的下巴。

他不死心，强势地重新将她拽过来，她想推开他，两人扭成一团。

罗成暮地使力，天旋地转间，梁韵已跨坐在他大腿上，毫无征兆地被他禁锢在怀里。

梁韵被他激怒："滚开，你犯什么病！"

"啪"的一声，一记巴掌甩在罗成的脸上。

下了狠心。

罗成顶了下右侧腮帮，见她今晚终于露出不一样的情绪，悬在心口那块石头算是落下了。

"对，就像这样，你有气打我骂我，怎么都行。"他握住她的手腕，"但求你能不能别不理我……"

梁韵视线微敛，瞥见自己的指甲在他颧骨上、脖子上划出几道血痕。

她不动了，罗成也松手了。

"我减刑了，上个月才出来，在那边待了一个多星期。"罗成忽然开口解释，眼眸低垂，每句话都说得很慢，"不是特意想瞒你，只是刚出来那会儿有点迷茫，没想好怎么过。"

梁韵眼圈通红，别过脸。

罗成凝望着她，去牵她的手："不确定你现在过得怎么样，所以不敢来找你。"

"你回小院住过，我看见你留的那张字条了。"罗成捋开她垂落的发丝，"那时候才敢决定回来，就想着不能让你一直傻等着，得做点什么，不然对不起你。"

梁韵强迫自己平静："就因为这个？"

"不全是。"罗成说，"真心想回来，也是真心想你。"

分开这些年，他从没觉得谁应该等谁，但看到那张字条时，内心还是很触动。

"还有那天……在店门口碰到你。"罗成对视她,"我没想到这么突然,什么都没准备,当时弄得一身灰,有点慌,所以没说出几句你爱听的。"

梁韵心口一颤:"要什么准备,又不是没见过。"

"那不一样。"罗成回得很快。

"怎么不一样?"

罗成手臂搭在她腰间,没吭声。

梁韵攥着他短袖下摆:"为什么不说话?"

罗成缓缓开口:"想拿出点什么东西,不想稀里糊涂地就去找你。"

梁韵恍惚间才懂得罗成话里指的是什么。

他说他慌乱,可她又何尝不是在紧张。无数个日子的期盼,可当那天真的来了,却发现不是想象中的那么美好,你在意的人没有第一时间选择找你,心里多少掺着委屈和酸痛。

密闭的空间内,只能听见彼此的呼吸声。

"罗成,我每一天都在数着日子过……"梁韵看着他,"你知道吗,前两年我真的太恨你了。"

罗成内心被搅得一团麻。

"回来后,我看到他们每个人都这么幸福,我有多羡慕。"梁韵想到许多幕场景,心中怅然,"我去了大彭的婚礼,见证了他们的圆满,明明我们四个人都在小院过过那种日子,可到头来只有他们有结局,我是真的羡慕……"

罗成眼睛微酸,忽地按住她,贴近怀里。

"但也真的不甘心……我们就差一步,就差这么一点点……"梁韵哭了,眼角滑落一滴泪,她迅速抹掉,"可能怎么办,我骂你固执,恨你,你就能回来了吗?"

"我的错,都是我的错。"罗成咬紧牙根,紧紧拥着她。

没办法,那些担子压在他身上太重了,他什么都不做,过不了自己这关,在那条路上一意孤行,哪怕他最后得到了一个结果,也付出了相应的惨痛代价。

梁韵懂,所以她慢慢学会释怀,想过放弃,可是无果,心里那杆秤还是无时无刻不向他倾斜。最终放不下,她只好坦然面对。

罗成抚摸她后背:"对不起,耽误你太久。"

他一直不喜欢说抱歉的话,但是对梁韵,他真的欠了太多。

一个女人,在最好的年华等了一个满身疮痍的男人四五年,即使他一无所有,还落得一身标签。

过去的已然翻篇,梁韵也不想再反复提起。

她想到什么:"这段时间你都住在哪儿?"

罗成说:"租的房子,离大彭家不远。"

"住得还习惯吗?"

他笑了笑:"挺好,老小区,环境也不错。"

梁韵嘴角弯了下,罗成瞥见,这是今晚她第一次对他笑,内心舒缓不少。

还没等说什么,手机发出闷闷的振动声。

屏幕的闪动在昏暗的车厢内异常突兀。

是罗成的手机。

"接吗?"梁韵瞟见上头的备注。

罗成看了一两秒,没有接的打算:"不管。"

梁韵说:"大彭找你做什么?"

罗成注意力落在她忽开忽合的嘴唇上,隔了几秒,对上她的目光。

"估计检查情况。"

"什么?"

罗成指腹抚过她眼角,忽而转了话锋:"监督我有没有追上媳妇。"

梁韵一愣,没料到他说这么直白,反手拍掉他的手:"胡说什么呢。"

她表情少有的不自然,罗成笑了笑,把她往面前带:"不闹别扭了成不成?"

梁韵扭过脖子,目光躲闪:"谁别扭了。"

罗成失笑,顺着她哄:"没有,这么久没见了,别扭别扭也是应该的。"

梁韵睨他一眼,不吭声了。

她不是矫情的人,本就不是多大点事,既已说开,再端着就没意思了。

沉默了一阵。

罗成嘴唇鼓动,梁韵知道他有话,便问:"想说什么?"

"那个律师……"他迟疑着问。

梁韵猜到他的问题,故意问:"什么律师?"

"就那个给我在法庭……"罗成含糊着,"前几天碰上的那个。"

"哦。"

等了几秒,没有回复。罗成蹙眉:"'哦'是什么意思?"

"没什么意思。"

"梁韵。"罗成黑眸深沉了点。

梁韵盯着他绷紧的脸,倏地笑了声:"我故意的。"

罗成大手掐她腰侧。

第十八章／她从来没放弃过他

317

"谁让你那天惹我生气。"

罗成点点头:"行,你们不是真的就行。"

她又想起重逢那天,打量他:"你就会死要面子。"

"嗯。"罗成不否认,笑了笑,"有点。"

跨坐在他身上的人安静了,罗成敞着腿,两人以一种极为惹火的姿势坐着。周边停满了空车,角落的车位无人察觉。

他颧骨上的指甲划痕尤其明显,梁韵伸手摸了摸。

罗成忽道:"亲一口?"

梁韵手下顿了顿,还没等放下来,立马被他攥住。

"我说不行,你就不亲了?"

罗成勾唇笑:"嗯。"

梁韵以为他真这么好说话,刚抬眼对视他,一股热气顿时堵进她嘴里。

罗成猛然坐直半身,两手捧着她的脸,浅尝几下唇角后迫不及待地顶开她的牙关,轻松钻了进去。

熟悉的气息与温度瞬间唤醒两人的回忆。

遥远的北方公路,每座小城留下的点点滴滴,都是他无数次在面壁时的念想。

罗成吻得越来越凶,积压很久的欲望就快破土而出。

梁韵也一样,勾紧他的脖颈不舍松开一分。

就快吻得呼吸不顺畅,梁韵才推了他一下。

罗成不舍地松开她,让她大口喘气。

梁韵的睫毛轻轻颤动,鼻翼上满是密密麻麻的细汗。

"太想你了。"罗成道。

梁韵一瞬间笑了。

罗成静静地替她捋顺发梢,等着那团燥火消下去。

感觉差不多了,他拍拍她的后腰:"等会儿自己上去?"

梁韵软声:"嗯。"

罗成把她抱下来放到座椅上,松松腿准备下车。

"那个……"梁韵喊了一声。

门敞开半边,罗成回头。

梁韵问他:"你等会儿怎么回去?"

"打车。"罗成说,"怎么了?"

"时候不早了。"梁韵低了下头,再抬起来,悄声,"……要不先凑合一晚?"

318

隔了小半刻。

罗成才明白她的意思，一双黑眸锁着她。

梁韵被他看得有点不自在，撂下一句："随你吧。"

不等他回复，她转身要往电梯的方向走。

罗成瞭见她步子越迈越大，他先是没动，随即慢慢勾起唇角，小跑两步跟紧前面女人的步子。

下一刻，罗成搂紧她的肩膀往怀里带，埋头狠亲了一口，扯声笑："带路。"

....

再睁开眼，卧室里仅梁韵一人。

她恍恍惚惚了会儿，抬手摸摸身侧，没人。

又是雨天，窗檐哗啦啦滴着雨，雨势浓稠而急促。

梁韵抱着肩，倚靠在卧室门框上，这个角度正好，静静看着落地窗下的男人。

罗成起得很早，可能是这几年养成的习惯，到点就自动醒，醒来的时候梁韵还在睡，他没打扰，自己套上裤子出来做晨练。

客厅很空旷，装修风格也极简。

视野中的男人融合在玻璃窗后的雨幕里，梁韵不舍移开目光。

罗成裸着背，下面松垮垮地套着一条牛仔裤，没扣腰带，两手撑在沙发椅上做俯卧撑。

梁韵站得腿麻，他还没停，于是往他的方向走去，脚步很轻。

快走近时，罗成倏地撇过头。

"醒了？"他问。

梁韵走到他身边："嗯。"

罗成抹了把额头的汗，反身坐在躺椅上，手臂一扯将她拉近："还是这么能睡。"

声音是宠溺的。

梁韵懒洋洋地说："下雨天，不睡觉做什么。"

估计椅子是被罗成特意搬过来的，两人的位置贴近窗户，视线放远，再往下看。

罗成问："住这么高？"

"嗯。"梁韵搂着他的脖子坐在他的大腿一侧，"有合适的就定了。"

天空犹如一张灰蒙蒙的宽大遮布，阴沉一片。

罗成问："想吃什么？"

梁韵打了个哈欠，摇了摇头。

第十八章＼她从来没放弃过他

"还没睡醒？"罗成低头看着她笑。

"要不再回去躺会儿？"

梁韵没有说好与不好，反正他也没给她思考的时间，反手从她膝盖窝穿过，勾住她的腰，轻轻松松地把她抱起来。

身体忽地腾空，梁韵搂紧他的脖子："你干吗？"

"我洗澡，你睡觉。"

梁韵笑了笑："话说得真霸道。"

罗成步子迈得大，几秒钟工夫已经把她放到床上，钱夹从他口袋里掉落，他捡起来搁在床头柜上，然后一脚踏进卫生间，回头看了眼。

梁韵眼巴巴地望着他。

罗成笑："等我洗完澡再陪你。"

卫生间传来哗哗的水声。

梁韵拿起那个黑色钱夹，摸了摸上面的皮面，可能使用年份有些久，表层不少刮痕。

她慢慢打开钱夹，那张照片还放在原位，她下意识地抽出最上面那张，移开后，里面压着的那张也显露出来，和她曾经亲手放进去的位置相同。

看了良久，直到卫生间的门被再次打开，她才缓过神来移开。

罗成坐在床沿边擦头发，看她把照片一一装进去，再合上钱夹。

罗成伸手搂过她："还好有它。"

梁韵静静地听着。

"在里面那会儿，想了，就拿出来看看。"

"能带进去吗？"

"嗯。"罗成说，"就留了那一张，检查过了，通过了。"

梁韵敛了下眸："罗成。"

"嗯。"

梁韵小心翼翼地问："那事解决了吗？"

他一直不愿意亲口把这事摊开说给她听，陈远德有罪，可他的手段也不光彩。当年，不说是怕她害怕，怕她知道后心里对他产生恐惧，更害怕她知道后他们连短暂的幸福都维持不了。

直到最后的最后，她知晓了真相，目睹了狠狈又凶残的现场，依然选择接纳他、抚慰他，这样的女人，他怎么能忘记。

"没事了。"罗成坦言,"都结束了。"

"往后好好的。"

"我知道。"罗成搂紧她,"不会再有了。"

"嗯。"

肌肤相贴的身体变热了。

两人昨晚回来后什么都没做,原本是有这个心,不过被意外的一通电话打断了。

梁韵和梁母聊天时,罗成并不知情,从客厅接了杯热水进来,递给她时,声音正巧被梁母听到了。罗成有一瞬间的茫然,还未主动打声招呼,梁母的语气明显变了,他没做打扰,默默出了卧室。

再进来时,梁韵刚洗完澡,只是笑了笑,没有过多提及。

白色窗纱轻轻飘动。

床太软,又加上刚洗完澡正清醒,罗成压根睡不着。

还没等探头看她睡了没,梁韵转过身正面对向他,都没说话,但眸中情绪在翻滚。

罗成视线下垂,幽深的瞳孔映在梁韵的眼中,一秒两秒,他倾身去吻她的唇。

被褥的褶皱漾成一团,呼吸越来越烫,房间燃烧着激情。

窗外雷声倏忽放大,盖过屋内的动荡。

风平浪静后,两人鼻尖相对,梁韵闭着眼微微呼气,额头上满是细汗。

罗成一手抚着她的背,突然问:"今天不上班?"

梁韵闷笑:"现在问会不会太晚了。"

漫天雨珠打在雾面玻璃上,屋内静谧依偎。

罗成从窗外撇过头,张张嘴,想说什么。

梁韵柔声问:"怎么了?"

罗成盯着墙上的挂灯,想着昨晚那通电话,出声说:"过段时间……陪你回趟家吧。"

"嗯?"

回来有段时间了,有些事得提前做打算,他是真心的。

罗成说:"去拜访你父母。"

梁韵从他胸口撑起身,凝视那双冷静的深眸。

"你愿意去?"

"要去。"罗成拇指轻轻摩挲她淡红的脸颊,"应该的。"

这次再见面，他整个人变得自信不少。

"再等等。"罗成思考着说，"我开了家旅行社，最近还在翻修，给我点时间。"

梁韵一惊："旅行社？"

"嗯。"罗成与她对视，"刚起步，还不稳定。"

梁韵懂了，忽然想到昨晚他在地下停车场说的那些话，原来是这层意思。

罗成只是在等一个时机，等一切有了着落才敢对她有所行动。

梁韵说："就因为这个？"

"嗯。"罗成知道她指的什么。

梁韵咕哝着："都说了你死要面子。"

是要面子吗？好像有，但更多的是想给她一个态度，不再像之前一样过着不踏实的日子。

罗成漫不经心地笑："还好，差点又走错一步。"

梁韵摸他新长出来的胡茬。

"差点弄巧成拙。"罗成故作叹息，"还好给哄回来了……"

"少来，你才没哄。"梁韵埋怨，"要是那晚没意外碰上，可就真错过了，等你主动来，还不知道要等到什么时候呢。"

"怎么会。"他不会让那一天这么晚才到。

梁韵垂眸不说话。

"这么不信我？"罗成勾唇笑，"我能要这么久？"

她摇摇头："只是不想再等了。"

罗成漆黑的眼眸露出柔情，亲了下她的额头，没再出声。

道歉的话只说一遍就够了，重要的是往后得加倍对她好。

又躺了几分钟，外边雨声停了。

罗成拍拍她后背，低声问："下午有事吗？"

"有。"梁韵没迟疑，"要睡觉。"

罗成沉声笑了笑："好。"

梁韵伸头看他："做什么，你要去哪儿？"

"去趟店里。"他抚摸着梁韵的发丝，"还剩点墙面没结束，处理完就能进行下一步了。"

梁韵回想起街头那家店铺，天太黑，里面又关了灯，没怎么看清格局："都是你自己搞的？"

"一部分。"罗成说给她听，"简单的我还凑合，不好弄的还得交给专业的来。"

"别太累了。"

"知道。"罗成嘴角弯了,"吃完饭就过去,晚上我早点回来。"

"这么赶?"梁韵问。

"嗯。"罗成视线挪到趴在他大腿上的脑袋上,半真半假地说,"着急挣钱,要娶媳妇儿。"

梁韵心里"咯噔"一下。

她轻声道:"你这是求婚?"

"你想结婚?"罗成眸光闪闪。

梁韵忽地打掉头上那只手:"少臭美,谁说要嫁给你了。"

罗成没耽误时间,动作麻利地去厨房洗洗切切。

冰箱里没剩多少食物,罗成炒了两个菜,烧了个汤,简简单单凑合一顿,临出门前,甚至连晚上去超市买哪些菜都想好了。

梁韵腹诽,他这趟回来,唯一没变的就是厨艺。

陪着等了会儿电梯,梁韵把车钥匙递给他,轻声叮嘱了几句注意安全的话。

"戴口罩了吗?"

"没。"

"戴上吧,最近流感病毒高发期,还是注意点儿好。"

罗成点了点头,拉过她吻了下她额角。

原本梁韵要跟着一起去看看,但他没让,动工的时候店里灰尘大,他准备过段时间清理得差不多了再带她去看。

人一旦有了念头,就想立刻落实。

日子一忙活起来,每天都过得充实。

罗成每天大部分时间在店里,装修好后,再一样一样添补,慢慢完善。

梁韵也忙,忙着上班。

忙碌的两人只有一早一晚才能打个照面。

几个月下来,店铺总算是有模有样地开起来了。

线路只开了一条内蒙线。即使现在那边的环境和四五年前略有不同,但好在还有蒋利川,他对那边熟悉,罗成也趁着这几个月学了不少,一步一步来,先站稳脚跟,后续再慢慢开发其他旅游线路。

转眼间,风里渐渐掺杂着寒冬的气息。

温度越来越低,道路两旁的老树残挂着几根光秃秃的枝丫。

第十八章 / 她从来没放弃过他

年关一过，两人的生活节奏慢了不少。

平日里，梁韵的上下班换成了罗成专车接送。

傍晚，她刷卡出了写字楼，走下台阶的时候，下意识地去寻路对面的那辆车，瞟到一处，视线亮了亮，步速不由得加快。

还未走近，罗成已从里侧替她拉开了门。

"好冷啊……"梁韵一上车，将包扔到后座，搓了搓手。

罗成视线落到她腿上，不紧不慢地开口："早上是不是说了让你多穿点？"

梁韵傻笑一声，双手从他羽绒服底下探进去，停在硬邦邦的肌肉上，掌心的温度瞬间攀升，变得热乎。

"就等这个呢？"罗成轻轻啄了下她唇角。

"嗯。"梁韵习惯了他跟个火炉一样。

罗成哼笑出声，从里面握住她冰凉的手，焐了会儿。

好一阵，车子才起步。

前段时间史芸生了个儿子，彭致垒打电话过来报喜，声音特大，丝毫抑制不住心底的激动。

因为产妇身体弱，也因为忙，他们就想着等史芸出院，身体恢复得差不多再去看望。

这一等，就拖到了现在。

进门后，史芸正在给宝宝换尿不湿，动作轻柔又熟练。

"闹人吗？"梁韵眸光柔和。

"别提了，晚上可能折腾了。"史芸笑着叹气，"不是吃就是哭，根本不带睡觉的。"

梁韵抿唇笑了笑，指尖碰了碰被褥里的小家伙："这不是睡得挺香嘛。"

"现在舒服着呢，等再过两个钟头就不这样了。"史芸笑，"垒哥每天都哄到半夜……"彭致垒为了让她能多休息会儿，想了不少哄孩子的方法。

梁韵轻轻一笑。

外屋的客厅餐桌边，坐着两个男人。

两人晚上没沾酒，彭致垒不能喝，要照看儿子，罗成自然也就陪着一起。

从他们踏进门的那刻起，彭致垒的嘴角就没下来过，一副欠欠的样儿。

"别嘚瑟了成吗。"罗成白他一眼，"多长时间了，心情还平复不下来？"

彭致垒丝毫不收敛："不行。"

罗成无语:"出息。"

"你知道我儿子多可爱吗?眼睛跟史芸一模一样,还有小嘴,哦,鼻子随我。"彭致垒唠叨不停,"就是脾气不太好,不过问题不大,往后能听懂话了我来调教……"

罗成朝他砸了颗花生米,笑骂:"你还能不能行?"

"老子高兴。"彭致垒不理。

罗成失笑一声,摇摇头。

他忽然问道:"最近俱乐部怎么样?"

饶是再激动,彭致垒也没昏了头,一脸不敢置信:"罕见啊,你还记得你是这家店的半个老板啊?"

罗成给了彭致垒一个眼神。

"说吧,啥事?"彭致垒悻悻地瞄他,正经了点儿,"跟以前差不多,还凑合。"

罗成点了点头,理解他嘴里的凑合,那就是不错。

彭致垒突然意识到什么,想都没想就先开口:"别动这个念头啊,我不要,别卖给我,老子不缺这点钱……"

罗成一愣。

40%的股份,说大不大,说小也不小,当年成立的时候不算是一笔小数目,何况发展到现在,规模更大了。

彭致垒之所以不想让罗成动,是念及曾经那段过往,再者,这笔钱留下来也是个保障。

前些年的时候,罗成要把这些留给梁韵,他一点意见都没有,因为压根就觉得两人断不了。

"最近手头紧?"彭致垒夹了口菜,问,"还是店里缺点什么?"

两人的关系不需要绕弯子,罗成抬眸道:"想买房。"

彭致垒懂他心中所想,思索着问:"还差多少,要不先从我这儿……"

"不用,还没到那种程度。"罗成扯唇笑了笑。

之前存的那点积蓄全部投进旅行社了,他手里拿不出太多的现钱,往后还要扩招店员等等,做生意,不是嘴上说的这么简单。

如果还年轻,一切可以慢慢来,但如今不一样,飘飘荡荡过了小半辈子,他也想早点有个家。

他这么说,彭致垒就没往深处问。临走前,罗成绕到卧室里带梁韵回去,顺便看了眼被子包裹的小孩,很小一团,还在睡,模样比彭致垒形容的要可爱。

两人又待了会儿,直到断断续续的哭声响起,才笑着拿上钥匙回去。

红灯的路口下排起一条长龙。

车内，暖气烘得女人脸蛋泛红。

罗成捏捏她的手："饱了吗，没见你吃多少。"

梁韵侧过头："最近都胖了，不敢吃。"

罗成轻啄她的手背："胖点好，我就喜欢你有肉。"

"啧，才不信。"梁韵把手抽回来，让他好好开车，"男人就会一张嘴。"

罗成笑了笑。

一轮新日从天边露出头，玻璃窗口渐渐拉出一道金色的轮廓。

临近新年还有些日子，梁韵多请了几天假，她准备带罗成一起回去。

这事也提前跟梁母打了招呼，徐娅萍没有什么态度，只是说带回来看看吧。

卧室的地板上敞开着一小行李箱，梁韵的目光在衣柜里停留几秒，随便拿了几件装进箱子里。

上午，罗成去了趟旅行社，店里有两个年后要预订出行的旅客。临走前，他把行程交给了前台安排，并且给蒋利川打了个电话交代时间，忙完后匆匆往家里赶。

时间不多了，梁韵没让他进门，罗成点点头，倾身拉过行李箱，两人打了辆车去往北站。

可能是春节的缘故，车厢里没有一个空位。

窗外的风景不停地变换，头顶的广播放着下一站的目的地，罗成心中难免有些忐忑。

出了站口，梁韵带着他简单地逛了会儿。罗成跑过很多地方，但这是他第一次到她老家，这是一座挺有烟火气息的小城。

出租车停在一处居民区的巷口，两侧的楼层不高，应该是有点年头的老式住宅区。

梁韵察觉他步子越走越慢，甩了甩胳膊："疼。"

罗成一愣，忙松开她的手："哦。"

梁韵好笑："你紧张？"

罗成把箱子调了个位置，换另一只手牵她："没。"

说不紧张绝对是假的，要么就是在心里为自己壮壮胆。

熟悉的楼梯口就在眼前，梁韵微微仰起头，她那屋的窗户开了。

"没事。"梁韵反手捏捏他手背，停下脚步，和他面对面站着，"我跟他们提过，也打过招呼，所以把心放下来？"

罗成拍拍她的头:"知道。"

巷道跑过几个嬉闹追赶的小孩,穿着大红棉衣,衬着喜庆的年味。

两人进门的时候客厅里没人,梁韵把行李箱放到鞋柜旁,往厨房的方向看了一眼。

"估计在里面做饭呢。"

罗成跟着望过去,手里拎着一大红礼袋:"我先过去打声招呼?"

梁韵低了下头,再抬起头来时笑意渐深:"罗成……"

"嗯?"罗成往后退了一步,视线不离厨房玻璃拉门。

梁韵又走近一步,抬着胳膊要搂他的腰。

罗成眸光一掠,把她拉开:"别闹,在你家呢。"

梁韵嘴角勾笑:"那你能不能把东西放下来?一直拎着不累啊?"

罗成抬手摸摸鼻子,把东西放下。

"别太拘束好不好?"

罗成嘴硬:"没有。"

梁韵笑:"那咱们能不能不站门口了?"

罗成拨开那只在胸口作祟的手,还没张口,厨房的门先一步被拉开。

梁母脚步略顿,门口站着的两人皆是一愣,梁韵扯了下罗成的羽绒服袖口。

第十九章
幸好终点有你

这次见面代表着什么，罗成比谁都清楚。

一路上，一颗心怦怦跳个不停，印象中，除了年轻时搏赛场那会儿，他很少有过这么紧张的时候。

梁韵的父母并没有他想象中的那么严厉，虽谈不上热络，但至少没有给他冷眼，罗成已然知足了。

他帮着上菜，又主动盛饭，客厅和厨房间来回飘荡着他的影子，总之忙活个不停。

梁韵坐在椅子上，嘴角不受控制地弯了又弯。

整顿饭吃得还算融洽，基本上都是梁父梁永年在问问题。

酒过三巡后，梁永年朝罗成笑了笑："小罗啊，你今年多大了？"

罗成放下杯子："三十六了，比梁韵大四岁。"

梁永年朝两人看了一眼："那也不算大。男人嘛，三十多岁正处在黄金年龄。"

罗成笑了笑，边给梁韵夹菜边点头应下。

"听韵韵说，你现在自己开店，生意怎么样？"

"对，伯父。"罗成坦言给梁永年听，"这个分季节性，现在是淡季，到了夏季人可能稍微多一点。"

梁永年问："旅行社是吧？"

罗成嘴角勾出个弧度，点了点头。

"那还不错，自己做生意，怎么都得比给别人打工要强。"

罗成能懂梁永年的意思，他这种背景，无论去哪儿工作，或多或少会被人戴有色眼镜看待。

这时，一旁的徐娅萍忽然出声："小罗？"

梁韵的筷子顿了下。

"你是哪个地方的人？"

罗成回答："伯母，我老家是济南的。"

"我记得韵韵提过，你们前几年在内蒙就认识。"徐娅萍嘴角带着淡淡的笑，看看梁韵，视线又绕回罗成身上，"当时说要带你回来，没想到时隔这么久才见到。"

梁韵放下筷子，抬头望了眼徐娅萍。

罗成眸光黯淡了点。

徐娅萍没管女儿的视线，又问："你家里现在就剩你一个人了？"

梁韵："妈。"

"是。"

罗成在桌底握了握梁韵的手，从容地对徐娅萍笑了笑："以前家里有四口人，有父母还有个妹妹，后来他们出了意外，都已经不在了。"

徐娅萍不是不知道这件事，在来之前，关于罗成的一切梁韵从头到尾没有隐瞒地跟她解释过。

"你的事，韵韵都跟我们说过。"徐娅萍问他，"出来后，还能跟上现在的节奏吗？"

徐娅萍的问题没针对性，罗成抿了抿唇："嗯，感觉这几年变化还是挺大的，我也在慢慢适应。"

因为身份，他说话做事都变得小心翼翼，梁韵忽然有些鼻酸。

徐娅萍："以后有什么打算，还准备回之前的地方？"

"不了，伯母。"罗成这句接得很快，想了想，继续说给梁母听，"除了生意上有时候会回一趟，平日里都待在青岛，以后也会这样。"

徐娅萍没说话，用勺子舀了一碗汤，放到梁韵碗里。

气氛陡然冷了点，罗成在琢磨心中那几句说辞，嗓音低沉："伯父伯母。"

梁韵似乎比每个人听得都认真。

"我知道我可能不是你们心中女婿最好的人选，做过错事，蹲过监狱，有污点……"罗成偏头望着梁韵，语气轻了，"对不起她的地方太多，但我保证这些事情不会再发生，往后也会加倍补偿她这几年受的委屈……也请你们相信我一次，给我个站在她身边弥补过错的机会……"

他话未完，梁韵埋头扒着米饭，心脏怦怦地跳动。

梁永年看了看妻子的表情，面上仍没什么表示，不过做了这么多年的夫妻，他很清楚徐娅萍的态度。

"小罗啊。"

罗成点头应声。

"过去的已然过去,但人生的路还有很长。"梁永年多教诲了两句,语气深沉,"谁年轻还没犯过点错误……是吧,重要的是要常回头看看自己那份初心,一个人的时候可以凑合着日子过,要是动了成家的念头了呢。"

罗成目光微敛,玻璃杯中的白酒似乎在晃动。

"男人啊,肩上的担子很重的,现在从头再来,一切还为时不晚。"

罗成静默了半刻,再抬头时,梁父已经端起酒杯笑了。

晚饭结束后,罗成把行李箱送进梁韵卧室,没敢关门,也没敢待太久。

待梁母进来,罗成折身出去陪着梁永年下棋。

梁韵帮着徐娅萍铺床单,朝她眨眼:"今天那个带鱼还不错,改天教我一下?"

徐娅萍伸手捋了捋床单的褶皱,没抬眼:"想吃自己学。"

"这么吝啬啊。"梁韵绕过床尾坐在母亲旁边,弯唇,"不肯教?"

徐娅萍拍掉胳膊上的那只手,不理不睬。

梁韵还是笑:"辛苦了,晚上做这么一大桌。"

徐娅萍轻瞟她一眼:"礼数还是要周到。"

梁韵轻轻笑了下,早就猜到了母亲会这么说,经过今晚这顿饭来看,虽没到认可的程度,但至少也没有为难。

梁韵胳膊搂了搂母亲的脖子,扯唇笑着:"谢谢啦。"

徐娅萍套被罩的手顿了顿,她以往待梁韵严厉,女儿很少会与她有这么亲近的举动,长大后更是如此,所以心中不免有些动容。

"你自己想好。"徐娅萍神情淡淡,"无论怎么样,他身上的污点都会跟一辈子。"

树梢轻轻荡着,月光倾洒下来。

"妈,那件事你或多或少清楚一点……"梁韵垂眸落到桌角处,声音轻柔,"我不会为他辩解,因为他确实做错过,不过都已经结束了,他也受到了惩罚,再给他一次机会吧,好吗?"

徐娅萍没出声。

良久,徐娅萍换了个话题:"这次准备在家待多久?"

梁韵把行李箱打开,拿出几件衣服挂进柜子里:"没定回去的日子,过过看吧。"

"你那个他不走?"

那个他……

梁韵回头朝母亲笑:"嗯,和我一起回去,不过不住这儿,他在路口订了家宾馆。"

徐娅萍没说什么，起身搭手帮女儿一起收拾行李。

九点过了一刻。

罗成这盘棋刚结束，梁韵正巧从卧室里出来，客厅内充斥着梁父的笑声。

梁永年虚点了点棋盘，笑声不减："小罗，还是有两把刷子的啊。"

梁韵走近，低头往茶几上瞄了一眼："谁赢了啊？"

梁永年哈哈笑道："险胜。"

梁永年就这一个爱好，没来之前，罗成已经从梁韵这儿探好了底，苦练了好长一段时间。

罗成朝梁韵眨了眨眼，笑里藏了另一层意思。

这局结束没再开新的。罗成看了看时间，没再久待，从沙发上拿过羽绒服，周到地跟梁父梁母道别。

夜晚的风大，梁韵送他到楼梯口。

罗成不让她再往前走，"快上去。"

梁韵吸了吸鼻子，"你认识路吗，还不让我送。"

"记着呢。"罗成看她鼻尖通红，给她拉上羽绒服拉链，手臂圈着带进怀里，"给你爸妈留个好印象呢。"

梁韵伸手在他后背蹭了两圈，点着头。

"上去吧。"罗成松开她。

见她还未动，罗成轻笑，摸了摸她的头发："再不上去，我可该被扣分了。"

梁韵浅笑出声："到了地方告诉我一声。"

"好。"

步子踏上台阶，楼梯间的灯一盏一盏点亮。

罗成抱着肩，倚在墙壁上听那声音。

直到脚步停了，楼梯灯灭了。

门一开一合，最终声音消失。

罗成才失笑地摇摇头，迈开步子。

一辆辆汽车疾驰在马路上，人行道上来回穿梭着男女老少，响彻着合家欢乐的笑声。

拐过街道的超市，朝里走五十米，罗成进了一家宾馆。

从前台拿过房卡，匆匆迈上步子踏上二楼。

这间房是还没来的时候提前预订的，他没有见家长的经验，但也知道不可能第一次见面就往人家里去，何况他还没通过二老的认可。

这家宾馆估摸着有些年头，他没细挑，直接选了离梁韵家最近的一个，房间的环境不是太好，梁韵当时让他住酒店，罗成没同意，他一个人，比这更差的环境都睡过，这点不算什么。

洗完澡后，罗成一手擦着半干的头发，另一只手去床上摸手机，刚回来的时候给梁韵发了条信息，到现在还没回复。

罗成：人呢？

躺床上等了会儿，还没见动静。

正准备打过去，进来了一条消息。

罗成点进去，看见她回：忘了回你了，上来后和孙晓打电话，小丸子缠着我讲故事呢。

罗成笑了，缓缓打了几个字：你还会讲故事啊？

梁韵瞄一眼屏幕：会的可多了。

她想了想，笑着补一句：就是不想说给你听。

罗成眼底的笑意渐深：那敢问大人，小的今天表现怎么样？

梁韵回：以前没发现，你这么会说。

罗成：哪句？

梁韵：餐桌上，你跟我爸说的那些。

今晚，是罗成有生以来，内心最为焦虑的一次，怕的太多——怕表现得不好，怕没有达到心爱女人的预期。

罗成回：都是真心的。

屏幕还亮着，梁韵侧脸枕在手臂上，唇角微微弯了。

梁韵想到什么，发短信还不够，打来语音："我爸问我，你喜不喜欢肴肉，明天要露一手水晶肴肉给你尝尝。"

罗成脑子转过弯来，问："意思是，我明天还能去？"

"不来你要去哪儿？"

罗成摸了摸头："真的？"

梁韵："傻不傻啊你。每天都要来刷碗，我的活交给你了。"

罗成往后仰靠着，放声笑了。

原本他没想过多叨扰，这次过来，主要是想见一面，表明自己的决心与态度，其次是想陪着梁韵，他一个人惯了，在哪儿过年都一样，但她不同。

罗成知道她的性子，定不会让他一个人留在青岛，所以主动要求等过完年一起回去。

又聊了一阵，两个人才互道晚安。

月光悄悄爬上枝头，玻璃窗蒙上一层薄雾。

夜已很深，走廊传来阵阵脚步声。

罗成仍睡不着，很久没有过这种感觉，自从出来后，他的睡眠逐渐变好，但这回不同，被喜悦冲击着大脑，也隐约带着一丝期盼。

攀升的旭光卷走倦意，泥土的芳香渐渐从缝隙里飘荡出来。

一连几日，罗成忙活个不停。

每天起床洗漱后，买完早饭就往梁韵那边跑。

梁永年爱下棋，两人扎着马扎围着棋盘桌就是一上午。

结束后，罗成陪着梁韵一起去逛菜场，买买菜，趁机在楼道里偷亲两口，在客厅不方便，卧室里他又不敢久待。

梁韵笑罗成多此一举，罗成伸着脖子反驳，就差临门一脚，一丁点不好的印象都不能留下。

他愿意，梁韵也就随他了。

有时候他也会帮着梁母做饭，徐娅萍的威严多少还是有点用，不怎么跟他搭话，但也丝毫影响不了罗成的积极性。

忙归忙，却乐在其中，至少日子充实有盼头。

一切好像有所转变。

年三十的那个下午，罗成在陪梁父下棋，梁母正坐在沙发上看报纸。

蓦地，厨房传来一声惊呼。

罗成刹那间起身往厨房冲，只见灶台上、地面上全是溅出来的水花。

罗成一把将梁韵拉到自己身后，朝前迈了一大步去扯架子上的桌布，绕着爆水管拧紧堵死。

"身上湿了没？"罗成回头，手不离接口位置。

梁韵刚刚正在洗水果，水管毫无预兆地爆开。

"别站这儿了，快出去。"罗成瞥见她毛衣领口处湿了一大片。

梁韵转身往外走："我先给你拿干毛巾。"

梁父梁母一前一后地赶过来，也意识到了什么。梁永年向前迈一步，罗成侧头说："伯父先别进来，地滑。"

梁永年定住了步子。

"水管爆了，得先关下总阀门。"

333

梁永年忙应声："好，我去关。"

梁韵折回来，罗成用干毛巾堵住水管裂口，等关阀门的空，轻声说："去先把衣服换了，这儿没事。"

梁韵没动："需要做些什么？"

罗成掀开毛巾瞟了一眼，说："得换新的。"

梁韵不懂，但也知道要找专业人员："今天过节，估计不好找人上门修理。"

"没事，我来。"

那头关了总阀门，这边水流渐渐停住，罗成手臂松了点劲。

罗成接过梁父递过来的工具箱，起身在里头翻了翻，没找到合适的，心里又盘算了下，准备出门一并买齐。

临出门前，罗成又叮嘱几句："先回屋换身干衣服，别着凉了。"

梁韵乖乖点头，让他早去早回。

小城的年味气息浓郁，每路过一家，清一色地拉着卷帘门，上头贴着对联。

罗成按照梁父说的位置跑了好几家五金店，最后又绕去建材市场才买齐所有要用的工具。

等他修复更换并收拾完厨房后，天色已经彻底暗下来。

徐娅萍忙着准备年夜饭，梁韵则拉着罗成回卧室洗澡，他原本想等着回宾馆再说，不过梁韵不愿意。

她眉头一皱，罗成顿时不敢吱声。

拉开厨房的门，香喷喷的腊肉味钻进鼻子里。

梁韵拿上筷子："妈，我先给端出去？"

"放着吧，还有两个菜。"

梁韵"哦"了一声，收回手："水管怎么样，还漏水吗？"

徐娅萍没回头，仍炒着菜，不咸不淡地回："还算有两下子。"

梁韵手并腰后，笑了几声："那是。"

徐娅萍没搭腔，让她先把米饭盛出来。

梁韵把电饭煲打开，一碗一碗盛着，数到罗成的时候，嘴角一勾，多盛了两勺。

徐娅萍把她那点女儿家的心思收进眼底。

梁韵拿了个新盘子递给母亲盛菜，耳边倏忽听进一句话。

徐娅萍："晚上，让你那个男人留下来。"

"啊？"

徐娅萍睨她一眼："年三十还住在外面，被邻居看见了像什么样子。"

梁韵手中的动作一顿,随即笑出声。

"快出去。"徐娅萍又扭过头,"把他喊出来,马上吃饭。"大好日子,又有酒有肉,年夜饭上四个人都喝了不少。

楼下传来一阵阵噼里啪啦的响动,三五个小孩手中的烟花棒映着明媚的笑容,你追我赶在窄巷子里。

结束后,徐娅萍夫妇回到自己卧室看晚会,客厅留给了两个年轻人。

终于可以明目张胆地搂着坐,罗成却有些心猿意马。

眼前的一切都如梦一般,新年夜、团圆饭,即将组成的家庭,还有最心爱的女人。

"还看吗?"梁韵把头从他肩上移开。

电视里,小品结束,一位男歌星上台唱歌。

"看你。"罗成说,"我没看这个的习惯。"

以前还会有,后来家人都离开了,他没再看过一眼。

他一直觉得,这种日子,要和最亲近的人在一起,体验感才是最强烈的。

梁韵两腿搭在他身上,晃了两下:"那你抱我进去。"

罗成笑一声:"懒不懒。"

他话虽这么说,双手却听话地抱起她。

梁韵轻轻松松挂在他身上,双腿扣住他腰两侧,凑到他耳边说:"给你机会都不要。"

罗成拧开门把,用脚一勾,把门关上:"什么机会。"

她不吭声了,罗成给她脱掉鞋,掀开被子把她塞进去。

梁韵没放他走,手勾着他的脖子往下带。

"这就是你说的机会?"罗成本也没拿劲,就着姿势半压在她身上。

"轰"的一声,窗外的半空中忽然炸开一大片火花,寂静的黑夜绽放出各式各样的"花瓣"。

烟花瞬息万变,又化成弧线飘荡下来,一阵一阵的,注定是个热闹的夜。

"罗成。"梁韵说,"这是我们的第一个新年。"

罗成敛眸看她,轻声回:"我知道。"

他们有过很多第一次的体验,再度想起那段日子,仍然记忆犹新,沿边道路的美景、走过的沙漠、攀爬的火山群、雪域下的白桦林,还有小木屋后的寒夜冰柱。

从相识,再到相知相爱的这条路上,他们体验过以往不一样的人生,走过一段看似低谷,却又不是完全濒临绝境的日子。

那段走错的路其实挺难挨,但好在有她,他才能回头。

335

罗成吻了吻她的额头,说:"以后还会有很多。"

时间飞逝。

年假将要结束,罗成看准时间买了回程的车票。

来了这么些天,两人除了刚到的那个下午,其余时候倒是没怎么好好出去逛过。

这天阳光正好,梁韵想趁走之前带他出去溜达溜达。

罗成进卧室时她已经换好了衣服,他伸手摸了摸她的半身裙,绒面的:"冷不冷?"

梁韵把包拿上:"都回温了……"

到门口玄关,罗成拿上钥匙,忽然问:"伯父他们什么时候回来?"

"下午吧。"梁韵说,"离得不远。"

徐娅萍与梁永年去了亲戚家,客厅空荡荡的,一连两三天屋内只有两人的身影。

巷口处,罗成招手拦了辆出租车。

街道热闹非凡。梁韵带他去了家味道还不错的面馆,点了两碗锅盖面,还没等她吃到一半,罗成的一碗已经吃完。

四目相对几秒,他又加了一碗。

从店里出来后,太阳暖烘烘地照在头顶,两人重新打了辆车去往梁韵定下的地方。

景区的人不是很多,罗成略微抬头,盯着高挂在牌匾上的字打量。

他嘀咕出声:"这地方好像听过。"

"还算有名的。"

"是不是那个什么……"罗成还真想了会儿,"里面是金山寺?"

梁韵弯唇笑:"你知道?"

整个寺庙依山而建,从远处望去,大大小小的阁楼不少。

"听着熟悉。"罗成牵上她的手,跟着人流朝里走,"怎么想起来这里?"

"随便转转啊。"梁韵懒懒的,"没什么地方可去,又不能每天窝在家里。"

罗成只当她待得无聊:"票买过了,后天就回去。"

"嗯。"

梁韵只在小学时来过这里,对这里并不熟悉。好在两人没什么目的性,随着周边人群逛了几个地方。

往前走走,就见殿堂外挤满了一堆人,不论男女老少,清一色手里握着香。

罗成停下脚步:"都是来上香的?"

梁韵顺着他的视线看过去："差不多吧。"

空地不大，行人来来往往，罗成带着她找了个能站脚的地方。

香火味道格外浓烈。

罗成突然问："这里很灵吗？"

梁韵思索片刻："看想求什么。"

"说来听听。"

"平安健康，姻缘财运……为家人祈福，这些都是常见的。"梁韵笑了笑，"你要去吗？"

"来都来了，就在眼前。"罗成握紧她的手，"能全都求吗？"

梁韵瞄他一眼："佛祖会不会觉得你太贪心？"

"也是。"罗成笑了笑，"那我选一个。"

梁韵没问他选的哪一个，只是静静地注视他迈着步子朝人群中挤去。

几米开外，普照的光隐约映在男人宽厚的背上，他的模样很是虔诚。

四周的纷杂声隐匿在那一幕，内心慢慢变得平和。

梁韵埋头笑了。

没多会儿，罗成折回她身边。

两人又走上阁楼的楼梯，越往上感觉越安宁。

梁韵步子慢，罗成也不急，一步一个脚印向上踏。

山不高，登至顶端，可能是心情作祟，景色也豁然不一样，俯瞰山底下的大雄宝殿，将整个金山尽收眼底。

两人在留云亭落脚，亭子里没几个人，罗成找个位置拉着她坐下。

"累了没？"罗成问。

梁韵把头倚靠在他肩上："有点。"

罗成稍微偏头，在她额上落下一吻："以后早上跟我一起跑步？"

"不要。"梁韵揽着他胳膊，"不想动，还是你自己去吧。"

罗成"啧"一声："这么懒？"

"谁跟你一样满身是劲。"梁韵伸手掐他两下。

不痛不痒，罗成握住她的手捏了捏。

亭外一棵大树上系挂着满树红绳，随风荡漾，两人的目光被吸引。

一对小情侣洋溢着笑容，男生接过女孩递过来的绳子，踮着脚尖将两个红丝带系到树上。

还有树荫下的一家三口，女人怀中抱着孩子，满面幸福地等待一旁的男人抬

337

手系绳。

思绪渐渐飘向别处。

罗成忽然说:"下个月我想回去一趟。"

"嗯。"梁韵轻声应道,"是利川那边有事吗?"

"不是。"罗成低声道。

梁韵从他肩膀上抬起头。

"回济南……我爸妈以前住的那套房,听说要拆迁。"罗成声音低沉,轻抚她纤细的手指,"我准备卖掉它。"

梁韵嘴角动了下,却什么话都没说。

那不单单是一套房子,更是一个念想,也承载着他众多年少时的回忆,但要不了多久,那里将会被铲平,他不忍那时候再去看,想早早了结。

或许也该了结。

罗成手臂抬起,揽住她的肩膀:"很快就会回来,不会耽搁太久。"

梁韵懂他所有的心绪,轻点了点头:"以后我们好好过日子。"

罗成喉咙滚动:"好。"

又坐了会儿,山顶起风。

梁韵掏出手机看了看时间,不知不觉已待了这么久,刚想起身,身边的男人拉住她的手腕。

"要走吗?"

"对啊。"梁韵扬了扬下巴,"爸妈估计也快到家了。"

罗成默默将右手缩进口袋,问她:"不逛别的地方了?"

话刚落,就听梁韵肚子不合时宜地叫了一声。

罗成反应过来:"饿了。"

梁韵窘迫了一秒,把手从他掌心里抽出来,但劲没他大,挣脱不过。

"给我两分钟。"罗成扯唇笑了,"想跟你商量个事。"

梁韵看着他。

"那个肴肉。"罗成凑到她耳边说,"就你爸前几天做的,味道不错。"

"喜欢吃那个?"

"嗯。"罗成捏紧口袋里的银圈。

"想吃自己说啊。"

罗成咧嘴笑:"我哪好意思。"

梁韵笑说:"还有你不好意思的时候?"

"这得分人分场合,我现在还不到能点菜的时候。"罗成右侧裤兜里的手动了动,继续说,"要不你学学,你熟,做起来肯定比我做得好。"

微风轻抚过脸庞,带来一丝舒畅。

还未等她开口,一个冰凉丝滑的物体倏地套入梁韵指间,她视线微垂,心脏过电般颤了下。

阳光斜射进小凉亭,照射在指间不断闪烁的那颗圆钻上,通透纯亮。

"行吗?"

梁韵蜷了蜷手指,略微怔愣地盯着看。

罗成双臂环抱着她,嘴角噙着笑意:"给我尝尝你的手艺?"

梁韵偏过脸,浅浅笑着。

"怎么样,答不答应?"罗成把她的脸转回来。

风沙沙作响,寺庙下的河面水波荡漾。

梁韵眉眼微弯,牵唇说:"看你表现吧。"

罗成摇头大笑。

余晖缓缓为天边镀上一层金光,红日西垂,映照在女人的淡红颊边。

云团散去,人流消失,恍若山顶只剩下两个人。

罗成俯身去吻她,相拥紧贴的那瞬间,他听到她笑了。

人这一辈子会走过无数条弯弯道道,做过许多种选择,但他从没想过在这条路的终点上,有这么一个女人愿意等待他。

也幸好,在他幡然醒悟的那一刻,她还在,还不算太晚。

山顶已没有人经过,在那天的记忆里,晚霞烧红了天空,似乎格外温暖。

—正文完—

番外 1
古镇

十一月的云南是个旅游的好季节，尤其是腾冲。

从驼峰机场出来后，罗成招手拦了一辆去往古镇的出租车，开了车后备厢把行李塞进去，然后回头抱梁韵怀里的小豆丁。

梁韵躲了下："哎，你别。"

罗成拉开车门，胳膊一顿。

梁韵坐进去，说："这会儿睡得正香呢，你一抱准醒，回头又闹人。"

待两人坐稳后，出租车缓缓驶上大路。

罗成听乐了，勾头去看窝在梁韵怀里的小子，手指点了点他的小鼻梁："怎么，我不受人待见啊。"

梁韵拍掉他的手，叹了一口气："以后再也不带他出来玩了，太累，还闹腾。"

罗成不知想到什么，点了点头，顺着她话说下去："那确实，还耽误咱俩二人世界。"

梁韵登时瞥他一眼，虽然声音不大，但怎么说前头还有人呢。

司机从后视镜冲罗成笑，一口大白牙锃亮："一家三口过来旅游？"

罗成回："是啊。"

"从哪儿过来的啊？"

"青岛。"

"哟，北方啊，那老远哩。"

罗成应声笑了笑。

"那比我们这儿好玩，也是好地方。"

"都差不多，各有各的景致，看海不错。"

"哈哈哈！你儿子真可爱，几岁啦？"

罗成的目光先从梁韵的脸上扫过一遍，才看向儿子："两岁多了。"

司机是个健谈的人，挺热情的，他把车速放慢，一手搭在方向盘上，另一只手隔空指点着腾冲的一些老牌景点，越说越起劲，自己说还不够，还得要罗成给他反馈。

罗成不想拂了人家面子，但又怕吵着孩子睡觉，刚想跟他提个醒，梁韵怀里的小孩哼哼唧唧闹起来了。

小豆丁抬头蹭了蹭梁韵的胸口，一副打扰我睡觉不开心的模样，罗成把他抱在自己身上，轻声哄了哄，又出声问司机："还有多久啊？"

司机见小孩哭了，反应过来忙说："快了快了，马上就到，我给你们送到门口。"

雨后的大朵密云藏在山边，走在古镇的青石板路上，给人一种置身于油画的感觉，梁韵不由得被美景吸引。

小豆丁也很给面子，下车后瞬间变脸不哭了，泪珠挂在睫毛上，两只眼睛盯着路边的小贩车，提溜乱转。

罗成好笑："哟，不哭了？"

梁韵给他擦鼻涕："小哭包，脾气可真差呀，随你爸。"

小豆丁心情舒畅了，拍了拍罗成的脸，咯咯笑："随爸爸，爸爸差。"

"我说你别找事啊。"罗成想将梁韵拽过来亲两口，但发现没空着的手，一只胳膊上坐着儿子，另一只手得拉行李箱。

梁韵乐得轻松，边走边回头向他，以眼神示威，分明在说：等着！

来腾冲是在昆明临时做的决定，所以到现在住宿的地方还没定下来，两人商量着先找个民宿落脚放行李。

沿着石板路一直往里走，路上看到好几家民宿，不过位置不太好，来来往往的过路人太多，会影响休息。罗成看了看古镇的地图，最终选了西区作为落脚点，僻静、深幽，就是地方有点偏。

赶到西区的时候，小豆丁趴在罗成臂膀上又睡着了。

罗成挑了一家跟前的民宿，刚想拎着行李上去，却见身后的女人没动静，他回头看她一眼，唤出声："梁韵？看什么呢？"

"等一下。"梁韵轻拍了拍他后腰，视线一直落在远处的一家小院，和这家民宿成对角线的方向。

罗成一语道出："想住那家？"说话间已侧身要往那边去。

"嗯。"梁韵问，"去看看吗？"

"走两步的事儿。"

到了门口，两人站在台阶底下光明正大地打量这家客栈。石砖墙砌了一整个院子，实木尖子顶，古朴，低调，搁在角落里并不起眼，简简单单的牌匾搭在门框上头，嵌了四个字：

达令客栈。

罗成一脚踩上门口的阶梯，另一只胳膊把儿子往上颠了颠，眯眼往小院里瞅，笑道："这名儿起得有意思。"

梁韵也抬头，半晌就懂了他想到什么，达令……darling。

两人走进小院，这才发现这家客栈并不大，脚底站的位置到前厅不过四五米远。梁韵揶揄他："你还能看懂呢？"

"看不起谁呢，浪漫谁不会。"罗成说完，发现前台空荡荡的，"就一个收银小妹，屋里也没其他人影儿，阴森森的，能住人吗？"

"小点声儿，哪里阴森了，朝南的百叶窗没拉开。"

"哦，行吧。"罗成不找事了。

说话间，小妹听见动静，从隔板后站起身，看了看梁韵一家三口，随即换上大大的笑容，热络招呼："您好，请问是住宿吗？"

梁韵点点头，问："还有空房吗？"

许是久未进客，生意来了，小妹自然介绍得起劲："有的！您要什么房型，标间还是大床房呢，一楼还是二楼呢？"

梁韵见她年纪不大，浑身透着热情劲儿，不禁笑了笑。

小妹平时就和老板娘做伴，觉得她老板娘就是天底下最美的女人，可今天被面前这女的笑容晃了眼。她解释说："我们店平时生意不好，很少进人，难得来客不容易啊！"

梁韵不在意，摆了摆手："房间都是干净的吧，我们要住好多天。"

"放心放心！这个是自然的。"小妹声音洪亮。

罗成肩上还承担着不少重量，脖颈也开始沁汗，想赶紧开个房冲澡歇会儿。梁韵擦了下他额头上的汗珠，回眸对小妹笑了笑："给我们开间大床房吧，楼层……就一楼吧。"

小妹应着好，接过两人的身份证。

罗成眸子一转，问："有家庭房吗？"

"啊？"小妹胳膊微滞，消化他话里的意思，带着歉意，"不好意思啊，我们客栈有点儿普通，没有这个房型。"

"两张床的也行。"

梁韵见小妹正低头翻看什么，说："算了，没关系，就要大床房吧。"

罗成心里叫苦,歪头看看儿子,晚上睡觉得夹着个碍事精。

就在梁韵接过身份证时,右侧长廊的第一间屋子传来动静。应该是听到了他们先前的对话,一位女人走出来,面容清冷,模样看起来要比梁韵小上几岁,手里夹着烟,声音不大不小传过来:"阿梅,把楼上西南边的大通房给他们吧。"

叫阿梅的小前台拍了下脑门:"噢对,那间屋子里有个小隔板间,里头另有一张小床,因为很少有人住,差点都忘了,但是屋子大,价格也会稍贵一点哦。"

罗成点点头,又让梁韵补了差价。

几人交谈间,那女人没动,依然站在原处,半倚着墙壁抽烟。阿梅从挂钩处取下一把钥匙递给梁韵,告诉他们楼梯的方向。

梁韵的视线与抽烟的女人撞了一下,后者对梁韵笑了笑,梁韵也客气地点了点头。

客栈老板百郦见有小孩,自己正抽着烟就没站近,胳膊虚抬,指了指楼上:"没电梯,见谅,上去后左拐,走到最里面就是,写了房号。"

梁韵低头看钥匙,笑了笑:"好。"

罗成推开门,意外地发现房间比他想的要大一些,玄关后有一道板墙隔开了空间,他把行李箱放下,从一侧绕过去,先把豆丁安顿到小床上睡觉,把豆丁收拾好才转身出来。

板墙之间没有门,照看也放心。

梁韵没跟进去,站在窗台往远处看。这家客栈地势高,房间虽只在二楼,但仿佛可以把整座古镇尽收眼底,她没留意身后的动静,直到罗成慢慢走近,从身后搂过她的腰往怀里收。

罗成:"看什么呢,这么入迷?"

梁韵靠在他怀里,抬手随便指了指一家卖烧饼的,"那家店应该好吃。"

罗成看过去:"饿了?"

梁韵说:"还成,排队的人挺多,估计味道不错。"

罗成吻了吻她的额角:"都是冲着名气去的,哪儿人多往哪儿挤。"

梁韵低声反驳他一句。

罗成听见,勾唇笑了笑:"行,你理儿最多,要想吃我就去排队。"

他手臂的力度渐松,梁韵握了下:"也不是很饿,等会儿再一起去吧,你儿子也不能睡太久。"

罗成点头,往房间打量了一圈,说:"外面看着怪普通,里面装修还挺温馨。"

"你刚才还嫌弃呢。"

梁韵打开行李箱，坐到床尾准备拿出一双平底鞋换上，还未弯腰，床垫塌陷了一边，罗成躺下，连带着把她一起拉入怀里："躺会儿，豆丁醒了带你俩出去吃饭。"

两人有一搭没一搭地闲聊着，过了一会儿，梁韵翻身问他："几点了？"

罗成抬眼看壁上的挂钟："四点半。"

"不行，不能让他再睡了，不然他晚上又闹人。"梁韵说着要起身。

罗成觉得有道理，但不忍就这么放过她，俯头狠亲了一阵才把她松开。

豆丁睡饱了就不闹人，下了楼梯，非要自己下来跑两步，罗成把他放下，任他在视线内活动。

梁韵肚子饿了，罗成就没多逛，把豆丁扛在肩头进了一家铜瓢牛肉馆，分量挺足，最初喊饿的人连一碗都没吃完，罗成把她的碗接过去，大口扒拉，还不忘控诉她两个字：浪费。

傍晚的古镇，拥挤程度比中午还要恐怖，太阳隐去，一抹横长的红霞渐渐消失在了城墙石壁中。

一家三口沿着原路溜达了会儿就回客栈了，进了堂屋，豆丁不愿意上楼，梁韵没办法，只好让罗成上去冲奶粉，她留下带他玩一阵子，中途来了个工作电话，就这一溜烟的工夫，豆丁迈着小短腿跑到了走廊的后院。

百郦正躺在摇椅上，晒着月光，在打电话，都没注意到豆丁走近了。豆丁用肉嘟嘟的小手戳了下百郦的胳膊，眼睛亮亮的："阿姨，掉了。"

百郦蓦地回头，见是个小孩，目光又顺着他指的地方，是挡风的毛毯掉了："谢谢哦。"

百郦想摸摸这个可爱的小孩，梁韵恰好走过来，以为豆丁打扰了她。见百郦拿着手机，还在通话中，梁韵摆摆手，歉意地笑了笑，抱着豆丁上楼了。

电话那头的人听见这头的动静，问："怎么了？"

百郦望着一大一小的人走远，心口满是幸福，她重新靠在椅子上："没事，今天新住进来的一家三口。"

"有小孩？"

"嗯。"

对面的男人没说话。

百郦知道他随时处在紧绷状态，就没再聊："没事，我就是……有点想你，你先忙吧。"

"我也是,百郦。"男人沉了口气,"过几天要出任务,等结束了我会再找你。"

"你要注意安全,我等你回来。"

挂了电话,百郦仍在躺椅上,无意间抬头望,瞟到了二楼边户的那间屋子的灯还亮着,淡黄色纱窗后映出一个男人的影子,走来走去,肩膀处很高,应该是被小孩骑在了脖子上。

二楼的房间,罗成把小豆丁哄睡后,又洗了个澡才躺回被窝:"小祖宗真难哄,累得我一身汗。"

梁韵掀开被子让他进来,笑了笑:"睡着了?"

"嗯,太不听话,骑我脖子上要我讲故事,我哪会啊。"

"睡着了就行。"梁韵主动贴近他,像火炉一样的胸膛。

罗成一直没说话,眼皮半合着,梁韵以为他困了,正要侧身关灯时,罗成重新把她扯回来。

"先别关,聊会儿天。"罗成一只胳膊垫在脑后,"前段时间忙,没怎么好好陪你。"

梁韵听出他的意思,前几个月内蒙那边的游客多,蒋利川一人管不过来就把他喊了去,一走就是半个多月,中间抽空回来一趟也只是过个夜,看看她和儿子,第二天又匆匆忙忙买票回去了。

"没事儿,那边旺季都过去了。"梁韵摸了摸他下巴的青茬。

自从他前两年回来后,性子变了,以前毛头小子那机灵劲儿也一并回来了。他和蒋利川会办事,做生意讲究一个良心,不搞圆滑那套,口碑很好,被人介绍来一批接一批的游客。

累倒是不怕,主要是和老婆孩子分隔两地,他念得慌。

罗成拿掉在自己下巴上作祟的手,握在掌心:"我和利川商量了,以后呼市那边就全交给他了,我只管青岛的。"

梁韵心里明白:"呼市的生意好。"

"没事儿。"罗成让她放宽心,"这边也会招人扩大路线,不只是青岛的。"

梁韵抬头:"你有想法了?"

"嗯,和西部那边几家旅社。"罗成简单提了一嘴,"他们缺客源,我们缺实地规划,我招的人给他们介绍过去,合作着来。"

聊着聊着,梁韵眼皮耷拉下来,打了个哈欠:"不能砸了口碑,他们那边的线路先考察好,别让游客失望。"

"我会看着办。"罗成拍了拍她,"困了就睡吧。"

"嗯。"梁韵转头问,"明天去哪儿玩?"

罗成回:"先把古镇逛完吧。"

梁韵在他怀里点点头,想起什么:"你不是要吃那个腾冲特色菜?晚上豆丁闹着没吃成。"

"那个啊,无所谓。"

"明天我哄着他别哭就行,来都来了,尝尝呗,吃不成你又得念叨好几天。"

夜风轻轻吹着,树梢被压弯,月色为客栈铺上一层柔和的暗光。

一大会儿没人说话,罗成笑着低下头,看她睫毛打战。

"梁韵?"

"嗯?"

"老婆。"他闹着喊。

"嗯。"梁韵要睡着了。

"你真好。"

梁韵忽然弯唇:"矫情了啊,不像你。"

罗成关了床头灯,悄没声地笑:"睡吧。"

梁韵:"嗯。"

　　　　　　　　—全文完—